Mary Jo Putney

LAS NOVIAS III

Mary Jo Putney

EL PRECIO DE LA NOVIA

RBA

Título original: *The Bartered Bride*
Traducción: Margarita Cavándoli

Edición original: Ballantine Books, marca de The Random House Publishing Group, una división de Random House, Inc., Nueva York

Traducción cedida por Random House Mondadori, S.A.

Diseño de cubierta: Adland Comunicació

ISBN: 978-84-473-5885-4
Depósito legal: NA-2525-2008

Impreso por RODESA

Impreso en España - Printed in Spain

Para Tehila, Daphne y Maytal...
¡Bienvenidas al clan!

Agradecimientos

Por la ayuda prestada con los aspectos de la novela referentes a Indonesia quiero manifestar mi agradecimiento a Mandy L. M. Lee y a su amigo Rodney M. W Lai. El señor Laurel Watson y Susan Broadwater Chen me ofrecieron su pericia y contribuyeron a esclarecer las inquietantes complejidades del sistema legal británico en el siglo XIX. *También quiero dar las gracias a Laura Leone Resnick, mi asesora en momentos de crisis, por las explicaciones sobre el arte del* pentjak silat.

El final del juego

Torre de Londres.
Otoño de 1835.

Las piedras de la Torre de Londres transmitían angustia y desesperación. ¿Cuántos detenidos habrían deambulado de un extremo a otro de sus estancias rezando para encontrar la manera de escapar?

La campana de una iglesia cercana dio las siete. Gavin Elliott estaba tumbado en el camastro y mantenía los ojos cerrados. Pronto tendría que levantarse y prepararse para el juicio que estaba a punto de comenzar, pero de momento prefería aferrarse tanto como fuera posible a los fragmentos de un sueño agradable: mares transparentes de color de aguamarina, arenas blancas y Alexandra, que reía con una vitalidad que, por comparación, hacía palidecer al resto de las mujeres.

Alex... El sueño se partió y se hizo añicos. Gavin se incorporó cansinamente y apoyó los pies en el suelo. El suelo de piedra transmitía el frío de la muerte. Dos carceleros permanecían constantemente junto a él, omnipresentes como las frías corrientes de aire de la habitación. Había vivido junto a otros hombres cuando se hizo a la mar como simple marinero, pero había pasado demasiados años como capitán, patrón y *taipan* para aceptar aquella vuelta a una vigilancia permanente.

La puerta se abrió y volvió a cerrarse.

—Señor, su desayuno ha llegado.

Los carceleros eran sumamente amables y no tenían la culpa de que el té preparado tan lejos estuviera tibio cuando llegaba al prisionero retenido en la que todo el mundo conocía como la Torre Sangrienta.

Gavin se acercó al lavabo, se mojó la cara con agua fría para despejar la mente y se afeitó con gran esmero. No debía parecer un malvado asesino. La cara que lo miró desde el espejo no le inspiró confianza. El dolor, la tensión y las semanas de encarcelamiento habían acrecentado sus ojeras y los años pasados al sol y en el mar le habían dejado una piel bronceada y curtida que los británicos consideraban indigna de un caballero.

La casaca y el pantalón que se puso eran negros porque estaba de luto. Se preguntó si los jueces lo considerarían una hipocresía.

La puerta se abrió nuevamente. Ridley, el carcelero más alto, masculló una protesta. La respuesta fue mucho más clara:

—Estoy autorizado.

Gavin reconoció la voz y se volvió para saludar al conde de Wrexham. Habían recorrido un largo camino en los siete años que hacía desde que se habían conocido en India. Por aquel entonces Kyle Renbourne era lord Maxwell, un inquieto heredero que huyó de una cómoda existencia en Inglaterra. Gavin estaba en graves apuros, ya que una serie de desastres había situado Elliott House —su empresa de exportación— al borde de la bancarrota.

Tras una noche en la que se dedicaron a hablar y a beber sellaron su acuerdo con un apretón de manos y, además de socios, se hicieron amigos. Ese vínculo perduró incluso después de que Kyle heredase los títulos de su padre y Gavin se convirtiera en la ignominia de Londres.

Kyle cruzó la estancia con su largo abrigo empapado.

—He decidido acompañarte al juicio.

Así manifestaba públicamente que apoyaba a su amigo.

—Es todo un gesto por tu parte, pero no tiene sentido que mancilles tu reputación —replicó Gavin con voz ronca.

Su amigo esbozó una ligera sonrisa.

—Una de las ventajas de ser lord consiste en que prácticamente carece de importancia lo que la gente piense de mí.

—Pero, en cambio, la tiene porque se supone que he cometido un asesinato.

Kyle echó a los carceleros con un ademán. En cuanto quedaron a solas explicó:

—El investigador tiene un par de pistas que podrían demostrar que alguien intentó hacerte parecer culpable. Pierce o tu condenado primo son muy capaces de haberlo hecho.

Gavin se encogió de hombros.

—Es más fácil creer que soy un asesino en vez de la víctima de una enorme y compleja conspiración.

—Pero tú no has matado a nadie.

—No maté a Alex, aunque otras vidas pesan sobre mi conciencia. Tal vez la justicia divina ha decidido pedirme cuentas.

—Defender tu vida y proteger la de otros no es un asesinato. Las presuntas pruebas de tu responsabilidad por la muerte de Alexandra son absurdas.

—Y lo bastante contundentes como para ahorcar a un empresario arribista estadounidense, aunque de origen escocés. Por no hablar de que también he contrariado a hombres poderosos. Dadas las circunstancias, no resultará difícil basar la acusación en que me deshice de una esposa molesta.

—Nadie que te haya visto mirar a Alex se lo creerá.

A Gavin se le formó un nudo en la garganta. Su amigo era muy perspicaz.

—Por mucho que me absuelvan, Alex no volverá.

—¡Maldita sea, no me contradigas! —espetó Kyle—. No tiene sentido que te ahorquen por un crimen que no cometiste.

Se abrió la puerta y los carceleros regresaron en compañía de cuatro guardias que se disponían a escoltar al preso hasta el lugar del juicio. Rodeado por ellos, Gavin descendió por la escalera, caminó bajo la lluvia y se acercó al carruaje que lo aguardaba. Kyle lo acompañó y su muda presencia fue un verdadero consuelo. En un mundo que parecía haberse vuelto loco al menos había alguien que creía en su inocencia.

Cuando el carruaje abandonó el recinto de la torre un grupo de espectadores gritó: «¡Asesino!» y «¡Que cuelguen al maldito cabrón!». Las pedradas golpearon los laterales del vehículo.

Gavin observó a tres hombres mejor vestidos que el resto de los congregados. Eran las tres personas con más ganas de verlo muerto. Se trataba de Barton Pierce, de rostro curtido por la intemperie y expresión granítica, que lo odiaba desde hacía muchos años; de Phillip Elliott, que era quien más ganaría si lo ahorcaban, y del comandante Mark Colwell, que opinaba que sólo un militar se merecía a Alexandra. ¿Acaso la mirada de alguno de ellos era triunfal? Resultaba imposible saberlo a causa de la lluvia, pero todos bailarían sobre su tumba cuando llegase el momento.

Dejó de mirar por la ventanilla y permaneció serio. Comenzó a perder el control de su vida el mismo día que conoció a Alexandra. ¿Quién podía imaginar que su propósito de ayudar a una mujer en apuros lo conduciría al patíbulo?

LIBRO PRIMERO

El precio de la vida de una mujer

1

Insulindia.
Primavera de 1834.

El silencio la despertó. El viento no aullaba, las cuadernas no crujían y el embate de las olas no intentaba partir las costillas del barco. Casi sorprendida de que el *Amstel* hubiera sobrevivido al tifón, Alexandra Warren se apartó con sumo cuidado de su hija de ocho años, que dormía a su lado, desató las cuerdas con las que ambas estaban atadas a la litera y se puso en pie. Cada centímetro de su cuerpo estaba dolorido a causa del vapuleo que habían soportado. Había permanecido despierta dos días y una noche, pero al final el agotamiento había sido más fuerte y se había quedado dormida, abrazando protectora a Katie.

La portilla situada sobre la estrecha litera le permitió ver que el cielo empezaba a clarear. No tardaría en romper el alba. Por lo visto, el barco estaba anclado en una bahía grande, tranquila y rodeada de montes irregulares. Abrió gustosa la portilla para que el aire fresco limpiase el ambiente cerrado del camarote.

La brisa cálida y con aroma a especias acarició su rostro como una bendición. Alex rezó en agradecimiento por haber sobrevivido. Aunque en presencia de Katie había disimulado su miedo, estaba convencida de que el *Amstel* estaba condenado y de que no volvería a ver Inglaterra.

A los veinte años había aceptado con impaciencia la propuesta de matrimonio del comandante Edmund Warren. Su padre, su padrastro y su abuelo habían sido militares y de niña, bajo la atenta mirada de su madre, había ido de campamento en campamento durante la guerra de la Independencia española. ¿Había algo más natural que casarse con Edmund, tanto por él como por las aventuras que viviría una vez convertida en su esposa?

Pese a que Edmund había sido un buen marido, la nueva tierra de Australia había supuesto más esnobismo asfixiante que aventuras y Alex añoró mucho más de lo que creía posible su país y su familia. Tener una hija intensificó aquellos sentimientos porque la apenó que Katie no conociera a sus abuelos, tíos y primos.

—Mamá... —Alex bajó la mirada y vio que el pálido óvalo del rostro de su hija se arrugaba al bostezar.

—Aquí estoy, Katybird.

—¿La tormenta ha pasado?

—Sí. ¿Quieres asomarte por la portilla?

Katie se destapó y se puso de pie en la litera.

—¿Dónde estamos?

—No estoy segura. Nos encontrábamos más o menos dos días al sudeste de Batavia cuando se desató el tifón. —Acarició la enredada melena rubia de su hija, que había escapado de la trenza mientras dormía—. En Insulindia hay miles de islas, muchas más que estrellas en el cielo. Algunas han sido civilizadas, en otras abundan los salvajes y hay varias que los europeos jamás han pisado. Estoy segura de que el capitán Verhoeven sabe dónde estamos. Es un marino excelente que nos ha hecho atravesar la tormenta sin encallar en una isla.

Al menos abrigaba la esperanza de que el capitán supiese dónde estaban. Parecía competente. Cuando el aturdimiento por la muerte de Edmund a causa de las fiebres comenzó a disiparse, Alex estaba tan impaciente por regresar a Inglaterra que reservó sitio en el holandés *Amstel* en lugar de esperar indefinidamente la llegada de una nave británica. El mercante se dirigía a Calcuta vía Batavia y Singapur. Una vez en la India no tendría dificultades para coger un barco de vuelta a Inglaterra. Aunque la tripulación era mucho más reducida que la del barco militar que los había trasladado a Nueva Gales del Sur, Alex y Katie fueron bien tratadas y la travesía no había tenido incidencias, al menos hasta que se desencadenó el tifón.

—Tengo hambre —declaró Katie—. ¿Podemos comer?

Alex también estaba hambrienta. Durante la tormenta habían apagado el fuego de la cocina porque se consideraba demasiado peligroso. Aunque hubiese habido alimentos a su alcance, lo cierto es que tenían el estómago demasiado revuelto para comer.

—Veré qué hay en la cocina. Es posible que el cocinero se haya levantado y esté preparando el desayuno.

Como había dormido vestida, a Alex le bastó con ponerse los zapatos para salir del camarote. Con excepción del crujido de las maderas y el chasquido de los cabos el barco estaba en silencio. Seguramente el capitán había dado descanso durante el resto de la noche a la agotada tripulación y por la mañana evaluaría los daños.

A pesar de que la superficie del mar quedaba oscurecida por manchones de bruma baja la isla se veía cada vez con más claridad. Cerca del timón divisó la silueta oscura del oficial de guardia. Por su altura y delgadez dedujo que se trataba del joven segundo de a bordo, de origen holandés. Levantó la mano para saludarlo y el hombre respondió con una respetuosa inclinación.

Al dirigirse a la cocina Alex oyó un suave chapoteo cerca del barco. Frunció el ceño y se preguntó si se trataba de un pez volador.

El sonido se repitió. Atisbó en medio de la bruma y contuvo el aliento cuando las sombras se volvieron lentamente reconocibles y avistó dos praos, los botes largos y estrechos que utilizaban los isleños. En varias ocasiones los praos se habían acercado al *Amstel* mientras navegaba en las proximidades de una isla. Los nativos estaban deseosos de ofrecer fruta, pescado y aves a la tripulación y a los pasajeros. Alex había comprado una muñeca para Katie.

Se percató de que en este caso no eran comerciantes amistosos. Los nativos no se presentaban tan temprano ni mostraban tanto sigilo. Como sabía que las islas estaban plagadas de piratas, Alex corrió hacia el piloto, deseó estar equivocada y gritó:

—¡Mire!

El piloto siguió la dirección en la que apuntaba la mano de Alex y mascculló una maldición gutural. Lanzó un grito de advertencia y corrió hacia la escotilla principal con la intención de despertar a los tripulantes. En el prao de delante un fornido malayo se incorporó y arrojó la lanza. El arma voló por encima del agua y se clavó en el cuello del joven piloto. Alex jadeó paralizada por la premura con la que la paz se convertía en horror.

Los nativos dejaron de lado el disimulo y remaron a toda velocidad, acompañados por el retumbo grave y terrorífico de los gongs de guerra. Al aproximarse a la nave los praos se separaron y rodearon el *Amstel*. Un minuto después del avistamiento de Alex los pesados cascos chocaron contra el mercante, los rezones volaron por encima de las bordas y los piratas se lanzaron al abordaje. Calculó que en cada prao viajaban de cuarenta a cincuenta hombres, por lo que superaban con creces la tripulación del *Amstel*.

Alertados por los gritos del piloto y los gongs de guerra los marineros armados con alfanjes, picas y pistolas salieron corriendo por la escotilla para defender la nave. La ancha y poderosa figura del capitán Verhoeven pasó junto a Alex con una pistola en cada mano.

—¡Baje ahora mismo! —gritó en inglés con marcado acento holandés y, sin aminorar la marcha, disparó.

Un pirata tatuado y cubierto con un taparrabos dejó escapar un grito y cayó por la borda.

Desaparecida la parálisis, Alex bajó a ponerse a cubierto. Con los ojos desmesuradamente abiertos Katie se había asomado por la puerta del camarote situado en mitad del pasillo.

—Mamá, ¿qué pasa?

—Se trata de un ataque pirata, pero los marineros están plantando cara. El capitán aconseja que permanezcamos aquí hasta que salir resulte seguro.

Alex pidió a Dios que el ataque fuese rechazado, hizo entrar a su hija en el camarote y echó el cerrojo a la puerta. Con manos temblorosas sacó el baúl de debajo de la litera y tanteó la ropa hasta dar con la caja en la que guardaba la pistola de Edmund. Afortunadamente, de niña la habían enseñado a disparar. Tras cargar el arma se sentó en el borde de la litera y rodeó a su hija con un brazo.

—¿Qué nos pasará? —Katie intentó disimular el temblor que se había apoderado de su voz.

No tenía sentido responder con una mentira piadosa.

—No lo sé, cielo. Debemos estar preparadas para... para todo.

En lo alto sonaron disparos amenazadores, gritos y un sonoro chapoteo. Alex se levantó para mirar por la portilla. Habían arrojado al agua uno de los botes del *Amstel* y los tripulantes remaban frenéticamente en dirección a la isla. Mientras miraba, otro marinero se lanzó al agua y nadó con torpeza hacia el bote.

Comprendió horrorizada que la batalla estaba perdida. Más interesados por el saqueo que por la matanza, probablemente los piratas no se tomarían la molestia de perseguir a los tripulantes. Pero Katie y ella estaban encerradas en un camarote cuya única vía de escape era una portilla por la cual era imposible escabullirse. Lo único que podía esperar era que las capturasen y exigieran un rescate a cambio de devolverlas a los suyos. Miró a Katie, se estremeció y se dijo que lo peor era impensable.

Volvió a sentarse junto a su hija.

—¿Ya te he contado lo hermoso que es caminar por las verdes colinas de Gran Bretaña en una mañana mágica y brumosa?

—Mamá, vuelve a explicármelo —susurró Katie.

Alex refirió sus recuerdos preferidos hasta que, con impaciencia, una mano sacudió la puerta. El que descubrió que estaba cerrada con llave lanzó una ronca maldición en malayo. Sonaron más voces y un ariete improvisado hizo temblar la madera. Los tablones se zarandearon con los golpes y al final Alex amartilló la pistola, apuntó a la puerta e intentó respirar serenamente mientras decía:

—Katybird, cariño, pase lo que pase recuerda siempre lo mucho que te quiero.

—Mamá, yo también te quiero.

Katie se acercó tanto a su madre que Alex sintió los latidos de su corazón.

La puerta se partió y las astillas volaron por el camarote. Un malayo enorme, medio desnudo y de frondosa barba negra agachó la cabeza cubierta por el turbante y entró. Blandía un peligroso kris de filo sinuoso y rebuscados tatuajes cubrían prácticamente la totalidad de su piel. Por su porte y el lujo de los adornos Alex llegó a la conclusión de que se trataba del jefe de los piratas.

—¡No se acerque! —ordenó e intentó transmitir autoridad.

—Suelte el arma —dijo el malayo mascullando palabras apenas inteligibles.

Desesperada, Alex reconoció su impotencia, ya que una bala no bastaba para salvarlas.

El jefe dio un paso y los hombres se apiñaron a su espalda. La mujer levantó la pistola y lo encañonó. Sabía que a esa distancia no podía fallar.

—Si avanza otro paso lo mato.

El jefe sonrió y mostró sus dientes afilados en punta y manchados de tanto mascar buyo.

—Si se entrega vivirá. Si dispara morirán.

A Alex le tembló la mano con la que esgrimía la pistola. Podía utilizar el único proyectil del que disponía para salvar a Katie de la agresión o de la esclavitud pero, por Dios, era incapaz de matar a su propia hija.

El pirata aprovechó su vacilación y le arrebató la pistola. Le echó el seguro con la facilidad de quien sabe cómo hacerlo y la encajó en la cintura de su sarong. Entornó los ojos mientras observaba a las cautivas. Por muy bárbaro que fuese la mirada de sus ojos oscuros era sagaz. Evaluó el rostro y la figura de Alex de la misma manera en que un granjero estudia el ganado.

La mujer retrocedió cuando una mano áspera le acarició la mejilla. Llegó a la conclusión de que mientras hay vida hay esperanza y decidió exigir que las rescatasen. Su familia tenía buenos contactos, por lo que Katie y ella eran más valiosas como rehenes que como esclavas.

El jefe desplazó la mano hasta la cabellera de Katie que, a aquella hora de la mañana, parecía dorada.

—Muy bonita —comentó satisfecho y se dispuso a coger a la niña de la litera.

—¡No!

Alex sujetó a su hija y pateó al apresador.

El malayo dejó escapar una maldición, la esquivó y la patada sólo lo golpeó en el muslo. Hizo un ademán y dos hombres se adelantaron y mantuvieron bruscamente a Alex en la litera mientras el jefe arrancaba a la niña de brazos de su madre. Presa del pánico, Katie le asestó puñetazos.

—¡Mamá! ¡Mamá!

—¡Katie!

Desesperada, Alex intentó llegar hasta su hija. Con desdeñosa facilidad el jefe de los piratas le dio la vuelta al kris y le golpeó la cabeza con la empuñadura.

Alex perdió el conocimiento incluso antes de que se llevaran a su hija, que no dejó de gritar.

2

Puerto de Maduri, Insulindia.
Otoño de 1834.

La isla de Maduri está protegida por peligrosos bancos de arena e imponentes acantilados volcánicos, de modo que el único puerto practicable resulta más acogedor si cabe. Cuando la goleta *Helena* echó el ancla, el joven segundo oficial declaró:

—Capitán, la ciudad es muy bonita. Imaginaba que Maduri sería mucho peor.

Gavin sonrió. Benjamin Long era un excelente navegante yanqui con mucha experiencia, pero esta era su primera travesía a Insulindia.

—Las islas resultan peligrosas por su variedad. No hay sitio más bello ni más traicionero en esta tierra que Dios nos ha dado. Aquí viven algunas de las mejores personas que conocerá en su vida y también algunas de las más malvadas y brutales. Debe de ser más precavido en las que parecen civilizadas, como Maduri, porque es fácil suponer que sus habitantes son como nosotros. La verdad es que no lo son.

Benjamin se protegió los ojos con las manos y contempló el deslumbrante Palacio Blanco que coronaba la más alta de las colinas escarpadas de Maduri.

—La tripulación está algo intranquila. El carpintero portugués asegura que el sultán Kasan es un devorador de almas.

—Lo más probable es que sea un torturador de cuerpos, aunque también se trata de un sagaz gobernante que valora el comercio. Que yo sepa, en esta isla un barco occidental jamás ha tenido problemas.

Maduri era un lugar seguro porque quien transgredía las leyes del sultán corría el riesgo de ser asado sobre las brasas o despellejado vivo con toda la lentitud del mundo, pero Gavin no lo comentó. Los marineros son supersticiosos y es mejor no inquietarlos innecesariamente.

—Es posible que en el pasado no haya habido problemas, pero tengo que reconocer que a mí también me inquieta la isla.

Benjamin siguió con la mirada un prao de grandes dimensiones y muy adornado que avanzaba velozmente hacia ellos por el puerto bañado por el sol. Se trataba de una embarcación oficial en la que probablemente viajaban el práctico del puerto y los agentes de aduanas.

—Sólo permaneceremos uno o dos días, lo suficiente para dejar la carga y embarcar más provisiones.

Puesto que nunca había visitado Maduri, Gavin se alegró cuando un agente marítimo de Manila le pidió que transportase varias cajas pequeñas destinadas personalmente al sultán Kasan. Dados los honorarios debían de ser muy valiosas y la escala sólo lo desviaba unos pocos días de la ruta prevista.

Esa isla remota era legendaria en Oriente. Ricos, poderosos y discretos, los sultanes de Maduri rechazaron las aspiraciones holandesas al gobierno de India Oriental y los neerlandeses tuvieron la sensatez suficiente para no insistir. Circulaban anécdotas disparatadas acerca de los pobladores, la isla y, sobre todo, del sultán. Las historias se desbordaron porque los extranjeros tenían vedado pasar más allá de una estrecha franja de muelles y tabernas. A semejanza de los chinos, los sultanes de Maduri no querían que el pueblo se corrompiera con los ideales occidentales de educación, libre comercio y justicia para todos.

Personalmente, a Gavin le encantaban los subversivos ideales occidentales. Dirigió la mirada a la enseña estadounidense que ondeaba en lo alto del barco. La *Helena* —así llamada por la joven con la que se había casado y había perdido prematuramente— era la goleta más veloz y bonita de su flota. El diseño era una versión ampliada de los elegantes clípers de Baltimore y se adaptaba perfectamente al comercio con China. El amplio espacio para el cargamento se combinaba con la velocidad y las excelentes condiciones de navegación y creaba un barco capaz de superar a los piratas y de soportar el más intenso de los tifones. También disponía de cañones de tamaño considerable, ya que sólo un insensato surcaría aquellos mares desarmado.

Echaría de menos ser el patrón de la *Helena*. Aunque había iniciado su carrera como marino, a medida que amplió el negocio pasó cada vez más tiempo en tierra. Cuando zarpasen de Maduri pondrían rumbo a Inglaterra, donde Benjamin se haría cargo de la *Helena* mientras Gavin creaba la sede londinense de Elliott House.

Sus operaciones de Macao y Cantón estaban en manos firmes y honradas, lo mismo que la sede central de Boston. Londres —la capital mercantil de Europa— era el último de los grandes desafíos y el objetivo al que apuntaba desde hacía más de una década. Se establecería en la ciudad, se convertiría en un americano insolente y arribista que superaría a los empresarios londinenses en su propio juego y, de paso, ajustaría varias cuentas personales. Aunque jamás habría otra Helena, tal vez conocería a una dama gentil a la que pudiera amar. Y si alguien recordaba que Gavin Elliott o su padre habían nacido y se habían criado en Gran Bretaña antes de trasladarse a América el triunfo sería aún más dulce.

Como probablemente transcurrirían varios años antes de su regreso a Oriente —si es que alguna vez volvía—, aquella travesía era su despedida particular. Aunque Gran Bretaña y Estados Unidos estaban en sus huesos, añoraría el brillo de la India y de todas aquellas islas esparcidas por el más azul de los mares como joyas lanzadas al desgaire por la mano de un gigante. También echaría de menos China, donde en los últimos años había pasado casi todo el tiempo, tanto en su espaciosa residencia de Macao como en la atestada concesión extranjera de Cantón, origen de buena parte de su riqueza.

Su ensueño se interrumpió cuando el segundo oficial se acercó y le dijo:

—Capitán, los maduríes afirman que le han de transmitir un mensaje personal.

Suponiendo que sabían que trasladaba un cargamento especial para el sultán, Gavin se acercó a los tres hombres que habían abordado la goleta desde el prao. Dos parecían funcionarios portuarios y el tercero no era malayo, sino chino. Su pelo oscuro estaba salpicado de canas, su vestimenta era de seda y evidentemente se trataba de una figura de autoridad.

Gavin inclinó respetuosamente la cabeza y dijo con el sencillo malayo al uso para las transacciones comerciales, que era la lengua franca de las islas:

—Caballeros, bienvenidos a la *Helena*. Su presencia honra mi humilde barco.

Se sorprendió cuando el funcionario chino respondió en perfecto inglés:

—Capitán Elliott, el honor es nuestro. Soy Sheng Yu, ministro principal de Maduri, y traigo una invitación de su graciosa alteza, el sultán Kasan.

La larga experiencia permitió que Gavin disimulase su sorpresa. ¿Cómo era posible que Sheng supiera su nombre si jamás había visitado aquel puerto? ¿A qué se debía que un capitán estadounidense recibiese la invitación de un sultán? También es cierto que Gavin era un mercader de éxito, un *taipan*, nombre que daban al jefe de una empresa comercial. De todos modos, la invitación no encajaba con lo que sabía sobre las costumbres de la zona. Tal vez el sultán estuviera preocupado por sus preciosas cajas.

—Con sumo gusto acompañaré personalmente el cargamento del sultán hasta palacio.

—No es necesario, yo me ocuparé del cargamento. Su alteza desea que me acompañe al Palacio Blanco para compartir mesa con él y pasar la noche como invitado del sultán.

¿Qué demonios ocurría? Era evidente que Gavin no podía rechazar la invitación, a menos que estuviera dispuesto a zarpar en el acto. No percibió la menor amenaza encubierta y la curiosidad pudo con él.

—Me sorprende favorablemente que el sultán conceda semejante honor a un modesto capitán. Por favor, tome un refresco mientras me preparo para acompañarlo.

Gavin dejó los maduríes al cuidado de Benjamin y fue a ponerse sus mejores galas. En aquella zona del mundo daban mucha importancia a la opulencia, por lo que había pedido a un sastre de Macao que adornase su uniforme con cegadoras cantidades de galones dorados y ostentosas medallas. El bicornio chato incluso tenía plumas. Le costaba ponerse aquel disfraz y mantener la seriedad, pero así conseguía siempre impresionar a los demás.

Antes de vestirse llamó a Suryo Indarto, un malayo cuyas tareas era imposible clasificar, aunque por razones de comodidad lo describían como mayordomo. Hacía más de doce años que Suryo estaba con Gavin y era una fuente de información de valor incalculable sobre Oriente, maestro en las artes del combate cuerpo a cuerpo típico de Insulindia y, sobre todo, amigo.

El malayo entró en el camarote con el mismo sigilo que un gato. Cuando navegaba solía llevar el sarong habitual de las islas, pero cuando llegaban a puerto vestía túnica y pantalón de algodón blanco muy discretos.

—Dígame, capitán.

—Me han invitado a pasar la noche en el Palacio Blanco y quiero que me acompañes —explicó Gavin—. ¿Qué debo saber del sultán Kasan?

Suryo frunció el ceño.

—Capitán, tenga cuidado. Kasan jamás lo invitaría si no quisiese algo. Se lo conoce como «el leopardo de Maduri» y le gusta jugar con las personas como el gato que atormenta al ratón.

—¿Qué tengo yo que pueda interesarle?

—Tal vez quiere apoderarse del barco. No hay otro que lo supere en estas aguas.

Gavin se colgó del cinto la espada ceremonial, que combinaba la empuñadura repujada y adornada con piedras preciosas con una hoja muy funcional.

—La *Helena* no está en venta.

—Es bastante difícil decirle que no a un sultán.

—¿Crees que aceptar la invitación puede resultar peligroso?

Suryo reflexionó.

—No. Matar a un capitán extranjero sería negativo para los negocios de Kasan. De todos modos, no cierre acuerdos con él. El leopardo es un socio peligroso.

—Entendido. —Gavin abrió un armario que contenía una docena de caros objetos artísticos europeos que se convertían en regalos en circunstancias como una invitación a palacio. Se decantó por una caja de música exquisitamente trabajada, en la que sonaba Mozart mientras las figuras esmaltadas de una pareja del siglo XVIII bailaban el minué—. Prepárala para regalar y tráelo con una muda de ropa.

Nadie se puede presentar con las manos vacías en una entrevista con el sultán.

Cuando llegó al espacioso y aireado salón de audiencias del palacio del sultán Kasan, Gavin pudo contemplat innumerables pruebas de la riqueza de Maduri. No había contemplado tanto mármol brillante y estatuas doradas desde su visita al maharajá de Misore, en la India. Los aposentos que le asignaron eran dignos de un príncipe. Con gran cinismo llegó a la conclusión de que el sultán quería algo valioso.

Sonó un gong que acalló el murmullo de las decenas de cortesanos apiñados junto a las paredes del salón de audiencias. En medio del silencio Sheng Yu anunció:

—Alteza, permítame que le presente al capitán Gavin Elliott, *taipan* de Elliott House y patrón de la *Helena*.

—Capitán Elliott, bienvenido a Maduri.

Al igual que Sheng, el sultán Kasan tenía un excelente dominio de la lengua inglesa. De unos cuarenta años, alto y fornido, el sultán estaba cubierto de sedas y joyas. Su trono impresionante semejaba un abanico de plumas de pavo real y estaba engastado con una soberbia variedad de deslumbrantes piedras preciosas azules, verdes y rojas.

Gavin apartó la mirada del trono y repuso:

—Gracias, alteza. He oído infinidad de comentarios sobre las maravillas de Maduri, pero jamás imaginé que tendría la suerte de verlas personalmente. —Hizo señas a Suryo, que se acercó con la caja de nogal barnizada que contenía el obsequio—. Le ruego que acepte este regalo como prueba de mi agradecimiento por el honor que me concede.

Suryo extrajo la caja de música de la de nogal y se la entregó al criado, que subió los escalones que lo separaban del trono a fin de dársela al sultán. Kasan la aceptó y la estudió con mirada satisfecha. Gavin estaba a punto de mostrarle la llave que servía para dar cuerda al mecanismo cuando el sultán dedujo cómo funcionaba.

Bajo el sol del mediodía la pareja delicadamente esculpida se puso a bailar al son de las alegres notas de la música de Mozart. Los cortesanos apiñados junto a las paredes del salón la contemplaron fascinados y hasta el sultán sonrió.

—Capitán, es un regalo encantador. Muchas gracias.

Le dio cuerda dos veces más y, cuando terminó, devolvió la caja de música al criado que seguía arrodillado a sus pies. Por algún motivo la caja escapó de las manos del criado y cayó al suelo de mármol. Los cortesanos dejaron escapar una exclamación de sorpresa porque la figura de los bailarines se partió y los fragmentos se esparcieron.

El sultán Kasan puso cara de contrariedad, extrajo un látigo corto de su fajín dorado y azotó brutalmente la cara del criado, que gimió y bajó la cabeza como muestra de sometimiento mientras la sangre manaba en abundancia de la herida en su mejilla izquierda. Si el látigo lo hubiera golpeado dos dedos más arriba habría perdido el ojo.

Perturbado por aquella brutalidad gratuita, Gavin llegó a la conclusión de que el personal de palacio se componía de esclavos más que de criados. Nadie que trabaja por un salario aceptaría semejante trato por parte de su jefe.

Kasan volvió a guardar el látigo en el fajín, se incorporó y descendió los escalones que lo separaban de donde se encontraba Gavin. A tan corta distancia sus ojos oscuros tenían el brillo amenazador de los de una serpiente.

—Capitán, salgamos.

Gavin lo siguió a través de los soportales que conducían a un patio ancho, con bancos a la sombra de palmeras rodeadas de flores. El capitán contempló la espectacular panorámica de la ciudad y el puerto y declaró:

—Su alteza, su dominio del inglés es impecable.

—También me expreso fluidamente en holandés y en francés. Mi padre trajo tutores de Europa para que me enseñaran las lenguas y las costumbres de nuestros enemigos.

—Su alteza, ¿me considera su enemigo?

—Usted no es inglés, sino estadounidense. Su país ha librado dos guerras contra Inglaterra. El enemigo de mi enemigo es mi amigo. —En el extremo derecho del mirador había montado un catalejo en un poste con pivote, por lo que giraba para todos los lados. El sultán se acercó al ocular y dirigió el instrumento al puerto. Tras acomodarlo indicó a Gavin que mirase—. Su barco es una auténtica maravilla.

La imagen de la *Helena* apareció con tanta definición que Gavin vio a Benjamin Long en el alcázar y a un marinero en el aparejo. Incluso divisó los rizos tallados y dorados del mascarón de proa, una fina dama angelical inspirada en la Helena de carne y hueso. Entonces dedujo que la suposición de Suryo era correcta y se apartó del catalejo.

—Gracias, su alteza. La *Helena* es la joya de mi flota. —Gavin esperaba que, con ese comentario, el sultán se diese cuenta de que la goleta no estaba en venta.

Evidentemente Kasan se dio por enterado, ya que declaró con retorcido regocijo:

—Capitán, veo que le gusta ir al grano. ¿Por qué no expresa claramente lo que piensa?

—De acuerdo, su alteza. ¿Por qué me ha llamado precisamente a mí si son tan pocos los occidentales que han sido invitados a palacio? No creo que esté aquí para intercambiar comentarios amables y sin relevancia.

—Tiene razón. Capitán Elliott, no quiero la *Helena*. —El sultán esbozó lentamente una sonrisa feroz—. Deseo toda su flota.

3

Gavin se preguntó si el sultán hablaba en serio y declaró:

—Mi negocio no está en venta.

—No pretendo comprarlo, sino formar una sociedad que nos beneficie a ambos. Tiene fama de ser muy competente y su honestidad está fuera de toda duda. Maduri es una isla rica y me gustaría mantener relaciones comerciales con el resto del mundo de una manera que no afecte negativamente a mis dominios. Eso significa que debo contar con un agente de plena confianza. Me hace falta una empresa comercial occidental que no sea europea.

—Se ha fijado en mí porque conozco los mercados y las costumbres occidentales, pero no cederé al control inglés u holandés.

—Exactamente, capitán. ¿Le interesa?

Gavin titubeó. Un acuerdo comercial exclusivo con Maduri podía suponer grandes beneficios, pero recordó la advertencia de Suryo: «El leopardo es un socio peligroso». Si aceptaba la oferta de Kasan, cada uno de sus barcos y de sus marineros que hicieran escala en Maduri se convertirían en rehenes del humor voluble del sultán.

—Su propuesta es tentadora, aunque lamentablemente estoy a punto de trasladarme a Londres para abrir una nueva oficina y usted necesita a alguien que permanezca en Oriente para cuidar sus intereses marítimos.

—Tendría que pasar la mayor parte del tiempo en Maduri y no creo que le resulte desagradable. —La mirada de los oscuros ojos del sultán era casi irresistible—. Sé que es un comerciante de éxito, pero puedo convertirlo en un príncipe de Oriente con riquezas y poder más allá de lo imaginable.

Gavin había consagrado su vida a crear riquezas y poder pero... «el leopardo es un socio peligroso».

—Su alteza, me ha dado mucho que pensar y necesito tiempo para reflexionar.

El sultán sonrió con todo el encanto del mundo.

—Por eso precisamente lo he invitado a pasar la noche en palacio. Le mostraré el esplendor de mi ciudad. Es posible que así se deje convencer.

El paseo por el extenso palacio los condujo hasta un par de sillas de manos que se adaptaban mejor que un carruaje a las empinadas calles de la ciudad. Un grupo de guardias elegantemente uniformados los acompañó durante el recorrido. Gavin no vio un solo mendigo, algo insólito que no le había ocurrido en el resto de las ciudades que conocía. Se preguntó qué había hecho el sultán Kasan con los pobres; esperó que no los hubiese azotado ni cortado las extremidades.

El paseo se concentró en la zona portuaria. El sultán era propietario de los depósitos de mercancías y alquilaba los almacenes a los comerciantes. El aroma de la madera de sándalo, el té y las especias impregnaba el calor húmedo y se mezclaba con el olor a sal y a pescado. Las baterías de grandes cañones modernos, colocadas para defender el puerto ante un ataque enemigo, le parecieron poco pacíficas. En el caso de que intentasen invadir la isla, británicos u holandeses saldrían volando desde las aguas del puerto.

La ciudad tenía posibilidades para convertirse en uno de los grandes centros comerciales de Oriente pero, cuanto más la veía, más incómodo se sentía Gavin. Kasan ostentaba el control absoluto del sultanato, lo que incluía a cuantos trabajaban en él. Gavin tuvo la sospecha de que el sultán era la clase de persona que disfrutaba cuando destrozaba a un hombre fuerte e independiente que estaba a su servicio. Por mucho que ganase transportando y vendiendo los productos de la isla, el precio era demasiado alto.

Después de la visita a los astilleros el sultán ordenó a los porteadores de las sillas de manos que regresasen a palacio. El trayecto les llevó a una gran plaza de mercado en la que el gentío se apiñaba junto a un pabellón abierto.

—¿Es aquí donde se celebran las subastas públicas? —quiso saber Gavin.

—Sí. Se trata sin duda de una de mis empresas más rentables. Iremos a verlas.

Los porteadores bajaron las sillas para que los ocupantes se apearan. Cuando reconocieron al gobernante los maduríes se apartaron. Gavin vio una tarima sobre la que se encontraban dos individuos. El silencio fue absoluto hasta que Kasan ordenó que prosiguiesen con la subasta.

Gavin apretó los labios al comprobar que el centro de atención era un joven malayo cubierto tan sólo por un taparrabos y cadenas. Miró fríamente por encima del corro de personas mientras el subastador iba de aquí para allá, parloteaba en el dialecto local, apretaba los bíceps del joven y daba una palmada en uno de sus musculosos muslos.

—Es el mercado de esclavos más importante que existe después del filipino de Sulú. —El sultán reparó en la expresión de Gavin—. ¿Está en desacuerdo? La esclavitud forma parte de la vida. Los británicos la han prohibido, pero en su nación sigue vigente.

—Se trata de una cuestión sobre la que no hay unanimidad de criterios.

En cierta ocasión, en Boston, a Gavin le habían planteado con toda discreción la posibilidad de transportar ilegalmente esclavos por el Caribe. Había echado de su despacho a quien se lo propuso y dobló su donación anual a las actividades de los cuáqueros en contra de la esclavitud.

—En ese caso no nos quedaremos.

Aunque sus palabras fueron amables, la mirada del sultán demostró que se divertía con la incomodidad de su invitado.

Tras una rápida puja la venta del joven se llevó a cabo y lo condujeron a una mesa donde el dinero y el contrato de venta cambiaron de manos. Asqueado, Gavin se volvió y vio que sacaban el siguiente «lote» del cobertizo situado detrás del pabellón: una mujer alta, de pelo oscuro enmarañado, mirada baja y mordaza improvisada sobre la boca. La camisa y el sarong andrajosos permitían ver suciedad y heridas, al tiempo que era evidente que las cadenas habían lacerado sus muñecas y sus tobillos.

Al percatarse de lo que Gavin miraba el sultán comentó:

—Pese a la mugre es una mujer guapa. La mordaza significa que tiene una lengua viperina. Probablemente es violenta porque, de lo contrario, no la venderían como esclava de cocina en una subasta pública.

Para alguien educado para honrarlas, era insoportable ver a una mujer sometida a semejante humillación. Convencido de que hacer la vista gorda era una cobardía Gavin se obligó a mirar mientras la conducían a la tarima.

Al pie de la escalera el guardia hizo un comentario burlón y desgarró la camisa que cubría el torso de la mujer, por lo que dejó al descubierto un pecho bastante más blanco que su bronceado rostro. Veloz como una serpiente, la mujer aferró las cadenas que sujetaban sus muñecas y las lanzó como un arma contra la cara de quien la atormentaba. El guardia chilló y retrocedió mientras de su nariz manaba sangre a borbotones.

El impulso hizo que la mujer se volviera hacia Gavin, que vio su rostro demacrado y sus ojos furibundos de color de aguamarina. ¡Dios bendito, era europea!

El reconocimiento encendió la mirada de la mujer. Se libró de la mordaza, se acercó a Gavin y exclamó:

—¡Ayúdeme, por favor!

Se interrumpió cuando tres guardias la arrojaron al suelo. Luchó ferozmente hasta que uno de los guardias la atontó de un golpe y volvió a colocarle la mordaza.

Cuando instintivamente Gavin se dispuso a intervenir el sultán preguntó con tono frío:

—¿La esclava le interesa?

Gavin recordó dónde estaba, se detuvo y apretó los puños.

—Sí. ¿Qué tengo que hacer para comprarla?

—Había entendido que no está de acuerdo con la esclavitud.

—No lo estoy. Sólo quiero liberarla.

El capitán se percató de su error al reparar en la expresión calculadora de Kasan. Al mostrar interés por la mujer había concedido una peligrosa ventaja al sultán.

Kasan lanzó una serie de secas órdenes en el dialecto isleño. Los guardias menearon la cabeza y se llevaron a rastras a la mujer hasta el cobertizo en el que los esclavos permanecían hasta su venta. La europea miró desesperadamente a Gavin antes de desaparecer de su vista.

El capitán preguntó con actitud indiferente:

—¿Puedo hablar con el vendedor? Supongo que una mujer violenta no tiene demasiado valor, por lo que podríamos llegar a un acuerdo.

—Está prohibido vender esclavos a los cristianos —declaró Kasan—. Aunque tal vez podamos llegar a un acuerdo. Vamos, ha llegado el momento de regresar a palacio.

Gavin se preguntó si Kasan acababa de inventarse la prohibición de vender esclavos a los cristianos y regresó en silencio a su silla de manos. Aguardaría hasta que el sultán estuviese dispuesto a hablar de la europea. Mientras los porteadores se esforzaban por la empinada colina se preguntó cuál era la historia de aquella mujer.

El banquete de esa noche debió de incluir a la mitad de la nobleza de Maduri y pareció interminable. Gavin se sentó a la derecha del sultán y Sheng Yu del otro lado. El ministro chino conversó afablemente y Gavin se preguntó qué sentía al ver que el sultán dedicaba tantas atenciones a un forastero. Tuvo la sospecha de que bajo la mano de hierro de Kasan acechaba un nido de víboras formado por facciones rivales que competían por los favores reales.

Gavin bebió vino de arroz y degustó pequeñas cantidades de alimentos sazonados con especias exóticas mientras Kasan ponía a prueba sus conocimientos y se explayaba sobre el modo en que Elliott House podría satisfacer las necesidades de Maduri. El sultán estaba bien informado y las preguntas que planteó fueron muy atinadas. Pese a sus dudas, Gavin se mostró interesado por la posibilidad de desarrollar un mercado mundial en nombre de la isla. Los desafíos serían inmensos y los riesgos y las recompensas incluso mayores.

Durante una pausa en las interminables degustaciones de alimentos aparecieron nueve bailarinas esbeltas y elegantes como cervatillos. El gamelán isleño —orquesta compuesta principalmente por instrumentos de percusión— había tocado música de fondo y en ese momento adoptó un ritmo nuevo e irresistible. Las mujeres comenzaron a bailar lentamente. Los movimientos sinuosos de sus cuerpos y sus ademanes sutiles eran muy distintos a los de la danza occidental, aunque cualquiera disfrutaría con la belleza y la elegancia de las bailarinas.

—¿Le apetece que una bailarina lo visite esta noche? —preguntó Kasan.

Pese a los años pasados en Oriente, la moral presbiteriana de Gavin le había impedido acostumbrarse a aquella clase de encuentros casuales.

—Se lo agradezco, pero prefiero que no venga. Tengo muchas cosas en las que pensar y prefiero que nada me distraiga.

—¿Sigue pensando en la esclava?

El sultán sonrió lentamente. Había bebido mucho a pesar de que, al menos de palabra, era musulmán. Seguía expresándose con claridad, pero sus comentarios se volvieron más salaces a medida que avanzaba la velada.

Gavin se alegró de que finalmente hubiese abordado el tema y respondió:

—Ya le he dicho que me gustaría comprarla, pero no como compañera de cama. En ese aspecto no me interesa.

Muy a su pesar tuvo que reconocer que no era cierto. Pese a estar harapienta y denigrada llamaba la atención. Era la clase de mujer que siempre despierta segundas y terceras miradas por parte de los hombres.

—Capitán, creo que es... ¿cómo se dice...? creo que es usted demasiado puritano.

—Tal vez —admitió Gavin—. De todas maneras, usted busca honradez y laboriosidad, es decir, virtudes puritanas.

—*Touché*. —Kasan chasqueó los dedos y el esclavo que tenía detrás le entregó un par de objetos de doce caras, de aproximadamente cinco centímetros de lado. Los agitó en la mano. Talladas en marfil, las caras pentagonales incluían símbolos grabados en oro—. Maduri posee unos dados francamente peculiares. ¿Desea probar suerte?

—A los puritanos no nos gustan los juegos de azar —replicó secamente el capitán—. Sobre todo si desconocemos las reglas.

—Los dados de doce caras son antiquísimos. Utilizamos un par para hacer apuestas o como método adivinatorio. Empleamos uno para practicar lo que llamamos *singa mainam*, es decir, «el juego del león». —Kasan lanzó un dado sobre la mesa. Cuando el objeto dejó de girar añadió—: El guerrero que desafía al jefe lleva a cabo cinco lanzamientos. Cada símbolo pone a prueba la fuerza, la sabiduría y el valor que todo buen jefe debe poseer. Espadas o ajedrez. Natación o puntería. Inmersión o lucha con el dragón. Este símbolo significa combate sin armas. Las manos de las divinidades determinan a qué se enfrenta el aspirante. —Volvió a esbozar una lenta sonrisa—. Como comprenderá, es muy anterior a la llegada del islam a las islas y a nuestra conversión en seres civilizados. De todos modos, el juego del león sigue formando parte de nuestra idiosincrasia.

Intrigado, Gavin declaró:

—Maduri es, ciertamente, una isla singular.

—Y seguirá siéndolo. No nos convertiremos en carne de los cañones europeos. —El tono de Kasan fue suave y letal.

El capitán llegó a la conclusión de que el sultán era realmente un hombre admirable e inquietante, y alzó su copa de vino de arroz para brindar:

—Su alteza, deseo que su tierra esté siempre a salvo de las invasiones europeas.

Kasan sonrió, levantó su copa a modo de respuesta y la conversación se volvió más relajada. De todas maneras, Gavin experimentó un cierto alivio cuando el banquete terminó. Siguió cansinamente al guía por los pasillos del enorme palacio. Se preguntó si ese hombre también era esclavo. Probablemente así era. ¿Por qué motivo el sultán pagaría un salario si no tenía dificultades para disponer de esclavos?

El tema lo llevó a pensar en la cautiva europea. ¿Se encontraba en una celda húmeda y rezaba para que él la ayudase, o la habían golpeado y desangrado hasta dejarla más allá de toda posibilidad de recuperación? Abrigó la esperanza de que Suryo hubiese averiguado algo más sobre la mujer. Le había pedido a su amigo que se codeara con el personal de servicio de palacio y averiguase cómo se vivía realmente en Maduri.

Gavin entró en sus aposentos y se detuvo azorado. En el centro de la sala de su suite habían colocado una enorme jaula hexagonal de gruesos barrotes dorados... En un rincón, la esclava permanecía agazapada.

4

Aunque al final se quedó dormida en un rincón de la jaula, Alex despertó al oír pasos. La esclavitud le había enseñado que los cambios casi nunca son para mejor y estaba asustada desde el momento en que los guardias la trasladaron a una estancia desconocida y lujosa del palacio y la dejaron encerrada en aquella jaula con tres cerrojos.

Al principio la tenue luz de la única lámpara sólo le permitió ver la llegada de un individuo alto que la intimidó. Enseguida reconoció al europeo que había visitado el mercado de esclavos. Se preguntó si se trataba de una alucinación, pero el hombre era bastante real: alto, fuerte y con porte de autoridad. Aquellos ojos grises y el pelo rubio que el sol había teñido de dorado sólo podían ser europeos. Alex se incorporó, cruzó la jaula, apoyó la cara en los barrotes y lo estudió ávidamente. El llamativo uniforme no era británico; tal vez procedía de Alemania o de Escandinavia.

Reprimió sus deseos de libertad y recordó que el mero hecho de ser europeo no necesariamente significaba que estuviese dispuesto a ayudarla. Aunque por instinto le había pedido auxilio en el mercado, ahora que se encontraban cara a cara recordó que los occidentales que frecuentaban los confines del mundo eran aventureros y renegados. Tal vez ese hombre había pedido al sultán que le permitiese usar a la esclava europea.

En realidad, daba igual. Por muy ruines que fuesen sus motivos, el desconocido era su mayor probabilidad de alcanzar la libertad y haría lo que fuera necesario para congraciarse con él a cambio de su ayuda.

El hombre se detuvo sobresaltado al verla. Alex se alegró al comprobar que posiblemente no era responsable de su presencia en la estancia e inquirió:

—¿Habla mi lengua? *Parlez-vous français?*

—Hablo ambas lenguas —respondió Gavin en inglés—. ¿A qué se debe su presencia en mis aposentos?

—No tengo ni la más remota idea. —Incapaz de reprimir su amargura, Alex apostilló—: A los esclavos no suelen explicarnos lo que va a ocurrir.

La expresión del capitán se tornó tensa.

—Lo siento, ha sido una pregunta absurda.

Aunque había remendado tanto como pudo la gastada camisa de algodón, Alex fue intensamente consciente de que sus pechos tensaban la tela delgada y raída. Era más corpulenta que la mayoría de las isleñas y no habían encontrado una *kebaya* de su talla.

Cuando el recorrido de su mirada llegó a los senos de la mujer, Gavin bajó los ojos incómodo. Alex se alegró, ya que pensó que un hombre con sentido de la decencia estaría más dispuesto a auxiliarla.

El capitán se dirigió al dormitorio y regresó con una camisa perfectamente doblada:

—¿La quiere?

—Sí, por favor. —Gavin le pasó la camisa a través de los barrotes y Alex se la puso. Le llegaba casi a las rodillas. Antes de arremangarse se frotó la cara con la tela blanca y fresca—. Huele a gloria y está tan limpia...

Gavin estudió la jaula, que sólo albergaba a la mujer y el orinal de latón.

—¿Necesita algo más? ¿Quiere comer o beber algo?

Alex se humedeció los labios. No había probado bocado ni agua desde muy temprano por la mañana y había dedicado la primera hora en aquella estancia a mirar con ansia el frutero situado sobre una mesa auxiliar.

—Por favor, quiero un poco de agua. Y después... ¿puedo tomar un poco de fruta?

—Por supuesto.

El capitán dejó el frutero en el suelo, junto a la jaula, para que la mujer pudiera pasar el brazo entre los barrotes y se sirviese lo que quisiera.

Mientras Alex pelaba y comía una jugosa especie de naranja isleña a la que llamaban *jeruk manis*, Gavin cogió los cojines de un banco y los introdujo a través de los barrotes de la jaula. Agradecida, la mujer se sentó sobre uno de los almohadones. Los últimos meses la habían llevado a apreciar hasta la más humilde de las comodidades.

—Por desgracia no hay agua, sólo tengo vino de arroz. —El capitán también se sentó en un cojín, al otro lado de la jaula, con una botella y dos copas en las manos—. Beba con moderación porque es muy fuerte.

—Gracias. —El vino de arroz combinaba de maravilla con el plátano elegido y Alex agradeció el calor que se dispersó por su cuerpo y desanudó sus músculos tensos. Cerró los ojos por espacio de unos segundos y disfrutó en compañía de un igual—. Lo siento mucho. He olvidado la buena educación. Me llamo Alexandra Warren y soy inglesa.

—Yo soy Gavin Elliott, de Boston, patrón de un buque mercante. —El capitán reparó en la mirada de la mujer—. Olvídese del uniforme, sólo pretende deslumbrar.

Alex llegó a la conclusión de que un estadounidense no era tan bueno como un compatriota, aunque se aproximaba bastante.

—¿Por qué asistió a la subasta de esclavos?

—Por pura casualidad. El sultán Kasan quiere que mi empresa sea su agente marítimo en exclusiva y me llevó a dar un paseo por la ciudad.

Alex sonrió con cinismo.

—¿También le mostró la flota pirata? Lo más probable es que no lo hiciera. Me parece que está oculta, atracada al otro lado de la isla.

Gavin la miró sorprendido.

—¿El sultán tiene barcos piratas?

—No sé si es el jefe o si, simplemente, les permite utilizar la isla a cambio de un porcentaje del botín. Sea como fuere, montones de praos piratas consideran Maduri como su base.

La expresión de Elliott se tornó amenazadora.

—Estoy al tanto de que en esta zona del mundo la piratería sólo es otro negocio familiar, pero no comparto ese punto de vista. ¿La capturaron los piratas?

—Mi marido era militar y estaba destinado en Sidney. Murió hace aproximadamente seis meses, por lo que emprendimos el regreso a Inglaterra, pero los piratas abordaron nuestro barco después de un tifón. —Se estremeció—. Habría preferido que nos hundiéramos. Intenté convencer a nuestros apresadores de que podían exigir un abultado rescate, pero no me hicieron caso.

—¿Por qué habla en plural?

Alex aferró con tanta fuerza los barrotes que los separaban que los nudillos se le pusieron blancos.

—En cuanto nos capturaron me arrebataron a mi hija Katie.

Gavin contuvo el aliento.

—No sabe cuánto lo siento. ¿Qué edad tiene?

—Ocho años. Mejor dicho, está a punto de cumplir los nueve.

Alex recordó a Katie tal como la había visto por última vez. ¿Había crecido mucho desde entonces? ¿Dónde estaba?

—Ocho años solamente... —repitió con suavidad el capitán—. Es muy pequeña.

La inglesa reparó en su expresión compasiva y le preguntó suplicante:

—Capitán Elliott, ¿puede ayudarme? Si compra mi libertad le aseguro que se lo pagaré con creces.

Gavin frunció el ceño.

—Esta misma tarde pregunté al sultán si podía comprarla y respondió que era imposible.

De modo que ya lo había intentado, pero había fracasado. Profundamente decepcionada, Alex inquirió:

—¿Por qué el sultán no permite que me vendan? A fin de cuentas no valgo nada para él. Es lo que me repiten cada día desde que me capturaron.

—El sultán Kasan posee... posee una mente muy retorcida. Como he rechazado su propuesta podría utilizarla para hacerme cambiar de opinión.

—Es absurdo, yo no tengo nada que ver con usted. —Pasó la mano a través de los barrotes y cogió otra pieza de fruta—. ¿De qué manera mi suerte supondría que usted accedería o no a transportar sus productos?

—Tuvo muy claro que me desagradó profundamente ver esclavizada a una mujer europea. —La expresión de Elliott se tornó reflexiva—. Tal vez por ese motivo la trajeron a esta habitación. Pensó que si me interesaba por el destino de una desconocida me mostraría todavía más inquieto en cuanto nos tratáramos. —Se incorporó ágilmente, rodeó la jaula y agitó los barrotes dorados—. Está atornillada al suelo y al techo, y los cerrojos de la puerta son descomunales. Con tiempo y las herramientas adecuadas podría liberarla, pero es imposible lograrlo esta misma noche y trasladarla a mi goleta. Lo único que podemos hacer es hablar, hacernos amigos y dejar de ser desconocidos. —Meneó la cabeza porque, muy a su pesar, sintió admiración por el sultán—. Kasan es infernalmente inteligente.

—Por lo tanto, ahora no sólo soy esclava, sino un peón de su partida. —Habría llorado de amargura pues se sentía totalmente a merced de la buena voluntad de un desconocido. Elliott parecía buena persona, pero sin duda existían límites sobre los extremos a los que estaba dispuesto a llegar con tal de ayudar a alguien que acababa de conocer. Se tapó la cara con las manos porque estaba al borde de la desesperación—. ¡Y pensar que cuando era pequeña quería ser niño para vivir aventuras! Tendría que haberme quedado en Inglaterra.

—¿Lo dice por su hija?

Elliott volvió a sentarse y llenó nuevamente las copas.

Alex asintió e hizo un gran esfuerzo por controlarse.

—Katie es muy espabilada, rubia y guapa. Fue el bebé más feliz que he conocido. Cuando intento dormir oigo sus gritos mientras aquel horrible pirata se la llevaba. No dejo de preguntarme dónde está, cómo la tratan y qué puedo hacer para recuperarla. Si logro escapar de esta maldita isla me trasladaré a Singapur. Es posible que algunos militares me ayuden, dado que su padre también era oficial del ejército.

—Estoy seguro de que harán cuanto esté en sus manos.

Al percibir reservas en el tono de Elliott, Alex acotó con un nudo en la garganta:

—Sin duda piensa que me engaño al creer que volveré a ver a mi hija. Probablemente está escondida en un harén y será imposible encontrarla. Quizá... hasta es posible que haya muerto.

—Es mucho más probable que la traten bien —aseguró el capitán con tono alentador—. Los isleños son amistosos y amables con los niños y su hija es lo bastante pequeña como para adaptarse. Aunque posiblemente la vendieron como esclava, lo más seguro es que la quieran por ser como es y porque una niña rubia y hermosa es algo raro y valioso.

Elliott no dijo que pensaba que Alex volvería a ver a su hija.

—Sólo le pido a Dios que esté en lo cierto. ¿Se... se imagina lo que significa perder a un hijo?

Tras un largo silencio Gavin respondió:

—Sí. Mi esposa murió de sobreparto y nuestra hija, un día después. La llamamos Anna. Ahora rondaría los ocho años.

Alex se quedó sin aliento y la sorpresa la arrancó de su propio dolor. Solamente había considerado al capitán Elliott en función de la forma en que podía influir en su situación. En ese momento lo vio tal como era. Tenía unos pocos años más que ella, calculó que rondaba los treinta y cinco. Aunque contundente, su rostro bronceado también transmitía humor, inteligencia y la sabiduría duramente ganada de alguien que ha llevado una vida plena y satisfactoria.

También se percató de que era asombrosamente apuesto. No haber reparado en ello era una muestra más de la confusión mental debida a las circunstancias.

—Capitán, crea que lamento profundamente las pérdidas que ha sufrido.

Gavin se encogió de hombros.

—Uno aprende a soportarlo.

De todas maneras, el dolor jamás desaparecía por completo y Alex notó que aún lo acompañaba.

—Me ha dejado sin habla —reconoció quedamente la inglesa—. Espero no tener que aprender a manifestar tanta fortaleza.

—Pero si ya lo ha hecho. Ha sobrevivido seis meses como esclava y no se ha venido abajo. —Bebió un sorbo de vino—. ¿Tanto hace que espera que la vendan?

—La de hoy era mi tercera venta. —Alex apoyó la cabeza en los barrotes dorados—. No soy una buena esclava. Un hombre y luego otro me compraron para sus harenes porque soy una extranjera exótica, pero me consideraron demasiado arisca y rebelde para conservarme. El precio de la segunda vez fue inferior al de la primera y, como ha visto con sus propios ojos, durante la tercera me amordazaron para frenar mi lengua viperina y me enviaron a una subasta pública.

Gavin dejó escapar un ligero silbido.

—Señora Warren, es usted indomable.

—Yo no me consideraría indomable, sino más bien desesperada —puntualizó tajante—. Lucho para tener la posibilidad de buscar a Katie. De no ser por ella me habría rendido. Habría sido mucho más sencillo.

Y más seguro, ya que acarrearía las cicatrices de su intransigencia prácticamente durante lo que le quedaba de vida.

—¿Katie está en Maduri?

—Amnah, una de las mujeres del primer harén, hizo algunas averiguaciones por mí y le explicaron que habían llevado a Katie a otra isla, pero no le dijeron a cuál. Mi hija podría estar en cualquier parte. —Alex hizo una pausa y bendijo en silencio a Amnah, que había sido amable con una forastera enloquecida de dolor—. Pero estoy segura de que la encontraré aunque tenga que pasar el resto de mi vida buscándola.

—Nadie debería tener que soportar en solitario semejante carga. —Con expresión tensa, Elliott se acercó a los barrotes para cogerle la mano, pero se retiró sin tocarla porque la mujer retrocedió instintivamente—. Señora Warren, le juro que acabará en libertad. Haré cuanto pueda para ayudarla a encontrar a su hija.

La inglesa dejó escapar un suspiro, sorprendida de que un perfecto desconocido hiciese una promesa tan comprometedora a alguien que apenas conocía. Supo por su expresión que el capitán hablaba absolutamente en serio. No tardó en comprender que la pérdida de la esposa y de la hija recién nacida provocaban en él una profunda necesidad de salvarlas. Aunque le había resultado imposible mantener con vida a su familia, prestarle ayuda tal vez aliviaría parte de la culpa y del dolor que lo obsesionaban.

La esclavitud la había reducido a un pragmatismo implacable. No se enorgullecía de estar dispuesta a hacer lo que hiciese falta con tal de recobrar a Katie, aunque ello significase aprovecharse del sufrimiento de un buen hombre, pero daba igual. El orgullo había sido una de las primeras cosas que había perdido.

—Capitán Elliott, le recordaré sus palabras —advirtió temblorosa—. Que Dios le bendiga por la ayuda que me presta.

—Es imposible no ayudar a una mujer en su situación. —Sin percatarse de que acababa de hacer algo extraordinario, Gavin se levantó, deambuló por la sala y estudió los lujosos muebles—. Sospecho que pasará la noche aquí, por lo que tiene que estar cómoda. Este biombo le proporcionará un mínimo de intimidad.

El capitán plegó el biombo de madera tallada de sándalo y lo deslizó entre los barrotes. El intenso aroma de la madera provocó cosquilleos en la nariz de Alex cuando lo introdujo y lo colocó en un ángulo de la jaula para tapar la vista desde la puerta principal y desde el dormitorio de Elliott.

—Es perfecto. No se imagina cuánto hace que sueño con un poco de intimidad. —Esa noche dormiría detrás del biombo, que también le serviría para disimular el orinal humillantemente público. El pudor era otra de las cuestiones a las que había tenido que renunciar—. Muchas gracias.

—¿Qué más necesita?

—¿Tiene una manta o una colcha? Hace un poco de frío.

El capitán entró en el dormitorio y regresó enseguida con un cuadrado doblado de tela *ikat* primorosamente tejida, de colores rojo y marrón. Alex se tapó agradecida, y apreció la belleza y el abrigo de la tela.

—Pasaré la noche rodeada de lujos. Gracias, capitán.

—Me llamo Gavin. —Torció la comisura de los labios en un amago de sonrisa—. Dado que vamos a compartir el alojamiento podríamos dejar de ser tan formales.

En la sociedad de la que procedían semejante comentario habría sido impertinente, pero eran forasteros que se encontraban solos en un mundo muy lejano al propio, lo que creaba una intimidad peculiar.

—Los que me conocen me llaman Alex.

Elliott volvió a sentarse frente a ella.

—Alex... Es un nombre que le va.

—A decir verdad, de niña me llamaba Amy. Pero cuando cumplí los quince años decidí que ya no quería ser Amy. —Sonrió al evocar épocas más sencillas y dichosas—. Mi segundo nombre es Alexandra y me parecía mucho más adulto y maduro. Por eso dejé de responder cuando me llamaban Amy y no tardaron en llamarme Alexandra o Alex.

La diversión iluminó el rostro de Gavin.

—De pequeña debió de ser un diablillo.

—Exactamente. Supongo que se debió a que deseaba ser varón. —Su alegría se esfumó cuando recordó las decisiones que la habían conducido a aquella espantosa situación—. No siempre fue fácil estar a la altura de mi madre. Sospecho que fue una de las razones principales por las que me casé con un hombre que me llevó lejos de Inglaterra.

—¿Su madre es una persona difícil?

Alex pensó en Catherine Kenyon y la echó tanto de menos que se habría puesto a llorar. El vino había debilitado las defensas que había erigido para sobrevivir.

—Solamente porque es... porque es absolutamente perfecta. Se trata de la mujer más bella de Inglaterra, de una madre maravillosa, de una mujer tan buena y solícita que, cuando por el trabajo de mi padre nos tuvimos que trasladar a Portugal y a España, la llamaban santa Catalina. Logró que nuestra vida pareciera una fantástica aventura.

—¿Se crió en el seno del ejército de Wellington? En ese caso no me extraña que la vida normal le pareciese aburrida.

—Adoraba nuestra existencia porque no conocía otra. Sólo al evocarla me doy cuenta de lo difícil que tuvo que ser para ella. Era responsable de mí y de dos criados, casi nunca dispuso de dinero o provisiones suficientes y mi padre se iba con las tropas y pasaba varias semanas fuera de casa. —También estaban las incontables infidelidades de su padre, pero era un tema que jamás mencionaban ni siquiera después de que Alex se convirtiese en una mujer casada—. En cierta ocasión los bandidos estuvieron a punto de capturarnos. Los ahuyentó con la pistola. Mi madre ha hecho todo como corresponde mientras que yo... —se le quebró la voz—, mientras que yo ni siquiera he podido proteger a mi hija.

—Alex, no es responsable de lo ocurrido —declaró Gavin con vehemencia—. Cuando los piratas atacan un barco mercante pequeño y desarmado los pasajeros que sobreviven pueden considerarse afortunados.

La inglesa volvió a tragarse las lágrimas que amenazaban con aflorar a sus ojos.

—¿Lo han atacado los piratas?

—En cuatro ocasiones. —Se tocó distraído una ligera cicatriz, casi invisible, que llevaba en el pómulo izquierdo—. La primera vez era solamente un chiquillo. Fue entonces cuando aprendí que un barco bien organizado jamás descuida la vigilancia. En los ataques posteriores ya era segundo oficial y patrón, y no nos dejaron demasiado tocados. Sólo contrato capitanes que comparten mi opinión sobre una buena guardia y mis barcos están mejor armados que la mayoría de los buques mercantes. Aunque los cañones adicionales reducen un poco la capacidad de carga, jamás he perdido una nave y mi flota navega por las aguas más peligrosas del mundo.

De modo que Gavin Elliott no sólo era capitán, sino también propietario de una importante empresa comercial. Los motivos por los que el sultán Kasan quería sus servicios eran de una claridad meridiana.

—¿Sus padres son escoceses? A medida que habla su acento se vuelve cada vez más escocés.

—Debe de ser por el vino. —Giró lentamente la copa—. Mi madre nació en Aberdeen y era hija de un vicario escocés. Yo también nací allí. Vivimos en Escocia e Inglaterra y, cuando tenía diez años, mis padres emigraron a América.

—Entonces es británico —comentó contenta de que hubiese nacido en su país—. En cierta ocasión un abogado londinense me dijo que quien nace británico muere británico.

—Hasta cierto punto es verdad. Jamás he olvidado el país en el que pasé mi infancia —apostilló lentamente—. De todos modos, América modeló mi mente y mis ideas. Tenemos nuestros propios problemas, pero al menos el país no está inmovilizado por una clase de nobles arrogantes y parasitarios, como sucede en las naciones europeas. En Estados Unidos un hombre llega a hacerse a sí mismo por caminos que en Inglaterra son inviables.

Alex tomó nota mental de que no debía contarle que estaba directamente emparentada con varios nobles, algunos de los cuales eran un dechado de arrogancia.

—Gavin, ¿se ha hecho usted a sí mismo?

Elliott sonrió con cierto humor.

—He hecho lo que he podido.

Alex repartió el vino de arroz que quedaba.

—Es una suerte que se haya terminado, porque corro el riesgo de beber en exceso. Francamente, me sorprende que haya vino porque Insulindia es musulmana.

—Suryo, mi mayordomo malayo, es mi experto en el tema de las islas y sostiene que, aunque nominalmente musulmán, Maduri también tiene influencia hindú y otras creencias tradicionales mucho más antiguas. Dicho de otra manera, los maduríes veneran a Alá, pero les gusta beber. —El capitán disimuló un bostezo y se puso en pie—. Es tarde y ambos debemos descansar. Mañana hay mucho que hacer.

—Buenas noches —lo despidió Alex y por primera vez en meses se sintió segura—. Ah, y muchas gracias.

Gavin volvió a sonreír, en esta ocasión con una calidez que se transmitió por la estancia y llegó al corazón de la mujer. Con su expresión le demostró que ya no estaba sola. Gavin Elliott no era únicamente amable, sino perspicaz; en definitiva, un hombre extraordinario.

Cuando el capitán se retiró al dormitorio, Alex se situó detrás del biombo y se quitó el sarong y la *kebaya* antes de volver a ponerse la camisa. ¡Dios bendito, qué lujo poder dormir con ropa limpia! Cuando fuera libre, en el caso que lo consiguiese, jamás volvería a considerar estas cosas como lo más natural del mundo.

Se envolvió soñolienta en la *ikat*, apoyó la cabeza en el cojín y abrigó la esperanza de que la fatiga le permitiera dormir a pesar de lo entusiasmada que estaba. Dios mediante, al día siguiente sería una mujer libre. Y lo sería gracias a un desconocido que, en sólo una hora, se había convertido en su héroe.

5

Gavin despertó temprano y el embotamiento lo llevó a preguntarse si había soñado el encuentro de la víspera. No, había sido real, a pesar de que jamás imaginó que pudiese existir una mujer tan interesante como Alexandra Warren.

Se levantó, se afeitó y se vistió con su discreción habitual en lugar de ponerse el llamativo uniforme. Había decidido comunicar personalmente su decisión al sultán.

Entró en la sala sin hacer ruido. La jaula brillaba a causa de la luz del amanecer y los dibujos serpenteantes de las partes superior e inferior eran demasiado bonitos para contener a una esclava. Al no ver a Alex rodeó la jaula y se cercioró de que seguía en su interior. Al fin y al cabo, cabía la posibilidad de que el sultán hubiese decidido que pasara la noche en otro sitio. La encontró hecha un ovillo detrás del biombo; sus facciones finamente cinceladas permanecían relajadas durante el descanso.

La fortaleza de la mujer lo asombraba. Había pasado los últimos seis meses como un pájaro enjaulado que aletea frenético para escapar de los barrotes de la esclavitud y estaba desesperada por recobrar la libertad y buscar a su hija. Sabía hasta qué punto obsesiona la pérdida de un recién nacido, y Gavin imaginó que tenía que ser mucho peor la separación de una niña de ocho años. Pidió a Dios que en el futuro Alex se reuniera con Katie, aunque no tenía muchas probabilidades de hacerlo.

La inglesa suspiró, se movió perezosamente y se puso boca arriba. La colcha cayó y Gavin vio que vestía sólo su camisa, que le llegaba a la mitad del muslo. Sus piernas bien contorneadas eran realmente muy provocativas y aquella visión lo golpeó como un enérgico revés.

Poco después apartó la mirada y regresó a su dormitorio, avergonzado por desear a una mujer tan vulnerable. Nadie compra esclavas hermosas para convertirlas en fregonas y seguramente Alex Warren había soportado abusos y violaciones por parte de sus dueños antes de que la desechasen por poco dócil. Una mujer más débil se habría puesto histérica o habría quedado paralizada, pero Alex se había convertido en acero puro. Aunque no podía borrar las humillaciones que había padecido, Gavin respetaría su tácita decisión de no mencionar lo sucedido y la trataría con el respeto que merecía.

El capitán revolvió sus pertenencias e hizo ruido deliberadamente antes de regresar a la sala.

—¿Alex?

—Un momento...

Gavin notó movimiento al otro lado del biombo y oyó el rasgón de una tela. Alex apareció con el sarong de color intenso graciosamente agitado y con la inmensa camisa del capitán convertida en túnica. Si dejamos de lado la carne viva que rodeaba sus muñecas estaba muy elegante, pues había convertido su desgastada blusa en un cinturón que resaltaba su cintura de avispa y con una manga había hecho un lazo para recogerse la enredada cabellera.

El capitán tuvo que contenerse para no dirigir la mirada al profundo escote de la camisa y le ofreció un peine.

—Lo siento, pero anoche no me acordé.

—¡Un peine! —Alex lo cogió con sumo respeto—. Es usted un santo.

—Lo dudo mucho. —Gavin sabía que, simplemente, había aprendido algunas cosas durante su matrimonio—. Suryo, mi mayordomo, no tardará en llegar. Le traerá el desayuno y lo que necesite. Es muy hábil para conseguir comida. Seguro que ya se ha hecho amigo del jefe de cocina, del principal ayuda de cámara y del capitán de la guardia.

Gavin no añadió que, al mismo tiempo, Suryo averiguaría la mitad de los secretos de palacio.

Alex se soltó la melena y se dedicó a deshacer los enredos. Más que negros, los gruesos mechones de su espesa cabellera eran morenos y tenían los toques castaños y rubios que la caracterizaban como europea.

—Gavin, ¿qué pasará ahora?

—Desayunaré con el sultán Kasan y volveré a pedirle que me permita comprar su libertad.

Suryo, que llevaba una cesta, entró en la sala sigiloso como un felino. No se sorprendió al ver la jaula gigante ni a su ocupante. Una vez hechas las presentaciones, el malayo hizo una reverencia y dijo:

—*Puan*, me han dicho que estaba aquí. —La palabra *puan* significaba señora y *tuan* quería decir señor. Abrió la cesta, que contenía pan, arroz, fruta y una tetera llena de té caliente—. ¿Le apetece desayunar?

—Eficaz como siempre —comentó Gavin; sirvió el té en una taza pequeña y se la pasó a Alex a través de los barrotes.

La mujer bebió y dejó escapar un suspiro de placer.

—Me temo que en palacio todos saben que en esta sala hay una extranjera enjaulada como un animal salvaje.

—Las cocinas del rey saben todo cuanto se cuece en palacio —coincidió el malayo.

Aunque la estancia no permitía que se escondiesen espías que pudiesen escucharlos y en Maduri eran contadas las personas que dominaban el inglés, Gavin preguntó con voz baja:

—¿Qué opinan de Kasan los habitantes de la isla?

—Es un buen gobernante, aunque quizá no se trate de un buen hombre —replicó Suryo lentamente—. Tiene fama de cruel y juega con las personas como un tigre con su presa. Opina que Maduri y él son lo mismo y es implacable en lo que a su nación se refiere. Es un excelente deportista y un jugador a quien le encanta ganar, pero respeta a los que poseen las habilidades y el valor necesarios para vencerlo. Capitán, es un hombre peligroso y tal vez tiránico, pero no se trata de un loco violento.

Esas palabras confirmaron las impresiones de Gavin y le sirvieron de guía para tratar con el sultán.

—Si me niego a trabajar para él, ¿ordenará que me maten sin miramientos?

—Yo diría que no —contestó Suryo con gran seriedad.

A pesar de que la respuesta resultó inquietante, Gavin no tuvo tiempo de hacer más preguntas porque uno de los esclavos del sultán se presentó en la puerta, hizo una profunda reverencia e informó en la jerga malaya que usaban para realizar las transacciones comerciales:

—Capitán Elliott, su alteza le espera.

Gavin miró a Alex. Como si intentase convencerse a sí misma, la mujer declaró:

—No tiene motivos para conservarme como esclava.

Aunque abrigaba la esperanza de que tuviese razón, su instinto de marinero indicó a Elliott que no sería sencillo.

Una tranquila comida en un palacio situado en el paraíso tendría que haber sido relajante, sobre todo porque las fragantes brisas tropicales se colaban por las estancias espaciosas y adornadas con estatuas doradas y alfombras de seda que en Occidente habrían valido un ojo de la cara. Gavin estaba más tenso que una maroma. Aunque ni Suryo ni él consideraban que el sultán fuera capaz de matar a un hombre por disentir, nada le impedía hacerlo si se despertaba sediento de sangre.

Cuando retiraron el último plato de fruta Gavin vio que un pájaro cantor brillante como una joya entraba a coger un bocado y se posaba en la cabeza de una estatua dorada. Probablemente se trataba de la representación de una antigua diosa de la fortuna, ya que en la mano abierta sostenía un par de dados maduríes de doce caras.

Abrigó la esperanza de que la diosa le fuese favorable, ya que necesitaba toda la suerte del mundo. La interminable comida en privado había confirmado que Kasan no sólo pretendía a Gavin como comerciante honesto, sino como acceso a Occidente: como embajador que representaría los intereses maduríes a la hora de llevar a cabo negocios con Europa y América. También había mencionado lo mucho que Elliott House ganaría con aquella asociación. Si aceptaba, en menos de una década Gavin sería rico más allá de lo imaginable.

Kasan se puso en pie y le hizo señas para que lo siguiese por los elegantes soportales hasta la terraza, que ofrecía una espectacular panorámica del extremo occidental de la isla.

—Esta visión es digna de un sultán e incluso del mítico pájaro Garuda de las islas.

—Conviértase en mi principal agente y su residencia también se alzará en esta colina.

Ese comentario le permitió saber que había llegado el momento de hablar de negocios. Gavin cruzó mentalmente los dedos y declaró con solemnidad:

—Alteza, me siento profundamente honrado por su elección, pero no puedo aceptar.

El ambiente se enfrió de golpe.

—¿Por qué? —inquirió el sultán—. ¿Es que los beneficios le parecen insuficientes?

—Su generosidad trasciende todos los límites —respondió Gavin sin faltar a la vedad—. Pero mi mente y mis ambiciones están en otra parte.

—¿Existe una ambición mayor que convertirse en príncipe de Maduri?

—Ir a Londres no es solamente una ambición, sino una cuestión de... de saldar viejas cuentas que me han obsesionado a lo largo de toda la vida.

Sin duda, Kasan podía entender la necesidad de resolver antiguos conflictos.

—Solucione esos asuntos y regrese.

El capitán cambió de táctica y preguntó:

—¿Por qué está tan empeñado en que Elliott House sea su agente comercial? Ha dedicado años a analizar las empresas occidentales de transporte y sin duda hay otras que se adaptan mejor a sus necesidades.

—Ninguna es tan competente como la suya. —La mirada del sultán se encendió con humor—. Su honradez y obstinación son célebres en todo Oriente. He pensado en otros capitanes, como el inglés Barton Pierce, el holandés Nicolas Vandervelt y el francés Foucault. Todos son buenos, pero usted es el mejor. No se compromete a la ligera y cuando concede su lealtad se puede confiar plenamente en usted.

Gavin palideció cuando oyó que el sultán mencionaba a Pierce. Era el único eslabón débil de una sólida cadena de empresarios.

—Hay más hombres honrados.

—Y en este momento usted sabe que no es del todo honrado —acotó Kasan astutamente—. ¿Cuáles son los verdaderos motivos por los que rechaza mi ofrecimiento? Quizá podamos superar sus objeciones.

Gavin titubeó pues sabía que corría el riesgo de enfurecer a su anfitrión, pero no podía faltar a la verdad.

—Reconozco que las costumbres orientales son como son, pero me resulta imposible aliarme con un reino donde la esclavitud y la piratería son formas de vida.

El sultán frunció el ceño, pero no se enfadó.

—Es un modo de pensar muy occidental. Los británicos y los holandeses son los mayores ladrones del mundo y Estados Unidos basa su riqueza en el esfuerzo de los esclavos.

—Tampoco estoy de acuerdo con eso, motivo por el cual siempre he trabajado para mí más que para el gobierno. Representar los intereses de Maduri ante el mundo violaría mis principios porque significaría que acepto la esclavitud y la piratería si así obtengo beneficios.

—Admiro los principios, salvo cuando se interponen con lo que pretendo. —Kasan sonrió encantador—. Según sus principios, ¿dónde queda la mujer?

A Gavin se le cerró bruscamente la boca del estómago. Había pensado en qué momento se plantearía la cuestión, ya que Alex no estaba por casualidad en sus aposentos.

—Le pido autorización para comprar la libertad de la inglesa Alexandra Warren —solicitó Gavin, con la esperanza de que el sultán se mostrara sensato—. Me gustaría devolverla al seno de su familia.

—No está en venta... ni ahora ni nunca.

El sultán dio la respuesta que más temía el capitán.

—Pagaré generosamente.

—No quiero su oro, sino su tiempo, y me lo niega.

Aunque había preparado otras argumentaciones, el instinto le advirtió que Kasan se mantendría en sus trece y no se atendría a razones. Pero tampoco podía abandonar a Alex Warren sumida en la esclavitud. Arrebatarle nuevamente las esperanzas después de habérselas devuelto haría aún más insoportable su cautiverio.

—Dado que no quiere venderla, ¿está dispuesto a canjearla?

Sorprendido y lleno de curiosidad el sultán preguntó:

—¿Por qué la cambiaría?

Gavin sabía que sólo tendría éxito si la oferta era generosa, de modo que respondió:

—Le cambio mi goleta *Helena* por la señora Warren.

Kasan dejó escapar un suave silbido.

—¿Tanto la desea? Jamás he conocido a una mujer que valiese ni la décima parte de su barco.

—No la quiero porque la desee, sino en nombre del honor.

Aunque le dolería quedarse sin la *Helena* era una pérdida que podía permitirse, ya que construiría otro barco todavía mejor.

—Trabaje para mí y tendrá a la mujer para hacer con ella lo que le venga en gana. El único pago que aceptaré corresponde a sus servicios.

Gavin apretó la mandíbula al percatarse de que no tenía salida. Estaba deseoso de abandonar Oriente y si se quedaba malograría las ambiciones que lo habían impulsado durante más de la mitad de su vida. ¿Qué le debía a Alexandra Warren? Había hecho cuanto estaba en sus manos para comprar su libertad, había ofrecido incluso la goleta que era la joya de su flota. ¿No era suficiente?

Le había dado su palabra y, tras la noche anterior, Alex ya no era una desconocida.

Intentó buscar una solución que la ayudase sin quedar atrapado. No tendría que haber permitido que el sultán supiese que el destino de la inglesa lo preocupaba, pero le había sido imposible disimular desde el instante en que la vio forcejear con sus apresadores. En virtud del interés que había mostrado Alex se convirtió en un peón de la partida de Kasan.

El capitán contempló entonces los dados de doce caras que reposaban en la palma de la mano de la diosa de la fortuna. Tuvo un golpe de inspiración. Aunque no tenía excesivas posibilidades, si Kasan accedía tal vez podría liberar a Alex sin vincular su futuro al de Maduri.

—Su alteza tiene fama de gran deportista. ¿Está dispuesto a permitir que me juegue el destino de la mujer en una partida del juego del león?

El sultán preguntó sorprendido:

—¿Está dispuesto a arriesgar la vida en el *singa mainam* por una simple esclava? Capitán, es usted realmente un insensato valiente y honrado.

—No exageremos, ya que me negaré a participar en el juego del león si supone la muerte segura. ¿Es así?

—La muerte es posible, pero no inevitable. Algunas tareas exigen la valentía y las aptitudes del guerrero, mientras que otras ponen a prueba la mente. Se trata de actividades en las que los hombres encuentran gran placer. —Espectacular y exótico con su vaporosa vestimenta de seda, Kasan frunció el ceño y caminó por los elegantes soportales apuntados que separaban la terraza del interior—. Será una partida del juego del león distinta a todas las demás. Habrá que establecer reglas específicas.

Gavin se cruzó de brazos, se apoyó en una columna y se preguntó en qué se había metido.

—Yo ni siquiera conozco las reglas corrientes. Creo recordar que dijo que se realizan cinco lanzamientos.

El sultán movió afirmativamente la cabeza.

—Cuando se trata del desafío por el trono no queda más opción que aceptar cada lanzamiento de los dados. Sin embargo, sería injusto encomendar una o dos tareas a alguien que no se ha criado en las islas, así que aceptaré un rechazo.

La solución parecía bastante sensata.

—En el caso de que un trabajo me lleve a competir con otro ser humano, ¿quién será mi adversario?

La blanca dentadura de Kasan produjo un brillante destello en medio de la barba negra.

—Yo, por supuesto. Me encanta la posibilidad de enfrentarme a un adversario dispuesto a derrotarme. Pocos maduríes se atreven a intentarlo.

—¿Habrá lucha a muerte?

—No, lo quiero vivo.

Evidentemente al sultán ni se le había cruzado por la cabeza la posibilidad de perder.

—¿Cómo se alcanza la victoria? ¿Hay que vencer desafíos peligrosos, sobrevivir y derrotarlo en todas las tareas que supongan una competencia directa?

—Exactamente. —Kasan frunció el ceño—. Necesitamos un juez neutral por si se plantea una disputa. Propongo al *tuan* Daksa, cabeza visible del templo budista de Maduri, famoso por su sabiduría e integridad.

Gavin se preguntó si esa situación daba ventajas a Kasan, pero al final accedió. Conocía a varios monjes budistas y todos eran seres imparciales que habrían sido buenos jueces.

—Acepto al *tuan* Daksa.

—Si gana, la mujer es suya y podrá hacer con ella lo que le apetezca. Si pierde, durante veinte años permanecerá al servicio de Maduri a mi conveniencia.

La perspectiva de renunciar durante tanto tiempo al control de su vida puso enfermo a Gavin.

—Sólo durante cinco años. Intentar planificar un futuro tan lejano es como tentar al destino.

El sultán sonrió como un leopardo que avista la presa.

—Que sean diez. No aceptaré un día menos.

Diez años... Era una buena parte de su vida, pero no había nada que hacer.

—Está bien, diez años, pero a cambio, gane o pierda, la señora Warren será liberada e intentará averiguar adónde llevaron a su hija cuando la capturaron.

Kasan se encogió de hombros.

—De acuerdo. Esa mujer no me interesa, salvo porque su peculiar sentido del honor la ha unido a su destino. ¿Trato hecho?

Durante unos segundos Gavin reflexionó sobre el dislate de arriesgar tanto para ayudar a alguien que acababa de conocer. Pero, maldita sea, no podía volver la espalda a una mujer en apuros. Su padre le había inculcado que el hombre tiene el deber de proteger a la mujer y esa convicción formaba parte de su persona tanto como de su corazón y su mente. En broma, Helena lo había llamado su caballero andante.

—Trato hecho. —Ofreció su mano al sultán—. Recuerde que puedo ganar.

La mano morena de Kasan estrechó la suya.

—Capitán, no vencerá. —El sultán volvió a esbozar una sonrisa radiante y peligrosa—. ¡Claro que un juego apasionante hace que merezca la pena correr el riesgo de perder!

6

Costaba caminar por un espacio de menos de tres metros de ancho. Alex hizo lo que pudo durante las horas que Gavin Elliott estuvo fuera y se planteó alternativamente si su prolongada ausencia era buena o mala.

Cuando el capitán regresó cruzó la jaula a toda velocidad, aferró los barrotes y escrutó su rostro.

—¿Qué ha pasado? —Como Gavin vaciló, Alex acotó con el corazón en un puño—: El sultán no permite que me compre.

—No es exactamente así —reconoció Gavin—. Me ha dado la oportunidad de conquistar su libertad compitiendo en una tradición madurí llamada *singa mainam* o juego del león. Se lanza cinco veces un dado especial de doce caras y debo tratar de cumplir la tarea que indica. Puedo negarme una vez a hacer algo que va más allá de mis posibilidades, por lo que las probabilidades de conquistar su libertad son bastante elevadas.

Alex lo observó atentamente e intentó asimilar la información.

—Es... es disparatado. Claro que mi vida entera ha sido disparatada desde que me capturaron. ¿Qué clase de trabajos tiene que realizar?

—No lo sé exactamente, pero Kasan habló de combate sin armas, natación, inmersión, tiro y ajedrez. —Gavin sonrió ligeramente—. Otra tarea se denomina lucha con el dragón y no tengo ni la menor idea de en qué consiste.

—Parece peligroso, demasiado peligroso.

—Como no hay duelo a muerte me figuro que el juego del león será interesante y tan arriesgado como la profesión de marino.

La esclavitud había aguzado la capacidad de Alex de leer entre líneas y comprendió que Gavin restaba deliberadamente importancia a los riesgos. Declaró angustiada:

—No es justo que se arriesgue por mí.

—Agradezco su preocupación, pero Kasan quiere que sea así. Ni usted ni yo podemos elegir.

Era mentira, ya que Gavin podía hacerse a la mar cuando le apeteciese. Pero prefirió quedarse y participar de un juego bárbaro con tal de salvarla.

—¿Cuándo comienza la competición? —quiso saber la inglesa.

—Mañana a primera hora. El sultán pretende convertir la competición en una fiesta palaciega. Habrá un juez budista, grupos de cortesanos, música, comida y bebida. —Gavin sonrió—. Leones y cristianos para divertir al pueblo.

Alex sintió un escalofrío.

—Francamente, espero que no sea así.

—A decir verdad, se parece más a los trabajos de Hércules que a la arena romana y lo cierto es que el griego sobrevivió sin dificultades. —Acalorado, el capitán tironeó del cuello de la camisa—. ¿Le molesta que me la quite? Es un día cálido.

—Déjese de eufemismos, el día es asfixiante. Haga el favor de ponerse cómodo. —Alex señaló su sarong—. Con este clima las prendas autóctonas son mucho más prácticas.

—Es un engorro tener que vestir siempre como un *taipan* occidental. —Gavin se quitó la oscura casaca hecha a medida y, aliviado, se desabotonó el cuello de la camisa—. Tengo una buena noticia. Pedí al sultán que buscase a Katie y ha dicho que empezará inmediatamente.

—¡Gracias a Dios! Lo hará en condiciones más favorables de las que yo llegaré a tener jamás.

Mareada de alivio Alex se sentó en un cojín.

Gavin recorrió la sala y disfrutó de la brisa que se colaba por los soportales.

—¿Necesita algo?

—No. Suryo y los esclavos de palacio se han desvivido por ayudarme.

Una ráfaga de aire recorrió la estancia y Alex reparó en que la camisa bañada en sudor del capitán se adhería a sus hombros y a su pecho, por lo que resaltaba la musculatura y el buen estado físico que el resto del tiempo quedaban ocultos. No podía pedir un mayor defensor de su libertad ni un adalid más apuesto. Había que ser ciega para no reparar en lo atractivo que era, si bien esa faceta de su persona estaba muerta. Su amabilidad y su coraje eran muchísimo más importantes que su aspecto.

El capitán se apartó de la ventana y comentó:

—Esta tarde visitaré la *Helena* para poner al tanto de los acontecimientos a mi segundo oficial.

La inglesa reprimió una punzada de terror ante la posibilidad de que no regresase.

—¿Me traerá un libro? —preguntó alegremente—. Vivir en una jaula es muy aburrido.

Gavin se percató de lo que Alex no expresaba y murmuró:

—Le cuesta fiarse de los demás.

La inglesa aferró un barrote dorado al recordar la época en que confiaba espontáneamente en la gente.

—Solía hacerlo, pero... pero he perdido la costumbre.

Elliott le cogió la mano.

—No falta mucho.

Un calor más emocional que físico se transmitió del hombre a la mujer. Algo ruborizada, Alex afirmó:

—Empiezo a creer que es verdad. Usted es una influencia positiva, pero...

Como se interrumpió Gavin preguntó:

—Pero... ¿qué?

—Aunque ocurra lo más maravilloso que pueda imaginar... aunque acabe en libertad, encuentre a Katie sana y salva y regresemos a Inglaterra sin problemas, me parece que jamás recuperaré la vida que conocí y la única que siempre he querido. —Alex se estremeció a pesar de que hacía mucho calor—. Si lo que me ocurrió se llega a saber, la sociedad lanzará una exclamación de sorpresa, se horrorizará y se replegará por miedo a mancharse. El oprobio de lo sucedido acompañará a Katie a lo largo de su existencia.

—Su perfecta madre... ¿abandonará a su hija y a su nieta?

Alex se acordó de Catherine, siempre dispuesta a acogerla con los brazos abiertos.

—Claro que no.

—¿Su padrastro la condenará?

La inglesa no tuvo más remedio que sonreír.

—Habrá que frenar al coronel, que querrá navegar hasta aquí y administrar personalmente justicia a los piratas.

—La sociedad empieza por la familia. Si sus parientes la aceptan el resto del mundo prácticamente no cuenta. —Le apretó la mano—. Alégrese de tener una familia que la quiere y la apoya. Muchas personas no tienen esa suerte.

De repente Alex se percató de que el capitán apenas había hablado de sus parientes.

—Gavin, ¿tiene familia?

—Que yo sepa, no. Mis padres han muerto y soy hijo único.

—Yo tengo montones de parientes y si quiere se los presto con gusto —propuso impulsivamente—. Le aseguro que puede tratar únicamente a los que son agradables.

—Es usted muy amable. Puede que acepte cuando lleguemos a Londres. —Atrajo hacia sí la mano de la mujer a través de los barrotes y depositó un beso ligero y cortés en sus nudillos—. Alexandra, todo saldrá bien. Lo noto en mis clarividentes huesos escoceses.

La confianza del capitán le permitió mantener el optimismo incluso cuando se marchó al puerto. La tarde fue interminable y aburrida, salvo por los niños que se asomaron por la puerta y rieron. Intentó engatusarlos para que entrasen y no le molestó convertirse en centro de atención de los chiquillos de palacio, pero eran demasiado tímidos para acercarse.

Las miradas vivaces y los rostros alegres le recordaron las palabras de Gavin sobre el probable tratamiento que Katie había recibido en cautiverio. Aunque jamás la rescatase, tal vez llevaría una existencia feliz en las islas porque era una niña de naturaleza dichosa, pero Alex deseaba ser quien guiara y protegiese a su hija. Por muy amable que fuera, nadie la amaría tanto como su madre.

Inmersa en esas tristes reflexiones, Alex se alegró cuando Gavin regresó. Llevaba dos libros: una recopilación de los poemas de Byron e *Ivanhoe*, de Walter Scott.

—Si no le gustan pediré que traigan más.

—¡Gavin, bendito sea! —La mujer acarició la encuadernación en piel—. Esperaba un libro de cartas marinas, cuya lectura, de todas formas, también habría sido un placer.

—En mi camarote hay demasiados libros. Me alegro de que estos le gusten.

Cuando el capitán se retiró para cambiarse de ropa y asistir a otra cena en palacio Alex abrió *Ivanhoe*. En la guarda alguien había escrito con vigorosa letra masculina: «Para Helena en su vigésimo segundo cumpleaños. Con todo mi amor, Gavin».

Se le hizo un nudo en la garganta al leer la dedicatoria. Había sido muy generoso al dejarle un libro de su esposa, ejemplar que conservaba desde hacía muchos años.

Abrió la recopilación de los poemas de Byron y vio el nombre de Helena Elliott escrito con trazos delicados y claros. ¿Cómo había sido Helena? Sin duda se trataba de una mujer guapa y tierna, y que adoraba a su apuesto y joven marido tanto como él la veneraba a ella. Le pareció realmente trágico que hubiera muerto en la flor de la vida.

Mentalmente dio las gracias a Helena por aquellos libros. Se puso a leer *Ivanhoe*. Apenas reparó en la partida de Gavin. Cuando no hubo luz suficiente para leer comió el arroz, el curry y la fruta que Suryo le llevó. Se tapó con la colcha de *ikat*, se tumbó detrás del biombo y apoyó los libros sobre el cojín que le servía de almohada como símbolos de aquella vida que casi parecía volver a estar a su alcance.

Por primera vez en meses se sintió contenta.

El resplandor de una tea la despertó. Alex se incorporó, parpadeó y vio a cuatro guardias armados junto a su jaula. Uno de los guardias abrió el triple cerrojo sin hacer el menor ruido. Asustada, intentó recordar el poco malayo que sabía para preguntar qué ocurría, pero se quedó inmóvil cuando el jefe frunció el ceño e hizo el ademán de cortarle el cuello para indicarle que guardase silencio.

Se mordió la lengua al darse cuenta de que no querían que Gavin despertase. Si pretendían llevársela, el capitán no podría detenerlos e intentarlo habría sido peligroso.

La puerta de la jaula se abrió y le indicaron que saliese. Obedeció con expresión hierática. El sol asomaba por el horizonte, pero el palacio estaba a oscuras cuando la condujeron por un laberinto de pasillos. ¿Por qué la trasladaban? Supuso que no sería para ejecutarla, ya que Kasan pretendía ganarse la buena voluntad de Gavin. Probablemente la encerrarían en una celda hasta que el juego del león tocase a su fin.

Varios niveles más abajo, en un ala apartada del palacio, el jefe de la guardia se detuvo ante una puerta tallada y llamó. Abrió una esclava, una mujer menuda, suntuosamente vestida, de pelo canoso y gran dignidad. Sostuvieron un breve diálogo y el jefe de los guardias hizo una reverencia y se retiró con sus hombres. Antes de alejarse miró a Alex y tocó leve y significativamente el kris. Lo entendió a la perfección: el jefe y sus efectivos se quedarían a la puerta y tendría mucho de lo que arrepentirse si causaba problemas a la anciana.

En cuanto se cerró la puerta un grupo de mujeres de todas las edades franquearon la puerta interior. Parloteaban curiosas mientras la rodeaban; le tocaron el pelo, acariciaron su piel clara, hicieron comentarios sobre sus heridas y le aplicaron ungüento en las muñecas despellejadas. Las mujeres eran de huesos pequeños, elegantes e iban exquisitamente vestidas, por lo que Alex se sintió como un buey enorme y torpe; de todas maneras, fue un alivio encontrarse en el harén más que en una mazmorra.

—*Mandi* —dijo la anciana.

Alex entendió: querían que se diese un baño. ¿Era posible que la estuvieran preparando para dejarla en libertad? La actitud de las mujeres era amistosa y no la trataban como a una esclava, sino como a una invitada. Volvería a estar limpia...

—*Ya, mandi* —repitió con gran fervor.

Varias jóvenes la ayudaron y le proporcionaron jabón, agua y muchas risas. Mientras le secaban la melena, Alex jugó a un alegre juego del cucú con un crío que estaba aprendiendo a andar. Las mujeres reaccionaron favorablemente. Aunque Alex apenas sabía malayo y las maduríes no hablaban inglés, el lenguaje de la feminidad es universal.

Después del desayuno la vistieron con prendas nuevas y de vivos colores que, para variar, se adecuaban a su cuerpo. Además del sarong estampado de batik y de la *kebaya*, la cubrieron con un *selendang*, una especie de mantón. Las mujeres se divirtieron mucho cuando la vistieron y la peinaron con rebuscada formalidad, como si fuera una gran muñeca extranjera.

La alegría de Alex se esfumó cuando la más importante del grupo se presentó con lo que parecían puñados de joyas doradas. Con expresión pesarosa la isleña cogió una de las cadenas de oro.

Se trataba de esposas.

—*Ma'af*.

Aunque se disculpó, la mujer colocó las esposas alrededor de las despellejadas muñecas de Alex. Le entregó grilletes a una muchacha que se agachó para colocarlos en torno a sus tobillos. Eran realmente bonitos, los eslabones tenían forma de joyas y estaban entrelazados como tales, pero no dejaban de ser cadenas cuya chapa dorada encubría una aleación inflexible. A Alex se le cayó el alma a los pies y se dio cuenta de los motivos por los cuales la habían trasladado al alojamiento de las mujeres: porque había que crear la sensación de que el premio del maldito juego de Kasan merecía la pena.

Seguía siendo una esclava.

Gavin despertó cargado de tensión por la certeza de que esa mañana comenzaba el juego del león. Se prolongaría a lo largo de cinco días y cada jornada se realizaría un lanzamiento.

Mientras se aseaba y se afeitaba reconoció para sus adentros que una pequeña y delirante parte de su persona aguardaba expectante el desafío; al fin y al cabo, los comerciantes no alcanzan el éxito si no disfrutan de la competición. Claro que las apuestas de este juego eran endiabladamente altas. No había mencionado a Alex las consecuencias que padecería si perdía porque la mujer ya se sentía bastante culpable por los riesgos que corría por ella. Con un poco de suerte ganaría la partida, ambos abandonarían Maduri y no haría falta que la inglesa se enterase de que se había jugado diez años de su vida.

Tras vestirse con prendas que le permitían moverse libremente, Gavin entró en la sala y preguntó:

—¿Alex?

No obtuvo respuesta. Repitió su nombre, pero no pasó nada. Miró al otro lado del biombo.

La mujer no estaba. Se le aceleró el pulso y en ese momento se abrió la puerta del pasillo. Se giró dispuesto a plantar cara a quien fuera, pero se trataba de Suryo.

—¿Sabes dónde está la señora Warren?

—Estuve en la sala de guardia y me han dicho que la llevaron al alojamiento de las mujeres —respondió el mayordomo—. Allí no sufrirá daños.

—¿Por qué demonios la ha trasladado Kasan?

—No es habitual que el hombre de a pie comprenda las decisiones de los soberanos —replicó Suryo secamente—. Pero tengo más información sobre el *singa mainam*. Capitán, está capacitado para la mayoría de las pruebas: natación, inmersión, ajedrez, escalada, lucha con el kris o con las manos. Le irá bien. —Frunció el ceño—. Los datos sobre la lucha con el dragón, la danza del fuego y el culto a la diosa son más confusos.

—Los nombres parecen descripciones rebuscadas de actividades mundanas —apuntó Gavin—. Espero no tener que luchar con Kasan. Aunque asegura que no habrá duelo a muerte, sospecho que es realmente peligroso con la daga o con las manos.

Suryo parecía divertirse.

—Le enseñé personalmente el arte del *pentjak* y a usar el kris. No puede perder.

—Ojalá estuviera tan seguro como tú. —Gavin consultó su reloj de bolsillo—. Es hora de irse. Supongo que sabes dónde está el Jardín del León.

—Por supuesto. Sígame, capitán.

Atravesaron el palacio y descendieron por una escalera de caracol tallada en la piedra. Al llegar al pie vieron que dos guardias flanqueaban una puerta maciza. Gavin entornó los ojos al franquearla y salir a la cegadora luz del sol. El estruendo de las voces lo asaltó.

A medida que sus ojos se adaptaron a la luz vio que se encontraba en el lecho de un pequeño anfiteatro natural. La puerta que acababan de atravesar estaba tallada en el imponente peñón que se alzaba a sus espaldas. Al otro lado de la arena había hileras de asientos y otra puerta, que conducía a la ciudad. Los rostros entusiasmados de cientos de espectadores lo llevaron a sentirse como un gladiador romano.

Un funcionario de palacio se acercó, hizo una reverencia y, a través de la arena recocida por el sol, condujo al capitán Elliott y a Suryo hasta el pabellón situado en el lado norte. Bajo el elevado techo de paja había un trono de ratán trenzado, con el respaldo con forma de cola de pavo real, y tres asientos más pequeños pero parecidos. Formaban un semicírculo alrededor del pedestal de brillante obsidiana trabajada. Sobre el pedestal reposaba un dado de doce caras de marfil envejecido y del tamaño del puño de un niño.

Escoltaron a Gavin hasta el asiento de la derecha y Suryo se situó detrás, a punto para asesorarlo o hacer de intérprete en caso de que fuese necesario. El *tuan* Daksa —hombre sereno, anciano y ataviado con la túnica típica de los monjes budistas— tomó asiento del otro lado. Gavin saludó cortésmente al monje y a continuación a los espectadores, y lamentó que la competición fuese tan condenadamente pública.

El lento retumbarde los tambores fue en aumento hasta que el eco resonó en las paredes de piedra. Se hizo el silencio cuando se pusieron en pie y miraron hacia la entrada del túnel.

En primer lugar apareció Sheng Yu, ministro principal de Maduri. Le siguieron dos guardias ataviados con un rebuscado uniforme de gala y, por último, el sultán Kasan, regiamente cubierto de sedas y de joyas, y con un rubí de valor incalculable en el turbante. Era la fantasía occidental de un potentado oriental: un hombre fuerte, rico, poderoso y por encima de las leyes de individuos de menor categoría.

Gavin se quedó de piedra al ver a Alex en el séquito del sultán. Ataviada con la vestimenta madurí, estaba hermosa y furiosa; las cadenas doradas que llevaba tintinearon cuando atravesó la arena con zancadas cimbreantes.

Kasan llegó al pabellón y ocupó el trono mientras conducían a Alex hasta la silla situada entre el sultán y Gavin. Era la única mujer de la arena y estaba presente para demostrar en qué consistía la competición.

—¿Está bien? —preguntó Gavin con voz baja.

La inglesa entornó los ojos.

—Si exceptuamos que me han encadenado y tratado como a la copa de plata con la que se premia al ganador estoy perfectamente.

A pesar de su delgadez, con esa vestimenta y el rebuscado peinado se había convertido en un premio exótico y espléndido que cualquiera querría ganar. Parecía una diosa con cadenas de oro. No era de extrañar que sus ojos echasen chispas de cólera.

Kasan levantó las manos para reclamar silencio y habló en malayo con un tono potente que llegó sin dificultades hasta el último espectador:

—Estamos aquí para iniciar el *singa mainam* con el que el *tuan* Gavin Elliott, capitán de capitanes y *taipan* de Elliott House, intentará conquistar la libertad de la bella Iskandra, dama inglesa de alta alcurnia. Arriesgará su vida en nombre del honor y de la señora. —En cuanto el clamor de aprobación cesó el sultán exclamó—. ¡Que comience el juego!

7

Gavin pensó que la ceremonia era bastante rimbombante para un marino de Nueva Inglaterra y se acercó al pedestal de obsidiana. En ese momento Sheng Yu ordenó:

—Capitán, lleve a cabo su primer lanzamiento.

El dodecaedro de marfil estaba tibio, parecía vivo. Gavin lo cogió entre las manos y lo agitó mientras cerraba los ojos e imaginaba el resultado deseado: escoltar a Alexandra Warren y a su hija mientras descendían de la *Helena* en el puerto de Londres. Cuando la imagen se tornó tan vívida que oyó los reclamos de las gaviotas el capitán abrió los ojos y lanzó el dado sobre la brillante obsidiana. Giró ebriamente antes de detenerse.

Sheng Yu estudió el símbolo de la cara que quedó boca arriba.

—La primera tarea del *tuan* Elliott consiste en escalar el Peñón de los Pesares.

La muchedumbre dejó escapar un murmullo de entusiasmo. Kasan señaló el gran acantilado que cumplía la función de muro trasero de la arena.

—Capitán, debe escalar el Peñón, plantar su estandarte y descender.

Gavin estudió la pared rocosa prácticamente vertical y de piedra volcánica oscura.

—¿Por qué lo llaman el Peñón de los Pesares?

—Porque en dos ocasiones los invasores intentaron atacar el palacio trepando por el acantilado. Hubo muchos muertos —respondió Sheng Yu y su expresión dio a entender que no le molestaría que Gavin corriese la misma suerte.

—Si hace falta un estandarte alguien tendrá que ir a mi barco a recoger la bandera estadounidense.

—Tenga. —Muy pálida, Alex deshizo el nudo que unía el estrecho *selendang* colocado por encima de su hombro derecho y recogido a la izquierda, a la altura de la cadera, y se lo entregó como una dama medieval concede sus favores a su defensor—. Gavin, tenga mucho cuidado.

El capitán aceptó el trozo de tela roja y se inclinó sobre la mano de la inglesa.

—No se preocupe —musitó—. He pasado la mayor parte de mi vida trepando por el aparejo de goletas que cabeceaban. Si algo sé es escalar. —Alex le dirigió una sonrisa insegura y Gavin notó que su mirada seguía siendo de preocupación. Se quitó la casaca para mover libremente los brazos y se rodeó la cintura con el *selendang*, como si fuera un fajín—. Su alteza, podemos empezar.

—Capitán, que la escalada vaya bien —deseó el sultán—. No me gustaría verlo muerto.

—Haré cuanto esté en mis manos para que esta prueba sea lo más aburrida posible.

Gavin se acercó al pie del Peñón y se alegró de ver que permanecería a la sombra hasta mediodía. La fuerza del sol sobre la piedra dificultaría mucho el ascenso. Tras escoger el camino que le pareció más adecuado inició la escalada y no hizo caso de los espectadores a los que les resultaría mucho más divertido ver cómo se caía y se partía la crisma.

El ascenso fue una tarea lenta y paciente que era imposible acelerar. La superficie era lo bastante irregular para permitir la escalada, pero la roca volcánica se desmenuzaba, lo que lo obligó a comprobar cada asidero antes de trasladar el peso del cuerpo. Aunque era más sencillo que trepar al palo en pleno vendaval el trabajo requirió fuerza y concentración absoluta.

El gamelán comenzó a tocar, supuso que para entretener al público durante el lento ascenso, pero lo cierto es que ni se molestó en bajar la mirada para verlo. Lo único que contaba era el movimiento de las manos y de los pies, protegidos con las botas, movimientos con los que buscaba asideros en la piedra, los sometía a prueba y modificaba los apoyos, ya que un error de cálculo podía suponer la muerte. En cierto momento una lagartija se asomó desde una grieta y le sacó la lengua en la cara. Gavin se llevó tal sorpresa que estuvo a punto de soltarse. Por fortuna el animal volvió a meterse en su guarida sin molestarlo.

Cuando coronó la cima jadeaba, estaba bañado en sudor y hasta el músculo más pequeño de su cuerpo vibraba a causa del esfuerzo. La cumbre era una estrecha cornisa volcánica con una vista espectacular de la isla y el mar azul claro que la rodeaba; también avistó agoreros nubarrones a lo lejos. Al otro lado, los techos apiñados de palacio se encontraban a tiro de piedra. Gavin entendió que los atacantes hubiesen intentado asaltar la isla por el Peñón y también los motivos por los que fracasaron.

Miró hacia la arena y divisó las figuras del sultán y de Alexandra, que se habían protegido bajo el pabellón. Se quitó el *selendang* de la cintura, levantó el brazo, dejó que el viento agitase el estandarte rojo y gritó en dirección al cielo:

—¡Por Estados Unidos y por Alexandra!

En el anfiteatro resonaron los tambores y Gavin se concedió unos segundos para saborear el triunfo. Ató el *selendang* a un pico de piedra e inició el descenso. Se trataba de la parte más peligrosa de la prueba por el cansancio y por el riesgo de que el exceso de confianza lo volviese descuidado.

La bajada requirió cada vez más concentración. Estaba tan absorto que no se dio cuenta de que el cielo se había encapotado hasta que, en mitad de camino, una enérgica ráfaga de viento lo sacudió. Perdió el equilibrio porque estaba a punto de trasladar el peso del cuerpo de un asidero a otro. La lluvia lo golpeó y se soltó. Descendió sin control por la ladera rocosa y desde la arena subieron gritos de sorpresa.

Se pegó instintivamente a la roca del peñón y se agarró a un grupo de hierbas que se soltaron, a un arbusto debilucho que se partió y a lo que fuese con tal de frenar la caída. La situación en caída libre parecía eternizarse hasta que con los dedos de la mano izquierda sujetó un saliente de piedra. La sacudida con todo el peso del cuerpo le produjo un agudo dolor en el brazo, pero resistió lo suficiente como para encontrar un estrecho saliente con un pie y luego con el otro.

Mantuvo esa posición e intentó volver a respirar con normalidad mientras la lluvia caía implacable. Aunque estaba desesperado por pisar suelo firme, sólo reanudó el descenso cuando recuperó el aliento. Al final, con suma cautela, bajó poco a poco.

La tormenta cesó tan bruscamente como había comenzado. Cuando llegó al suelo el sol brillaba y su ropa empapada empezaba a secarse. Adoptó la actitud del que vuelve de un paseo por el parque, se acercó al pabellón e hizo una reverencia al sultán.

—Su alteza, he conquistado el Peñón de los Pesares y ondeado el estandarte de mi dama.

—¡Bien hecho! —La sonrisa de Kasan parecía sincera—. Capitán, hasta la prueba de mañana.

Gavin miró a Alex, que le dirigió una cálida sonrisa de alivio pese a que parecía tan cansada como él.

—Bien hecho, milord capitán.

Las amables palabras de la inglesa lo llevaron a comprender por qué los caballeros medievales habían arriesgado la vida para conquistar los favores de una dama.

Gavin dirigió la mirada al dado de marfil colocado sobre el pedestal. Dejó de pensar en el triunfo y tuvo la certeza de que las siguientes pruebas serían más difíciles.

Alex se alegró de regresar a la jaula instalada en las habitaciones de Gavin. El capitán se había retrasado porque varios hombres quisieron felicitarlo, de modo que cuando entró Alex lo estaba esperando. Durante unos segundos su expresión fue espontánea y reveló cansancio y preocupación. Pero en cuanto la vio a ella se le iluminó el rostro.

—¡La han traído aquí! ¡Cuánto me alegro, aunque supongo que en el alojamiento de las mujeres estaba más cómoda!

Alex se animó mucho al verlo, estiró las manos a través de los barrotes y no hizo caso del tintineo de las cadenas al chocar con los barrotes.

—¡A Dios gracias está bien! Cuando tropezó perdí diez años de mi vida. —Gavin la cogió de las manos y Alex notó el estremecimiento de las emociones compartidas. No quiso ahondar en lo que acababa de sentir y añadió con voz queda—: Cuesta creer que hace tan poco que nos conocemos. Las circunstancias nos han conducido más allá de los trillados comentarios sociales.

—Lo sé. Siento lo mismo.

El tono grave de Gavin se parecía peligrosamente a una caricia.

Perturbada, Alex apartó las manos y entonces descubrió que tenía las palmas manchadas de sangre.

—¡Está herido!

Gavin se miró las manos como sorprendido.

—No son más que arañazos.

—Hay que limpiarlos. En este clima las infecciones son habituales. —Alex se mordió el labio—. Como señora de mi casa estaba preparada para toda clase de emergencias y contaba con las pomadas, las vendas, las píldoras y las infusiones necesarias, pero aquí no tengo nada para curarlo.

—Me parece que hay alguna pomada. Cuanto más tiempo estoy en palacio, más cosas trae Suryo de la *Helena*.

—Si me acerca un paño y una jofaina con agua le limpiaré los arañazos.

Tal vez era una tontería ofrecerle ayuda, ya que le resultaría más práctico lavarse por su cuenta, pero Alex deseaba hacer algo por él, por muy modesto que fuese. Las palabras no bastaban para expresar lo que sentía.

Gavin se dirigió al dormitorio y regresó con una jofaina con agua, varios paños doblados y un frasco pequeño de ungüento basilicón. Cogió un almohadón y pasó el brazo a través de los barrotes. Alex limpió suavemente la sangre, le quitó la grava y extendió la pomada sobre la piel despellejada. Débiles cicatrices cerradas hacía muchos años indicaban que sus manos pertenecían a un trabajador, aunque también eran fuertes, de dedos bien formados y hábiles. En esas manos se podía confiar.

La inglesa tuvo la sensación de que Gavin se había dormido junto a los barrotes, pero cuando le soltó una mano y cogió la otra el capitán murmuró:

—Es tan agradable que le mimen a uno...

—Me imagino que, habitualmente, el capitán se ocupa de los demás y nadie cuida de él.

Gavin se encogió de hombros.

—Suryo me atiende perfectamente.

Aunque el mayordomo era un buen hombre, la realidad parecía muy solitaria. Por enésima vez Alex lamentó profundamente la muerte de la esposa de Gavin. Dada su paciencia y su ternura era, sin lugar a dudas, un hombre nacido para convertirse en un marido y un padre ejemplar. Se merecía una esposa pura que lo amase con todas sus fuerzas. Pero de momento sólo contaba con ella, con una esclava castigada y degradada. Al menos haría todo lo que pudiera para impedir que se le infectasen las manos.

Alex frunció el ceño al comprobar que el capitán también se había arañado la sien y el pómulo. Humedeció un paño, sacó la mano entre los barrotes y lavó delicadamente la piel herida. Gavin abrió los ojos a pocos centímetros de los suyos. El corazón de Alex se disparó ante esa íntima cercanía. Hacía falta ser un hombre muy fuerte para entregarse de esa manera.

Lo que experimentó no fue atracción, desde luego que no. Atracción era lo que habría sentido la antigua Alexandra, la de antes de la esclavitud. Ahora esa sensación no tenía cabida en su presente ni en su futuro. Desvió la mirada, acabó de desinfectarle la sien y extendió el ungüento.

—Capitán, lo único que le falta es un baño y una buena noche de reposo.

—¿Para soñar con la prueba de mañana? —Hizo una mueca de contrariedad—. Espero que me toque natación, inmersión o ajedrez. En esas disciplinas me manejo bastante bien.

—Hoy estuvo espléndido. Y seguro que mañana lo hará igual de bien —afirmó Alex e intentó parecer segura.

El capitán se puso en pie y se movió rígidamente.

—Esperemos que Dios quiera verla libre, ya que necesito toda la ayuda que pueda prestarme.

Cuando el capitán se retiró a su dormitorio, Alex pensó que probablemente Dios estaba ocupado, razón por la cual le había enviado a Gavin Elliott. Sonrió, convencida de que si lo hubiera manifestado de viva voz su caballero andante se habría sentido muy incómodo.

Alex cogió la recopilación de los poemas de Byron, la hojeó y se detuvo en *El prisionero de Chillon.* La descripción del hombre encarcelado hace mucho tiempo y desesperado al ver morir a sus hermanos era sobrecogedora. Byron había imaginado perfectamente la situación hasta el final, cuando el prisionero dice: «Mis cadenas y yo nos hicimos amigos». Le resultó imposible concebir semejante resignación. Ella también habría preferido la muerte, como los hermanos del prisionero.

De joven había adorado la poesía de Byron y escondió un pequeño poemario suyo porque sospechaba que su madre no estaría de acuerdo con que lo tuviera. Ahora que era madre lo comprendía, ya que Byron podía ser muy subido de tono, algo en lo que de joven no había reparado. Los marcos exóticos la habían fascinado. El poeta creaba universos cargados de romances, con héroes gallardos y arriesgados que llevaban a cabo grandes hazañas y que vivían grandes amores.

Alto, apuesto y reflexivo, Edmund Warren había sido la imagen misma de los héroes de Byron. Probablemente no hubiese aceptado su propuesta de matrimonio si se hubiese tratado de un hombre corriente. Seguramente sus preferencias en cuanto a hombres se basaban en su padre, que había sido un garboso oficial de caballería. Cuando se casó, Alex no sabía mirar más allá de la cara de un hombre e indagar en su corazón.

Lamentó no haberse enamorado de un individuo decente, corriente y amable cuando todavía era capaz de amar. A estas alturas la mera idea del contacto físico le revolvía el estómago. Era demasiado mayor y estaba demasiado marcada para volver a vivir un romance. Había desaprovechado su oportunidad. No es que su matrimonio hubiese sido un desastre, aunque resultó mucho menos de lo que esperaba. Soñaba con conquistar el amor profundo y gozoso que unía a su madre y a su padrastro, pero el matrimonio la metió en una jaula como la de los barrotes dorados que ahora la contenía.

Se regañó por tener demasiada imaginación y se puso a leer *Ivanhoe*. La poesía le daba demasiado en que pensar.

La mañana comenzó como siempre, pero Gavin ya no se sorprendió de la ausencia de Alex. Cuando llegó a la arena en compañía de Suryo, la inglesa lo aguardaba a la sombra del pabellón, su brillante melena oscura lucía otro peinado y llevaba un nuevo *selendang*. Estaba más tranquila que la víspera y le dedicó una discreta sonrisa.

Gavin también sonrió antes de lanzar el dado. Cuando se detuvo Sheng Yu anunció:

—La lucha con el dragón.

Gavin arrugó el entrecejo.

—¿En qué consiste?

—El dragón es una bestia procedente de la isla Komodo y aquí lo llamamos *ora* —explicó Kasan—. Hace siglos que en Maduri se crían por su capacidad para el combate. Debe entrar en el cercado con el mayor de mis dragones y, armado únicamente con un kris, arrebatarle la joya del mar, que cuelga de su cuello.

¿La joya del mar? Gavin se preguntó si estaba viviendo una pesadilla y propuso:

—Alteza, que traigan al dragón.

Sirvieron el té mientras iban a buscar el dragón y montaban en el centro de la arena un recinto cercado de aproximadamente nueve metros de diámetro. Los tambores anunciaron la llegada del dragón, que cuatro hombres corpulentos sujetaban con cuerdas para intentar controlar sus brutales embestidas.

Cuando vio a la bestia, Gavin estuvo a punto de dejar caer la taza de té. Parecía una lagartija gigante; medía fácilmente tres metros de largo y pesaba más que él. Además era muy feo, con la piel oscura y plagada de cicatrices, lo que le daba el aspecto de metal forjado; al mover la cabeza de un lado a otro asomó su lengua amarilla de un palmo de largo. De una tira de cuero anudada alrededor de su cuello colgaba una enorme perla irregular. Gavin no tuvo envidia del individuo que se la había puesto.

—He oído hablar del *ora* —dijo Alex con voz muy baja—. No permita que lo muerda. Por lo que tengo entendido no es ponzoñoso, pero tiene la boca tan sucia que toda criatura mordida muere a los pocos días a causa de la infección.

—Haré cuanto pueda para evitar sus mordeduras —aseguró Gavin—. ¿La maldita bestia también escupe fuego?

La inglesa sonrió sin alegría.

—Que yo sepa, no.

—Hay que agradecer los pequeños detalles.

Gavin se incorporó y dejó a un lado la taza de té. A pesar de que hacía calor no se quitó la casaca porque la buena tela de estambre le serviría de protección.

Los cuidadores metieron al dragón en el recinto y coordinaron la suelta de las cuerdas para ponerse simultáneamente a buen recaudo. Uno de los individuos cayó al suelo y los demás lo arrastraron deprisa, antes de que el lagarto se acercase.

Cuando todo estuvo a punto Kasan ofreció a Gavin un kris envainado.

—Capitán, esgrímalo como debe ser.

La daga de hoja ondulada y la vaina estaban primorosamente forjadas. Y, lo que era más importante si cabe, el filo era muy aguzado. Gavin se puso el arma a la cintura y preguntó:

—¿Qué sucederá si al defenderme mato al dragón?

—No lo haga —aconsejó Kasan—. Tradicionalmente el *ora* se considera sagrado y su muerte desencadenaría grandes desdichas.

Las cosas iban de mal en peor. Los tambores volvieron a sonar cuando se dirigió al recinto cercado. Los sirvientes abrieron una puerta pequeña y Gavin entró empuñando la daga. El dragón aguardaba, inerte como si fuese de piedra tallada salvo por el gélido brillo de sus ojos de párpados móviles. Parecía famélico.

—Señor dragón, me lleva ventaja. No puedo matarlo, pero estoy seguro de que a usted no le molestaría acabar conmigo. —La bestia sacó la lengua bífida de color amarillo y emitió un corto y terrible siseo que puso de punta los pelos de la nuca de Gavin—. Si se queda quieto y me permite llevarme la perla todo será más fácil para ambos.

El lagarto se movió con asombrosa rapidez, agitó su imponente cola y lo arrojó al suelo. Se vio inmerso en una pesadilla de dientes largos y curvos y rodó justo a tiempo de evitar que le desgarrase el cuello.

El capitán no se dio respiro, se incorporó de un salto, retrocedió y jadeó para recuperar el aliento.

—Es bastante veloz pero, gracias a Dios, su puntería deja mucho que desear.

El dragón volvió a quedar inmóvil. Gavin se acercó por la izquierda con una actitud que esperaba que no resultase amenazadora. Los reptiles no suelen ser tan activos como los animales de sangre caliente. Había visto a hombres que se acercaron lentamente a cocodrilos y no fueron atacados; con un poco de suerte esa táctica también le serviría en este caso.

Se encontraba a un metro cuando el dragón volvió a ponerse en actividad y lo atacó con sus garras como garfios. Aunque lo esquivó, el animal le desgarró la manga derecha y el dolor subió por su brazo como un flechazo. Esperaba que las malditas garras no estuvieran tan sucias como los dientes.

El dragón ladeó la cabeza y arremetió contra Gavin. Arrinconado junto al cercado, el capitán no tuvo más alternativa que saltar sobre el lomo calloso de la bestia. El lagarto se sacudió y bufó furioso mientras Gavin se pegaba a su columna, se aferraba al torso con las rodillas y le rodeaba con los brazos el cuello fornido. Estaba en posición precaria, como si montase a un tigre, pero fuera del alcance de los letales colmillos.

Tras un par de minutos de frenesí el desconcertado dragón se quedó quieto, pues no sabía cómo librarse de la incómoda carga. Gavin aprovechó el momento para cortar con el kris la tira de cuero y sujetar la perla con la mano izquierda. Se echó hacia atrás y se mantuvo fuera del campo de visión del dragón.

Casi sin aliento se pegó a la pared del recinto y se dispuso a ver cómo reaccionaba la bestia. El dragón de Komodo bufó y rascó el suelo, pero no lo persiguió.

Casi sin atreverse a respirar Gavin se dirigió con toda la parsimonia del mundo hacia la puerta del cercado. Cuando la abrió el dragón lo avistó y volvió a agitar la pesada cola. Como en esta ocasión estaba preparado, el capitán saltó y dejó que barriese el suelo. Sujetó con firmeza el poste de la puerta, giró por encima y saltó a la arena.

El capitán respiró hondo, envainó el kris y recorrió la arena al son de los vítores. La prueba había sido mucho más breve y espectacular que la escalada por el Peñón.

Llegó al pabellón, hizo una reverencia al sultán, le ofreció la perla con una mano y con la otra la daga envainada.

—Alteza, aquí tiene la joya del mar y su extraordinario kris.

—Capitán, quédese con el kris, se lo ha ganado. —Kasan cogió la perla, se volvió y se la entregó a Alex—. Ha conquistado justamente esta joya del mar para su dama.

Alex miró la perla, que seguía colgada de la tira de cuero, como si no supiese qué hacer con ella. La guardó en la cintura del sarong, avanzó unos pasos y se quitó el *selendang*:

—Capitán, su brazo precisa cuidados.

Sin esperar respuesta la inglesa comenzó a vendarle el brazo derecho con el trozo de tela que, en esta ocasión, era de color azul. Gavin se percató de que la herida era muy dolorosa. Y el corte no había sido limpio. La casaca y la camisa jamás volverían a ser las mismas. Con voz muy baja para que sólo ella lo oyese comentó:

—Unos pocos desafíos más y acabaré inválido.

Había pretendido hacer una broma, pero Alex se estremeció.

—Es lo que me temía.

Arrepentido de haber pronunciado aquellas palabras el capitán apostilló:

—A decir verdad, mi guardarropa ha sufrido más que yo. La herida no es grave.

Kasan lo oyó e intervino:

—Cuando desembarcó en Maduri no pensó que participaría en un *singa mainam*. Ordenaré que envíen ropa a sus aposentos.

—Como de costumbre su alteza es muy amable.

La mirada del sultán se encendió con actitud traviesa.

—Solamente deseo que se acostumbre lo antes posible al estilo de vida madurí. De momento le ha ido muy bien, pero todavía faltan tres pruebas.

Gavin sabía perfectamente que ni siquiera habían llegado a la mitad del juego del león. Jamás tendría que haber aceptado el cargamento que lo llevó a hacer escala en Maduri. Si lo hubiese rechazado ahora estaría de camino a Inglaterra.

Pero no habría conocido a Alex. La vio anudar el vendaje improvisado, admiró su expresión terca y decidida y el brillo de sus ojos de color de aguamarina, y supo que merecía la pena correr aquellos riesgos.

8

La tercera mañana del juego del león Gavin se sentía moderadamente optimista. La noche anterior Alex y él habían compartido una velada tranquila y curiosamente hogareña... si exceptuamos los barrotes que los separaban. La inglesa se había puesto a leer *Rob Roy*, de Scott, mientras el capitán consultaba los libros de contabilidad y luego se dedicaba a evaluar sus probabilidades de éxito en el juego del león.

Los cálculos le produjeron una enorme satisfacción. Había sobrevivido a la escalada y al dragón y la necesidad de limpiar y reparar los cascos de los barcos en alta mar lo habían llevado a ser experto en nadar y en inmersiones. También era un tirador competente y jugaba al ajedrez mejor que la mayoría.

Aunque todavía no sabía con todo lujo de detalles en qué consistían algunas pruebas suponía que la mayoría eran realizables, como la del dragón. Las perspectivas más inquietantes correspondían al combate con el sultán, ya fuera desarmado o con el kris, dado que resultaría arriesgado tanto física como políticamente. Con un poco de suerte no le tocarían pruebas de lucha. Y si ocurría apelaría a su opción de rechazarla.

—*Tuan* Elliott.

Sheng Yu entregó formalmente a Gavin el dado de marfil para que realizase el tercer lanzamiento. Gavin lo agitó entre sus manos y lo arrojó.

Por desconcertante que pueda parecer, la cara superior del dodecaedro estaba vacía. El capitán se percató entonces de que, una vez realizada una tarea determinada, tapaban el símbolo. No tenía sentido combatir dos veces con el dragón. Cogió el dado de nuevo y volvió a lanzarlo.

—El baile del fuego —informó Sheng Yu.

Era otra de las categorías sobre las que Suryo no había obtenido información concreta.

—¿En qué consiste? —quiso saber Gavin.

—Se trata de una tradición secular en Maduri —explicó Kasan—. Tiene que caminar por encima de un lecho de ascuas ardientes.

Gavin se puso tenso.

—Se burla de mí.

—En absoluto. Esta danza es una *adat*, una costumbre, un rito que se celebra cuando un niño se hace hombre. Para que lo sepa, se trata de uno de los trabajos más sencillos del *singa mainam*. Lamento que no le haya tocado una prueba más desafiante. —El sultán esbozó una de sus sonrisas relajadas y peligrosas.

—¿La ha realizado? —quiso saber Gavin.

—Por supuesto. La superé cuando tenía trece años.

Los esclavos colocaron un montón de leña delante del pabellón. Perturbado, Gavin se retiró para hablar con Suryo y Alexandra.

—Suryo, ¿conoces esta danza del fuego?

—Esta en concreto, no, aunque en Bali existe una práctica bastante parecida.

—Los hombres sagrados de la India caminan sobre el fuego —comentó Alex—. Me lo contó un militar que estuvo muchos años en la India y lo vio.

—Yo también lo he visto —reconoció Gavin—. Sospecho que hay truco, tal vez un sendero en el que el calor es menos intenso.

El capitán contempló la leña llameante y se le puso la carne de gallina.

—No hay truco —aseguró Suryo—. Mejor dicho, no se trata de un engaño. El bailarín se sume en... creo que lo llaman «trance». El rezo y la exaltación trasladan la mente a otra parte y cruza el fuego sin sufrir daños.

Gavin respiró hondo.

—En el mar no existe mayor peligro que el fuego.

—¿Alguna vez ha sufrido un incendio a bordo? —preguntó Alex discretamente.

El capitán asintió porque no pudo pronunciar palabra. Al comienzo de sus tiempos de marinero había estallado un incendio en el camarote de un segundo oficial conocido por sus borracheras. Dieciocho años después seguía recordando el olor a carne humana quemada. Habían muerto tres hombres, el capitán incluido, y otros dos quedaron gravemente heridos.

Aunque era un segundo de a bordo muy joven, en tanto único oficial superviviente el mando de la nave recayó en sus manos. Tras apagar el incendio y con la ayuda de la tripulación reducida al mínimo pilotó el barco dañado hasta Salem. Por paradójico que parezca el incidente fue positivo para su carrera, ya que la siguiente vez que embarcó lo hizo como segundo oficial, pero jamás superó el miedo al fuego, que de tan intenso podía dejarlo paralizado.

Alex lo cogió discretamente de la mano y lo ayudó a volver del pasado. Gavin le apretó los dedos para demostrar que agradecía su comprensión.

La leña dejó de arder con llama y los sirvientes rastrillaron las ascuas hasta formar una superficie regular que brilló amenazadora bajo el sol tropical. Gavin llegó a la conclusión de que sería posible recorrer las brasas a la velocidad necesaria como para no sufrir daño alguno y se agachó para arremangarse el pantalón. Llevaba una túnica suelta, con cinturón, y un pantalón que la víspera el sultán había enviado a sus aposentos; pensó que el algodón azul y plateado, finamente tejido, podría arder si se acercaba demasiado al fuego.

—Las brasas están a punto —anunció Sheng Yu—. Capitán, quítese las botas.

Gavin se quedó de piedra.

—¿Tengo que caminar descalzo?

Los maduríes reunidos en el pabellón se mostraron sorprendidos. El sultán tomó la palabra:

—Por supuesto. Es lo que marca la costumbre.

—¡No! —Gavin recordó los huesos blancos y la carne carbonizada—. Apelo a mi derecho de rechazar una prueba.

Kasan pareció desconcertado, pero enseguida su rostro cambió y se mostró satisfecho.

—¿Está seguro? Le garantizo que caminar sobre el fuego no es difícil para un hombre que está relajado y logra controlar sus pensamientos.

—Le agradezco que intente animarme, pero no lo haré —replicó Gavin secamente.

—Como quiera. En ese caso, vuelva a lanzar el dado.

El *tuan* Daksa intervino:

—Un momento, sería una verdadera lástima desperdiciar un buen fuego.

Con expresión serena y brillo pícaro en la mirada de los ojos negros, el anciano monje budista abandonó el pabellón y se acercó al cuadrado con las ascuas. Lo cruzó tranquilamente, con paso ligero, al tiempo que el dobladillo de su túnica flotaba en medio del calor que ascendía.

Al contemplarlo Gavin no supo si reír o morderse la lengua. Danzar sobre el fuego tal vez fuera una tarea realmente sencilla para los maduríes, pero le bastaba con pensarlo para que se le cerrase la boca del estómago. Fue consciente de que su imposibilidad de caminar sobre las ascuas había reducido su margen de seguridad y podía costarle la libertad. Aguardó el regreso del *tuan* Daksa, lanzó el dado por tercera vez y rezó para que le tocase una tarea realizable.

—El hálito de vida —informó Sheng Yu.

¿Qué demonios era eso? Gavin no tuvo tiempo de preguntarlo, ya que el sultán exclamó:

—¡El concurso de bebida! Se trata de una de las dos pruebas del *singa mainam* que también son placeres.

—¿Qué tengo que hacer? —preguntó Gavin cauteloso.

—Usted y yo nos mediremos a ver quién aguanta mejor la bebida. El que permanezca lúcido y llegue más lejos gana.

—¿Es un desafío por el liderazgo? —inquirió el capitán, con cara de incredulidad.

—Los cabecillas deben liderar, se trate de beber o del campo de batalla. —Kasan sonrió—. Competir con *arak* o con vino de palma es más agradable que batirse a duelo con un kris.

—Reconozco que es verdad. —Gavin llegó a la conclusión de que la jornada sería muy larga y propuso—: Me parece que una dama no debe asistir a esta prueba. ¿Sería tan amable de pedir que trasladen a la señora Warren a mis aposentos?

El sultán asintió y dio la orden. Alex estuvo a punto de protestar. Por absurdo que parezca, le parecía que el capitán estaba más seguro si se encontraba presente, pero lo cierto es que, en el mejor de los casos, sería una sesión larga, aburrida y nada arriesgada, por lo que se marchó con los guardias. Esperaba que, aunque no estuviera acostumbrado a beber, Gavin tuviese la cabeza bien puesta.

Acababan de entrar en palacio cuando fueron interceptados por el *tuan* Bhudy, un influyente comerciante de Maduri y su amo más reciente. Más bajo que Alex, aunque ancho y musculoso, era un individuo imponente y rodeado de riquezas y privilegios, y de una extrema crueldad.

Alex quedó paralizada y la bilis le subió por la garganta. El recuerdo de sus abusos era tan intenso que experimentó la sensación de que estaba grabado en su piel. Habría huido si dos guardias no le hubiesen cortado la retirada.

—Issskandra... —Bhudy siseó su nombre mientras la contemplaba con ofensiva familiaridad—. Estás muy bien. Empiezo a sospechar que me apresuré al enviarte al mercado después del último incidente.

—El error que cometió consistió en comprarme —espetó rígidamente—. Jamás seré propiedad de un hombre. Si me hubiera conservado más tiempo lo habría matado.

—Hablas con demasiado descaro para ser esclava. Necesitas una lección y te la daré con sumo gusto.

Bhudy le pellizcó con fuerza el pecho izquierdo.

Alex estuvo a punto de gritar de dolor y, lo que era todavía peor, a causa del recuerdo del dolor. Se negó a proporcionarle el placer de verla sufrir y miró a los guardias. La observaron intranquilos, pues no querían entrometerse con un hombre poderoso.

Buscó las palabras adecuadas en malayo y llamó la atención de Wira, el guardia principal.

—Dudo mucho de que el sultán Kasan quiera que hagan daño al premio de su *singa mainam*.

Bhudy sostuvo un rápido diálogo con Wira. Temerosa de que convenciese a los guardias de que no intervinieran mientras la importunaba, súbitamente Alex se volvió y lanzó las cadenas doradas contra la cabeza del comerciante. Experimentó una profunda satisfacción cuando lo golpearon en la sien y lo hicieron trastabillar. A continuación asestó en la entrepierna de Bhudy una patada tan fuerte que le dolieron los dedos de los pies. El madurí chilló, cayó al suelo y se retorció de dolor mientras la sangre manaba de la herida en la cabeza.

En el acto aparecieron cuatro dagas. Alex permaneció rígida y petrificada, ya que sabía que un movimiento brusco podría costarle la vida.

—Soy el premio del juego del león del sultán —repitió e intentó hablar con voz firme.

Se dijo que no tenía sentido explicar hasta qué punto Bhudy se había aprovechado de ella; al fin y al cabo, había sido su amo y podía hacerle lo que le viniese en gana.

La mención del sultán evitó que la traspasaran con las dagas. Wira encomendó a uno de sus hombres que ayudase a Bhudy y los demás la acompañaron hasta los aposentos de Gavin. Afectada por aquel encuentro y por las consecuencias que podría tener Alex caminó cabizbaja y mansamente. Por paradójico que resulte, su defensa se basaba en que ahora la consideraban propiedad del sultán y en que era una impertinencia meterse con algo que pertenecía al gobernante.

Experimentó alivio cuando volvieron a encerrarla en la jaula. En cuanto se quedó sola se sentó en el suelo, se rodeó las rodillas con los brazos e intentó calmar sus temblores. Ansiaba desesperadamente llorar, pero no se atrevía. Si empezaba no podría detenerse. El encuentro con Bhudy había hecho añicos la frágil sensación de seguridad que había tenido desde el momento en que conoció a Gavin.

Cuando recobró mínimamente la serenidad buscó la jarra de agua. Estaba sobre una mesa de la otra punta de la estancia, ya que una criada la había cambiado de sitio. No habría podido cogerla aunque hubiese estado a punto de morir de sed. La falta de control de las necesidades más básicas de su vida le pesó como una lápida. «Mis cadenas y yo nos hicimos amigos...», por Dios, no, cada día las cadenas apretaban más, tanto su cuerpo como su alma.

Su impotencia se convirtió en ira y lanzó desaforadamente las cadenas contra los barrotes; la chapa dorada se desportilló y provocó un clamor que resonó en las paredes. Era imposible soportar la esclavitud. ¿Por qué los hombres se volvían tan ruines como para creer que tenían derecho a poseer otra vida humana?

Lo más trágico consistía en saber cuánto tiempo sobreviviría sin perder la cordura.

Atraída por el ruido, en la puerta apareció una esclava con los ojos desmesuradamente abiertos del susto. Era una chiquilla de once o doce años, una niña un poco mayor que Katie.

Como le desagradó detectar miedo en la mirada de la chica, Alex dejó de golpear los barrotes e intentó serenarse.

—Agua, por favor. *Tolong air putih*.

Contenta de recibir una petición que podía satisfacer la chiquilla salió corriendo a cumplirla. Alex se sentó nuevamente en el suelo y deseó que Gavin estuviese en lo cierto y que en cuestión de días la liberaran. Cuanto más próxima estaba la libertad más dura le resultaba la esclavitud.

A pesar de que hizo muchos esfuerzos por dominarse, Alex lloraba desconsoladamente cuando la esclava le proporcionó agua y arroz. Poco a poco el aburrimiento ganó terreno a la angustia. Agotada por el llanto, Alex usó parte del agua para refrescar sus ojos hinchados. Se deshizo el moño, se peinó y se puso a leer *Rob Roy*. Aunque sólo fuera a través de un libro, el retorno a la tierra que la había visto nacer la reconfortó. La lectura también le impidió pensar demasiado en el desarrollo de la prueba.

Atardecía ya cuando la puerta se abrió y, apoyado a medias en Suryo, Gavin entró tambaleante. Su cabello rubio estaba revuelto, llevaba la túnica abierta y se le veía el pecho. Alex se incorporó alarmada.

—¿Qué ha pasado?

—No había cogido una cogorza tan fuerte desde... desde que tenía quince años —explicó Gavin arrastrando las palabras con dificultad—. Los compañeros de tripulación me llevaron a una taberna para celebrar mi cumpleaños. En Amberes existe una sorprendente variedad de cervezas. —Se acercó a la jaula haciendo eses y se aferró a un barrote para seguir en pie. Se balanceó y acotó con ebria precisión—: Tranquila, no vomitaré. Ya lo he hecho varias veces.

El capitán se apoyó en los barrotes y cerró los ojos.

Cargada de ansiedad Alex preguntó:

—¿Cuál ha sido el resultado de la competición?

Suryo respondió al ver que Gavin permanecía en silencio:

—Ha ganado el capitán, aunque por muy poco. Ambos tienen buena cabeza.

—Kasan habría ganado si hubiese aguantado otra ronda.

Gavin se deslizó lentamente y acabó en el suelo. Suryo intentó ponerlo en pie.

—Capitán, estará más cómodo en la cama.

No hubo nada que hacer. Al parecer, Gavin ya no estaba en este mundo.

—Traiga una colcha y una almohada —aconsejó Alex—. Aunque duerma aquí mañana no estará peor de lo que se sentiría si se metiese en la cama.

—*Puan*, tiene razón.

Acostaron a Gavin junto a la jaula para que Alex lo atendiera si necesitaba algo.

—Vaya a cenar —propuso a Suryo—. El día también ha sido largo para usted.

—¿Necesita algo más?

—Encienda una lámpara antes de irse, eso es todo.

Suryo le hizo caso y se retiró. Alex se sentó junto a Gavin. Pasó las manos a través de los barrotes sin hacer ruido con las cadenas y le cerró la pechera de la túnica. Se divirtió pensando que para una dama inglesa aquella situación resultaría claramente escandalosa. Pero como ella había dejado de ser una dama aceptaba pragmáticamente que un hombre que no era su marido durmiese a su lado, ligero de ropa, porque no estaba dispuesta a que su salvador despertase solo y mareado en su habitación. Le costó imaginar aquel mundo lejano en el que las normas del decoro tenían importancia.

Se sumió en la lectura y se sobresaltó cuando una voz grave preguntó:

—¿Es difícil... es difícil ser hermosa?

Alex se dio cuenta de que Gavin la contemplaba con la mirada empañada.

—No tengo ni la más remota idea. ¿Cómo se encuentra?

—La cabeza me da vueltas como si estuviera en la torre del vigía en medio de un mar tempestuoso, pero es todavía peor. Si intentara moverme causaría un desastre. —Aunque ya no arrastraba tanto las palabras, estaba espantosamente pálido pese al bronceado—. Odio... detesto perder el control de esta manera. Por eso prefiero mantenerme sobrio.

—¿Ha bebido mucho?

—Demasiado. ¿Sabía que guardan el vino de palma en enormes tubos de bambú? Me llevé una sorpresa mayúscula la primera vez que volvieron a llenarme la copa y, como si de un cañón se tratara, pasaron un gran tubo por encima del hombro. —El capitán esbozó una ligera sonrisa—. Aunque de cosecha reciente, el vino de palma no es nada inocente. Al final nos pasamos al *arak*, una especie de aguardiente de arroz, porque el vino no emborracha lo bastante rápido. —Gavin cerró los ojos y se apresuró a abrirlos de nuevo—. Es francamente extraño. La prueba de la bebida es tan seria como las demás, pero no deja de parecerme ridícula. —Alex le puso la mano en la frente. Estaba algo caliente, pero no tenía fiebre—. El roce de su mano es muy agradable —murmuró.

—¿De qué hablaron durante las horas que dedicaron a beber?

—Recitamos poesía. Las sagas de Maduri tienen una sonoridad interesante. Cuando acabé con los poemas ingleses y latinos abordé canciones subidas de tono en cinco idiomas.

¿Poemas latinos? Por lo visto el capitán había recibido una buena educación.

—Me da igual, lo importante es que venció. Estaba preocupada porque me pareció que no está habituado a beber.

—Kasan piensa lo mismo y me considera un puritano. De todos modos, los marinos aprendemos a beber desde muy jóvenes porque tener la cabeza bien puesta forma parte de nuestro trabajo. —Se pasó la manos por los cabellos y se los alborotó un poco más—. Kasan es un hombre interesante, pero me resultaría imposible soportar diez años de esta vida.

—¿Diez años? ¿Es el período que el sultán quiere que trabaje para él?

Gavin desvió la mirada.

—Aún no me ha explicado qué se siente al ser hermosa —repitió el capitán y pasó la pregunta por alto—. ¿Los hombres le complican la vida?

Alex pensó en Bhudy y tuvo que controlarse para no temblar.

—Algunos hombres complican la vida a las mujeres, pero eso no tiene nada que ver con la belleza. En el mejor de los casos sólo soy relativamente atractiva, aunque ahora estoy en los huesos y no gozo de buena reputación.

—No diga eso. —Gavin pasó un brazo a través de los barrotes y le cogió la mano—. Es una de las mujeres más hermosas que conozco.

La mirada del capitán fue tan intensa que a Alex le habría gustado tomar distancia. Era injusto culparlo de embriaguez porque se había emborrachado por defenderla, pero temió que si le hacía insinuaciones vulgares no podría soportarlo. Necesitaba que se comportase como un caballero, como un hombre en el que podía confiar porque se mantendría a distancia, como un amigo.

Antes de tomar la decisión de irse al otro extremo de la jaula, Alex vio que a Gavin se le cerraban los ojos. Se relajó. A pesar de la bebida el capitán se comportaba con una contención que hablaba favorablemente de su carácter. Le mantuvo cogida la mano, pero su apretón no era insinuante. La aferraba como si la considerase su ancla en medio de un mar encrespado, que probablemente era como se sentía.

Cuando la lámpara empezó a consumirse Alex apartó delicadamente la mano. En lugar de acostarse al otro lado del biombo tallado colocó la colcha y el cojín cerca de Gavin. Aunque los barrotes los separaban la situación era íntima, pero no tanto como para sentir que corría riesgos.

Cuando finalmente la lámpara se apagó pasó el brazo a través de los barrotes y cogió nuevamente la mano de Gavin. En ese momento Alex no supo quién servía de ancla a quién.

9

Al despertar Gavin tuvo la sensación de que los malditos tambores de Maduri resonaban en su cabeza. Aunque no abrió los ojos percibió que la estancia estaba iluminada por la luz del sol.

Una mano cogía la suya. Separó con cuidado los párpados y giró cuidadosamente la cabeza hacia la derecha. Alex dormía a pocos centímetros y a un grupo de barrotes dorados de distancia. Se cubría con su camisa y un sarong viejo; su tupida cabellera se arremolinaba alrededor de su rostro y la luz matutina destacaba sus mechones castaños y dorados. ¿Qué había dicho la noche anterior? Ah, sí, que estaba muy delgada y que su reputación dejaba mucho que desear. Tal vez era como se veía en aquel momento, pero poseía un encanto que lo cautivaba.

In vino veritas... El exceso de alcohol había derribado la mayoría de las barreras mentales que Gavin se había ocupado de erigir. Sumido en una borrachera de campeonato se dio cuenta de que la deseaba intensamente, aunque también despertaba en él una poderosa mezcla de ternura y respeto. No había reaccionado tan ardorosamente ante una mujer desde que conoció a Helena. Aunque no se parecían, ambas poseían fortaleza, ingenio y ternura.

Había intentado negar que se sentía atraído, pero tal vez no fuera algo negativo. A Alex la preocupaba que el cautiverio enturbiase su vida cuando regresara a Inglaterra, pero si lo hacía acompañada de un marido presentable no se producirían escándalos o serían insignificantes.

Había hecho planes de establecerse en Inglaterra y buscar una esposa de buena cuna que le permitiese entrar en la sociedad que despreciaba. De todas maneras, no se había propuesto un frío matrimonio de conveniencia. Alex le interesaba y con el tiempo el cariño podría convertirse en amor. El afecto era más importante que el origen social.

Aquellos planteamientos eran descaradamente prematuros. Ante todo debían escapar de Maduri. Si no vencía en el juego del león se despediría de Alex mientras el barco se alejaba del puerto. Aunque triunfase en las dos pruebas que faltaban la inglesa no estaba en condiciones de pensar en el matrimonio. Necesitaba quedar libre y asimilar lo que había padecido antes de tomar una decisión tan importante sobre su futuro. También podría decidir que no quería saber nada más de él porque le recordaba la peor época de su vida.

También existía el riesgo de que no se recuperase lo suficiente para volver a someterse a la influencia de un hombre; si le resultaba imposible recuperar a su hija podría quedar marcada de por vida. No era tan generoso como para contraer matrimonio con una mujer emocionalmente inválida. Quería una esposa de cuya compañía disfrutase, una esposa como Helena. Se le hizo un nudo en la garganta.

Se desperezó despacio porque tenía los músculos tensos y se detuvo cuando las náuseas lo dominaron. El día sería largo y duro.

Alex abrió los párpados y dejó al descubierto sus luminosos ojos de color de aguamarina.

—¿Cómo se encuentra? ¿Le gustaría recibir a la muerte con los brazos abiertos?

—No tanto, pero por ahí vamos. —Respiró lentamente para no revolucionar todavía más su estómago revuelto—. ¿Anoche dije o hice algo imperdonable?

—Se comportó muy correctamente a pesar de que estaba muy bebido. —Alex se incorporó, apartó su mano de la de Gavin y fingió un bostezo—. ¿Qué hazaña memorable le toca llevar a cabo esta mañana?

—Afortunadamente no me aguarda ninguna prueba. Kasan dijo que, según manda la tradición, hay un día de descanso después de la prueba de la bebida.

Alex rió.

—¡Qué civilizada es Maduri!

Como tenía una gran necesidad de utilizar el orinal, Gavin apretó los dientes y se puso en pie con ayuda de los barrotes. Se apoyó en la jaula y esperó a que sus órganos vitales se acomodasen.

—Podría haber sacado el símbolo de la natación —se lamentó—. Me encanta nadar.

—Tal vez salga mañana. Le han tocado cuatro tareas no demasiado atractivas, por lo que seguramente han aumentado las probabilidades de que le corresponda algo que le gusta.

Las posibilidades no eran demasiado grandes, pero no estaba de humor para realizar cálculos matemáticos. Se consoló con la certeza de que Kasan debía de encontrarse tan mal como él.

La puerta se abrió y Suryo entró con la bandeja con el desayuno. Gavin se estremeció y el malayo comentó:

—Traigo un brebaje que lo ayudará a recuperarse. Aguarde mientras sirvo el desayuno a la señora.

Gavin asintió y se dirigió a su dormitorio. Apenas se tambaleó. En cuanto cerró la puerta Alex comentó:

—Anoche el capitán Elliott mencionó algo acerca de que pasaría diez años aquí. ¿Sigue pensando en la propuesta del sultán?

Suryo pasó una tetera pequeña a través de los barrotes.

—Supongo que se refiere a los diez años que tendrá que permanecer si pierde el *singa mainam*.

Alex dejó escapar una exclamación de sorpresa.

—¿Tanto tiempo tendrá que continuar en Maduri?

—¿No le ha contado nada? —Suryo se quedó pensativo—. Será mejor que lo sepa. Como el sultán se negó a liberarla bajo ningún concepto, el capitán propuso este desafío para conquistar su libertad. Si vence en el juego del león, ambos podrán marcharse. Si pierde, usted quedará en libertad y el capitán tendrá que servir diez años al sultán.

Alex meneó la cabeza sin dar crédito a lo que acababa de oír. Gavin jamás había mencionado el precio que tendría que pagar si perdía. Suponía que la maldita competición sólo tenía que ver con su libertad, pero el capitán también había puesto en juego su futuro. Si perdía quedaría tan enjaulado como ella lo estaba. Su esclavitud sería en una jaula de oro y se respetarían sus aptitudes, pero estaría atrapado de todos modos y dejaría de ser un hombre independiente.

Era la situación más galante, absurda, generosa y exasperante con la que se había topado en su vida.

Algo menos desaliñado, su chiflado caballero andante volvió a la sala y bebió en silencio el remedio que Suryo le había preparado para la resaca. Una parte de Alex quería preguntarle por qué había mantenido en secreto su pacto con el diablo, pero ya sabía la respuesta: no había querido que soportase la carga adicional de saber lo que podía costar su libertad.

Gavin estaba en lo cierto: aquella información la horrorizó. Aunque no estaba de acuerdo decidió respetar sus deseos. A esa altura no podía hacer nada que entrañase un cambio en el futuro del capitán. Sólo podía rezar para que, por el bien de los dos, venciese en el juego del león.

Llegó la cuarta prueba. Casi recuperado después de dormir prácticamente todo el día anterior, Gavin agitó el dado, rezó para sus adentros y lo lanzó sobre la mesa.

—*Pentjak silat* sin armas —anunció Sheng Yu.

—¡Magnífico! —exclamó Kasan—. Es la oportunidad de contrastar las artes maduríes de combate con las de estilo europeo.

A Gavin se le cerró la boca del estómago. Su deseo más ferviente había consistido en evitar la lucha física con el sultán y el combate sin armas era casi tan peligroso como con dagas. No podía hacer nada porque ya había consumido su posibilidad de rechazar un lanzamiento.

Kasan suponía que ganaría sin dificultades porque las artes marciales de Oriente eran realmente sorprendentes y muy distintas a las que se practicaban en Occidente. Sin embargo, Gavin también conocía el *pentjak silat*, la lucha típica de Insulindia, lo que significaba que la vida de ambos estaba en juego. Como no le quedaba otra opción el capitán preguntó:

—Su alteza, ¿cuáles son las reglas?

—Debemos permanecer dentro del círculo que trazarán en la arena. Se permite toda técnica de combate sin armas salvo morder y vaciar los ojos. Si los hombros tocan el suelo se considera como una caída, la lucha es a tres caídas; gana el que sólo toque el suelo una vez. Capitán, ¿necesita algo?

Como vestía la ropa suelta de Maduri, Gavin negó con la cabeza, caminó hasta una de las puntas del pabellón y comenzó a quitarse las botas. Preguntó a Suryo con voz baja:

—¿Qué sabes de la lucha madurí?

—Se parece mucho a la javanesa y utiliza tanto las manos como los pies. Como el sultán no se imagina que conoce el *silat*, el factor sorpresa le concederá como mínimo una caída.

—Sólo una... Kasan es muy inteligente y lo comprenderá enseguida. —Gavin paseó la mirada por la arena y vio que los sirvientes trazaban un círculo con una sustancia parecida a tiza pulverizada—. Si lucho en serio uno de los dos podría morir o quedar inválido para toda la vida. Si no me aplico a fondo... —Apretó los labios.

—Le he enseñado los movimientos de control e incapacitación. Póngalos en práctica. —La boca de Suryo trazó una curva que no era precisamente una sonrisa—. Recuerde también las otras lecciones. Es mejor evitar el combate, pero si tiene que luchar... disfrute.

Convencido de que no lo pasaría nada bien, Gavin dirigió a Alex una mirada tranquilizadora. La inglesa respondió trémula.

—Gavin, sé que la suerte lo acompañará.

Habría estado más angustiada de haber sabido cómo funcionaba aquella clase de lucha. El *pentjak silat* no tenía nada que ver con el caballeroso deporte inglés del boxeo. Brutal y mortalmente eficaz, se parecía mucho más a los feroces y despiadados combates callejeros, pero en refinado. Había que entrar rápido, agarrar, aplastar y arrancar. Había que hacer todo lo necesario para sobrevivir, incluso matar.

Gavin caminó por la arena, recorrió el círculo y asimiló las texturas de la tierra, el aire y la luz a medida que se preparaba mentalmente para el enfrentamiento. Era posible que en el mundo no existiese otro occidental tan versado como él en el arte del *pentjak silat*. Desconsolado tras la muerte de Helena y desesperado por encontrar alguna distracció,n había aceptado la propuesta de Suryo de enseñarle la forma isleña de combate. Aquella formación abrió las puertas de un mundo nuevo que requirió aptitudes, disciplina y una elevada tolerancia del dolor. Más allá se extendía la dimensión espiritual que, posteriormente, lo ayudaría a salir de su negra depresión.

Gavin no sabía que las culturas asiáticas contaban con tradiciones secretas de guerreros, cuyas prácticas se transmitían del maestro a los discípulos de confianza. Muy pronto supo que era todo un honor que Suryo lo hubiese escogido como discípulo. Practicaban dondequiera que estuviesen y el reducido alojamiento de a bordo representaba un desafío particular.

En las temporadas que pasaron en Macao, a través de Suryo el capitán había conocido a practicantes de otras artes marciales. Había aprendido a reconocer las diversas escuelas asiáticas de lucha y a repeler ataques de hasta siete hombres. En más de una ocasión aquella preparación le había resultado muy útil.

Los tambores comenzaron a resonar rítmicamente y Gavin se volvió para mirar a Kasan, que se hallaba al otro lado del círculo. Físicamente estaban bien emparejados, aunque Gavin era algo más alto y el sultán un poco más ancho; de todos modos, en el *silat* el tamaño no cuenta. La estrategia consiste en volver la fuerza del adversario en su contra. Aunque pesaba dieciocho kilos menos que Gavin, Suryo no tenía dificultades para lanzar a su adversario contra la pared.

Gavin respiró hondo y se concentró en el individuo peligroso y arrogante que se encontraba al otro lado del círculo. No podía permitirse el lujo de perder aquella prueba.

—¡Que los guerreros entablen el combate! —gritó Sheng Yu.

Kasan unió las manos delante del pecho e hizo el saludo ritual que precede al inicio de la lucha. Gavin lo imitó torpemente, como si no supiera de qué se trataba.

El sultán avanzó con las manos extendidas y los movimientos serenos y fluidos de un luchador cualificado. Probablemente practicaba el *pentjak silat* desde que era niño.

En vez de imitar una posición parecida, Gavin adoptó la postura del boxeador occidental, por lo que avanzó con los puños apretados y el cuerpo erguido. Los practicantes del *pentjak silat* prefieren que sea el otro el que lleve la iniciativa porque así el adversario es el que está expuesto a una gran variedad de contraataques demoledores. A pesar de que era bastante arriesgado conceder esa posibilidad a Kasan, Gavin dirigió una finta al diafragma de su adversario con la esperanza de que reaccionase con un exceso de confianza.

El sultán esquivó el golpe con desdeñosa facilidad y acortó distancias para aplicar una sucesión cuerpo a cuerpo que le permitiría arrojar a Gavin al suelo. Quedaron trabados unos segundos y Gavin percibió algo oscuro y amenazador en la mirada de su contrincante.

—Hoy será finalmente mío —advirtió Kasan—. Tendría que haber reservado su negativa para esta prueba, ya que soy maestro en el arte del *pentjak silat*.

—No subestime la capacidad combativa occidental.

Como había previsto la llave del sultán, el capitán se apartó, se agachó para aferrarlo de la corva, lo empujó hasta que perdió el equilibrio y lo golpeó con fuerza en las costillas. Antes de darse cuenta de lo que ocurría el sorprendido sultán terminó tumbado boca arriba.

—¡La primera caída es favorable al *tuan* Elliott! —comunicó Sheng Yu mientras el gentío chillaba sorprendido.

Kasan se incorporó con la mirada encendida de ira.

—Tenía razón. He subestimado sus aptitudes y su astucia. No volverá a ocurrir.

—Alteza, estamos muy igualados.

Gavin adoptó una postura defensiva y se dio cuenta de que los riesgos acababan de dispararse. El *pentjak silat* se basaba en la memoria incorporada a los músculos —Suryo solía decir que un movimiento practicado tres mil veces pasa a formar parte del cuerpo— y la mayoría de las llaves pretendían lisiar o matar. Kasan había recibido la misma formación. Deseaba ganar y si pensaba que estaba perdiendo... bueno, Gavin muerto le resultaba tan inútil como en Inglaterra.

Aunque no se proponía herir al sultán cabía la posibilidad de que en el fragor de la batalla le partiera la espalda sin querer, le clavase las costillas en los pulmones o cualquier otra barbaridad. Podía ocurrir cualquier cosa porque ambos luchaban al límite de su capacidad. Claro que la situación de Gavin era más grave: si mataba al sultán, aunque fuese accidentalmente, los maduríes lo ejecutarían en el acto.

Kasan se lanzó hacia el cuello del capitán, que desvió el golpe, aunque no fue lo bastante rápido como para evitar que lo cogiese de la muñeca y le echara violentamente el brazo hacia atrás.

Se soltó antes de que algún hueso se quebrara y fluyó hacia una llave de asimiento que durante unos segundos inmovilizó a Kasan.

Se pusieron metódicamente a prueba y combinaron la evasión defensiva y el ataque. A cualquiera que desconociese el *pentjak silat* le habría parecido, más que un combate letal, una elegante danza íntima en la que la muerte se encontraba a solo un paso en falso de distancia.

Cuando se trabaron, lucharon y se separaron, el sultán masculló con voz entrecortada:

—He encontrado a la hija de su amiga. La vendieron al harén del rajá de Sukau, en Java.

Como distracción era de primera categoría. Gavin logró esquivar un violento rodillazo dirigido a su entrepierna y preguntó:

—¿Qué sabe del rajá?

—Tiene fama de civilizado. Tratará bien a la niña.

El capitán pidió a Dios que fuera cierto y desvió la mirada para hacer creer que pensaba arremeter por la izquierda. En lugar de creerse la finta, Kasan contraatacó y cogió con una llave el codo izquierdo de Gavin. Cuando apretó un dolor demoledor recorrió al capitán, un dolor que anuló su capacidad de pensar y lo sumió en el sufrimiento.

Intentó librarse de la llave mientras se veía obligado a agacharse, pero no logró reunir fuerzas suficientes. Se desvaneció de dolor y al cabo de un segundo recobró el conocimiento y descubrió que estaba despatarrado en el suelo.

—¡La segunda caída es favorable al sultán Kasan!

Desde una distancia prudencial el sultán inquirió con un tono frío y sin emoción:

—¿Le he roto el codo?

Gavin se incorporó y procuró disimular las náuseas. La mínima flexión del codo agudizó el dolor pero le permitió comprobar que la articulación seguía entera.

—No, está intacto.

Kasan le dedicó una sonrisa encantadora.

—Me alegro. No quiero alargar el período que necesitará antes de estar a mi servicio. ¿Preparado para el último intento?

Gavin asintió y pensó que tendría que haber corrido el riesgo de quemarse los pies en la maldita danza del fuego. El combate largo y agotador desgastaba su energía, por lo que cada vez le resultaba más difícil controlar sus reacciones. Sabía que un movimiento en falso podía resultar desastroso.

Deseoso de concluir la lucha, buscó la oportunidad de aplicar una llave que le permitiera controlar a Kasan sin causarle graves daños. Menos preocupado por esta cuestión, el sultán sujetó a Gavin con una llave de cabeza de las de girar y retorcer que lo obligó a echarse hacia atrás y con la que fácilmente podría haberle partido el cuello.

Donde va la cabeza el cuerpo la sigue. En lugar de resistirse, Gavin se dejó llevar y apoyó todo el peso del cuerpo en Kasan. El sultán perdió el equilibrio un par de segundos, pues tuvo que modificar la posición para asimilar el peso añadido.

Gavin aprovechó ese momento para retorcerse y aplicar un arriesgado bloqueo nervioso en el brazo de su contrincante. Sabía que si fracasaba quedaría al albur del sultán. ¡Maldición! Los nervios estaban protegidos por una buena capa de sólidos músculos. Volvió a clavar brutalmente los dedos. Kasan jadeó de dolor y relajó el cuerpo. Fue un movimiento de control perfecto: paralizó de dolor al contrincante sin causarle el menor daño.

—¡Alteza, ríndase!

El sultán maldijo en malayo; estaba que trinaba de furia, pero escapar era imposible. Implacable, Gavin lo obligó a descender hasta que cayó al suelo y concluyó el combate.

Los tambores resonaron ensordecedores.

—¡El combate es para el *tuan* Elliott!

Alex se puso de pie de un brinco en el pabellón y se sintió intensamente aliviada y entusiasmada.

Gavin retrocedió con toda la diplomacia del mundo e hizo una reverencia al sultán.

—Su alteza, lucha mucho mejor de lo que merece cualquier gobernante.

—Y usted lucha mejor de lo que merece cualquier occidental. —Kasan se incorporó, rígido de cólera y contrariedad—. Capitán, rece a sus dioses para que la prueba de mañana sea sencilla, porque no le daré tregua.

El capitán ya sabía que sería así. Saludó a los espectadores y se dirigió al pabellón.

—Gavin, ¿dónde aprendió a luchar de esa manera? —preguntó Alex con sumo respeto.

—Suryo me enseñó. —Señaló a su amigo, que le estaba examinando el codo.

—Capitán, se lo vendaré —explicó Suryo—. No se ha roto, pero está inflamado.

El malayo cogió una venda y se dedicó a envolver cuidadosamente la articulación.

—Alex, el sultán dice que ha encontrado a Katie —comentó Gavin con tono bajo—. La vendieron al rajá de Sukau y seguramente está a salvo.

El rostro de Alex se iluminó de alegría.

—¡Gracias a Dios! Y a usted.

La inglesa le dio un rápido beso en la mejilla, se apartó y se ruborizó ante su audacia. Gavin pensó que olía flores tropicales.

Mientras los guardias se llevaban a Alex, el capitán se tocó la cara. Tenía la sensación de que los labios de la mujer habían dejado huella en su mejilla. A su manera Alex era tan temible como Kasan. El sultán sólo ponía en peligro su libertad y su vida, mientras que Alex tal vez tuviera la capacidad de reformar su alma.

10

Esa noche, nerviosa como un cachorro, Alex estuvo dando vueltas entre las franjas de luz de luna y las sombras de la jaula. Aunque había aprendido a moverse en silencio, sin que las cadenas tintineasen, al cabo de un rato Gavin salió del dormitorio. Con el pelo rubio revuelto y túnica y pantalón de colores claros el capitán parecía el fantasma de una fabulosa deidad pagana.

—¿Tampoco puede dormir? —preguntó Gavin.

—No. —Alex respiró hondo para que la voz no le temblase—. Lamento ser una carga tan pesada. Estoy tan nerviosa que tengo la sensación de que estallaré en mil pedazos.

—No es una carga, sino una mujer extraordinaria. Estoy seguro de que si el cautivo fuera yo y tuviese que someterse al juego del león para liberarme lo haría genialmente.

Exasperada tras haber recibido aquel elogio tan inmerecido, la inglesa espetó:

—Estoy enterada de los términos del acuerdo con Kasan. Por Dios, Gavin, ¿a qué se debe que comprometiera diez años de su futuro por una mujer a la que apenas conoce? En la Edad Media a los hombres que se comportaban de esa forma se les consideraba santos.

—Alex, no tengo nada de santo —replicó desconcertado—. Simplemente sucede que..., que no habría podido vivir con la conciencia tranquila de haber abandonado a una europea sometida a este horrible cautiverio.

—En mi opinión, esa actitud le concede la categoría de santo. O, como mínimo, la de tener valor y honor más allá de lo que requiere el deber. —Torció la boca—. Dadas las pruebas que ha tenido que superar, ¿se arrepiente de haber pasado por el mercado de esclavos?

El capitán titubeó pues era demasiado sincero para mentir.

—Habría sido más sencillo si no la hubiese visto, pero no sé si hubiera sido mejor. Casi todo lo que merece la pena requiere algún tipo de esfuerzo.

—Perder el control de la propia vida nunca es mejor.

—Aunque acabe trabajando para el sultán mi situación será muy distinta a la suya. Tengo riqueza, autoridad y bastante libertad. —Se encogió de hombros—. Incluso es posible que sea mejor que me quede en Oriente. Tal vez se trate de la manera en que Dios me impide que vaya a Londres, donde podría fracturarme el cráneo golpeándome la cabeza contra la pared.

—¿Supone que tendrá problemas en Londres?

Con un poco corriente ademán de incertidumbre el capitán se mesó los cabellos con los dedos rígidos.

—No tendré exactamente problemas, aunque... detesto Gran Bretaña tanto como la quiero. Mi regreso es algo con lo que he soñado y, a la vez, una gran insensatez.

—Pero si las paredes son demasiado duras puede volver a América. Por lo que ha comentado, el amor por su país de adopción no es nada complicado.

La expresión de Gavin se demudó en una sonrisa.

—Tiene razón. En cuanto acabe de enterrar mis fantasmas ingleses volveré a mi tierra.

Alex pensó en la cantidad de cosas que el capitán había hecho en los últimos días y acotó:

—Supongo que afrontará esos fantasmas tan hábilmente como se ocupa de todo lo demás.

—No estoy habituado a tratar con fantasmas. Prefiero las cajas de té y, si me apura, incluso los tifones.

El tono bromista disolvió la tensión que existía entre ambos y dio pie a la intimidad. Alex contempló sus ojos ojerosos y casi lamentó que aquel intervalo peculiar y extraño estuviese a punto de terminar. Si todo iba bien dentro de dos días embarcarían en la *Helena*. Rodeados por la tripulación reanudarían sus vidas habituales, él como capitán y ella como dama, a pesar de que interiormente Alex había cambiado de forma irreversible. Entre ellos existiría una distancia prudentemente emocional.

Pero esa noche no hubo distancias. A lo largo de los últimos días y noches Alex había aprendido a conocer el ritmo de su respiración, la textura de su piel y su humor retorcido. Se habían convertido en compañeros de una grandiosa y extraña aventura y, deparara lo que deparase el futuro, jamás lo olvidaría. La influencia que ella ejercería en Gavin no sería demasiado profunda porque se trataba de un hombre que había vivido muchas aventuras, aunque tal vez los riesgos que había corrido en su nombre lo ayudarían a aliviar parte del dolor que sentía por la pérdida de sus seres más queridos.

Alex volvió a pensar en lo que les esperaba y apostilló:

—Gavin, espero que la última prueba consista en nadar.

El capitán rió.

—Yo también. Sería un digno final de la competición.

A Alex le bastaba con cualquier final que les permitiese zarpar sanos y salvos de Maduri.

A Gavin aún le dolía el brazo izquierdo tras los golpes sufridos con el *pentjak* pero, por lo demás, estaba bien y tan preparado como era posible para la última tarea. Alex se encontraba a su derecha, tensa como el parche de un tambor y encantadoramente guapa con una *kebaya* y un sarong nuevos de seda estampada y tornasolada. Kasan se mostraba crispado, aunque tranquilo; había logrado contener la cólera del día anterior.

Cuando Gavin recogió el dodecaedro de marfil para llevar a cabo el último lanzamiento el sultán comentó:

—Cuando acabe la competición echaré de menos estas emociones, si bien Sheng Yu se alegrará de que vuelva a ocuparme de los asuntos del sultanato.

—Personalmente yo ya he vivido suficientes emociones.

Gavin rezó para sus adentros, agitó el dado por última vez entre las manos y lo lanzó.

Sheng Yu estudió el símbolo.

—Ha salido el culto a la diosa.

Sin dar tiempo a que Gavin preguntase en qué consistía, Kasan comentó con gran frialdad:

—Capitán, la suerte lo acompaña. Los dioses le han concedido la prueba que es uno de los grandes placeres del hombre.

Gavin frunció el ceño.

—¿Qué significa el culto a la diosa?

—Debe mantener relaciones sexuales con su esclava.

La primera reacción del capitán fue de azorada incredulidad. Estaba seguro de que había entendido mal. Miró a Alex y vio que lo contemplaba con una expresión de horrorizada sorpresa equivalente a la suya. Pretendían que la forzase y...

Se le revolvió el estómago y espetó:

—Supongo que no habla en serio. Es espantoso y obsceno y se opone tanto a las leyes divinas como a las humanas.

—Lo dice de verdad, ¿no es así, mi amigo puritano? —se mofó Kasan—. Su ingenuidad me sorprende. Las reglas del *singa mainam* son más antiguas que las de su Dios cristiano. El jefe de la tribu debe ser potente, engendrar herederos y enriquecer la tierra con su fertilidad. Por eso esta prueba forma parte del juego. Debe fornicar públicamente o darse por vencido. —La expresión del sultán se volvió maliciosa—. Ha hecho tantos esfuerzos por liberar a la dama que supuse que le encantaría tener esta oportunidad.

De acuerdo con las normas primitivas de la fuerza y la conquista, Gavin se había ganado a Alex, pero aquello no estaba bien. Su abuelo había sido vicario y su madre, una persona de virtud intachable y lo habían educado para que rigiese su vida por criterios más elevados.

—Si se trata de una prueba de virilidad será mejor que mande llamar a una de las muchachas de los barcos de flores del puerto. —El capitán prefería correr el riesgo de contraer una enfermedad antes que someter a Alex a semejante humillación.

—O lo hace con la señora Warren o la prueba no vale —declaró Kasan implacable.

Gavin apeló al monje budista.

—*Tuan* Daksa, ¿cuál es su opinión? Según las costumbres de mi pueblo este acto es un delito.

El monje titubeó y reflexionó.

—El *singa mainam* se basa en la mujer. Ha corrido graves riesgos en su nombre y sus destinos están entrelazados. En su caso la mujer es la diosa y la única opción posible.

Gavin comprendió el razonamiento del monje, pero no se trataba de razonar.

—Si tengo que hacerlo con ella prefiero perder.

—¡Gavin, no! —El sonido de la voz de Alex le llegó en medio del griterío—. Míreme.

El capitán se dispuso a hacerle caso. Alex estaba pálida pese al tono bronceado de su piel y lo contempló intrépida.

—Si es la única manera de ganar este maldito juego acabemos de una vez.

Obsesionado por cada sermón que había oído y por cada lección implícita y explícita que había asimilado sobre el comportamiento de los caballeros, Gavin bajó la cabeza y declaró:

—No puedo... no puedo.

—Gavin —dijo Alex con desgarradora precisión—, no hay nada, no hay absolutamente nada que pueda hacerme que sea tan malo como lo que ya me han hecho.

La humillación y el dolor que había intentado disimular se agolparon en su mirada y confirmaron los temores que el capitán tenía acerca de lo que Alex había padecido durante los meses en cautiverio. Se había negado a pensar en que la habían violado además de golpeado, pero ya no podía hacer la vista gorda. Aquella mujer había sobrevivido a lo indecible y escogía voluntariamente que volvieran a violarla a cambio de su libertad, de la misma manera que él había arriesgado tanto por ella. La incansable lucha de Alex contra sus carceleros había demostrado que eran almas gemelas y se había convertido en uno de los motivos principales por los que se sintió impulsado a arrancarla de las garras de la esclavitud.

Gavin dudó, ya que le repugnaba la idea de someterla a un sacrificio tan degradante. Si era tan santo como aseguraba Alex, tendría que negarse. Se percató sombríamente de que no era suficientemente generoso. Aunque le había comentado que si se quedaba en Maduri llevaría una vida cómoda, lo cierto es que la perspectiva de trabajar para Kasan le resultaba asfixiante. Necesitaba ser libre del mismo modo que el halcón necesita el viento y el cielo infinito. Si acababa atado a la voluntad de otro sacudiría los barrotes con el mismo frenesí con que lo había hecho Alex.

Se humedeció los labios resecos y cedió ante el miedo y su propio deseo egoísta:

—De acuerdo, lo... lo haré, pero no en público.

—Que sea público forma parte de la prueba —comentó Kasan con perverso regocijo—. Tener relaciones delante de los espectadores no es para los débiles de corazón.

Tendría que deshonrar a Alex ante centenares de miradas ávidas. ¡No lo haría!

—El capitán y la dama no pertenecen a nuestro pueblo —intervino el *tuan* Daksa—. Evidentemente tiene que haber testigos, pero no es imprescindible que la prueba se celebre en la arena.

Kasan adoptó una expresión de contrariedad.

—*Tuan* Daksa, que se cumpla su decisión. ¿Cuántos testigos cree que debe haber?

—Basta con dos. Usted, ya que es el sultán y forma parte del juego. —El monje hizo una mueca—. Y yo, porque soy juez y no puedo evitarlo.

Dos personas era mejor que la arena llena de espectadores, pero seguían siendo demasiados para un acto que debía ser privado. La perspectiva de violar una mujer que ya había sufrido tanto a manos de los hombres le revolvió el estómago. Nunca más sería capaz de mirarla a los ojos.

—Diez años de libertad compensan unos pocos minutos de ignominia —musitó Alex tensa.

Tenía toda la razón, pero su intervención era pasiva. Gavin tendría que actuar en contra de todos sus principios y no sabía si lo conseguiría. Intentó ponerse a la altura del pragmatismo de la inglesa e inquirió:

—¿Dónde se llevará a cabo la prueba?

—En una de las cámaras reales de invitados —respondió Kasan—. Vamos.

Gavin miró las ataduras doradas de Alex y pidió:

—Quítele las condenadas cadenas.

—Sigue siendo una esclava —puntualizó el sultán.

Gavin miró al monje con la esperanza de que estuviese de acuerdo con él, pero el anciano se limitó a decir:

—Deberían quitarle los grilletes. Las esposas ya se las quitaremos más tarde.

El jefe de los guardias, que tenía las llaves, se arrodilló para librarla de los grilletes. Alex se estremeció, se apartó e infructuosamente intentó disimular la aversión que experimentó cuando el guardia rozó sus delgados tobillos.

Mientras atravesaban el palacio Gavin buscaba la manera de salvar la situación, pero no la había. Alex se había sobrepuesto a la sorpresa y a la repulsión; había llegado al fondo de la situación: unos pocos minutos de horrorosa infamia a cambio de verlo servir durante años a un amo decadente y caprichoso al tiempo que soportaba el peso de su sacrificio. Debían sobrellevar juntos la degradación que les permitiría conquistar la libertad.

La amplia alcoba a la que los llevaron era agradable y neutral. Gavin se alegró de que no los condujesen a los aposentos que había compartido con Alex.

—Capitán, espero que disfrute de la última prueba del juego del león. —El tono de Kasan era malicioso—. Cerciórese de que sea evidente que la monta como corresponde. De lo contrario, me veré obligado a reunirme con ustedes en el lecho para comprobarlo.

«¡Canalla!» Por un momento Gavin imaginó que le rompía el cuello a Kasan y escapaba con Alex, pero sabía que no conseguirían llegar al barco.

Kasan se situó a un lado, desde el que la visión sería adecuada. Con expresión de disgusto el *tuan* Daksa tomó asiento en un taburete del otro lado, a la mayor distancia posible. El ambiente era tan frío como el de un juzgado.

Gavin recordó todo lo que había en juego, se acercó a Alex por detrás y apoyó las manos en sus hombros. La mujer se estremeció como si le hubiese pegado. Deseoso de estar en cualquier otra parte, el capitán murmuró con tono suave:

—Alex, lo lamento. Todo esto es muy... muy frío y está francamente mal.

La mujer recobró con esfuerzo el dominio de sí misma y se volvió para mirarlo.

—Pronto acabará. Cierre los ojos y finja que soy una alegre muchacha dedicada a los placeres con la que se ha cruzado en cualquier puerto.

Como sabía que con ella la sinceridad era imprescindible, Gavin declaró:

—En mi vida no ha habido muchachas alegres. Sólo ha existido Helena.

Incrédula, Alex abrió desmesuradamente los ojos.

—¿No ha conocido a otras mujeres?

—Jamás. —Gavin esbozó una tímida sonrisa—. ¿Le parece penoso en el caso de un marinero? Me educaron para creer que la intimidad física corresponde a los esposos y haber pasado tantos años de juventud en alta mar redujo las tentaciones.

Aunque había visto a infinidad de mujeres atractivas, la admiración siempre se había mantenido desde la distancia, salvo con la joven que convirtió en su esposa.

Alex sonrió nostálgica.

—Helena fue incluso más afortunada de lo que imaginaba.

Gavin fue consciente de que debía empezar y se dispuso a abrazarla. El cuerpo de Alex estaba rígido como un palo. A pesar de su enorme sensatez y de su gran fortaleza mental la situación le resultaba tan atrozmente difícil como a él. No, sin duda para ella era todavía peor.

Le acarició la espalda con delicadeza hasta que comenzó a relajarse. ¿Qué haría después?

—Su cabellera es hermosa.

Gavin le quitó las peinetas que sujetaban su rebuscado peinado y con ayuda de los dedos soltó los rizos. La sedosa cascada creó un velo de intimidad sobre el rostro de Alex y emitió un provocativo aroma floral.

La inglesa era una mujer enormemente atractiva y desde el principio la había deseado. Las líneas de su perfil parecían poesía en movimiento. Era realmente su amiga, una mujer cuya fortaleza y carácter respetaba.

Gavin se dio cuenta de que su cuerpo parecía congelado y en lo más profundo de su ser experimentó la sensación de que traicionaba a Helena. Supo que debía reconocer lo que no tardaría en resultar evidente y murmuró titubeante:

—No creo que pueda hacerlo. Jamás me he sentido menos... en la vida me he notado menos amoroso.

Alex lo miró a través de los mechones de pelo, en un primer momento preocupada, luego comprensiva y afortunadamente libre de todo desdén.

—Ambos hemos estado casados. ¿Qué tal si imaginamos que todavía lo estamos?

El capitán cerró los ojos e intentó convertir a Alex en los recuerdos que tenía de su esposa cuando habían estado a solas en el santuario del camarote. Cuando la imagen se volvió definida cogió el rostro de Alex entre sus manos y le cubrió la frente y las sienes de suaves besos. A Helena le encantaban. Tuvo la sensación de que Alex hacía denodados esfuerzos para no huir.

Más allá del perfume floral acechaba el seductor aroma femenino y, pese a su delgadez, Gavin supo que a su lado estaba una mujer de la cabeza a los pies. Pero el deseo no llegaba. La perversión de lo que hacían dominaba todo lo demás.

Intentaba decidir cómo seguiría adelante cuando Alex lo sorprendió porque deslizó una mano titubeante por su pecho. Las esposas tintinearon cuando su palma se posó en lo que Gavin pensaba que estaba dormido. El deseo lo recorrió y embotó tanto su mente como su capacidad de juicio. Dios bendito, había transcurrido tanto tiempo desde la última vez que estuvo con una mujer...

—Por fin hay avances —comentó Kasan con acritud.

El comentario devolvió a Gavin a la realidad, aunque su sangre seguía ardiendo. Gracias a las caricias de Alex supo que podría portarse como exigían las circunstancias, por mucho que sus únicas experiencias carnales estuviesen a muchos mundos de distancia de aquella parodia. Resultaba paradójico pensar que habría sido más sencillo si hubiese estado acostumbrado a tomar a las mujeres para obtener una satisfacción rápida e individual.

—Alex, ¿qué puedo hacer para que la situación le resulte más llevadera?

La inglesa escondió el rostro en su hombro.

—Supongo que... por favor, sea rápido.

La cogió de la mano y la condujo hasta el lecho bajo. Alex se tumbó boca arriba, con las largas extremidades temblorosas y la cadena de las esposas sobre el vientre, cual joya despreciable. Gavin se acostó a su lado, se apoyó en el codo junto a ella y la protegió tanto como pudo de las miradas de Kasan.

—Alexandra, relájese. Cierre los ojos, piense que estamos en plena noche y que está prácticamente dormida. Apenas nota mi presencia a su lado.

—Me temo que mi imaginación no tenga tanto vuelo —declaró trémula.

Alex cerró los ojos y respiró lenta y profundamente, pero su rostro acabó bañado en sudor.

Con suma cautela, como si la mujer fuera una yegua irritable, Gavin deslizó la palma de la mano por su torso. Aunque se proponía acariciarla hasta la cintura, el pecho se amoldó a su palma y la tersura fue demasiado tentadora como para abandonarla. Detuvo la mano y se inclinó para besar a Alex, que giró tan bruscamente la cabeza que sus labios le rozaron la mejilla. ¿Acaso los que habían abusado de ella le habían tapado la boca y habían estado a punto de asfixiarla?

Como los besos le resultaban demasiado íntimos, Gavin le pasó ligeramente los labios a lo largo de la mandíbula y por el suave cuello. El escote vuelto de la *kebaya* se había abierto y mostraba atormentadoras curvas. Se mordió el labio para no caer en la tentación de besarle los senos, ya que supuso que también lo encontraría excesivo.

—¿Se encuentra bien?

Alex apenas movió afirmativamente la cabeza y al capitán se le partió el corazón. ¿Existía algún hombre tan valiente como para aceptar con la entereza que mostraba Alex la odiada invasión de su cuerpo y su alma?

Recordó que la inglesa quería que fuese rápido, apartó la mano de su pecho y le acarició el vientre evitando la infame cadena. La delgada seda del sarong se entibió tras el contacto con su mano. Para alguien que había pasado privaciones durante mucho tiempo Alex se convirtió en un atormentador banquete de feminidad.

Alex se estremeció cuando Gavin rondó la unión de sus muslos. Se preguntó si temblaba de desesperación o si había también una respuesta física.

Debía tomar otra decisión. Por mucho que la preparación significara que sentiría menos dolor físico, ¿emocionalmente sería más destructivo lograr que el cuerpo de Alex respondiese? El capitán maldijo para sus adentros. La cópula era un encuentro gozoso y compartido, no aquella tortuosa navegación en medio de arrecifes de angustiosas complicaciones.

Como sabía que sufriría un auténtico dolor físico si no se relajaba, Gavin optó por tratar de provocar su reacción. Tal vez las palabras la ayudaran.

—Alex, en unos minutos todo habrá terminado —susurró—. Mañana seremos libres y navegaremos hacia Java en busca de su hija. Luego volveremos a Inglaterra, se reunirá con su familia y recobrará su vida normal. Si los vientos nos son favorables en cuatro meses estaremos en Londres. Maduri sólo será un recuerdo cada vez más borroso, una pesadilla casi olvidada.

La tensión de Alex disminuyó a medida que el capitán describía la imagen. Alentado, siguió hablando, le contó anécdotas de la goleta, le habló de sus empresas repartidas por el mundo, de todo lo que había visto y de lo mucho que a la tripulación le gustaría compartir la travesía con una niña de pocos años. La cubrió con un río de palabras e imágenes positivas al tiempo que la acariciaba con creciente intimidad.

A medida que fluían las palabras Gavin iba perdiendo el control de su persona. Durante años la abstinencia había sido un modo de vida, pero ahora ansiaba hundir la cara en aquella cabellera y oír sus ardientes jadeos cuando la colmase de placer. Deseaba sumirse en ella con besos y risas embriagados, entregarse a una pasión desenfrenada en lugar de pensar, planificar y preocuparse.

Pero Alex le había pedido que fuera rápido. Deslizó la mano bajo el sarong y subió por la pantorrilla y la rodilla bien proporcionadas hasta rozar carne íntima. Alex apretó instintivamente los muslos y se obligó a relajarse. Su respiración sonaba acelerada y poco profunda.

Gavin exploró con exquisito cuidado y halló calor y humedad. La respuesta era sincera y la mimó con todas las habilidades que había aprendido en el lecho conyugal. Se produjo un cambio sutil en la respiración de Alex, que abrió y cerró las manos sobre la colcha como si fuesen las zarpas de un gatito juguetón.

Cuando percibió que estaba preparada, Gavin se situó entre sus piernas y no apoyó el peso del cuerpo sobre el de Alex. Recordó que el sultán había dado la orden de que demostrase claramente que consumaba el acto, de modo que se mostró tal cual era cuando abrió la pretina del pantalón suelto. Ni siquiera la certeza de que lo observaban enfrió su doloroso apremio. Tenía la boca reseca. El roce de las piernas de Alex y el delicioso aroma carnal de la intimidad acabó con sus dudas y con su conciencia.

«Por favor, sea rápido...», le había pedido Alex.

En cuanto se introdujo en su ardiente interior el control se fue al garete y se dejó rodear por su abrasadora feminidad. Era la droga más vertiginosa que existía y hacía demasiado tiempo que se privaba de ella. Como el joven que lo hace por primera vez, Gavin se desbordó sin moverse y arqueó la espalda al tiempo que musitaba:

—Dios mío, mi queridísimo amor...

Quedó sumido en el embeleso y la satisfacción... hasta que Kasan declaró cáusticamente:

—Felicitaciones, capitán. No ha sido nada del otro mundo, pero como prueba del juego basta. Ha ganado el *singa mainam* y la mujer es suya. Puede hacer con ella lo que le plazca.

Sin aliento y desalentado, Gavin se separó de Alex y en el mismo movimiento la tapó con el sarong. La tarea estaba cumplida y lo embargó la vergüenza de haber sentido un placer tan intenso con un acto tan corrupto.

—¿Alex?

La inglesa no respondió. Había cerrado los puños y los huesos de su rostro se marcaban como los de una mujer que agoniza a causa de la fiebre. Gavin levantó la mano con la intención de hacerle una caricia para consolarla, pero la bajó al ver que las lágrimas rodaban mudamente por sus mejillas.

Habían ganado el juego del león pero, por Dios, ¿a qué precio?

11

Alex aferró la colcha e hizo denodados esfuerzos por dominar los sollozos que la sacudían. Consideraba que se trataba de una humillación definitiva e insoportable. Gavin había sido un amante sensible y generoso, lo que volvía todavía peor la experiencia. La habían violado y ni siquiera tenía la satisfacción de odiar a quien la había forzado.

Cuando Gavin abandonó la cama Alex abrió los ojos y se sentó. Durante un sobrecogedor instante sus miradas se cruzaron, pero ella apartó rápidamente la vista. Tuvo la sensación de que el capitán estaba desollado hasta la médula. Reconoció penosamente que estaban unidos por una degradación compartida que nadie más podría comprender.

—Capitán, pensé que la fortuna le había sonreído cuando le tocó el culto a la diosa —comentó el sultán pensativo—. Pero, después de todo, no le ha traído buena suerte, ¿verdad? No zarpará indemne de Maduri.

Alex comprobó que los hombres se miraban cara a cara. Parecían el anverso y el reverso de la misma moneda: uno rubio y el otro moreno; uno rígidamente contenido y el otro fanfarrón. El sultán disfrutaba con la congoja de Gavin y la angustia de Alex lo traía sin cuidado, como si se tratase de un mosquito que zumbase por la estancia.

Le resultaba imposible detestar a Gavin, aunque odiar a Kasan era sencillo. De haber sabido *pentjak silat* habría matado con sus manos al sultán. ¿Su padre y su padrastro habían sentido lo mismo en su lucha con los franceses? No, su padrastro siempre se había referido con respeto a sus adversarios. Por su parte, el sultán era despreciable; se trataba de un hombre que abusaba de su poder con la misma facilidad y espontaneidad con las que respiraba. Lo despreciaba profunda y personalmente.

En Gavin había tantas emociones contenidas que temió que estallase violentamente pero, por fortuna, se controló. De nada serviría encolerizar a un gobernante que, si le daba la gana, los mandaría ejecutar en el acto.

—Alteza, puesto que hemos satisfecho sus exigencias...

Gavin salió al pasillo y pidió la llave de las esposas al jefe de los guardias. Alex lo observó en silencio mientras la liberaba de sus cadenas y reparó en que se esforzó para no rozarla ni con la yema de los dedos.

El capitán levantó las esposas y con un gesto furibundo las arrojó por los soportales que conducían a la terraza. Brillaron bajo el sol, se deslizaron por la barandilla y chocaron contra el suelo con un chasquido disonante. Alex se frotó las muñecas laceradas y le costó creer que por fin era libre.

Gavin se dirigió al sultán con tono extrañamente sereno:

—Alteza, ha sido... ha sido muy interesante. Le deseo suerte y que encuentre al hombre adecuado para representar sus intereses en Occidente.

—Lo había encontrado —reconoció Kasan secamente—. Es una lástima que no haya aceptado.

—La persona retenida contra su voluntad jamás será la adecuada —declaró Gavin con la misma seriedad—. De todos modos, le daré un consejo. Cuando repase su lista de posibilidades evite al inglés Barton Pierce. No es un hombre de honor. Vandervelt, el holandés, es mucho mejor. Y hay otras opciones que también son válidas.

El sultán entornó los ojos.

—¿Puedo fiarme de su palabra? En este momento no está precisamente bien dispuesto hacia mí.

—Su alteza, esa decisión depende de usted, pero le aseguro de que no deseo nada malo para Maduri ni para su persona. Pierce no es un hombre fiable. —Gavin ladeó la cabeza—. Y ahora, con su permiso nos iremos.

Alex se puso en pie, desesperada por salir, pero Kasan frunció el ceño.

—Pensaba que esta noche celebraríamos el banquete de despedida en honor de nuestros invitados.

—Le aseguro que superaría con creces todas mis expectativas. —Gavin esbozó una sonrisa que estuvo a la altura de las más encantadoras del sultán—. Su alteza, no tengo fuerzas para seguir recibiendo la hospitalidad de Maduri. Todavía no me he recuperado de la última experiencia con el *arak*.

Kasan rió y la tensión se relajó.

—Le deseo una travesía segura. Capitán, si alguna vez vuelve a estas aguas visíteme.

—Gracias. Lo recordaré. —Gavin miró a Alex—. Creo que debemos emprender la travesía a Sukau.

El recuerdo de su hijita Katie dio fuerzas a Alex, que enderezó su cuerpo cansado y adoptó una actitud digna de la hija de un militar.

Con ofensiva minuciosidad Kasan la recorrió con la mirada.

—Capitán, no se le ocurra darle la espalda a su esclava. Parece una mujer peligrosa. Sería una lástima que no pudiera disfrutar de ella como se merece.

—La señora Warren no pertenece a nadie, salvo a sí misma —declaró Gavin mientras la conducía hasta la puerta—. Es y siempre ha sido una mujer libre.

Alex sintió entonces que podía amarlo simplemente por aquellas palabras.

Una hora después estaban a bordo de la *Helena*. El desplazamiento hasta el puerto fue muy confuso para Alex pues concentró el poco dominio de sí misma que le quedaba en abandonar el cautiverio con la cabeza bien alta. Severos y casi tan impacientes como ella por abandonar la isla, Gavin y Suryo la flanquearon.

La *Helena* era una goleta elegante y perfectamente cuidada que parecía capaz de superarlo todo en los mares tormentosos. En cuanto el grupo pasó del esquife a la cubierta, Gavin se disculpó y se dedicó a dar órdenes para zarpar. Alex dedujo que la marea estaba a punto de cambiar y que, si no se hacían a la mar inmediatamente, tendrían que esperar varias horas.

—*Puan*, a su camarote se va por aquí.

Alex percibió en su mirada compasiva que Suryo estaba al tanto de lo ocurrido y que jamás lo mencionaría.

A punto de venirse abajo, la inglesa lo siguió bajo cubierta y recorrieron un estrecho pasillo que conducía al fondo de la nave. El malayo abrió una puerta y preguntó:

—Milady, ¿necesita algo?

—Simplemente... estar sola.

—Como prefiera. No dude en llamarme si le apetece algo de comer o de beber.

Comprendió agradecida que podía permanecer a solas todo el tiempo que quisiera. Apenas reparó en lo que la rodeaba; cruzó el camarote, se dejó caer sobre la cama, abrazó una almohada y empezó a temblar violentamente.

Durante los últimos meses había llorado y se había enfurecido. Había insultado a los piratas y a las islas, bendecido a las esclavas de voz suave cuya compañía le había permitido mantener el equilibrio, imaginado la muerte lenta y tortuosa de quienes habían abusado de ella y soñado desesperadamente con encontrar a Katie. Pero en aquel momento le resultó imposible comprender las rebuscadas emociones que experimentó.

No podía odiar a Gavin; lisa y llanamente, el capitán había arriesgado su vida por ella porque le pareció que era lo que tenía que hacer. ¿Sería capaz de volver a mirarlo a la cara sin recordar que había estado dentro de su cuerpo? Los gritos sordos aún resonaban en su cabeza. Supo que, de alguna manera, debía dominar sus emociones en lo que a Gavin se refería. De lo contrario, los meses de proximidad en un barco de dimensiones reducidas se volverían insoportables.

Alex se estremeció y hundió la cara en la almohada al recordar la expresión del capitán cuando se apartó de su cuerpo. Aunque el encuentro le había resultado espantoso, estaba endurecida por meses de abusos, intimidaciones y escasas posibilidades de escapar. El condenado juego del león solamente fue la última situación negativa —y, de hecho, físicamente la menos dolorosa— que tuvo que soportar. Y sobreviviría como había sobrevivido a todo lo demás.

En el caso de Gavin, la intimidad impuesta había sido abrumadora porque se vio obligado a violar sus principios más arraigados. Fue una carga terrible para un hombre esencialmente decente. Debía perdonarlo para que se perdonase a sí mismo.

Tras encontrar sentido a lo ocurrido dejó de temblar y al final, agotada, se durmió. Al despertar el sol de la caída de la tarde se colaba por las ventanas que ocupaban un extremo del camarote. El cabeceo regular de la goleta y el chasquido ocasional de las velas le permitió saber que surcaban los mares.

Se levantó, se sujetó al borde de un armario empotrado y notó que se le revolvía el estómago. Paseó la mirada a su alrededor y llegó a la conclusión de que se encontraba en el camarote de Gavin. Espacioso y amueblado con elegancia, incluía cama de matrimonio y el parquet de roble estaba cubierto por alfombras chinas de vivos colores. El escritorio y las sillas disponían de discretas armellas y las paredes estaban forradas con bonitos armarios de teca. También contenían librerías con barrotes para evitar que los libros cayesen cuando había mala mar. Era un sitio cálido, acogedor y cómodo más que lujoso.

Aunque no le gustaba haber desplazado a Gavin de su alojamiento, Alex se dio cuenta de que no se le habría ocurrido ofrecer menos a una dama en apuros. Se trataba de otro regalo que debía aceptar con elegancia.

Se acercó a una de las ventanas; aún seguía un poco mareada pese a que siempre le había gustado navegar. El mar iluminado por el sol parecía oro fundido. A lo lejos avistó una oscura línea de tierra irregular que separaba el agua y el cielo. ¿Se trataba de Maduri o quizás de otra isla? Le dio igual, porque todo aquello ya pertenecía al pasado.

Se maravilló al percatarse de que era realmente libre. El cautiverio y la humillación habían quedado atrás.

La alegría afloró desde lo más profundo de su ser. ¡Era libre! Durante la mayor parte de su vida había considerado la libertad como algo natural, pero no volvería a hacerlo. Se trataba de un bien de un valor incalculable y preferiría morir antes que perderla nuevamente. Esa certeza le permitió comprender al país de adopción de Gavin, que había pagado la libertad con la sangre de sus hijos.

Deseosa de borrar hasta la última huella de la esclavitud sufrida, Alex llamó a Suryo. Cuando el malayo se presentó, la mujer le preguntó:

—¿Puede traer agua caliente para lavarme?

—Por supuesto.

Suryo y un marinero se presentaron tan rápido con cubos de agua caliente que Alex llegó a la conclusión de que esperaban que la pidiese. Había imaginado que se lavaría con una palangana de agua y un trapo, pero Suryo abrió uno de los armarios y sacó un baño de asiento de latón.

—¡Un baño de asiento! —exclamó Alex—. Es la primera vez que veo un baño de asiento en un barco.

—Solamente se puede utilizar si el mar está en calma, como hoy —explicó Suryo.

Mientras el marinero lo llenaba de agua, Suryo se retiró y regresó con una bandeja con alimentos y varias prendas dobladas, que dejó sobre el escritorio.

En cuanto los hombres salieron, Alex se quitó la ropa y se sentó en el baño. Estuvo a punto de echarse a llorar cuando el familiar aroma de lavanda inglesa acarició su piel. Las flores tropicales eran embriagadoras, pero la lavanda era el aroma de su infancia, de las flores secas metidas entre la ropa y de la loción para las manos que preparaba su madre.

El baño de asiento tenía los lados lo suficientemente altos como para evitar desbordamientos cuando el barco cabeceaba y era lo bastante grande como para contener a Gavin. ¿Cuántas veces se había sentado desnudo en el mismo sitio en el que ahora se encontraba Alex? A la turbación que le provocó la idea le siguieron los recuerdos de una mayor intimidad. Se restregó enérgicamente la piel con un paño áspero y con una esponja, como si de esa forma pudiera borrar la mancha de la deshonra y la esclavitud.

El agua estaba casi fría cuando salió del baño y se secó. La mayoría de los cardenales que cubrían su cuerpo cuando la trasladaron a palacio habían adquirido desagradables tonos amarillo y verde. Aquellas marcas externas de brutalidad no tardarían en desaparecer. En cuanto a las internas... bueno, ya había dedicado bastante tiempo a quejarse y a sentir lástima de sí misma. Había llegado la hora de recuperar su vida.

Suryo le había proporcionado una falda larga y un delantal de algodón indio estampado en diversos tonos de azul. Aunque parecidas a las isleñas, aquellas prendas se adecuaban al tamaño de su cuerpo y el corte era occidental. Cuando se las puso se sintió segura de sí misma, como antes del ataque pirata al *Amstel*.

Deseosa de recobrar el equilibrio en el barco, Alex deambuló por el camarote mientras mordisqueaba un trozo de pan. Se percató de que no se trataba únicamente del camarote de Gavin, sino que estaba expresamente diseñado para su esposa. Por eso contenía el baño de asiento, la cama de matrimonio y las lujosas alfombras chinas. El amor del capitán por Helena estaba presente hasta en el menor detalle.

Le llamó la atención un cuadro pequeño encajado entre las librerías y un armario. Se acercó y vio que era el retrato de una hermosa joven rubia que lucía un vestido de seda china azul y esbozaba una radiante sonrisa. De modo que aquella era Helena. Bella y etérea, se trataba de una mujer que amaba y que sabía que, a su vez, era amada.

Involuntariamente Alex desvió la mirada hacia la cama. Gavin y Helena habían compartido aquel lecho. Casi con toda seguridad Helena Elliott había muerto allí. No reparó en la persistencia de tristes espectros. Se dijo que los fantasmas nacen de los pesares más que de los matrimonios felices.

Volvió a recordar que Gavin había decidido cederle su camarote y decidió que su primer objetivo consistiría en poner fin a la horrible situación de incomodidad que existía entre ambos. De lo contrario, el capitán podría pasar la travesía evitándola y atormentándose. Como no podía permitirlo, debía dar el primer paso.

Aunque esa perspectiva hizo tambalear su frágil compostura, Alex se dio cuenta de que cuanto más postergase la tarea más le costaría. Se recogió el pelo con una cinta —Suryo había pensado en todo—, abandonó el camarote y subió a cubierta. El timonel y el oficial de guardia se encontraban en el alcázar. Aunque estaba demasiado oscuro para percibir los detalles, le pareció que se trataba del joven segundo oficial que le habían presentado cuando subió a bordo. Al verla el hombre inclinó respetuosamente la cabeza.

Alex estaba a punto de acercarse y preguntar por el capitán cuando avistó una figura conocida en la proa. Inmóvil como una estatua tallada en mármol, Gavin apoyaba las manos en la barandilla y el viento revolvía su cabello rubio mientras contemplaba el cielo crepuscular.

Se secó en la falda las manos repentinamente bañadas en sudor y echó a andar. A un metro de la barandilla titubeó, pues la inundaron los recuerdos intensos e inquietantes de su poderío físico. Lo había visto escalar un peñón cortado a pico, luchar con un dragón, derrotar a un maestro del combate sin armas... y atraparla con su peso, su aroma y su musculoso cuerpo.

Se le aceleró el pulso y la recorrió un miedo irracional. En el pasado jamás se le habría ocurrido temerle a un hombre. De pequeña nada la asustaba y, menos aún, los hombres de su vida.

Detestaba sentir miedo.

Apretó los dientes. De todos los hombres de la tierra, Gavin era el último al que debía temer. Se acercó a la barandilla antes de que el valor la abandonase. El capitán se tensó al reparar en su presencia. Alex casi esperaba que echase a correr, pero aguantó. Tal vez algún día esas frivolidades le hicieran gracia, pero aquella noche no fue así.

La mujer levantó la cara para que le diera el viento fresco de la libertad. El rítmico movimiento de la goleta calmó sus nervios crispados y le recordó las razones por las que estaba allí.

—Gavin, deseo darle las gracias desde lo más hondo de mi corazón. No quiero que se considere culpable de lo que tuvo que hacer. Me salvó y se salvó. No creo que sea un pecado.

—Puede que no, pero ciertamente tampoco se trata de una virtud. —Tras un prolongado silencio el capitán añadió—: Nos casaremos en Batavia, donde hay iglesias cristianas.

—¿Casarnos? —Alex volvió bruscamente la cabeza y lo miró, ya que le había hecho perder la serenidad—. ¿De qué habla?

—Puesto que nos hemos comportado como marido y mujer ahora debemos hacerlo realidad —replicó con fría precisión.

Alex tendría que haber imaginado que el capitán llegaría a esa conclusión. Era un caballero, la había comprometido y al proponerle matrimonio se comportaba como correspondía. ¿Por qué esa posibilidad la afectaba tanto?

Porque no quería volver a casarse nunca más. Porque no estaba en condiciones de convertirse en la esposa de un buen hombre y, menos aún, de Gavin.

Retuvo esos sentimientos para analizarlos más tarde y declaró:

—De todos los actos generosos que ha tenido conmigo este es el más desprendido, pero no lo considero necesario. Ha sacrificado demasiadas cosas por mí y, por descontado, no está obligado a casarse con una desconocida.

—Alexandra, no se puede decir que seamos unos desconocidos. —La voz grave del capitán sonó fría y distante.

—No tiene sentido quedar atados de por vida a causa de algo que sucedió en el otro extremo del mundo. Usted no quiere casarse conmigo y yo no quiero casarme con usted ni con nadie, de modo que la cuestión queda zanjada.

Gavin esbozó una ligera sonrisa.

—Ahora comprendo por qué le costó tanto mostrarse sumisa.

Alex se ruborizó.

—Lo siento si he sido descortés. Gavin, le aseguro que aprecio lo que ha hecho por mí. Le debo más de lo que podré devolverle jamás, pero no es necesario acrecentar mi deuda.

—Alex, casarme con usted no sería en absoluto un castigo. Sospecho que nos llevaríamos soportablemente bien, aunque tal vez... —el capitán titubeó y buscó las palabras adecuadas—, aunque tal vez han ocurrido demasiadas cosas para que nos sintamos cómodos el uno con el otro.

—Me gustaría que fuéramos amigos. ¿Cree que es posible?

La inglesa notó que el capitán aflojaba la tensión.

—A mí también me gustaría. La travesía hasta Inglaterra es larga. Preferiría que estuviéramos relajados en lugar de andar con pies de plomo.

—Trato hecho. Seremos amigos y nos relacionaremos como si... como si la última prueba del juego del león no hubiera existido. —Olvidar no sería tan sencillo, aunque acceder a dejar atrás el incidente era un punto de partida—. Si alguna vez desea volver a casarse, es mejor que busque una novia joven y cariñosa que no esté mancillada de por vida.

—Ya lo hice una vez y no destruiré a otra inocente.

—¿Destruir? —La inglesa frunció el ceño al percibir que Gavin había hablado más de la cuenta—. Por lo que he visto y oído, Helena fue una esposa mimada y muy amada. No creo que a eso se le llame destrucción.

El capitán dudó antes de explicar con voz entrecortada:

—Helena siempre estuvo delicada de salud. Me preocupaba que la vida a bordo le resultase demasiado dura, pero no quiso que nos separáramos y yo accedí. Si la hubiese dejado en Boston tal vez hoy estaría viva.

Alex ansió consolarlo. La convicción de que era responsable de la muerte de su amada esposa debió de crear un pozo de culpa sin fondo. No le extrañó que se hubiese sentido obligado a rescatar a una esclava desesperada. Deseosa de aliviar su profundo dolor declaró:

—He visto el retrato de Helena y sé que usted le regaló años de felicidad. Muchas mujeres ni siquiera tienen esos pocos años de alegría a lo largo de toda una vida.

—Fuimos felices —reconoció Gavin—, pero el médico de Boston nos advirtió de que era peligroso que tuviese un hijo. Si yo no hubiera... —El capitán se interrumpió bruscamente.

Alex supo que estaba pisando un terreno muy delicado cuando preguntó:

—¿Acaso Helena no ansiaba desesperadamente convertirse en madre?

Gavin la miró y contempló el perfil de su silueta sobre el firmamento estrellado.

—¿Cómo lo sabe?

—Porque soy mujer. Es muy natural querer un hijo del hombre al que se ama. —«Como lo es ser madre aunque el matrimonio no se base precisamente en el amor», pensó y se dio cuenta de que no necesitaba decirlo—. Helena se arriesgó voluntariamente. Y ahora... bueno, ahora Anna y ella están juntas.

—Me gustaría creerlo —murmuró Gavin con voz ronca.

—Pues créalo. —Alex nunca había estado tan segura de algo—. ¿Recuerda que Aquiles tuvo que elegir entre una vida breve y gloriosa y una existencia larga y aburrida? Escogió la gloria y murió joven, pero su fama perdura. Si Helena siempre fue delicada le hizo un gran regalo al dejarla escoger el amor y la aventura. A todos nos llega nuestra hora. Al menos Helena murió donde quería estar, haciendo lo que le apetecía con el hombre al que amaba y en cuyo corazón siempre vivirá. No la destruyó, yo diría que la ayudó a cumplir sus deseos.

Gavin bufó ruidosamente.

—No lo había pensado desde el punto de vista femenino.

Alex se hizo una imagen mental de la muchacha etérea y de sonrisa radiante. Helena había nacido para amar y se había entregado por elección personal. Por añadidura, había elegido bien. A Alex le habría gustado que Edmund la hubiese amado con tanta intensidad como Gavin y que hubiera sido igualmente fiel a sus votos matrimoniales.

Notó que la recorría un escalofrío y pensó que el viento era cada vez más fresco.

—Gavin, es muy loable que su abuelo vicario le inculcara la integridad y la honestidad, pero usted no es responsable de todos los males del mundo.

—El capitán de una nave es responsable de cuanto ocurre a bordo. Se trata de un hábito difícil de cambiar, pero... lo intentaré.

—Recuerde a Helena en los momentos de felicidad. Es la única verdad de su matrimonio.

Se produjo un largo silencio en el que la goleta subió y bajó en medio del oleaje. La rompiente los salpicó de vez en cuando y al cabo de un rato Gavin murmuró quedamente:

—Gracias, Alexandra. ¿Siempre es tan sensata?

Aunque se alegró de haberlo ayudado de algún modo la sinceridad la obligó a decir:

—Cuando pienso en Katie no soy nada sensata. ¿Cree que la encontraremos?

—Es difícil responder a esa pregunta. Kasan dijo que la enviaron al harén del rajá de Sukau. Si sigue allí podremos considerarnos afortunados. Suryo ha investigado y el rajá es un hombre mayor y muy respetado. —Gavin la miró—. El rajá Fahad es el padre de la esposa principal de Kasan.

—¿Está diciendo que tal vez enviaron a Katie de regalo al suegro de Kasan? —preguntó Alex horrorizada.

—Probablemente, lo cual apunta a que Kasan está más vinculado con los piratas de lo que reconoce en público.

La inglesa maldijo con voz queda.

—Ese hombre es un verdadero monstruo. Ojalá le hubiera partido el cuello.

—Es evidente que nos hizo la vida difícil pero, comparado con otros déspotas orientales, Kasan es un sultán relativamente culto. Se cuentan anécdotas sobrecogedoras sobre su vida privada, algunas de las cuales probablemente son verídicas, y su pueblo no goza de los mismos derechos que los ingleses o los estadounidenses. De todos modos, no suele liquidar a sus súbditos por puro capricho ni los somete a impuestos que los condenan a morir de hambre. Maduri es una isla fuerte e independiente y con toda seguridad seguirá siéndolo.

Alex recordó el vínculo tenso y extraño que suele existir entre los hombres.

—Parece que lo admira.

—En cierto modo, sí —reconoció Gavin—. Pero le aseguro que no quiero trabajar a sus órdenes. Tiene demasiado poder, lo que lo vuelve peligroso. Se asemeja bastante a mi idea de un duque inglés chiflado.

Alex pensó en los duques ingleses que conocía, que en realidad eran civilizados, aunque estuvo dispuesta a conceder a Gavin sus principios republicanos. Estaba claro que el poder corrompe.

—Esperemos que el rajá de Sukau no sea cruel ni chiflado. ¿Cuánto tardaremos en llegar a Java?

—Tres o cuatro días si el viento persiste.

—¿Y qué haremos? ¿Cómo abordaremos al déspota oriental y le pediremos que nos haga un favor?

—En cuanto pasemos por la aduana de Sukau enviaré a Suryo a palacio con el mejor regalo que haya a bordo de la *Helena*. Tengo un reloj francés que parece sacado de los salones de Versalles. Es muy impresionante y demostrará que somos lo bastante ricos como para merecer la atención del rajá. Suryo solicitará una audiencia y esperaremos.

—Detesto esperar, pero supongo que tendré que soportarlo.

Alex cerró los ojos y se puso a rezar. Un milagro la había librado de la esclavitud y ahora necesitaba otro.

12

Sukau, isla de Java.

El chambelán hizo señas a Gavin y a Alex de que lo acompañasen y declaró:

—Su Graciosa Majestad, el rajá de Sukau, los recibirá.

Lo siguieron por un pasillo en el que había corrientes de aire. Gavin observó a su acompañante por el rabillo del ojo. Los persistentes mareos la habían vuelto todavía más delgada de lo que estaba en Maduri y los tres días de espera en el puerto de Sukau la llevaron a vibrar de tensión. La pérdida de peso había resaltado la elegancia de su estructura ósea y se deslizó por palacio con la gracia y la dignidad de una reina.

En la travesía desde Maduri se había dedicado a coser y llevaba un vestido de corte europeo. Con la melena oscura recogida era la imagen misma de una dama inglesa. Se diferenciaba mucho de aquella Alex con sarong y cadenas doradas, lo que contribuyó a que Gavin reprimiese los pensamientos carnales que lo habían obsesionado desde la cópula impuesta. Los recuerdos intensos y abrasadores lo avergonzaban, pero era incapaz de desterrarlos de su mente y de sus continuos y atormentadores sueños.

Dejó de reflexionar sobre esas cuestiones y pensó que lo más adecuado sería rezar para que Katie estuviera en Sukau. El fracaso destrozaría a Alex.

No, nada podía destrozar a Alex. Seguiría buscando a su hija hasta encontrarla o moriría en el intento. Era digna de sus antepasados guerreros.

El chambelán los acompañó hasta una pequeña estancia con puertas en sendos extremos. Cuando franquearon la segunda se encontraron en una pajarera inmensa. Fascinado, Gavin contuvo el aliento. La pajarera semejaba un claro del bosque y en un rincón discurría un arroyo. Las aves acuáticas chapoteaban encantadas mientras los papagayos de vivos colores y los pájaros cantores piaban y revoloteaban de un árbol a otro. El reloj francés obsequiado se encontraba sobre una peana de caoba en la que se había posado un ave del paraíso que acicalaba sus plumas multicolores.

El espectáculo era tan imponente que Gavin tardó unos segundos en reparar en la presencia del anciano de turbante que ocupaba el elevado trono lacado situado en el centro de la pajarera y protegido con un dosel. En lo alto un pájaro pardo lanzaba trinos obsesivamente bellos.

Convencido de que el anciano era el rajá Fahad, Gavin hizo una profunda reverencia y declaró:

—Majestad, nos sentimos muy honrados de que nos reciba.

Con un ademán el rajá restó importancia a aquella muestra de agradecimiento. Sostenía una pequeña paloma blanca que resultaba casi invisible junto a su barba cana.

—Capitán Elliott, usted ha despertado mi interés —afirmó el rajá en un inglés fluido pero con mucho acento—. Su regalo es magnífico. ¿Qué magnífico favor quiere a cambio?

La franqueza de Fahad fue sorprendente, pero de agradecer.

—Mi acompañante, la señora Warren, es una viuda inglesa de alta alcurnia. Mientras navegaba de Sidney a Londres los piratas atacaron el barco en que viajaba. Ella y su hija fueron capturadas y le arrebataron a la niña.

El rajá miró a Alex.

—¿La dama fue esclavizada?

Habían analizado si Alex debía o no tomar la palabra. El hecho de que el rajá reconociese su presencia le permitió dirigirse directamente a él:

—Así es, majestad. Fui liberada gracias a la intervención del capitán Elliott y busco a mi hija. Nos han informado de que se la enviaron como regalo. —Alex se arrodilló y se inclinó para tocar el suelo de mármol con la frente, según la reverencia oriental de sometimiento total. Levantó la mirada y apostilló suplicante—: Por favor, majestad, si me ayuda a encontrarla contará con mi agradecimiento para toda la vida.

El rajá estudió el rostro de la inglesa y con los dedos huesudos acarició las plumas de la blanca paloma.

—En mi harén hay muchas niñas. ¿Qué aspecto tiene su hija? —preguntó finalmente.

—Katie está a punto de cumplir nueve años, tiene el pelo rubio largo y ojos azules como los míos —respondió Alex—. La arrancaron de mi lado hace seis meses.

El rajá le indicó que se incorporase y llamó a su chambelán. Hablaron con voz baja y el ayudante se retiró.

Fahad levantó lánguidamente la paloma, que emprendió el vuelo desde la palma de su mano. En el pecho lucía un círculo de color sangre.

—Dicen que mis palomas sagradas son muy raras. Capitán, ¿existen en su país?

—Majestad, que yo sepa, no. —Gavin señaló la pajarera—. Tampoco había visto jamás algo así. Estoy seguro de que el paraíso no alberga mayores bellezas.

Un avecilla se posó en el hombro del capitán, picoteó la charretera de galón dorado y de vez en cuando alzó la cabeza para contemplarlo con sus ojos brillantes.

Divertido, Gavin se puso a hablar de pájaros y de historia natural con el rajá. Alex aguardó en silencio, aparentemente serena pero con las manos apretadas a los lados del cuerpo. Una paloma sagrada se acercó y le picoteó el dobladillo del vestido. La mujer dio un salto y la espantó. Gavin temía que su acompañante se derrumbara durante la última pero insoportable espera. También cabía la posibilidad de que explotase y causara terror en Sukau. En el infierno no hay tanta furia como la que puede experimentar una madre frenética.

Oyeron que a sus espaldas se abría una puerta. Gavin se giró y vio que el chambelán regresaba con una mujer y una niña cubiertas con gruesos velos. Al ver a la pequeña a Gavin se le cayó el alma a los pies. La chiquilla tenía la edad adecuada, pero aquella figura sumisa y recatada no podía ser hija de una mujer como Alex.

Alertada por el instinto, Alex se volvió y su rostro se encendió de alegría:

—¡Katie!

—¡Mamá!

El recato se esfumó en cuanto la niña gritó, echó a correr por la pajarera y asustó a las aves, que revolotearon. Al moverse se le cayeron el velo y el tocado, por lo que quedó al descubierto la brillante melena rubia y una exquisita y exacta versión en miniatura del rostro de Alex.

Se encontraron en el centro de la pajarera. Alex se arrodilló, estrechó a su hija entre sus brazos y, con el rostro bañado en lágrimas, exclamó:

—¡Katie, Katie, hija mía!

A Gavin se le hizo un nudo en la garganta al presenciar el reencuentro. Pensó que su hija Anna tendría una edad parecida y el mismo color de piel y de pelo, pero el recuerdo ya no le dolió tanto como otras veces. Tuvo la imagen mental de Helena y Anna riendo en el prado celestial. La niña tenía la altura que habría alcanzado de haber vivido. Las palabras que Alex pronunció la noche que abandonaron Maduri le permitieron acceder a esa visión tranquilizadora.

Alex se dirigió al rajá en medio de las lágrimas:

—Majestad, mi querida niña perdida ha sido encontrada. En este momento no tengo dinero, pero si confía en mí le enviaré el rescate digno de una princesa en el caso de que me permita llevar a mi hija a Inglaterra.

—Señora Warren, no es necesario. La madre no debe permanecer separada de sus hijos. Puede marcharse con mi bendición.

Mientras hacía una reverencia y daba las gracias al rajá, Gavin pensó con azorada incredulidad que no podía ser tan sencillo. Es verdad que le había hecho un magnífico regalo y que el rajá era famoso por su justicia y su decencia, pero le costaba creer que la recuperación de Katie Warren resultase tan sencilla.

Lo fue.

Alex acompañó a su hija y a la acompañante con velo hasta el harén para que Katie recogiese sus cosas y se despidiera. Le hizo gracia oír que su hija se expresaba perfectamente en malayo. A juzgar por los abrazos y el llanto de las mujeres del rajá estaba claro que Katie era una de las niñas favoritas y que la habían tratado bien. Gavin había acertado al afirmar que la pequeña podría haber vivido feliz en Sukau. Gracias a Dios ya no era necesario.

Cuando salieron con la guía, Alex llevaba una bolsa con las pertenencias de su hija en una mano y a Katie aferrada a la otra. Aunque había hablado sin interrupción desde el reencuentro, cuando abandonaron los alojamientos de las mujeres la niña guardó silencio. Preocupada, Alex inquirió:

—Katybird, ¿estás bien? Supongo que te cuesta separarte de las amigas que has hecho aquí.

Katie movió afirmativamente la cabeza.

—No volveré a verlas, ¿verdad?

Alex se apenó al percibir un dejo de tristeza en el tono de voz de su hija. Hacía menos de un año que también había perdido a sus amigas australianas.

—Cariño, probablemente no. Nuestro hogar está al otro lado del mundo.

—¿Pero cómo quieres que Inglaterra sea mi hogar si nunca he estado allí?

Era una buena pregunta. Alex reflexionó antes de responder:

—El hogar comienza por la familia. Cuando conozcas a tus abuelos y a tus primos empezarás a sentir que Inglaterra es tu hogar. Harás nuevas amistades y en este caso serán para toda la vida.

—Me gustaría tener amigas para toda la vida —reconoció Katie pensativa.

Alex le apretó la mano y juró para sus adentros que su hija jamás volvería a sufrir separaciones tan dolorosas.

—Es muy duro perder a la gente que queremos. Sentí terror cuando los piratas te apartaron de mi lado.

De repente Katie pareció mucho mayor.

—Mamá, yo también me asusté. Pensé... pensé que no volvería a verte nunca más.

¿Cuánto tiempo había estado Katie sumida en el horror hasta caer en manos amigas? Alex se tragó el nudo que se le formó en la garganta y acotó:

—Podría haber ocurrido de no ser por el capitán Elliott.

—¿El capitán es el hombre que estaba contigo en el jardín con los pájaros?

—Sí. Es capitán de un barco. Me encontró en la isla de Maduri y consiguió que me liberasen. —Alex pensó que su hija no necesitaba saber nada más sobre sus penurias—. Nos llevará en su goleta hasta Inglaterra.

Cuando volvieron a entrar en la pajarera Alex hizo una señal a Gavin para transmitirle que todo iba bien. El capitán se volvió hacia el rajá, en cuyo hombro se había posado un papagayo escarlata. Al cabo de más reverencias, palabras de agradecimiento y adioses los extranjeros se retiraron.

Mientras caminaban por palacio Alex presentó a Gavin y a su hija. Katie preguntó con gran seriedad:

—¿Es holandés?

—No, soy estadounidense —respondió Gavin con la misma solemnidad.

—Me alegro, porque los capitanes holandeses no me gustan.

Aquel comentario era otra muestra del miedo que Katie había experimentado durante el ataque pirata, ya que en su momento se había llevado bastante bien con el capitán del *Amstel*. Durante la travesía hasta Inglaterra Alex se las apañaría para hablar con su hija de lo sucedido. Era pequeña y, con un poco de suerte, no tardaría en olvidar los episodios más dolorosos.

Era una pena que los adultos no olvidasen con tanta facilidad.

A Katie le encantó el camarote. Entusiasmada por los acontecimientos de la jornada, la niña dio brincos por la estancia y observó los libros y los muebles.

—¡Es mucho más bonito que el del *Amstel*!

—Porque es el camarote del capitán Elliott.

Alex se repantigó en una silla y siguió con la mirada los movimientos de su hija. En los últimos meses Katie había crecido y ya no era tan infantil. Estaba tan contenta que le resultó fácil dejar de lado el pesar por los meses que no habían compartido.

Katie pasó las yemas de los dedos por las encuadernaciones en piel de los libros.

—Le gustas al capitán.

Alex se puso tan nerviosa como si Gavin le hubiera hecho insinuaciones. El comentario era alarmante y... gratificante. Pero recordó que no debía dar demasiada importancia a un comentario infantil y replicó:

—Yo también lo aprecio. Ha sido muy amable. —Deseosa de evitar el tema se apresuró a añadir—: Mañana por la mañana comenzaremos las clases. Espero que no hayas olvidado lo que aprendiste de francés, números y el globo terráqueo.

Katie la miró contrariada.

—¿Tan pronto volveremos a dar clases?

Alex estuvo a punto de reír ante la consternación de su hija.

—Bueno, tal vez nos tomaremos un par de días de vacaciones. No pongas esa cara, siempre te ha gustado estudiar.

—Pero eso no se dice —declaró Katie con tono remilgado y mirada traviesa.

—¿Tomaste clases en palacio?

—Sí, pero no eran de números, de francés ni de lectura. Yasmeen, que era quien me cuidaba, me enseñó malayo. Todas las chicas recibimos clases de baile, de canto y de cómo comportarnos como señoras isleñas. —Con gran elegancia Katie realizó los movimientos precisos y delicados de una danza de Sukau—. Me gusta bailar. Decían que lo hacía bien.

—No me cabe la menor duda. —Alex la observó, impresionada y algo inquieta por la capacidad de adaptación de los niños. ¿Cuántos años habría tardado Katie en convertirse en una isleña y en olvidar casi por completo su herencia inglesa? Abrazó a su hija y apostilló—: Katybird, te he echado mucho, muchísimo de menos.

—Yo también, mamá —susurró Katie—. Me decía que tenía que ser valiente y no llorar, pero a veces no podía evitarlo.

—Yo tampoco.

Alex se percató de que se le estaban llenando los ojos de lágrimas y ni siquiera se molestó en sentirse culpable por aquella falta de control.

A pesar de la alegría, como todas las demás esa noche las pesadillas arrancaron a Alex del sueño. Despertó sudorosa, ahogada y con náuseas. Mentalmente sabía que era libre, lo que no impidió que el pánico impregnase cada partícula de su ser. Tenía miedo del cautiverio y de perder el mundo que conocía.

Tenía miedo de la violación.

Intentó no despertar a su hija, abandonó la cama y se acercó a una de las ventanas que daban a la estela de la goleta. La abrió para que entrase aire fresco y descubrió que si contemplaba el horizonte los mareos se calmaban.

La brisa nocturna y la línea que separaba el océano del firmamento ayudaron a aplacar su estómago revuelto al tiempo que la repetición de que estaba a salvo y en libertad serenó poco a poco su agitado corazón. Agotada se preguntó hasta cuándo durarían las pesadillas. Hacía sólo una semana que se había librado de la esclavitud. Seguramente con el tiempo los terrores nocturnos menguarían.

Regresó a la cama sin hacer ruido. Por fortuna Katie no tenía pesadillas. La curva inocente de su mejilla y el ritmo apacible de su respiración tranquilizaron a Alex como nada más podía hacerlo. Era una mujer afortunada, indescriptiblemente afortunada, y estaba tan pletórica de amor que le faltaban palabras para expresarlo. Besó la frente de Katie y susurró:

—Tesoro, que duermas bien.

Apoyó la cabeza en la almohada y se obligó a relajarse hasta sumirse una vez más en el reposo desasosegado.

A pesar de las pesadillas, las jornadas siguientes fueron los días más felices que Alex había pasado desde que contrajo matrimonio y dejó la casa paterna. Tal como había asegurado Gavin, la tripulación estaba encantada con la niña y Katie se convirtió rápidamente en la mascota de la *Helena*. La pequeña y el capitán se hicieron muy amigos y Gavin le prestaba la misma atención que concedía a los adultos.

En un primer momento a Alex la preocupó que Gavin sufriera por tener cerca a una niña de la misma edad que la hija que había perdido. Enseguida comprendió que le resultaba beneficioso. Katie y Gavin tenían una relación afable y muy distinta a la que la pequeña había compartido con su padre. Aunque adoraba a su hija, Edmund no había sabido qué hacer con aquella mocosa interesada por todo.

Tras dos días de vacaciones Alex cumplió la amenaza de volver a dar clases. Los libros y los mapas de Gavin sirvieron como fuentes de lectura, aritmética y geografía. Katie devoró las lecciones como un cachorrillo hambriento. Siempre le había gustado estudiar y su larga estancia en medio de otra cultura había incrementado sus ansias de saber.

Una de las tareas diarias consistió en que Katie escribiese un diario sobre sus experiencias en Insulindia. Además de servir como práctica de caligrafía, los comentarios proporcionaron a Alex detalles sobre la vida de su hija en cautiverio. La niña escribió cosas como: «En Sukau hay muchas maneras de cocer el arroz. Me encantan la salsa de cacahuetes y el *nasi goreng*».

Fue todo un alivio confirmar que, tras las primeras sorpresas desgarradoras, Katie se acostumbró sin dificultades a su nuevo mundo. En el futuro no habría pesadillas ni nada que se le pareciera, salvo el miedo de perder a la madre, motivo por el cual Alex no se apartaba de la pequeña. No le importaba porque ambas necesitaban esa proximidad. Cuando llegasen a Inglaterra estarían en condiciones de llevar una existencia más normal.

Alex ya estaba preparada. ¡Señor, vaya si estaba preparada!

13

Cuando fondearon en el puerto de una pequeña isla a fin de aprovisionarse antes de cruzar la enorme extensión del océano Índico, Gavin vio a Alex y a Katie asomadas por encima de la barandilla y contemplando embelesadas los praos que rodearon la *Helena* cargados de isleños que pregonaban alimentos y otras mercancías. El capitán sonrió ante la escena. Últimamente Alex parecía una niña. Aunque todavía estaba demasiado delgada a causa del cautiverio y no había recuperado el dominio de su cuerpo transmitía un brillo que resultaba irresistible. Katie también poseía aquella cualidad. Cuando creciese se convertiría en una mujer magnífica.

Gavin se aproximó a Alex y a su hija en el mismo momento en que un botero levantaba un sencillo muñeco de trapo vestido con retazos. Katie lo miró con ganas de quedárselo y Alex se mordió el labio decepcionada.

El capitán se percató de que Katie no tenía juguetes y Alex carecía de dinero, de modo que se inclinó sobre la barandilla y negoció con el botero. Acordaron un precio y Gavin le lanzó una moneda. El muñeco voló por los aires. Katie chilló por temor a que cayese al agua, pero el capitán se estiró y lo cogió en pleno vuelo.

—Katie, aquí tienes —dijo y se lo entregó con un ademán ostentoso—. Un recuerdo de las islas.

—¡Gracias, muchas gracias, capitán Elliott! —La niña acunó al muñeco con mirada risueña.

—Ya lo creo, capitán, gracias —añadió Alex con calidez; aunque nunca pedía nada para sí, indefectiblemente agradecía los intentos de satisfacer a su hija.

Como deseaba un poco de la misma calidez, Gavin añadió:

—Pasaremos la mayor parte del día aquí mientras llenamos los depósitos de agua y compramos alimentos frescos. ¿Qué tal si me llevo a estas dos damas a una bonita playa que se extiende al norte? Podemos coger la cesta de la comida y disfrutar del último día en tierra antes de cruzar el océano.

El capitán pensó que en tierra firme tal vez la comida le sentaría mejor a Alex.

Aceptaron la propuesta sin dudarlo ni un instante. Alex llevó a su hija bajo cubierta para prepararse para el paseo mientras Gavin organizaba la cesta de la comida y alquilaba un prao al jefe de la isla.

Como hacía calor bajó a cambiarse y a ponerse ropa adecuada para pasear por la isla. Después de tantos años como capitán le resultaba extraño ocupar el pequeño camarote del piloto. Si se detenía en medio de la estancia podía tocar cuanto lo rodeaba y cuando se erguía casi rozaba el techo. Le daba igual; Alex y Katie necesitaban mucho más que él el espacio y las comodidades del camarote del capitán. Las comidas en el atestado cubículo y las cartas marinas y los libros de navegación mezclados con sus camisas sólo eran un inconveniente sin importancia.

Tan práctica como Gavin, Alex cambió su ropa y la de su hija por la indumentaria isleña; además, se descalzaron y se cubrieron con sombreros de paja para proteger su piel clara. Desembarcaron con actitud festiva.

El prao era tan pequeño que Gavin no necesitó ayuda para manejar las velas y disfrutó de su maniobrabilidad semejante a una golondrina mientras doblaban una de las puntas del puerto y llegaban a la bahía. Protegida desde tierra por los acantilados, la playa era el sueño que cualquier europeo tiene de los paraísos isleños. Las aguas transparentes y del color de aguamarina acariciaban una luna creciente de arena blanca. Compartieron un relajado almuerzo tumbados a la sombra de las palmeras mecidas por la brisa y hablaron tranquilamente de temas sin relevancia.

Como corría el riesgo de quedarse dormido, Gavin comentó:

—Necesito estirar las piernas. ¿A alguien le apetece acompañarme a dar un paseo?

—Nos encantaría.

Alex y Katie se pusieron en pie y los tres echaron a andar por la orilla, de modo que las olas que rompían mojaron sus pies y sus tobillos. Katie se adelantó a los adultos, jugó con el oleaje y se desternilló de risa cada vez que el agua la pillaba por sorpresa.

—Le agradezco que nos haya traído a esta playa —dijo Alex—. Este paseo será un recuerdo cálido y hermoso en los fríos inviernos ingleses.

—Tengo la sospecha de que los ingleses se convirtieron en grandes exploradores porque siempre fueron a la búsqueda de un clima más benigno. Me parece que lo encontraron prácticamente en todas partes.

Alex soltó una carcajada.

—Supongo que tiene razón pero, en lo que a mí se refiere, estaré encantada de pasar el resto de mis días en Inglaterra. Espero convertirme en una anciana excéntrica, rodeada de gatos, que aburrirá a sus nietos con las anécdotas de sus viajes.

Gavin estudió su elegante perfil.

—Me cuesta imaginarla anciana.

Alex se puso seria.

—A veces me siento como una anciana. De todos modos, tenía razón cuando dijo que Maduri sólo sería una pesadilla casi olvidada. Se está volviendo algo irreal, como si le hubiese ocurrido a otra persona.

Alex se estremeció a pesar de que hacía calor.

Gavin pensó en las ojeras que se percibían incluso cuando reía e inquirió:

—¿Tiene pesadillas?

—A veces, pero carecen de importancia. La mayor parte del tiempo soy feliz. Me siento agradecida de ser libre y de haber recuperado a mi hija. —Lo miró de reojo—. ¿Y qué me dice de usted? ¿Las pesadillas se mezclan con sus sueños?

—A veces, pero no tienen nada que ver con sus padecimientos. —El capitán desvió la mirada, temeroso de que reflejase el ardiente aluvión de recuerdos de la intimidad impuesta. La mayor parte del tiempo lograba mantener el deseo bajo llave, pero todavía afloraba en momentos inesperados, por lo que se sentía decepcionado y ansioso. Intentó cambiar de tema y añadió—: Me alegro de contar con el día de hoy para despedirme de Insulindia. Sé que, a su manera, Inglaterra es tremendamente hermosa, pero no tiene nada que ver con esto.

—Transmite la impresión de que ama profundamente Oriente. ¿Es posible que algún día regrese?

—Quizá de visita, pero nunca para vivir. —El capitán intentó, sin éxito, rebotar una piedra plana en el agua—. He pasado la mayor parte de los últimos doce años en mi casa de Macao, en la estrecha franja del puerto de Cantón o navegando entre las islas. Ha sido emocionante, agotador y gratificante, pero tengo la sensación de que... de que esta fase de mi vida ha tocado a su fin. Ha llegado la hora de cambiar. En Inglaterra no me faltarán retos.

—Tengo la sensación de que considera Inglaterra como una prueba terrible más que como un destino anhelado. —Alex esquivó una ola que la habría empapado—. ¿Qué lo atrae de un lugar que lo lleva a sentirse tan incómodo?

Gavin vaciló y se preguntó si estaba dispuesto a contárselo. No hacía falta que mencionase las cuentas que debía ajustar con un hombre que había intentado arruinarlo sin tener motivos para hacerlo, pero Alex merecía conocer las razones familiares.

—Mi padre abandonó Inglaterra deshonrado. La familia le volvió la espalda porque, como dicen, «se casó por debajo de sus posibilidades», si bien el linaje de mi madre es totalmente respetable. Su padre lo repudió.

—¿Por eso odia tanto el sistema de clases inglés?

—Sí. La historia de mi padre no acaba ahí. Pertenecía a la Armada y, tras una desastrosa batalla con los franceses, sus superiores le echaron la culpa porque ya no contaba con apoyos familiares. Se libró por los pelos de que le formaran un consejo de guerra. Como reconocimiento a los servicios prestados le permitieron renunciar a su cargo de oficial y embarcamos rumbo a América.

—Y así fue como le inculcaron el amor por el mar —comentó Alex reflexiva—. ¿Su padre hizo las paces con la familia?

—No. Estoy deseando llegar a Londres, presentarme en la casa solariega y comunicar a mi abuelo que soy el hijo de la oveja negra de la familia.

Alex lo miró con expresión preocupada.

—Si pretende que su familia lo acepte la beligerancia tal vez no sea el mejor camino.

—No tengo la menor intención de que esa sarta de fanáticos intolerantes me acepte. Sólo quiero demostrarles que existo. La condena de mi abuelo no destruyó la existencia de mi padre y a mí me trae sin cuidado. —Sonrió al evocar la visión que había imaginado durante años—. Estoy deseoso de plantarme en Londres como un estadounidense rico y vulgar, y de explicar a quien le interese que soy la rama torcida del árbol genealógico de los Elliott.

Alex rió.

—Es muy perverso de su parte. De todos modos, me parece que el placer de la venganza no tarda en desaparecer.

—Venganza es una palabra demasiado fuerte. Sería más exacto hablar de justicia. De todas maneras, casi todos los motivos por los que quiero establecerme en Inglaterra se vinculan con cuestiones prácticas y comerciales. Elliott House necesita una sede en Londres y en la ciudad tengo bastantes amigos y rivales como para volverla interesante.

No dijo que tenía amigos, rivales y un enemigo acérrimo.

Katie se acercó corriendo con las manos llenas de conchas.

—¡Mira, mamá!

—¡Qué bonitas son! —Alex las acomodó en una punta del sarong y lo anudó—. ¿Recogerás más?

Katie se alejó a la carrera sin dejar de reír.

Alex contempló a su hija y añadió con voz baja:

—Me sentiría muy triste si mi familia me repudiase. ¿Su padre minimizó realmente con tanta facilidad la desaprobación familiar?

—Si he de ser sincero, no —reconoció Gavin—. Cuando abandonamos Inglaterra la tristeza lo acompañó. Jamás se refirió al pasado salvo en la ocasión en que me contó que las acusaciones que la Armada lanzó contra él eran un disparate. Hace algunos años contraté a alguien que hizo averiguaciones sobre la batalla que destruyó su trayectoria. El investigador confirmó que mi padre no era responsable; de hecho, es probable que sus actos impidieran que el desastre fuese aún mayor. Pero la verdad no tiene mucha importancia si las autoridades necesitan un chivo expiatorio.

—¿Qué sintió su madre al verse obligada a abandonar su tierra de esta manera?

—Lamentó separarse de los amigos y la familia, pero era una mujer de espíritu aventurero y el Nuevo Mundo la atraía.

—Evidentemente es hijo de su madre. —Alex vaciló—. Ha dicho que sus padres están muertos.

—Mi madre siempre navegaba con mi padre porque sostenía que ya habían estado separados demasiado tiempo mientras perteneció a la Armada. —Gavin tragó saliva porque, a pesar de los años transcurridos, todavía no era inmune al dolor de aquella pérdida—. Regresaban del Caribe cuando un huracán hizo que el barco se estrellase contra un arrecife cercano a la costa. No hubo... no hubo supervivientes.

Alex le cogió la mano.

—Gavin, no sabe cuánto lo siento.

—El mar es un amante peligroso. Da, pero también quita.

Su tono fue estoico, pero le aferró la mano unos segundos antes de soltarla.

Unos metros más adelante una ola hizo caer a Katie, que rodó por la pendiente de arena. Aunque al parecer no corría peligro, Alex se arremangó las faldas y corrió al rescate de su hija. La niña salió del mar farfullante, empapada y sonriente. Tras situarla en lugar seguro, Alex la abrazó a pesar de que así se mojó la ropa.

El sol y la arena las rodeaban y creaban una imagen que Gavin jamás olvidaría. Parecían la virgen y el niño, la madre y la hija. El amor incondicional y la inocencia infantil. Experimentó un paralizante torrente de anhelos. Ansiaba formar parte de ese círculo de amor y aceptación, ya que en su vida había estado demasiado tiempo solo.

La creación de Elliott House le había ocupado todo el tiempo, lo mismo que el deseo de mostrar su valía a la familia desconocida que había repudiado a su padre. Había logrado muchas cosas gracias a grandes esfuerzos, pero cuando volvía la vista atrás no eran la riqueza y el éxito los que le proporcionaban satisfacción, sino los recuerdos de Helena y la dicha que habían compartido. Deseaba volver a sentir esa clase de felicidad.

Deseaba a Alex. Deseaba su fuerza y su lealtad, así como la risueña ternura de Katie y la posibilidad de tener más hijos. Quería formar parte de una familia. Se había hecho una imagen mental de los padres de Alex —el coronel fanfarrón y cordial que era su padrastro y la madre amorosa cuyo único defecto consistía en ser demasiado perfecta—, de los hermanos y la hermana, de una familia de verdad, unida por el amor, la diversión y la discusión. Deseaba desesperadamente ser uno de ellos.

Alex y Katie rieron y se volvieron para caminar hacia él con los brazos alrededor de las respectivas cinturas. Estaban mojadas, desarregladas y tan guapas que le resultó doloroso. Se esforzó por no fijarse en el modo en que las prendas húmedas se adherían al cuerpo esbelto de Alex y las recibió con una sonrisa.

—Es hora de emprender el regreso, antes de que Katie acabe quemada por el sol.

Caminaron lentamente hasta el prao. Katie recogió más conchas y Gavin se repitió al infinito que Alex aún no se había recuperado de los meses pasados en cautiverio. Probablemente siempre tendría cicatrices emocionales. Para conquistarla tendría que ser paciente porque podía perderla para siempre si se apresuraba a hacerle insinuaciones.

Por fortuna era un experto en tener paciencia.

Con la piel sonrosada por el sol y agotadas después de tantas aventuras, Alex y Katie se retiraron temprano. Katie se durmió con la facilidad típica de los niños. Alex no logró conciliar el sueño, pero esa noche la vigilia no la preocupaba.

Gavin era un excelente acompañante. Era un hombre como debe ser y estaba tan seguro de sí mismo que hasta se sentía cómodo con las mujeres. Aunque Alex sospechaba que seguía obsesionado por la intimidad impuesta, lo cierto es que no permitía que lo paralizase. El tiempo todo lo cura y, cuanto más se alejaran de Maduri, más irreal se volvería el juego del león.

Tuvo una fugaz visión del capitán sonriente y con una mirada tan íntima como un beso. El recuerdo desató una revolución de deseos, sensación que creía que nunca más volvería a sentir. La sofocó en el acto. No estaba dispuesta a volver a enamorarse, precisamente de Gavin. Si el capitán decidía volver a contraer matrimonio, en Londres abundaban bellas jóvenes entre las que podría elegir a su futura esposa.

Se puso de lado, apartó aquella imagen perturbadora y comprobó que le resultaba imposible reprimir por completo la inoportuna vibración del deseo, lo que no era de extrañar si tenía en cuenta que Gavin era el hombre más atractivo que había tratado en su vida y que se conocían de una forma que la mayoría de las personas no llegan a experimentar jamás. Por desgracia, el deseo se mezclaba con el miedo, el dolor y el odio. Con un peso asfixiante y la detestada invasión de su yo más íntimo...

La angustia aceleró su respiración y se le revolvió el estómago. Maldijo para sus adentros, se levantó y abrió la ventana para respirar una bocanada de fresca brisa marina.

La luna llena teñía las olas de plata: una imagen primitiva de paz y tranquilidad. Por mucho que aparecieran praos llenos de piratas se sentiría segura si Gavin estaba al mando del barco. Jamás habría permitido la relajación posterior al tifón, la que condujo a la captura del *Amstel.*

Se sintió mejor, se despidió de la luna y comenzó a darse la vuelta. De pronto se quedó inmóvil.

Había luna llena.

¿Cuánto tiempo había transcurrido desde que había tenido la regla por última vez? Intentó calcularlo, pero no era necesario. Supo con absoluta claridad los motivos por los que tan a menudo se había mareado y se había sentido tan cansada y sensible. El horror de Maduri había extendido el brazo y volvía a atraparla.

Estaba embarazada.

14

Comenzó a formarse una tormenta, por lo que Gavin subió a cubierta para ayudar a recoger el velamen. Una vez cumplida la tarea se quedó en el aparejo y disfrutó de la vista y del agradable picor de los músculos ejercitados. A esa altura se producía un balanceo vigorizante a medida que el barco se abría paso en medio del oleaje del Índico. Hacía varios días que no se cruzaban con otras naves. El mundo se reducía al ancho mar, al grandioso cielo y al crujido tranquilizador de las cuadernas de la goleta.

Sonaron siete campanadas. Eran las once y media de la mañana, hora de coger el sextante y medir la altura del sol a fin de conocer su posición. Navegaban a buen ritmo. Si los vientos les eran favorables llegarían a Inglaterra a principios de verano.

Descendió a cubierta y se encontró con Katie, que lo miraba con los ojos como platos.

—No sabía que el capitán también subía al aparejo —comentó la niña.

—Aunque no está obligado, si le apetece, el patrón del barco puede subir —explicó Gavin—. Cuando tengo tiempo me encanta ocuparme de las velas.

Katie observó los cabos entrecruzados del aparejo principal.

—¿Puedo aprender a manejar las velas?

—No —respondió Alex y se acercó a su hija. Miró el cuello abierto de la camisa de Gavin y giró la cabeza—. Se necesita mucha fuerza para trepar al aparejo, ¿no es así, capitán?

—Así es. Los niños no suelen empezar a trabajar a bordo hasta que cumplen, como mínimo, doce años. De todos modos, te enseñaré a tomar la altura del sol con el sextante —añadió al reparar en la mirada desilusionada de Katie.

La chiquilla se animó y preguntó a su madre:

—¿Me dejas?

—Desde luego, es educativo.

Aunque sonrió, Alex tenía el rostro tenso y sus ojeras eran muy marcadas.

Gavin había creído que la excursión a la playa suponía un gran avance para la inglesa, pero desde aquel día estaba cada vez más delgada y retraída. Tal vez se debía a los mareos constantes o a que, cuanto más se aproximaban a Inglaterra, mayores eran sus preocupaciones por la forma en la que la recibirían. Por muy inmerecida que fuese, la profunda vergüenza que experimentaba dificultaría el reencuentro con la familia y los amigos.

En Maduri le habría preguntado qué pasaba y habría obtenido una respuesta directa, pero la proximidad que habían compartido se había esfumado. Añoraba la amistad de Alex. Además, era muy difícil cortejar delicadamente a una mujer que guardaba las distancias a pesar del reducido espacio de la *Helena*.

Katie disfrutó de la lección con el sextante. Tras comprobar que había calculado el ángulo correctamente el capitán declaró:

—Serías una excelente navegante.

La niña agradeció el cumplido con una sonrisa, pero negó con la cabeza.

—Capitán Elliott, me gusta estar en tierra. A bordo todos los días son iguales.

—Pues el de hoy será distinto porque nos internaremos de lleno en una tormenta. Cuando el viento arrecie y empiece a llover tendrás que bajar. —Detectó preocupación en la mirada de Alex y se apresuro a añadir—: La *Helena* no tendrá dificultades para capear el temporal.

—La goleta sin duda saldrá airosa, pero no sé qué le ocurrirá a mi estómago.

Era lógico que se preocupara, ya que la tormenta la llevaría a pasar mala noche.

—Procure no acostarse, ya que si se tumba el vértigo aumenta.

—El aire también ayuda. —Alex esbozó una sonrisa torcida—. No padezca por mí. He sobrevivido a cosas peores.

Aunque era cierto, y él lo sabía muy bien, eso no significaba que no se preocupase por ella.

Los relámpagos iluminaron el cielo, estallaron truenos ensordecedores y la lluvia azotó la goleta. El estómago de Alex detestó el temporal mucho más que el resto de su persona. Aunque había pasado el tiempo suficiente en el mar como para saber que el barco no corría peligro, se trataba de la climatología más adversa que había soportado desde la desastrosa tempestad que acabó con la captura del *Amstel*. Por mucho que parloteó y jugó con Katie su mente evocó obsesivamente aquella tormenta y sus consecuencias.

Por razones de seguridad habían apagado el fuego de la cocina, de modo que la cena consistió solamente en galletas y té frío. Aburrida y soñolienta, Katie se acostó temprano. Alex acomodó mantas y almohadas alrededor de su hija para que estuviera segura, pero todavía no estaba en condiciones de acostarse. Tumbarse no sólo convertiría sus náuseas en mareos de pleno derecho, sino que estaba agotada por el esfuerzo de mostrarse animada en presencia de Katie.

Las horas transcurrieron lentamente y permaneció sentada en el pesado sillón de Gavin, sujeto al suelo con barras para que no se moviese con el cabeceo de la goleta. De vez en cuando el tamborileo de la lluvia y el viento ululante se mezclaron con el indignado cacareo de las aves de corral, cuyas jaulas habían trasladado bajo cubierta antes de que estallara el temporal. Comprendió que se quejasen porque se sentía como ellas.

Al final, en las horas posteriores a la medianoche, la tormenta comenzó a amainar. Necesitaba aire fresco; se cubrió con la capa que había cosido con la tela del barco y se asomó por la puerta. El mudo pasillo ocupado por los camarotes de los oficiales estaba vacío, por lo que salió y subió a cubierta. En la oscuridad la capa de color azul marino la protegió de la mirada de los tripulantes amables que le habrían aconsejado que regresase al camarote.

Aunque el temporal había amainado, la energía desatada que todavía persistía se ajustaba a su estado de ánimo. Escrutó la cubierta. Habitualmente los miembros de la guardia que no realizaban una tarea concreta se reunían en el castillo de proa, pero como aún llovía se habían refugiado en la cocina, de modo que no era probable que la viesen si se desplazaba por barlovento.

Se aferró a la barandilla y, bajo la lluvia acribilladora, avanzó hasta la soledad de la proa. El agua que caía sobre la cubierta la salpicó. Todo lo que viajaba suelto estaba atado o trasladado bajo cubierta —como los pollos— y la goleta tenía las velas desplegadas sólo lo necesario para mantenerla equilibrada.

Al llegar a la proa sujetó la barandilla con ambas manos mientras la *Helena* se deslizaba por el seno de las olas y volvía a elevarse triunfal. Tuvo la sensación de que iba a lomos de un caballo fogoso, pero lo cierto es que siempre que había montado se había sentido poderosa y a cargo de la situación, mientras que ahora no era más que una simple pasajera que dependía de la pericia de la tripulación de la *Helena*.

A sus pies se encontraba el mascarón de la goleta. En vez de la habitual mujer metida en carnes, la talla representaba a una fémina rubia y angelical inspirada en Helena Elliott, en la mujer de carne y hueso. El modelo era una dama a la que respetar, mimar y adorar; no era una indecente moza de taberna.

Presa de la desesperación, Alex se dio cuenta de que no poseía la pureza de la amada esposa ni la franca sensualidad de una moza de taberna. Volvía a su tierra convertida en una mujer deshonrada e ignominiosamente embarazada demasiados meses después de la muerte de su marido. Sin el testimonio revelador de su cuerpo, la estancia en Insulindia se habría podido ignorar y no habría sido necesario que nadie se enterase de lo que había ocurrido, pero ahora aparecería ante el mundo como zorra o como víctima. No supo muy bien qué detestaba más.

Hipnotizada por su colérica grandiosidad, Alex contempló las olas oscuras y agitadas. ¿Sobreviviría para regresar a la tierra que la había visto nacer? Se había sentido optimista y sana durante su primer embarazo, pero ahora se encontraba constantemente mal. ¿Hasta qué punto su malestar tenía que ver con la travesía, con el embarazo y con su miedo al futuro? Se encontraba al cabo de sus fuerzas, estaba cansada todo el día y se sentía agotada por el esfuerzo de ser la madre que Katie se merecía.

Si le ocurría algo, Gavin se ocuparía de que Katie se reuniese sana y salva con sus abuelos maternos. A decir verdad, le había escrito una carta con instrucciones por si durante el viaje le ocurría alguna desgracia. Y tal vez le acaecería. En ese momento estaba al borde del desastre y notaba que la oscuridad la llamaba. Sabía que debía volver la espalda al influjo hipnótico del oleaje, pero le resultó imposible. El mar era una sirena que prometía la paz eterna bajo el impetuoso embate de las olas.

No. Algún día le correspondería el descanso eterno pero, de momento, debía hacer frente a las turbulencias de la vida. Estaba a punto de alejarse cuando el bauprés se iluminó ante sus ojos. Tras el sobresalto inicial dedujo que se trataba del fuego de san Telmo, esa luz misteriosa e inexplicable que en ocasiones recorre el aparejo de un barco después de la tormenta. Había oído hablar del fenómeno, pero jamás lo había visto. Fascinada, se acercó a la barandilla central para ver mejor y se aferró a los cabos con ambas manos mientras el bauprés luminiscente subía y bajaba en medio del mar oscuro y encrespado.

Se sintió muy pequeña, como una mota de polvo colgada sobre el oleaje, y tuvo la sensación de que sus problemas carecían de importancia si se comparaban con la inmensidad del océano. Esa idea le produjo una paz francamente seductora...

Alguien llamó a la puerta con los nudillos.

—Capitán, será mejor que salga a cubierta.

Tras echar una cabezada después de haber pasado horas en cubierta, Gavin despertó, lanzó una maldición y abrió la puerta a Benjamin Long.

—¿Qué pasa?

—Señor, la goleta navega perfectamente, pero nunca había visto tanto fuego de san Telmo. Todo el aparejo está iluminado y algunos marineros se han asustado.

Gavin reprimió un bufido. Los marineros son supersticiosos y no es aconsejable tentar la suerte.

—Enseguida subo.

Volvió a ponerse el empapado traje de hule. Aunque no se tratara de una auténtica emergencia le pareció lógico que Benjamin le despertase. Las dos guardias de la goleta estaban encabezadas por el segundo oficial y por el segundo de a bordo. Como patrón, Gavin podía entrar y salir cuando quisiera, pero estaba disponible siempre que lo necesitaban. Y eso incluía tranquilizar a los marineros supersticiosos, ya que la autoridad del capitán era la más importante después de la de Dios.

Al salir a cubierta se quedó sin aliento. Con casi todo el velamen arrizado, los palos y los mástiles luminiscentes formaban un enrejado de fuego suave con el cielo tormentoso de fondo. Los globos fosforescentes saltaban por las vergas, algunos pequeños como nueces y otros del tamaño de una cabeza humana. Aunque disfrutó de ese espectáculo no le costó entender que los marineros se alarmasen con el fuego de san Telmo.

En primer lugar habló con el timonel, que contaba con la ayuda de otro marinero porque el mar estaba muy encrespado. A continuación se acercó al corro de hombres apiñados junto a la pared de la cocina. Sus palabras no eran demasiado importantes, lo que contaba era que su presencia tranquilizaba a los que se habían puesto nerviosos. Se alegró de que no fuese necesario enviar a alguien a la arboladura. Trepar al aparejo con mal tiempo era peligroso y el marinero obligado a enfrentarse con el chisporroteante fuego de san Telmo corría el riesgo de sufrir un accidente mortal.

Estaba a punto de reunirse con Benjamin en el alcázar cuando divisó una figura oscura que flotaba por encima de la proa y quedaba perfilada por el fuego reluciente del bauprés. Durante un instante su memoria se retrotrajo al carpintero de un barco que, hacía décadas, le había hablado del oscuro ángel de la muerte que se presenta en las naves condenadas. Agitaba sus alas negras mientras los arrastraba a la perdición...

No, maldita sea, no se trataba del mítico ángel de la muerte. Aquella figura era tan real como él; tal vez se trataba de un albatros herido que se protegía del temporal. Se encaminó a la proa para investigar y pasó de un asidero seguro al siguiente mientras el agua iba bañando la cubierta.

Dios bendito, se trataba de una mujer con capa... y a bordo de la *Helena* sólo había una mujer. La goleta se hundió en el seno de una ola y Alex se balanceó peligrosamente. Gavin echó a correr, le rodeó la cintura con el brazo y la puso a buen recaudo antes de que se arrojara al mar letal. Cayeron juntos sobre la cubierta.

Sin soltarla, el capitán aferró un candelero con la mano libre.

—Maldición, Alex, ¿en qué demonios estaba pensando? —preguntó frenético, ya que su miedo se había convertido en ira—. ¡Si pensaba quitarse la vida tendría que haberlo hecho cuando fue esclava, no ahora que es libre y está a salvo!

La expresión de la mujer era confusa en medio del brillo del fuego de san Telmo.

—No... no pensaba saltar. Jamás le haría semejante cosa a Katie —balbuceó ella.

Gavin respiró hondo e intentó aplacar su agitado corazón.

—Tal vez no pretendía suicidarse, pero el oleaje se vuelve hipnótico. Cuando nos sentimos melancólicos es muy fácil creer que el mar es la solución a todos nuestros problemas —explicó, ya que lo sabía por experiencia personal.

Alex se tapó la cara con las manos y los sollozos la estremecieron de la cabeza a los pies. El capitán se sentó con la espalda apoyada en la barandilla, la acomodó en su regazo y sujetó con la misma firmeza tanto el candelero como a la mujer.

—Alex, ¿qué ocurre? Los fantasmas la persiguen desde que zarpamos de Maduri. Lo peor ya ha pasado. No tardará en llegar a su tierra y estará a salvo y en compañía de sus familiares y amigos.

La mujer apoyó la cabeza en el hombro del capitán y lloró más intensamente.

—Lo peor no ha pasado. Estoy... estoy embarazada.

La noticia fue una sorpresa más intensa que la lluvia que los empapaba. No era de extrañar que Alex se hubiese encontrado mal y triste.

—En ese caso será mejor que nos casemos en Ceilán.

—¿Se ha vuelto loco? —Alex alzó la cabeza azorada—. Llevo en mi seno al hijo de un violador y, que Dios me perdone, pero detesto su existencia.

Aquellas amargas palabras le sentaron como un bofetón.

—¿Acaso la idea de tener un hijo mío le resulta insoportable? —protestó él.

—No creo que sea suyo —reconoció con tono impasible—. Probablemente fue engendrado por Bhudy, mi segundo amo.

¿Cuántas veces la había violado aquel cabrón? Gavin la acunó entre sus brazos e intentó arrancar el dolor del tono y de la mente de Alex.

—Pero podría ser mío, ¿no?

—Creo... supongo que sí. —Alex se apartó el pelo mojado de la cara—. Aunque no es demasiado probable.

—Pero podría serlo. Alex, cásese conmigo. Si regresa a Inglaterra convertida en mi esposa nadie pondrá en duda su estado.

—No tardarán en saberlo si doy a luz a un niño de rasgos medio malayos.

—En el caso de que ocurra... bueno, el niño no tendrá la culpa. —La voz de Gavin sonó más firme—. Si soy su marido desafiaré a quien se atreva a cuestionarla o a preguntar por la paternidad del niño. —Una ola descomunal rompió en la popa y los caló hasta los huesos. Cuando se calmó el capitán apostilló—: Este no es el lugar más adecuado para mantener una conversación. Sígame.

Gavin se puso en pie, la ayudó a incorporarse y avanzó lentamente hasta la escotilla más cercana, con una mano en la barandilla y el brazo alrededor de la cintura de Alex. Como aún no se había recuperado del terror de verla en peligro experimentó un gran alivio al llegar bajo cubierta.

Puesto que Katie dormía en el camarote del capitán, Gavin llevó a Alex al que ahora utilizaba y que generalmente ocupaba el segundo oficial. La mujer tenía la mirada perdida y temblaba, por lo que después de encender la lámpara de latón el capitán le quitó la capa empapada y le tapó los hombros con una manta. La ayudó a sentarse en la litera, sacó una botella de coñac de un armario y sirvió una copa para cada uno. Se apoyó en la puerta porque era lo más lejos que podía estar de ella en esa estancia diminuta y siguió insistiendo:

—Hablábamos de matrimonio.

Alex bebió, tosió y volvió a dar un sorbo.

—Gavin, es usted un verdadero caballero andante y agradezco su intención de rescatarme por enésima vez, pero el matrimonio es para toda la vida. Es una locura que se ate a mí por compasión.

Aunque su descarnada franqueza era impresionante, Gavin no cambió de parecer.

—Alexandra, la compasión no tiene nada que ver con esto. En poco tiempo hemos compartido muchas cosas y he aprendido a admirar su fortaleza y comprensión. Usted me importa muchísimo. ¿Le resulta imposible imaginar que Katie, usted y yo podríamos formar una familia? —Paseó la mirada por su cuerpo cubierto por la manta—. Y también ese pobre niño que no sabe nada.

Alex cerró los ojos para contener las lágrimas.

—Gavin, la tentación es demasiado grande. Pero no sé si alguna vez volveré a estar en condiciones de ejercer de esposa. ¿Entiende... entiende lo que quiero decir?

Gavin la entendió, pero no cambió de idea. Aunque el niño que llevaba en su seno no fuese suyo se sentía responsable de Alex.

Por añadidura la deseaba, aunque no sólo carnalmente. Deseaba estar día y noche con aquella mujer herida e indomable. Deseaba que tejiesen una tela de experiencias compartidas, de esperanzas, temores y risas comunes. Deseaba que se convirtieran en marido y mujer hasta que la muerte los separase.

—Después de todo lo que ha padecido me parece comprensible que no tenga ganas de compartir el lecho con ningún hombre —declaró Gavin y escogió con sumo cuidado cada palabra que pronunció—. Pero... pero el tiempo todo lo cura. Cabe la posibilidad de que en el futuro su opinión cambie. Soy un hombre paciente y estoy dispuesto a esperar todo el tiempo que haga falta.

Alex abrió los ojos y el tono aguamarina se tornó gris a causa de la débil luz.

—Gavin, corre demasiados riesgos. Tal vez tenga que esperar toda la eternidad.

¿Acaso aquel placer exquisito y mancillado que había experimentado con su cuerpo sería la única intimidad que lograrían compartir? Se obligó a aceptar semejante posibilidad. Sería el justo castigo de un acto infame.

—Alex, la vida, el amor y el matrimonio siempre son arriesgados. Me gustaría correr esos riesgos a su lado.

Alex clavó la mirada en la copa de coñac y la giró nerviosa antes de beber un sorbo.

—Si nos casáramos sería libre de tener una amante, aunque espero que sea discreto.

Gavin la traspasó con la mirada.

—Alexandra, no es esa la idea que tengo del matrimonio.

La mujer lo contempló con tristeza.

—No sería un matrimonio corriente. Todo... todo sería distinto si me recuperase hasta el punto de convertirme en una esposa adecuada para usted. En ese caso querría que me fuese fiel, del mismo modo que yo siempre lo sería. A menos que ocurra, me resulta impensable condenarlo definitivamente a la abstinencia por culpa de mi debilidad.

—Pero no estoy en absoluto obligado a tener una amante, ¿verdad? —preguntó con ironía y llegó a la conclusión de que era demasiado sencillo para mostrarse tan directo—. Me parece que no cuadraría con mi conciencia.

Alex esbozó una ligera sonrisa.

—No es obligatoria, pero me es imposible casarme con usted a menos que acepte la perspectiva de que algún día querrá a una mujer que sea algo más que... algo más que una acompañante y un ama de llaves. Cuando llegue ese día no quiero que sienta que comete un pecado imperdonable.

Gavin pensó que casarse con Alex y acostarse con una desconocida no podía ser más que pecado. Cometería un delito contra ambos, por no hablar de Dios. Tuvo que reconocer a regañadientes que podría cambiar de idea. En caso necesario podría vivir como un monje, que es lo que había hecho durante años. De lo que no estaba tan seguro era de su capacidad de convertirse en un monje casado y convivir con una mujer bella y deseable a la que se había comprometido a no tocar.

En el fondo de su alma sabía que aquello no ocurriría. Alex ya había dado pruebas de su sorprendente capacidad de recuperación. En cuanto llegase a Inglaterra, se sintiera segura y superase las tormentas emocionales de un embarazo no deseado sus heridas comenzarían a curar. No desaparecerían de la noche a la mañana pero, a medida que el cariño entre ambos se ahondara, querría satisfacerlo de la misma forma que él deseaba hacerlo. Gavin sabía que, si se mostraba dispuesta a compartir la cama —aunque fuera de mala gana—, la ayudaría a superar los recuerdos del horror con encuentros gozosos. Estaba absolutamente convencido de que era una mujer apasionada. El tiempo, la comprensión y el cuidado desembocarían en un matrimonio satisfactorio.

—De acuerdo. Me autoriza a tener una amante, pero si decido tenerla no quiere enterarse. ¿Hay alguna otra cuestión de la que quiera hablar?

Alex se pasó los dedos rígidos por la cabellera mojada.

—¿Dónde viviremos? ¿En Inglaterra o en América? ¿En la ciudad o en el campo?

—Si le apetece estar cerca de su familia nos instalaremos en Inglaterra. —El capitán reflexionó y al cabo de unos segundos acotó—: De todos modos, no me parece inconcebible que en el futuro tal vez sea mejor regresar a América. Si la situación se plantea... bueno, supongo que lo hablaremos como cualquier otra pareja.

—Si me condenan al ostracismo por considerarme una mujer caída en desgracia es posible que desee trasladarme a América. —Repentinamente Alex sonrió pesarosa—. Gavin, nunca me ha visto tal como soy. Desde que nos conocimos me encuentro en un estado casi ininterrumpido de desesperación. Podría convertirme en una perfecta desconocida en el caso de que mi vida recuperase su normalidad.

—Dudo que esa desconocida sea una mujer que me agrade menos que la que ahora comparte mi coñac. Muchas parejas necesitan varios años para conocer a fondo la personalidad de su cónyuge. Alexandra, nuestro punto de partida es este. Sin duda se trata de algo bueno. Y si en el futuro es feliz, ¿por qué yo no habría de serlo también?

A Alex se le llenaron los ojos de lágrimas.

—Gavin, es usted un hombre bueno. ¿Qué he hecho para merecerlo?

—¿Está diciendo que se casará conmigo?

—Creo... creo que sí. Siempre y cuando Katie esté de acuerdo. Sospecho que le encantará. —Alex sonrió sin tenerlas todas consigo—. Al fin y al cabo, lo adora.

—Entonces nos casaremos. Gracias, Alexandra.

Gavin la cogió seriamente de la mano y le besó los dedos. Pensó que ese matrimonio no tenía nada que ver con el plan que había elaborado de buscar en Londres una esposa aristocrática. Le daba lo mismo. Un buen empresario tiene que ser flexible y él era un excelente comerciante.

Ese matrimonio sería el mayor desafío de su vida pero, para bien o para mal, Alex y él estaban destinados a unirse.

15

Colombo, Ceilán.

Katie frunció el ceño.

—¡Mamá, estás temblando!

—Cuando te casas es tradicional ponerse nerviosa. —Alex intentó mantener un tono alegre—. También lo estaba cuando me uní a tu padre.

Durante la primera boda había estado a punto de emprender la huida, pues llegó a la conclusión de que iba a cometer el peor error de su vida. Visto en retrospectiva no fue un desastre, aunque tampoco resultó la mejor elección posible. Era inevitable que se preguntase si estaba en un tris de cometer otro error. Su vida se había desmandado cuando los piratas habían atacado el *Amstel* y a partir de ese momento todo había sucedido bajo coerción. De haber imperado la normalidad, probablemente Gavin y ella no se habrían conocido.

Además, el capitán había acertado al decir que conocían ciertos aspectos de los que la mayoría de las parejas no tenían ni idea antes de casarse. Sabía perfectamente que sería un buen proveedor, un esposo atento y un padre cariñoso para Katie y para el niño que estaba por nacer. Tras la sorpresa inicial Katie había estado de acuerdo en que sería un excelente padrastro.

A pesar de sus numerosas virtudes, Alex sabía que se casaba con Gavin por miedo y debilidad. Necesitaba la seguridad de llegar a Inglaterra al amparo de un hombre poderoso que sus padres aceptarían con los brazos abiertos. Gavin y el coronel se llevarían de maravilla. Pensándolo bien, eran muy parecidos. El capitán tenía una actitud más relajada, pero ambos eran muy amables y de plena confianza.

Se abrió la puerta y apareció Jane Walker, la ayudante principal de la boda. En cuanto acordaron casarse, la *Helena* puso rumbo a Ceilán. Una vez en Colombo, Gavin contrató alojamiento para Alex y Katie en casa de la madre de Jane, viuda de un militar británico que había preferido quedarse en Oriente. A sus dieciocho años Jane era una romántica empedernida y ofreció encantada sus servicios cuando se enteró de que la huésped estaba a punto de contraer matrimonio.

—Señora Warren, está realmente preciosa. El capitán y usted harán una bonita pareja.

Jane acomodó la espalda del vestido de color crema de Alex. Tanto ella como su madre dominaban la costura y se habían apresurado a confeccionar las galas para Alex y su hija. Aquella excelente ropa contribuyó a fortalecer su confianza.

—Es hora de ir a la iglesia.

Alex cogió a Katie de la mano. Jane se situó del otro lado y la novia abandonó la casa para realizar el corto trayecto hasta la capilla anglicana. El calor tropical era asfixiante pero, al menos, el sol brillaba. Esperaba que fuese un buen augurio.

Llegaron puntuales a la capilla, en el mismo momento en que el reloj comenzó a dar las once. Al pie de la escalinata Alex experimentó unos segundos de terrorífica parálisis. Respiró hondo, se levantó las faldas para no tropezar y subió los peldaños. Era viuda y madre, por lo que ya no estaba para pueriles sueños románticos. Existían pocas casadas tan felices como su madre y el coronel; la mayoría de las mujeres se conformaban con menos, como ella misma había hecho.

Con Edmund había confundido el amor a la aventura con el amor al hombre. Esta vez se casaba por razones de pensamiento más que de corazón. Al menos tenía la edad y la sensatez necesarias para saber lo que hacía. Gavin le caía bien, confiaba en él y lo respetaba. Que además lo considerase atractivo sólo era... sólo era una complicación.

Experimentó un profundo arrepentimiento cuando lo vio en el altar, en compañía de Suryo y de Benjamin Long. Gavin parecía un héroe romántico y, por añadidura, se comportaba como tal. Era ella la que estaba demasiado herida y cargada de cicatrices como para vivir un romance.

Helada hasta la médula, recorrió el pasillo mientras Katie y Jane la seguían. Gavin la observaba tan atentamente que Alex se preguntó si el capitán había cambiado de opinión. Cuando la cogió de la mano se dio cuenta de que su sonrisa no transmitía la menor incertidumbre.

Había tan pocos asistentes que Katie y Jane permanecieron a su lado mientras Suryo y Benjamin hacían lo propio con Gavin. El anciano párroco saludó a los recién llegados y declaró con tono lento y sonoro:

—Queridos amigos, estamos aquí reunidos para...

La ceremonia fue una mezcla de palabras, salvo cuando Gavin repitió: «Con mi cuerpo te venero».

Debió de pegar un respingo porque Gavin le apretó la mano cuando le puso la alianza y con su mirada seria le recordó que estaba dispuesto a esperar todo el tiempo que hiciera falta. Logró sonreír para transmitirle que confiaba en él. La sorprendía ser capaz de mostrar tanta confianza en un hombre. Claro que Gavin no era como los demás.

—... os declaro marido y mujer.

Tras las bendiciones finales Gavin murmuró quedamente:

—Marido y mujer. Señora Elliott. Me gusta cómo suena.

El capitán levantó la mano izquierda de Alex y la besó a la altura de la alianza matrimonial.

Acababa de convertirse en la señora Elliott. Aquellas dos palabras le parecieron más irrevocables que todo el discurso del párroco.

Jane Walker derramó lágrimas de alegría mientras Gavin se arrodillaba delante de Katie.

—No existe un ritual que nos una como familia, pero quiero entregarte este símbolo de nuestra nueva relación. —Sacó una cajita del bolsillo y se la dio ceremoniosamente—. Katie, pienso que es una bendición tenerte como hija.

—Capitán, yo me alegro de tenerte como padre —respondió Katie con la misma formalidad. Abrió la cajita y lanzó un gritito femenino al ver el relicario de oro primorosamente trabajado. No era demasiado ostentoso para una niña y sí lo bastante elegante como para que lo usara incluso cuando creciese—. ¡Muchísimas gracias! Mamá, ¿puedo ponérmelo?

—Por supuesto.

Alex retiró el relicario de la caja y lo colgó alrededor del cuello de su hija. Gavin había sido muy considerado al incluir a Katie. Llegó a la conclusión de que había tomado la decisión adecuada. Ahora debía tratar de convertirse en su verdadera esposa.

El banquete de bodas estaba a punto de tocar a su fin y Gavin todavía no había terminado de asimilar que Alex se había casado con él. Al entrar en la capilla la mujer parecía a punto de echar a correr. Alguien que había luchado con tanto ahínco contra el cautiverio no habría dudado en dejarlo plantado ante el altar si hubiese llegado a la conclusión de que la boda era un error. Gracias a Dios no lo había hecho.

Cuando se levantaron de la mesa Suryo preguntó:

—Señorita Katie, ¿quiere que vayamos a ver los elefantes? Si le apetece hasta podemos montar en uno.

—Sí, por favor. —Katie sonrió traviesa—. Así mamá y el capitán se quedan solos. —De pronto titubeó—. ¿Estás de acuerdo en que te llame capitán en vez de papá?

—Por supuesto. ¿Me permites que a veces te llame Katybird, como tu madre?

—Me encantaría.

Katie abandonó la silla de un salto, deseosa de iniciar de una vez la aventura.

—Tal vez la señorita Walker quiera acompañarnos —acotó Suryo—. Sin lugar a dudas conoce Colombo mejor que yo.

Jane se apuntó y los tres se retiraron. Benjamin Long también se marchó después de estrechar la mano de Gavin y de dedicar una profunda reverencia a Alex. Por fin quedaron solos. Gavin percibió cansancio en la expresión de Alex y propuso:

—Podríamos dar un paseo y practicar la respuesta cuando nos llamen capitán y señora Elliott.

Alex se relajó.

—No creo que tú lo necesites, pero yo sí. También me gustaría visitar la ciudad, ya que mañana zarparemos.

Abandonaron la tranquila posada en la que habían celebrado el banquete de bodas y caminaron sin tocarse. Con excepción de la noche en que había llorado en sus brazos, Alex había evitado todo contacto físico, salvo el que mantenía con Katie. Gavin llegó a la conclusión de que era comprensible.

Mientras paseaban el capitán comentó:

—La historia de Ceilán es realmente pintoresca. India, Portugal, Holanda e Inglaterra han dejado huellas. Es una lástima que no tengamos tiempo para visitar las tierras altas del interior. El clima es más fresco y el paisaje, muy hermoso.

—Da la sensación de que conoces Ceilán.

—Tengo intereses económicos en varias plantaciones de té.

—Todavía más fuentes de riqueza... —Alex miró su alianza—. Con este matrimonio yo me beneficio mucho más que tú.

El capitán frunció el ceño.

—Alexandra, espero que no vuelvas a plantearte la situación en esos términos. Para encontrar satisfacción mutua debemos entrar en el matrimonio como socios de pleno derecho.

La inglesa torció el gesto.

—Socios de pleno derecho... Me cuesta sentir que es así. No me gusta ser alguien... alguien que toma y que tiene tan poco para dar.

—Das valor, fuerza y honestidad, perlas de un valor incalculable. —Pensó que también ofrecía una rara e impetuosa belleza que las penurias habían acrecentado, pero no lo expresó porque sabía que no le habría creído. Adoptó un tono más ligero—: Espero que seas esa clase de esposa decidida que lleva firmemente de la mano a su marido.

El rostro de Alex se iluminó con la sonrisa más radiante de todo el día.

—Lo que dices me gusta.

Llegaron a un mercado callejero atiborrado de aromas y colores. Por todas partes había mujeres con saris, niños que reían y cestas llenas de pimientos rojos, pétalos de rosa y cardamomo. Había tanta gente que Alex se acercó a Gavin y lo cogió del brazo. Ese contacto fue como una caricia con una pluma y la presión tan delicada lo afectó con desaforada intensidad.

Era la primera vez que Alex lo tocaba voluntariamente; se trataba de un acto de confianza, tan excepcional y frágil como un colibrí. Sofocó la reacción física que experimentó ante su proximidad. Lo había hecho a menudo desde que se conocieron y le correspondería hacerlo infinidad de veces. Era posible que con el tiempo le resultase más fácil contenerse.

—Pensé que sería agradable tomarnos el día con calma y disfrutar de nuestra mutua compañía sin que toda la tripulación nos oiga. Quisiera saber muchas cosas sobre ti. Por ejemplo, cuando tu madre volvió a casarse y dejasteis de desplazaros con el ejército, ¿dónde vivíais?

—La mayor parte del tiempo en Gales, donde el coronel tiene una finca en el valle más hermoso que quepa imaginar. —Su mirada se volvió traviesa—. Me acabo de dar cuenta de que estoy bajando de categoría. Mi madre se casó con un coronel y yo me he conformado con un simple capitán.

Gavin rió y celebró la broma encantado.

—Un capitán de la Armada equivale a un coronel del ejército, ¿no? En mi condición de marino mercante no tengo una graduación propiamente dicha, por mucho que a Katie le guste llamarme «capitán». Pero supongo que lo hace porque tú llamas «coronel» a tu padrastro.

—Tiene que ver con haberse criado entre militares —explicó Alex—. La graduación es una faceta fundamental de lo que cada hombre es. Mi padre fue oficial de caballería, mi padrastro estuvo al mando de un regimiento de infantería en Waterloo y conoció a mi madre mientras lo cuidaba después de que lo hiriesen. Los tambores militares han marcado mi infancia.

—Hasta que te asentaste en las pacíficas colinas de Gales.

—Más las visitas ocasionales a mi bisabuelo, que vivía en una isla cercana a Cornualles, y los viajes a Londres para no convertirme en una redomada paleta. ¿Qué me dices de ti? ¿Dónde vivías antes de que tu familia emigrase a América?

—Básicamente en Aberdeen, de cara al mar del Norte. Creo que necesitaremos vivienda en Londres porque trabajaré en la ciudad, pero también me gustaría encontrar una casa de campo junto al río o al mar.

—Estoy totalmente de acuerdo. En dosis pequeñas Londres es una delicia, pero hace falta escapar al campo para mantener la cordura.

—¿Fuiste feliz en tu primer matrimonio?

Gavin sabía que probablemente no debía hacer aquella pregunta, pero necesitaba conocer la respuesta.

Alex dejó escapar un ligero suspiro.

—Edmund era mayor que yo. Estaba acostumbrado a ser el dueño de cuanto lo rodeaba. A veces esa peculiaridad provocó... tensiones. Creo que jamás se le ocurrió preguntarse cómo funciona la mente de una mujer. De todos modos, era de fiar y cuidó perfectamente de Katie y de mí. Cuando murió... —A Alex se le quebró la voz—. Siempre fue muy fuerte. Me costó aceptar que la fiebre se lo llevase tan repentinamente. Fue como si de pronto la tierra se hubiera abierto bajo mis pies.

De modo que había tenido un matrimonio sólido. Por suerte para él la relación no había sido un amor de cuento de hadas, algo que le resultaría imposible repetir. Se alegró de saberlo al tiempo que reconocía que tal vez Alex sentía que era complicado estar a la altura de Helena. Fue consciente de que había que aclararlo y comentó lentamente:

—Creo que sabes lo mucho que he amado a Helena, pero eso no vuelve menos real ni menos valioso lo que hay entre tú y yo.

—¿En tu primer matrimonio fuisteis socios de pleno derecho?

El capitán tuvo que pensar la respuesta.

—Ella y tú sois tan distintas que esas palabras no tienen el mismo significado. Helena y yo compartimos la juventud y juntos descubrimos la vida y el matrimonio. Tú y yo..., cada uno ofrece al otro sus experiencias. Compartiremos cicatrices, opiniones y, espero, compasión. Seremos socios y compañeros de otra manera.

Los dedos de Alex le apretaron el brazo.

—¡Eres un hombre extraordinario! Jamás imaginé que las parejas hablaran de estos temas.

—¿Ni siquiera tus padres?

—Te aseguro que mi madre y mi padre no se los plantearon —respondió lentamente—. Mi padre fue un buen oficial de caballería, pero no era profundo. Supongo que mi madre y el coronel sostienen estas conversaciones, que les permiten estar tan próximos. Es curioso que jamás pensase en este asunto. Hasta ahora no formaba parte de mi experiencia. Este matrimonio ya me ha enseñado algo.

—Espero que sigamos enseñando y aprendiendo a lo largo de nuestro matrimonio. —El paseo los condujo a un parque pequeño y exuberantemente verde. Gavin comprobó que no había nadie a la vista y preguntó—: ¿Puedo pedirte algo?

—Claro que sí.

—¿Me permites que te bese?

Durante unos interminables segundos Alex permaneció inmóvil como una estatua.

—Supongo que... me parece que no es mucho pedir el día de nuestra boda.

Alex se acercó con sumo cuidado y levantó la cara para que la besase. Sus labios eran suaves, algo ansiosos, valientes y cálidos, irresistiblemente cálidos...

Gavin reprimió el deseo que le invadía y le dio un beso largo pero ligero, sin exigir ni invadir. Poco a poco Alex se relajó. La cogió de la cintura y notó su fuerza flexible a través de la tela color crema del vestido.

Como no pareció molestarle, Gavin la abrazó. Alex tensó hasta el último músculo de su cuerpo. Volvió a ponerle las manos en la cintura pues dedujo que no le gustaba que la abrazasen, ya que se sentía atrapada.

Con un último y ligerísimo beso en el elegante pómulo, Gavin puso fin al abrazo antes de olvidarse de sus buenas intenciones.

—Gracias, Alexandra —musitó.

—No se merecen. —Insegura se tocó la boca con las yemas de los dedos—. Ha sido... ha sido muy agradable.

El beso nupcial no era en modo alguno un sustitutivo de la consumación, pero al menos se trataba de un buen comienzo.

16

Alex comprobó que Gavin era un marido agradable y poco absorbente. Desde el primer día a bordo Katie y ella habían acudido al comedor de oficiales. Aunque siguieron haciéndolo a la hora del desayuno y de la comida, después de la boda cenaban como una familia más en el camarote del capitán.

La cena rápidamente se convirtió en compartir la velada, al menos hasta la hora en que Katie se iba a dormir. Jugaban a las cartas o Alex leía, actividad que encantaba tanto a la niña como a Gavin. Algunas noches el capitán contaba a Katie alguno de sus viajes, lo que se convirtió en amenas lecciones de geografía.

Alex disfrutaba con aquellos relatos incluso más que su hija. Gavin no sólo era un narrador divertido, sino que averiguó más cosas sobre él a través de sus historias de travesías interminables, destinos exóticos, éxitos y fracasos. Ya sabía que era un hombre extraordinario y aquellas anécdotas alegres y en ocasiones de autocrítica la llevaron a admirarlo un poco más.

Había vuelto a casarse apenas un año después de la muerte de Edmund. Jamás lo habría imaginado. No quiso ni pensar cómo habría sido su vida si a los dieciocho años hubiese conocido a Gavin en lugar de a Edmund, no quiso ni pensarlo pues sospechaba que se habría enamorado hasta la médula, con esa clase de amor para siempre que ahora estaba fuera de su alcance.

Incluso si se hubiesen conocido más tarde, si la *Helena* hubiera hecho escala en Sidney cuando Alex buscaba pasaje para Londres, el amor pasional habría sido posible. No habrían existido la esclavitud ni la terrorífica separación de su hija. Solamente habría sido una larga travesía en la que, poco a poco, dos personas viudas pero básicamente normales habrían llegado a conocerse bien y a quererse.

Ahora estaba herida hasta la médula y, por mucho que dijese lo contrario, Gavin se había casado con ella por compasión, como quien se lleva a casa un gato o un perro herido. Cada vez que llegaba a ese punto del razonamiento recordaba que, de no ser por la desgracia sufrida, tal vez nunca habrían intimado. Habrían compartido cerca de veinte mil kilómetros llamándose señora Warren y capitán Elliott, y habrían sido unos perfectos desconocidos del principio al fin. Katie y ella habrían corrido mejor suerte de haber realizado ese pacífico viaje de retorno. Claro que no conocer el carácter y la compasión de Gavin habría supuesto una gran pérdida. Simplemente debía aceptar lo ocurrido y asimilarlo de la mejor manera posible.

Habían cruzado casi todo el océano Índico cuando avistaron otro velamen. Gavin invitó a Alex y a Katie a subir a cubierta en el momento en el que la otra nave hizo su máxima aproximación al rumbo de la *Helena*. Agitaron una bandera de señales a modo de saludo y Gavin preguntó:

—Katie, ¿a qué país corresponde la bandera de ese barco?

La niña se protegió los ojos con la mano.

—¿A Holanda?

—Muy bien. —Gavin frunció el ceño mientras contemplaba el barco, que se había acercado tanto que veía a los tripulantes que se movían en el alcázar—. Diría que el barco se construyó en Portugal y que con el paso de los años en Oriente han introducido modificaciones.

—Lees los barcos como si fueran libros —comentó Alex.

El capitán sonrió.

—A menudo no hay casi nada mejor que hacer en alta mar.

—El océano es muy grande, enorme, ¿no? —preguntó Katie con gran solemnidad.

—Ya lo creo, Katybird —respondió Gavin—. Conozco a un armador de Nueva Inglaterra que en una ocasión se cruzó con uno de sus barcos en el mar Mediterráneo. Es algo tan excepcional que todavía lo comentamos. Ya sabes que la mayor parte del tiempo sólo vemos mar.

—En la carta marina vi que estamos cerca de una gran isla llamada Madagascar —añadió Katie. ¿Haremos escala para aprovisionarnos de agua y alimentos frescos?

—No. Madagascar no es un lugar seguro para aprovisionarse. Solemos hacer escala en Santa Elena, una isla situada en el Atlántico sur. Aunque tardaríamos más podríamos pasar por Ciudad del Cabo. Es un lugar hermoso, tan maravilloso como Sidney. —Miró a Alex—. ¿Quieres visitar Ciudad del Cabo o prefieres no retrasar la llegada?

Alex se lo pensó.

—Prefiero seguir viaje. Tú tienes té y especias para vender y yo sueño con llegar a Inglaterra y ver a mi familia.

Afortunadamente sus parientes no sabían en qué fecha tenía previsto regresar, por lo que no tenían de qué preocuparse. Deseaba llegar a Londres antes que ellos.

—¡Capitán, mire el barco holandés! —gritó Benjamin Long, que era el oficial de guardia.

Alex también miró y se llevó una sorpresa mayúscula al comprobar que debajo de las regalas había aparecido una fila de oscuros orificios cuadrados. Esperaba que no se tratase de cañoneras...

Los fogonazos escaparon irregularmente de las cañoneras y también salió humo. Los secos estampidos resonaron sobre el agua y Gavin gritó:

—¡Preparados para responder!

Con increíble rapidez cogió a Katie en brazos, sujetó a Alex del brazo y la arrastró hasta la escotilla más próxima. La hizo pasar, corrió tras ella e inmediatamente después la *Helena* se sacudió a causa del impacto de los ensordecedores cañonazos. Impresionantes chasquidos llenaron el aire. Alex trastabilló y Gavin cayó, pero con su propio cuerpo protegió a Katie de todo mal.

—¡Dios bendito! —exclamó Alex. Miró por la escotilla y vio cómo se partía la punta del palo de mesana. Cayó sobre la cubierta con sobrecogedora lentitud, envuelto en una maraña de velas y cabos—. ¿Por qué disparan?

—No es un buque mercante holandés —declaró seriamente el capitán—. Quiero que Katie y tú os quedéis en el camarote hasta que pase el peligro. Bajo ninguna circunstancia os acerquéis a las ventanas de popa.

Alex tuvo la sensación de que su sangre dejaba de circular.

—¿Son piratas?

—Me temo que sí. —Sus miradas se encontraron y los ojos de Gavin adquirieron el tono gris del pedernal—. Alex, te prometo que no abordarán la *Helena*.

Una vez pronunciadas esas palabras el capitán se fue.

Alex cogió a Katie de la mano y corrieron por el pasillo hasta el camarote mientras las pisadas resonaban sobre sus cabezas y detrás. Sonó otra andanada de cañonazos, la goleta se sacudió y oyeron los gritos de un herido.

—Mamá, no te preocupes. Todo saldrá bien —aseguró Katie con toda seriedad—. El capitán ha dicho que no nos abordarán.

Alex no era tan optimista y suponía que Gavin había querido decir que la *Helena* lucharía a muerte antes de rendirse. Pero eso no significaba lo mismo que afirmar que saldrían sanos y salvos del ataque. Contenta de que Katie no fuera consciente de la cruda realidad, Alex declaró serenamente:

—Quienes nos han atacado se llevarán una buena sorpresa. Suryo dice que la *Helena* tiene más cañones y de mayor tamaño que la mayoría de los barcos de sus dimensiones y que es muy veloz. Enseguida quedaremos fuera de peligro.

Abrió la puerta del camarote, hizo pasar a su hija y deseó creer en las palabras optimistas que acababa de pronunciar. De lo que Gavin había dicho dedujo que los atacantes eran piratas que utilizaban un barco europeo capturado y que enarbolaban la bandera holandesa hasta que sus cañones quedaban al alcance de los prósperos buques mercantes. Si intentaba rebasar a los piratas, la *Helena* tendría que darse la vuelta y quedaría al albur de los cañones de la nave pirata.

Los filibusteros intentaron desarbolar la *Helena* para abordarla. No tenía ningún sentido hundir un barco con la carga. Claro que si la *Helena* tenía la menor posibilidad de escapar probablemente los piratas la hundirían para impedir que sobreviviesen los testigos de sus crímenes.

Los cañones atronaron ensordecedoramente cerca. Sorprendida, Alex se dio cuenta de que las armas de la *Helena* respondían al ataque. Sabía que periódicamente realizaban ejercicios de entrenamiento, pero le había parecido algo rutinario más que una previsión por si necesitaban defenderse. En Insulindia los ataques piratas solían estar rodeados de sigilo y de combates cuerpo a cuerpo. De todos modos, a lo largo de aquellas semanas de tranquilidad Gavin se había ocupado de que el barco y la tripulación estuviesen a punto.

El humo acre de los cañones se coló en el camarote. Ante una nueva andanada abrazó protectora a Katie y se tumbaron en el suelo, junto al mamparo, porque dedujo que era el sitio más seguro. Intentó hablar con tono ligero y comentó:

—Cuando lleguemos a Inglaterra tendrás infinidad de aventuras que contar a tus primos. ¡Quedarán muy impresionados!

Katie logró sonreír, pero se había puesto muy pálida.

—Me alegro de que el capitán esté al mando.

—Yo también, cielo. Lo tiene todo previsto. Por eso hemos respondido tan rápido.

Alex sabía que Gavin no apuntaría al aparejo del otro barco, sino que tiraría a matar. Deseó ardientemente que lo consiguiera... en el menor tiempo posible.

La espera fue interminable mientras Alex abrazaba a Katie e intentaba mantener a raya el miedo. Los largos ratos sobrecogedoramente silenciosos quedaban interrumpidos por un período horroroso de ruido y actividad. Lo peor era desconocer qué ocurría.

Aunque prefería la lucha a muerte antes que el cautiverio, no podía desear aquella suerte a su hija. Temió que si volvían a capturarlas Katie no cayese en manos tan amables como aquellas en las que había estado en Sukau. La perspectiva era tan horrenda que se obligó a pensar en la goleta y la tripulación perfectamente preparadas... y en Gavin en el alcázar, justo en la línea de fuego.

Detestaba estar de brazos cruzados.

Hubo una llamada a la puerta y Suryo entró precipitadamente en el camarote.

—*Puan*, ¿entiende algo de medicina? Hay algunos heridos que necesitan atención.

El miedo de Alex desapareció en el acto.

—Traslade a los heridos al entrepuente y los atenderé.

Cuando el malayo abandonó el camarote Alex se incorporó y abrió el armario que contenía el botiquín de la goleta. Por regla general, el capitán de un mercante desempeñaba la función de médico y cirujano y Gavin estaba bien provisto. Como no pudo levantar el botiquín lo cogió del asa y lo arrastró por el suelo en dirección a la puerta.

—Katie, quédate aquí. Bajo ningún concepto salgas a cubierta, a menos que el capitán o yo digamos que puedes hacerlo.

La niña la siguió por el pasillo y suplicó:

—¡Deja que te ayude!

Alex dudó unos segundos, pero recordó que no era mucho mayor que ella cuando ayudó a su madre a atender a las víctimas de la batalla de Quatre-Bras, durante la cual los soldados trastabillaban por las calles de Bruselas.

—De acuerdo, pero si te asustas o te encuentras mal vuelve al camarote. No quiero tener que ocuparme de ti.

Katie asomó belicosamente la barbilla.

—No tendré miedo.

Durante un fugaz instante Alex se vio a sí misma cuando era una niña de la edad de Katie. El instinto protector era muy fuerte en las mujeres de su familia.

Llegaron al entrepuente y encontraron a dos heridos. Alex abrió el botiquín e hizo un rápido inventario de lo que contenía: instrumentos, vendas, emplastos, ungüentos y opio.

—Katie, ve a buscar una jarra de agua y un vaso. Da de beber a los heridos y trae más agua para limpiar las heridas.

El marinero más próximo, un estadounidense de sonrisa contagiosa que siempre hacía reír a Katie, estaba tumbado junto al tonel de limones que llevaban para prevenir el escorbuto. El penetrante aroma cítrico se mezclaba con el olor metálico de la sangre que manaba de las heridas producidas por la madera astillada. Cuando Alex se arrodilló a su lado, el yanqui murmuró:

—Señora, yo no estoy muy mal. Ocúpese de Ollie.

Tras comprobar que su estado no era crítico, Alex se acercó al otro herido, que era londinense. Un cañonazo le había destrozado la pierna de la rodilla para abajo y tendrían que amputársela. De momento había que detener la hemorragia para impedir que en media hora se desangrase.

La calma se apoderó de Alex, que recordó los hospitales de campaña de la península Ibérica y también que, años después, había ayudado a su madre cuando curaba a los arrendatarios de la finca. Aunque no había estudiado medicina, tenía mucha experiencia como enfermera, la sangre no la asustaba y había aprendido que la sensatez y los cuidados más elementales contribuyen en gran medida a conservar la vida.

Tras hacer un torniquete en la pierna destrozada, dio a Ollie una dosis de opio y regresó junto al estadounidense, extrajo astillas y restos de tela con laborioso cuidado, limpió las heridas y las vendó. Cuando terminó el marinero se incorporó a duras penas y se alejó cojeando para reunirse con la dotación del cañón. Alex estuvo a punto de protestar, pero se mordió la lengua. Sabía que la tripulación de un mercante es más reducida que la de un barco de la Armada y que todos los tripulantes eran necesarios tanto en cubierta como en los cañones.

Dos heridos más se acercaron por su propio pie para que los vendara, lo que les permitió regresar a la refriega que se libraba en cubierta. Alex perdió la noción del tiempo mientras se ocupaba de limpiar las heridas con whisky —el tratamiento preferido de su madre— y aplicar vendajes. Afortunadamente hubo pocos heridos graves. Katie trabajó en silencio a su lado, dio de beber a los hombres, le acercó vendas e instrumentos y le echó una mano en los momentos de mayor ajetreo. Era una niña maravillosa.

Concentrada, Alex se olvidó del humo, la fatiga, las náuseas y los intensos calambres que sentía por pasar tanto tiempo arrodillada. Apenas se percató de que los cañones dejaron de disparar; sólo reparó en que la presencia de marineros heridos se redujo y finalmente cesó.

Vendaba al último herido cuando alguien le apoyó delicadamente la mano en el hombro.

—Alex...

Anudó la venda antes de levantar la cabeza y mirar a Gavin. Aunque agotado y sucio el capitán estaba ileso. Mareada de agotamiento la inglesa preguntó:

—¿Ha terminado?

—El barco pirata se ha hundido y al parecer no hay supervivientes. —Sus ojos tenían el tono gris gélido del mar invernal—. En otros tiempos Madagascar fue una famosa guarida de piratas. Por lo visto, un grupo de tripulantes asiáticos y europeos decidió revivir la tradición con la ayuda de un barco capturado.

Alex asintió y no se sorprendió de que un grupo de piratas emprendedores intentase atacar las ricas rutas marítimas entre India y Europa.

—Pues que se pudran en el infierno.

—Yo opino exactamente lo mismo.

Si no lo conociera, aquella confirmación habría asustado a Alex. Recordó que los hombres débiles no construyen imperios comerciales y preguntó:

—¿La *Helena* ha sufrido muchos daños?

La expresión del capitán se relajó.

—Hemos tenido mucha suerte. Habrá que sustituir la mitad de las velas y los cabos y hay dos palos dañados pero, si no soltamos mucho el velamen cuando haga mal tiempo, llegaremos a Inglaterra. —Recorrió el entrepuente con la mirada, donde los cuatro heridos más graves descansaban bajo la influencia del opio—. No hemos sufrido bajas. Me temo que dos o tres tripulantes habrían muerto si no los hubieses atendido tan rápido. Ahora... bueno, al menos tienen la posibilidad de sobrevivir. Has hecho un trabajo magnífico... ambas lo habéis hecho.

La sonrisa del capitán llevó a Katie a adoptar una expresión resplandeciente.

Aunque el peligro de las infecciones siempre estaba al acecho, los marineros eran fuertes y Alex esperaba que sobreviviesen. Se puso dificultosamente de pie y dijo:

—Hay que amputar la pierna de Ollie de la rodilla para abajo. Nunca lo he hecho, pero he visto hacerlo. Intentaré que me salga lo mejor posible.

—Ya has trabajado más que suficiente. —Gavin hizo una mueca—. He practicado amputaciones un par de veces y me encargaré yo. Requieren mucha fuerza y pareces extenuada. Llevas horas trabajando.

Una vez cumplida la tarea Alex se dio cuenta de que se encontraba muy débil y mal. Los calambres que la habían atormentado durante horas eran tan intensos que se llevó la mano al estómago para aliviar el dolor.

—Me vendría bien descansar un rato.

Alex dio un paso y se percató de que las piernas no la sostenían. Gavin la cogió antes de que cayera al suelo.

—¡Estás sangrando!

Una fracción de segundo antes de desmayarse Alex vio el charco de sangre que se había acumulado en el suelo.

Despertó lentamente, mecida por el barco, y se sintió gris y vacía. Era de noche, pero a su izquierda había una lámpara encendida. Reconoció difusamente que se encontraba en la cama del camarote del capitán.

Torció ligeramente la cabeza hacia la izquierda y vio que Gavin dormitaba a un metro, en el pesado sillón, con expresión de agotamiento y las largas piernas estiradas. Intentó hablar, pero no brotó sonido alguno. Se humedeció los labios con la lengua y susurró con tono apenas audible:

—¿Dónde está Katie?

Gavin abrió los ojos.

—Está durmiendo en mi camarote. Suryo le hace compañía por si tiene pesadillas, pero se ha portado como una verdadera leona.

El capitán sirvió un vaso de agua y levantó la cabeza de Alex de las almohadas para que bebiese.

—Gracias. —Dio pequeños sorbos hasta que el vaso quedó por la mitad y negó con la cabeza para indicar que ya era suficiente. Gavin volvió a depositarla sobre las almohadas. Alex inquirió—: ¿He perdido el bebé?

Gavin asintió.

—Sí. También has perdido mucha sangre. Han pasado más de veinticuatro horas desde que te desplomaste.

—Supongo que debería alegrarme, pero la verdad es que me siento tan... tan vacía. —Cerró los ojos e infructuosamente intentó impedir que las lágrimas rodasen por sus mejillas—. ¿Pudiste averiguar quién lo engendró?

—No. Era demasiado pronto.

—Lo maté con mi odio. Dios mío, ¿cuándo acabará todo esto?

Alex comenzó a sollozar sin poder evitarlo.

Gavin la cogió dulcemente de la mano y le ofreció consuelo a través del tacto.

—Todavía no era un niño propiamente dicho, sino un proyecto de niño. Te has encontrado tan mal que supongo que, fuera como fuese, lo habrías perdido. —Tras un silencio cargado de emociones apostilló—: Helena tuvo dos abortos antes de... antes de llevar un embarazo a término.

Se refería al embarazo cuyo fruto la había matado. Alex se dio la vuelta, apoyó la mejilla en la mano de Gavin y lloró desconsoladamente. Se odió por su fragilidad física y por sentir dolor y alivio ante aquella pérdida. Cuando se le acabaron las lágrimas preguntó con voz ronca:

—¿Cómo estás? Supongo que te produce alivio no verte obligado a criar al hijo de un violador.

—No sé muy bien qué siento. Será más sencillo, aunque a la vez estoy... estoy desilusionado. Albergaba la esperanza de que ese niño fuera mío. Y si no lo era... bueno, cada recién nacido representa una nueva esperanza. Ese niño se habría convertido en nuestro hijo, fuera quien fuese el padre. —Le acarició la espalda a modo de consuelo—. Lo peor fueron las horas que viví con el terror de perderte. Pero has sobrevivido. Alexandra, creo que eres la mujer más fuerte que Dios ha depositado sobre la tierra.

—La justificación de nuestro matrimonio ha dejado de existir —afirmó con infinito cansancio—. Todavía no es un matrimonio de verdad... y tal vez exista alguna manera de ponerle fin.

—Alex, no te equivoques. —Le apretó la mano con fuerza—. El matrimonio consiste en algo más que en las relaciones íntimas y en la oportunidad perdida de tener un hijo. Nuestro matrimonio es de verdad. No hay vuelta atrás.

Avergonzada por todo el dolor contenido en el tono de Gavin y demasiado agotada como para hablar racionalmente, Alex cerró los ojos y preguntó:

—¿Por qué no te tumbas a mi lado y me abrazas?

Gavin soltó lentamente el aliento.

—Me encantaría.

Alex se acurrucó junto al mamparo y le hizo tanto sitio como pudo. Gavin estaba en mangas de camisa y sin zapatos, por lo que se acostó sobre las mantas y puso sumo empeño en no sacudir la cama. Aunque ocupaba más espacio que Katie, el calor y la fuerza del capitán la reconfortaron. Alex le cogió la mano, apoyó la cabeza en su hombro y volvió a dormirse.

Su sueño se vio perturbado por la presencia de un niño de ojos rasgados y oscuros. Por la mañana recuperó lentamente la lucidez y llegó a la conclusión de que Gavin tenía razón: su malestar permanente probablemente era la señal de que, desde el principio, aquel embarazo estaba condenado a malograrse.

También supo que si aquel proyecto se hubiese convertido en un niño lo bastante fuerte y sano como para nacer habría aprendido a quererlo y habría olvidado el dolor de su concepción. Como había dicho Gavin, cada recién nacido representa una nueva esperanza. Desaparecida la esperanza, no era de extrañar que su cuerpo estuviera de luto.

Oyó cuatro campanadas lejanas. Eran las seis de la mañana. Abrió los ojos y vio que Gavin estaba tumbado a su lado y la rodeaba con el brazo. Sumido en el reposo su rostro resultaba sorprendentemente juvenil pese a las sutiles huellas del esfuerzo y el cansancio. Sintió que, desde el principio, sólo había sido una dura prueba para el capitán.

Alex tomó conciencia de lo fácil que sería hundirse en la melancolía después de todo el sufrimiento y las pérdidas que había experimentado desde la muerte de Edmund. Durante la noche del fuego de san Telmo las profundidades del mar la hipnotizaron y estuvo en un tris de darse por vencida. De todos modos, la rendición era el camino elegido por los cobardes. Estaba en una encrucijada y decantarse por la vida sólo dependía de ella. Katie se merecía una madre sana y cariñosa y Gavin una esposa que le diese tanto como recibía.

Tocó el mentón de Gavin y notó los pelillos que al ser rubios apenas se veían. Él también había sufrido muchas pérdidas: la tierra que lo vio nacer, sus padres, su esposa y su hija. Pero sobrevivió con cariño y generosidad de alma y estableció con ella y con Katie un compromiso que únicamente la muerte desharía. Comprendió que no podía hacer menos por él.

Gavin abrió los ojos y la contempló con cautela.

—¿Cómo estás?

—Un poco mejor. Y seguramente mañana me encontraré algo más recuperada. —Respiró hondo—. Lamento la sarta de tonterías que dije anoche.

El capitán se relajó notoriamente.

—No hay ninguna necesidad de que te disculpes. Las circunstancias lo justifican.

—¿Cómo está Ollie? ¿Le has amputado la pierna?

Gavin puso mala cara.

—Sí. Se trata de esa clase de obligaciones que es mejor resolver enseguida. Ha superado bien la operación. Asegura que siempre soñó con ser cocinero para ser el primero en elegir lo que come y que ahora tiene la excusa perfecta.

—Me parece muy valiente de su parte —comentó Alex.

—Los tripulantes celebran haber vencido a un barco más grande y con cañones de mayor calibre. —Jugueteó con la trenza despeinada que seguía la línea del hombro de Alex—. Te llaman santa Alejandra por tus esfuerzos heroicos.

Inesperadamente una sonrisa torció los labios de la inglesa.

—A mi madre la llamaban santa Catalina. De tal palo tal astilla, ¿no te parece? De todos modos, creo que mi madre es más santa que yo.

Gavin le devolvió la sonrisa.

—Tal vez lo piensas porque intentó ser muy buena delante de su impresionable hija, como haces tú en presencia de Katie. ¿Me equivoco al suponer que le pusiste el nombre de tu madre?

Alex movió afirmativamente la cabeza.

—Me muero de ganas de que se conozcan.

—Alex, ya falta muy poco. Dentro de pocas semanas estaremos en Londres.

—Dentro de pocas semanas...

Alex entrelazó sus dedos con los de Gavin y cerró los ojos. Le costaba creer que la vida normal estuviese tan cerca.

La vida normal, la que ansiaba tan desesperadamente. En cuanto llegase sana y salva a Inglaterra nunca, jamás, volvería a vivir otra aventura.

LIBRO SEGUNDO

El precio de la vida de un hombre

17

Londres, Inglaterra.
Verano de 1834.

Tras la enorme tranquilidad de los océanos el Támesis parecía un camino muy transitado. Gavin se entretuvo compartiendo los sitios significativos con sus damas. Alex estaba tan impaciente como Katie por avistar el observatorio de Greenwich, situado en una colina por encima del río, e igualmente deseosa de aprender que las longitudes del mundo se miden a partir del meridiano invisible que lo atraviesa.

Hubo otras vistas igualmente impresionantes, pero Gavin se ocupó de que estuvieran bajo cubierta cuando la *Helena* pasó junto a la isla de las horcas, donde los huesos secos de cuatro piratas ajusticiados resonaban en el interior de jaulas de hierro. Es posible que Alex experimentase una retorcida satisfacción al ver que se hacía justicia, pero no era espectáculo para una niña.

Cuanto más se acercaban a la ciudad mayor era la densidad del tráfico marítimo. Cuando llegaron a la esclusa que les permitiría entrar en el puerto de Londres el río se había convertido en una barahúnda ruidosa y estridente de naves grandes y pequeñas: uno de los principales centros comerciales del mundo llevaba a cabo sus negocios a la máxima velocidad y volumen.

Una fascinada Katie estaba asomada a la barandilla del barco cuando Gavin preguntó:

—¿Qué se siente al ver por primera vez tu país?

Katie rió con las mejillas arreboladas de entusiasmo.

—¡Es fantástico! Me están pasando tantas cosas... —Miró a su madre, que estaba serena pero igualmente ilusionada—. Mamá me ha hablado tanto de Inglaterra que siento que es mi hogar.

—Tienes la suerte de llegar en una tarde cálida y soleada. Si fuera un día de invierno, gris y lluvioso, tal vez preferirías volver a Sidney a toda prisa.

La niña meneó la cabeza.

—He tenido tres veranos seguidos: en Sidney, en las islas y ahora en Londres. Estoy deseando que llegue el invierno.

—Eres una jovencita muy sensata.

En ocasiones a Gavin le costaba creer que había tenido la suerte de contar con aquella hija maravillosa además de con Alex. Sus mujeres y Londres, el objetivo por el que había luchado durante media vida. Aunque en su condición de capitán debía parecer tranquilo, lo cierto es que interiormente estaba tan tenso como ellas. Tal vez se encontraba todavía más nervioso. Había dedicado mucho tiempo a prepararse. Debía equilibrar los platillos de la balanza para actuar por fin.

—¿Qué sientes al ver que está tan próximo el fin de tus días como capitán? —quiso saber Alex.

Gavin expresó sus sentimientos contradictorios mediante una sencilla respuesta:

—Estoy preparado para la vida en tierra, pero echaré de menos el mar.

—Por descontado que cuando encontremos una casa junto al mar comprarás un barco. —Alex sonrió y los mechones de pelo oscuro se agitaron provocativamente alrededor de su rostro—. Un bonito balandro que se llamará *Helena II*.

—O *Katybird*.

El capitán también sonrió y pensó que su esposa tenía mucho mejor aspecto tras la última etapa de la travesía que, afortunadamente, había discurrido sin complicaciones de ningún tipo. Los mareos habían desaparecido con la pérdida del niño y, a pesar de la debilidad persistente a causa de la hemorragia, Alex retomó las lecciones de Katie solamente tres días después del ataque pirata. La tarde posterior al intento de abordaje volvió a leer en voz alta después de la cena. Habían compartido *Robinson Crusoe*, otra de sus obras favoritas. La novela nunca le había resultado tan entretenida como cuando Alex la leía con su voz intensa y suavizada por el coñac.

Esperaba que una vez que estuvieran en tierra firme Alex siguiese leyendo. Esa práctica evocaba tiernos recuerdos de la infancia, cuando su padre estaba embarcado y por las noches su madre leía en voz alta. No siempre se trataba de libros que el padre de su padre, el vicario, habría aprobado, pese a que vivían en su casa. Había muchas cosas que su abuelo no compartía, aunque a su manera brusca había sido amable.

Katie dejó escapar una exclamación de sorpresa cuando las puertas de la esclusa se abrieron majestuosamente y permitieron que la *Helena* se internase en la dársena del centro del gigantesco complejo portuario y comentó:

—¡El puerto de Londres es tan grande como Sidney!

—Probablemente no tanto, aunque hay que reconocer que es enorme. Y eso que no tenemos en cuenta el nuevo St. Katharine Dock, que se encuentra al oeste. Gran parte del tabaco, el alcohol y la lana llegan a Inglaterra a través del puerto de Londres, por no hablar del té, las especias, el arroz y mil cosas más. —Gavin señaló una inmensa chimenea humeante—. Pertenece al horno en el que las mercancías no reclamadas se queman al año de su llegada. Todo va a parar allí salvo el té, que arde tanto que podría incendiar los almacenes. Del té se deshacen en otro sitio.

—¡Qué desperdicio! —comentó Alex.

—Desde luego, sería más sensato que la aduana hiciera una subasta de esas mercancías. Lo peor es lo que hacen con los vinos y los licores. Bajo los muelles hay cientos de bóvedas interconectadas y si nadie paga los derechos y los gastos las bebidas alcohólicas acaban en el río.

—Los peces deben de estar muy contentos.

El tono de Alex fue discreto, pero tenía la mirada encendida. A decir verdad, parecía a punto de ponerse a bailar porque por fin había llegado a casa.

—Alex, ¿prefieres algún hotel en concreto? —preguntó el capitán—. Conozco un par que están bien, aunque tal vez sepas mejor que yo dónde hay que hospedarse.

Alex puso cara de sorpresa.

—No necesitamos un hotel, iremos a casa de mi tío Stephen.

—¿Sin avisar? ¿Y si tu tío no está en Londres?

—Su casa es el cuartel general de la familia. Es donde nos hospedamos cuando estamos en Londres —explicó Alex—. Seguro que está y, en el caso de no encontrarse en casa, tanto él como mi tía Rosalind se ofenderían si no fuéramos.

—Está bien. Iremos a casa de tu tío Stephen.

Haría lo que fuera con tal de que Alex mantuviese esa expresión resplandeciente. Aunque en los últimos meses había hecho cuanto podía por mostrarse alegre, Gavin sabía que su sonrisa encubría dolor y pesar, ya que el espíritu sana más despacio que el cuerpo.

Ese día Alex estaba realmente feliz y deseaba que su dicha durase para siempre.

Cuando el carruaje se detuvo ante una inmensa mansión de Grosvenor Square, Gavin cruzó una mirada de sorpresa con Katie y preguntó a su esposa:

—¿Esta es la casa de tu tío?

Alex se echó a reír.

—Sólo es tío por matrimonio. En comparación, el resto de mi familia es víctima de la pobreza. A pesar de que somos parientes políticos tiene la amabilidad de recibirme con los brazos abiertos.

Cuando Gavin la ayudó a bajar del carruaje, Alex descendió como una niña impaciente. Enseguida se acomodó la ropa y lo cogió del brazo para dirigirse a la entrada. Katie le dio la mano mientras ascendían por la ancha escalinata. Gavin se alegró de ver que se movían como una familia más y llamó con la enorme aldaba.

Un altivo mayordomo abrió la puerta. Su expresión se demudó al ver a Alex.

—¿Señorita Amy? —Calló y buscó el nombre que le correspondía—. Disculpe, señora Warren.

Alex sonrió e hizo pasar a Gavin y a Katie a un recibidor de dos plantas de altura que, de tan amplio, parecía más bien digno de un palacio real.

—Riggs, soy yo en carne y hueso. ¿Están mis tíos en casa?

—Sí. Y sus padres están también aquí. —Totalmente desconcertado, el mayordomo siguió a los recién llegados—. Pero... bueno... suponíamos que...

Sin dar tiempo a que Riggs expresase lo que quería decir, por la barandilla del final de la escalera se asomó una mujer bien vestida que dirigió la vista a los recién llegados. Se quedó petrificada y al cabo de unos segundos gritó:

—¡Dios bendito, pero si es Amy!

Bajó a la carrera la suntuosa escalera y el vestido negro se arremolinó a su espalda.

—¡Mamá!

Alex también echó a correr. Se encontraron al pie de la escalera, se fundieron en un abrazo y ambas lloraron de alegría.

De modo que aquella era la imponente Catherine. Gavin la contempló y comprendió los motivos por los que a Alex le había parecido tan inquietantemente perfecta. Alex debía de haber nacido cuando su madre iba todavía a la escuela, ya que Catherine no aparentaba tener mucho más de cuarenta años. Solamente un puñado de canas plateadas que se mezclaban con su melena oscura y las finas arrugas que rodeaban sus ojos sugerían su verdadera edad. El parecido entre madre e hija era notorio, si bien Alex medía unos centímetros más y su porte apuntaba a un temperamento más activo y contundente. El rostro de Catherine presentaba una cualidad apacible y virginal que sin duda hacía que los hombres cayesen rendidos a sus pies.

Sin dejar de llorar Alex se apartó y se secó las lágrimas.

—¡Dios, no puedes ni imaginar lo que os he echado de menos! —Clavó la mirada en su madre y contuvo el aliento—. Llevas luto. ¿Es... es por el coronel o los niños? ¿Tiene que ver con tía Rosalind, con tío Stephen o con sus hijos?

Catherine rió a carcajadas.

—Llevo luto por ti y por tu hija, Amy... disculpa, Alexandra. Me cuesta recordar cómo tengo que llamarte. —Catherine sacó el pañuelo y se secó los ojos del mismo color de aguamarina que los de su hija y su nieta—. ¡En mi vida me había alegrado tanto de haber cometido un error!

Alex abrió la boca desconcertada.

—¿Pensasteis que estábamos muertas? ¿Qué os dijeron?

—Hace varios meses nos llegó por vía diplomática la noticia de que el *Amstel* había sido atacado en Insulindia y de que habíais muerto a manos de los piratas.

—El ataque fue un verdadero caos, pero nadie pudo vernos muertas. —Alex meneó la cabeza—. Lo siento muchísimo. Ni se me ocurrió pensar que os comunicarían nuestras muertes.

Gavin lo entendió perfectamente: como no estaban dispuestos a reconocer que habían abandonado a su suerte a una mujer y a una niña, el capitán y los tripulantes del *Amstel* las dieron por muertas. ¡Cobardes!

—Lo único que cuenta es que estáis sanas, salvas y en casa. —Catherine se volvió hacia Katie—. Estoy convencida de que esta bella jovencita es tu hija. De no ser por esa maravillosa melena rubia, es exactamente igual a ti cuando tenías su edad. —Se arrodilló para abrazarla—. Katie, soy tu abuela y no te imaginas lo feliz que me siento de conocer a mi nieta mayor.

Katie la abrazó encantada.

—Abuela, siempre he querido conocerte.

Catherine se incorporó y dirigió una mirada inquisitiva a Gavin. Alex la captó y los presentó:

—Madre, es mi marido, el capitán Gavin Elliott.

Antes de concluir las presentaciones dos hombres franquearon una discreta puerta situada bajo la imponente escalera. Altos, distinguidos y rondando la cincuentena, evidentemente eran hermanos. El que ostentaba más canas en su cabellera castaña tenía mirada astuta y expresión engañosamente apacible. El más joven estaba muy delgado y mostraba una actitud imponente que aludía a que no aceptaba tonterías de buena gana.

Se lanzaron sobre la hija pródiga y Alex desapareció en medio de grandes abrazos y exclamaciones de incredulidad.

Transitoriamente olvidada, Katie cogió la mano de Gavin. El capitán, que estaba inmerso en un mar de confusiones, le apretó los dedos a modo de consuelo y se preguntó en qué demonios se había metido.

—¿Quiénes son? —quiso saber Katie.

—Forman parte de la familia de tu madre y es evidente que la quieren mucho. Como eres su hija también te adorarán.

Estaba convencido de que así sería porque no querer a Katie resultaba imposible. De lo que no estaba tan seguro era de si el marido rápidamente adquirido por Alex sería aceptado en el seno de esa familia unida e indiscutiblemente acaudalada.

Alex, que no dejaba de reír y llorar al mismo tiempo, se apartó de los abrazos.

—Lo siento. Durante mi ausencia he olvidado totalmente mis modales. Mamá, coronel, tío Stephen, este es mi marido, el capitán Gavin Elliott. Gavin, quiero que conozcas a mi tío, el duque de Ashburton. —Señaló al hombre de más edad—. Y a mis padres, lord y lady Kenyon.

Gavin se atragantó. El tío de Alex era un condenado duque y el «coronel», al que imaginaba como un oficial retirado y fanfarrón, era ni más ni menos que el hermano del duque.

Aunque en otras circunstancias podía resultar imponente, ese día lord Michael estaba profundamente agradecido, como quien se libera de una carga de muerte.

—Capitán, le agradezco de corazón que nos haya devuelto a Alex —declaró y le estrechó calurosamente la mano.

El duque hizo lo propio.

—Ha llegado justo a tiempo. Michael se disponía a zarpar a Insulindia en busca de Alex y Katie.

—Sabía que hacía falta algo más que piratas para acabar con Alex. —Lord Michael rodeó los hombros de su hijastra con un brazo y la estrechó con cariño—. Me alegro de no tener que salir a buscarte. ¿Qué diablos ha ocurrido?

Catherine tomó cartas en el asunto y declaró:

—Evidentemente hay muchas novedades, pero debemos dar a Alex y a su familia la posibilidad de refrescarse.

Ashburton llamó al mayordomo y dio varias órdenes con voz baja. Alex no había bromeado al decir que su familia daba por sentado que todos se hospedaban en la imponente mansión. Gavin habría preferido la intimidad neutral de un hotel, pero era el momento de aceptar agradecido... por mucho que prefiriese estar en otro sitio.

Alex vio con afecto que Catherine se llevaba a Katie a la habitación de los niños. Ambas hablaban sin parar. Su madre y su hija. Algo que había sido incompleto volvía a estar entero.

Cuando el ama de llaves los condujo a la planta superior, Gavin y Alex se reunieron con su equipaje. Ashburton House funcionaba como un reloj.

En cuanto el ama de llaves se hubo retirado Alex se desplomó sobre la cama.

—Tengo la sensación de estar soñando. Mientras estuve en Maduri me costó imaginar que volvería a ver mi hogar. Tal como me aseguraste, ahora es cada vez más difícil recordar que Maduri no sólo fue una pesadilla. —Notó que Gavin caminaba inquieto de una punta a la otra de la habitación—. Te debo lo que estoy viviendo multiplicado por mil.

—No creo que haya que multiplicarlo por tanto. —El capitán se detuvo ante la ventana y contempló el exuberante jardín—. No sabía que me había casado con una integrante de la flor y nata de la aristocracia británica.

Alex reconoció a regañadientes que tendría que haberle dado más explicaciones sobre su familia para que no lo pillase con la guardia baja.

—Sólo soy pariente política, no una Kenyon de sangre. Aunque la familia del coronel siempre me ha tratado como a una más del clan, mis parientes no ocupan una posición tan alta. En su mayoría pertenecen a la pequeña nobleza y a las fuerzas armadas.

—Supongo que mis comentarios sobre la aristocracia inglesa no contribuyeron a que dieses más información que la imprescindible. —Estudió un cuadro renacentista italiano que representaba a la Virgen y el Niño—. Tu madre es tan hermosa como dijiste.

—¿Ya te has enamorado de ella?

Gavin reparó en el retintín de esas palabras y la miró.

—Por supuesto que no. Lo que más me sorprendió fue lo mucho que te pareces a ella y lo inmensamente feliz que se sintió de ver que estabas viva.

Alex bajó la mirada.

—Lo siento. Lo que dije está fuera de lugar. Cuando me presentaron en sociedad los jóvenes me saludaban amablemente y se quedaban para rendirse a los pies de mi madre. No coqueteaba con ellos... simplemente eran ellos los que no se podían resistir a sus encantos.

—Y por eso te fuiste a la otra punta del mundo. —El tono de Gavin se suavizó—. No se debió a que lady Kenyon sea más hermosa, sino a que eras una niña y ella una mujer y a que los jóvenes se sienten atraídos por los misterios y la experiencia femeninos.

Ahora ambas sois adultas e igualmente hermosas, aunque cada una a su manera.

—¿Hablas en serio? —Se trataba de una idea sorprendente pero racional. A las jovencitas recién presentadas en sociedad solían tratarlas como a muñecas de porcelana, lo que resultaba francamente aburrido. Por otro lado, su madre no sólo era guapísima y mundana, sino demasiado amable para humillar a un muchacho encaprichado. No era de extrañar que los jóvenes brillantes quedasen fascinados por Catherine en lugar de por su hija, en ocasiones torpe—. Casi todos me consideraban la segunda mujer más bonita de Sidney, pero en mi opinión se debió a que el asentamiento no es muy grande y a que mi madre no estaba presente.

—Te garantizo que en Londres serás muy admirada. —Gavin volvió a deambular de aquí para allá—. ¿Qué opinan los Kenyon de incorporar comerciantes a sus filas?

Alex se percató de que Gavin tenía motivos personales para sentirse tenso y replicó:

—Desde que lo conozco el coronel tiene intereses en la minería y en la industria, por lo que no creo que alguien se desmaye ante la posibilidad de incluir un príncipe mercader en la familia. Si tus proyectos son viables es probable que a tío Stephen le interese invertir. —Alex titubeó—. Tal vez debería haber sido más explícita, pero nunca pienso en la pertenencia de mi familia a la nobleza. Estas personas no son más que mi familia. Me figuré que cuando las conocieras te caerían bien y los títulos no te preocuparían.

—Encuentro que son personas muy agradables y que se interesan por los demás —afirmó con inquietante compostura—. Quédate tranquila, me siento como una gaviota con las plumas a contrapelo, pero lo superaré. Los parientes nobles no son el problema más grave.

Gavin recorrió con la mirada la cama matrimonial con dosel y apartó rápidamente la vista.

Alex se ruborizó al percatarse de que les habían asignado la que siempre había sido su habitación y de que en este caso no había barrotes que los separasen.

—Puedo... puedo dormir en el suelo. En Maduri me acostumbré a los jergones de paja.

Gavin arqueó las cejas con escepticismo.

—Maduri está muy lejos y lo que realmente necesitamos son habitaciones contiguas. Por lo que tengo entendido es una práctica corriente entre los aristócratas e indudablemente en esta casa no falta espacio.

—En esta familia los matrimonios no duermen en dormitorios separados —puntualizó Alex sin tenerlas todas consigo—. Al igual que los cisnes, los Kenyon se emparejan de por vida.

—Y además prefieres que no se pregunten qué es lo que va mal entre nosotros —apostilló el capitán con contrariada comprensión. Volvió a mirar la cama—. Alexandra, no puedo. Será mejor que averigües si la habitación contigua está disponible.

Alex comprendió que lo que las serenas palabras de Gavin encubrían era muy perturbador. Por mucho que confiase en él, no estaba hecho de mármol, sino de carne y hueso.

—Lo resolveré esta misma tarde.

Se alegraba muchísimo de estar de regreso en su hogar, pero se preguntó por qué había dado por hecho que la vida sería más sencilla. Las complicaciones no habían hecho más que empezar.

18

Instalarse en Ashburton House requirió el resto de la tarde. El dormitorio contiguo al de Alex estaba desocupado y, aunque trasladaron sus pertenencias sin decir ni una palabra, Gavin estaba seguro de que especularían acerca de lo que significaba que los recién casados no quisieran dormir juntos. Le daba igual; soportar las murmuraciones le resultaba más sencillo que compartir la habitación con Alex al tiempo que guardaba las distancias.

Visitaron a Katie en el aula, donde no tardó en hacer amistad con la hermanastra pequeña de Alex y con la hija menor de los Ashburton. Como durante meses se había visto privada de la compañía de otros niños, Katie estaba encantada de rodearse de niñas de más o menos su edad y evidentemente ya no necesitaba aferrarse a las faldas de su madre.

Suryo se presentó una hora antes de la cena con el resto del equipaje, lo que permitió que Gavin se vistiese adecuadamente para compartir mesa en la casa de un duque. Perfecto; cuanto más se confundiese con el resto, más cómodo se sentiría.

Tal como habían acordado, Alex entró en su habitación cuando estuvo a punto para bajar. Gavin dio la espalda a la ventana desde la cual había contemplado la caída de la tarde y se quedó sin aliento. Con un vestido color de rosa y la melena oscura elegantemente recogida, Alex parecía una dama de la alta sociedad londinense de pleno derecho.

—Estás espectacular. ¿El vestido es de tu madre?

—Sí. Y las joyas de mi tía. El vestido me va algo corto, pero puedo llevarlo porque todavía estoy muy delgada.

Estaba imponente. Gavin procuró no fijarse en el generoso escote ni en la forma ingeniosa en que el collar de perlas y rubíes resaltaba su piel cremosa. Aunque unos kilos más le vendrían muy bien, la felicidad la volvía exquisitamente bella.

—Me cuesta creer que solamente fueras la segunda mujer más guapa de Sidney. Seguramente los habitantes del asentamiento necesitan gafas.

Alex rió.

—Si hubieras conocido a la gloriosa viuda Ryan te sorprendería saber que alguien reparase en mí. Frederica es una rubia exquisita y menuda y los hombres se desmayaban a su alrededor cuando entraba en el salón. Las demás experimentamos un gran alivio cuando se casó con un acaudalado comerciante inglés y quitó para siempre el polvo de Australia de sus piececillos.

—Hablas como si no te cayera muy bien.

—Tenía una lengua de víbora cuando hablaba con las mujeres o los criados. —Alex lo observó con burlona seriedad—. Me parece que hablamos de la odiosa Frederica porque buscas una excusa para seguir aquí, pero no podemos retrasarlo más, debemos bajar. —Lo cogió del brazo—. No tienes de qué preocuparte. Esta noche sólo cenaremos con mi familia y unos pocos amigos íntimos. Estás guapísimo y sé que seré muy envidiada.

—Debo mostrar mi mejor aspecto para defenderme de tus parientes, pues estoy seguro de que más tarde me diseccionarán de arriba a abajo cuando compartan una copa de oporto —precisó sombríamente el capitán.

—Puedes estar seguro de que intentarán conocerte, pero no te someterán a una disección.

—No seas ilusa. —Se puso serio—. Todos querrán saber qué te ocurrió. ¿Qué quieres decirles?

Alex suspiró.

—Lo menos posible. Los piratas nos atacaron, a Katie y a mí nos separaron pero no nos hirieron y nos rescataste valerosamente. Da una explicación tan imprecisa como puedas. Supongo que con mis padres tendré que ser más clara, pero espero que jamás lleguen a saber toda la historia.

Gavin movió afirmativamente la cabeza y abandonaron el dormitorio. Cuando bajaron por la amplia escalera fue agudamente consciente de la ligera presión de la mano de Alex en su antebrazo. De haberse tratado de un matrimonio normal le habría besado la delicada curva del cuello y buscado la manera de no arrugarle el vestido mientras se retrasaban para bajar a cenar.

Reprimió a duras penas la idea y la siguió hasta el salón donde parientes e invitados se reunían antes de cenar. Los familiares de Alex y al menos seis personas más los rodearon en el acto. Todos poseían títulos y sentían un profundo cariño por su esposa, que corrió el riesgo de acabar amoratada después de tantos abrazos.

Gavin se replegó discretamente, se detuvo junto a la pared, se dedicó a contemplar la escena y pensó que en su vida había visto a un grupo de personas de aspecto tan acaudalado, salvo durante la cena que había compartido con Chenqua, el empresario más rico de Cantón.

Pese a sus recelos hacia los nobles, no le quedó más remedio que reconocer que ningún miembro de aquel grupo parecía realmente disoluto. Muchos rondaban la edad de los Kenyon y daba la impresión de que eran personas que se tomaban en serio sus responsabilidades. Esa noche celebraron el regreso de una de los suyos con un cariño que resultó enternecedor.

—Parece un naturalista dedicado al estudio del comportamiento de los pingüinos. —Lady Kenyon se acercó a Gavin con sendas copas de jerez y le entregó una—. ¿Está pensando en escribir un artículo erudito sobre esta tribu peculiar?

El capitán sonrió.

—Me basta con mirar. He estado en tierras más exóticas.

—Pero sólo de paso. Ahora se ha casado con una integrante de la tribu, por lo que tendrá que adaptarse a lo que hay. —La mujer dio un pequeño sorbo de jerez—. Estoy segura de que, de momento, la perspectiva le resulta abrumadora.

—Muchas veces he soñado con formar parte de una gran familia —declaró con ironía—. Tendría que haber recordado que debemos tener cuidado con lo que deseamos, porque a veces los deseos se cumplen.

—Le ruego que disculpe lo que puede parecer descortesía. Sucede que la amistad que nos une con estas personas se mide en décadas. La mayoría de los presentes conocen a Alex desde que nació y... —A lady Kenyon se le quebró la voz—. Lloraron su muerte con nosotros. Por eso esta noche se merecen alegrarse a nuestro lado. Capitán Elliott, los milagros no ocurren todos los días.

Al ver lágrimas en sus ojos el capitán sacó el pañuelo del bolsillo y se lo entregó.

—Dado que soy su yerno creo que debería llamarme Gavin.

—Gracias, Gavin. —La madre de Alex se secó los ojos y sonrió con gran esfuerzo—. He llorado desde el momento en que vi a mi hija franquear la puerta. Hoy es uno de los días más felices de mi vida y parezco un surtidor.

—Las mujeres tienen la fortuna de expresar emociones profundas a través del llanto. Los hombres se limitan, en la mayoría de los casos, a gritar y a dar golpes. —Deseoso de ayudarla a recuperar la sonrisa, el capitán añadió—: Hace un rato conocí a Anne, su hija pequeña. Me ha dicho que ya ha cumplido once años. ¿Qué edad tienen los varones?

—Nicholas ha cumplido los diecisiete y Stephen tiene catorce. —Rió—. Todos mis hijos son maravillosos, pero la relación entre Alex y yo es especial. Yo era tan joven cuando nació que crecimos más o menos juntas.

Gavin se percató de que los hombres no sólo se sentían atraídos por la belleza, sino por el encanto de Catherine Kenyon.

—Alex me contó que sólo después de ser madre se dio cuenta de lo difícil que tuvo que ser para usted la vida militar.

—Fue... fue una época interesante. Afortunadamente era demasiado joven para darme cuenta de que no sabía casi nada. Vaya, allí hay alguien a quien quiero que conozca. —Ashburton se acercaba del brazo de una mujer rubia y espectacular que tenía más o menos la misma edad que lady Kenyon—. Rosalind, te presento al capitán Elliott, el marido de Alex. Gavin, la duquesa de Ashburton, su anfitriona.

Gavin intentó disimular su sorpresa al inclinarse sobre la mano de la anfitriona. Suponía que las duquesas eran rígidas y altaneras más que redondeadas, rubias y sonrientes.

—Capitán, estoy encantada de conocerlo —declaró la duquesa cálidamente—. Daremos un baile para celebrar el retorno de Alexandra y su matrimonio. Supongo que lo organizaremos para la semana que viene.

—¿Tan pronto? —inquirió preocupado.

—No hay tiempo que perder, porque la temporada está a punto de acabar —explicó Rosalind—. ¿Tiene en Londres amigos a los que quiera invitar?

Gavin pensó en los astutos y bruscos comerciantes británicos que conocía.

—Tengo varios amigos pero, salvo una excepción, los demás no son socialmente respetables. En su mayoría se trata de simples comerciantes.

En lugar de desconcertarse la duquesa rió.

—¡Fantástico! Las reuniones son mucho más divertidas si no todos los invitados son respetables. Le agradeceré que cuando tenga tiempo me haga la lista para invitarlos.

—¿Y quién es su único amigo respetable? —quiso saber enseguida lady Kenyon.

—Lord Maxwell, el heredero del condado de Wrexham. Lo conocí en Oriente. —Gavin se dirigió a Ashburton—: ¿Puedo pedir a uno de sus lacayos que entregue un mensaje? Supongo que Maxwell ya está en Londres.

—Claro que puede enviar a un lacayo, pero también debe saber que ahora su amigo es el conde de Wrexham —replicó Ashburton—. Su padre murió hace seis meses.

La noticia no lo sorprendió porque hacía tiempo que el estado de salud del viejo conde dejaba mucho que desear.

—Lo lamento. Afortunadamente Maxwell regresó de Oriente a tiempo de pasar juntos una temporada. —En las cartas su amigo le había manifestado que en los dos años transcurridos desde su vuelta a Inglaterra se había llevado cada vez mejor con su padre. Eso significaba más dolor y menos remordimientos—. Me costará recordar que no debo llamarlo «Maxwell».

El duque sonrió.

—A veces, cuando llaman lord Benfield a mi hijo, estoy a punto de responder a pesar de que hace casi veinte años que no ostento ese título.

—Tener un solo nombre de por vida es mucho más sencillo.

—Tiene razón. —Lady Kenyon y la duquesa se habían acercado a saludar a alguien que acababa de llegar, por lo que el duque apostilló con tono bajo—: Puede quedarse en Ashburton House todo el tiempo que quiera, aunque me figuro que querrá casa propia. Tal vez pueda ayudarlo a encontrar una vivienda adecuada.

Gavin se preguntó si su incomodidad era tan evidente.

—Señor, es usted muy amable. Agradezco su acogida, aunque en efecto me gustaría tener casa propia. Y que no esté muy lejos, para que Alex y Katie puedan visitarles siempre que quieran.

Lord Kenyon se reunió con ellos y adoptó una expresión resuelta. Estaba claro que la disección tendría lugar antes del oporto.

—Capitán, ¿qué le ha ocurrido a Alex? —preguntó lord Kenyon sin más preámbulos—. Sé que no es tema adecuado para una conversación a la hora de cenar, pero... pero tengo que saberlo.

El padrastro de Alex tenía unos ojos verdes muy vitales y su mirada era atormentada. Dado lo mucho que quería a Katie al cabo de pocos meses de conocerla, Gavin se imaginó el cariño que lord Kenyon experimentaba por Alex, a la que había criado desde la infancia.

Se alegró de haber preguntado a su esposa hasta qué punto quería revelar su historia y respondió lacónicamente:

—Un grupo de piratas isleños atacó el *Amstel* al amanecer, inmediatamente después de un fuerte tifón. Los tripulantes que no perdieron la vida abandonaron la nave, por lo que Alex y Katie fueron capturadas y vendidas como esclavas. No tardaron en separarlas. Por fortuna, Katie fue trasladada al alojamiento de las mujeres de un rajá isleño, donde la trataron como a una niña mimada.

—¿Y que pasó con Alex? —La voz de lord Kenyon sonó un poco áspera.

—La llevaron a otra isla. Por pura casualidad me encontraba en Maduri cuando la ofrecieron en el mercado local de esclavos. En cuanto me di cuenta que era europea me ofrecí a comprarla.

Sin reparar en que Gavin no había dicho directamente que la había comprado, Ashburton preguntó:

—¿Y eso ocurrió poco después de su captura y buscaron juntos a Katie?

Aunque le habría gustado mentir, el capitán replicó:

—Lamentablemente encontré a Alex cuando ya llevaba seis meses como esclava.

—¿La trataron muy mal? —Lord Kenyon tenía los labios totalmente blancos.

—Es ella quien tiene que decirlo, siempre y cuando quiera hacerlo. —Intentó suavizar sus palabras y acotó—: Ha sido... lo ha pasado mal, pero no la han corrompido ni en cuerpo ni en espíritu. Es la mujer más indómita que he conocido en mi vida.

—Es verdad, se parece mucho a Catherine. —Lord Kenyon miró su copa de jerez y la hizo girar, inquieto—. Las mujeres son más fuertes que los hombres. En caso contrario la raza humana habría desaparecido hace mucho tiempo. De todos modos, no hay hombre que quiera ver a las mujeres que ama sometidas a pruebas tan duras.

Se produjo un tenso silencio que Ashburton rompió al decir:

—Alexandra ha vuelto al hogar y está sana, salva y entera. Esta es una noche de celebraciones.

—Tienes razón. —La expresión de lord Kenyon se relajó—. Capitán, lo más duro de tener hijos consiste en verlos partir de casa. Sería mucho más satisfactorio si pudiéramos encerrarlos en torres de piedra. Sobre todo a las hijas. Ya lo descubrirá con Katie.

—Al menos durante algunos años no tendré que preocuparme por esa cuestión.

—No se haga ilusiones... En este preciso momento mi hija pequeña y la de Stephen están proponiendo ideas alarmantes a Katie. —Lord Kenyon sonrió irónico—. Se lo garantizo.

Gavin comprendió sorprendido que la familia ya lo había aceptado y que acabaría por apreciar a su imponente suegro.

A medida que transcurría la velada descubrió que los demás invitados también le gustaban. Aunque la abundancia de condes y condesas causó dolor en su alma americana y democrática, tuvo que reconocer que se trataba de personas interesantes. Si bien ahora llevaban una existencia llena de riquezas y privilegios supuso que en el pasado habían afrontado su parte de problemas y, según su experiencia, sobrevivir a la adversidad hacía que la gente mereciese ser tratada.

En ese ambiente Alex floreció como una rosa y no dejó de reír y bromear con la familia y los amigos. Gavin recordó lo que le había dicho cuando le propuso matrimonio: que nunca la había visto tal como era. Esa noche estaba en su ambiente y deslumbraba. Se la veía hermosa, vibrante, una mujer cuya expresión inteligente siempre quedaba templada por la amabilidad.

Mientras charlaba con la condesa que tenía a la izquierda y que había sido maestra, Gavin llegó a la conclusión de que a veces el destino jugaba malas pasadas. Jamás tendría que haberse casado con Alex. Lo había hecho con la mejor de las intenciones: estaba embarazada, desesperada y necesitaba un marido que la protegiese de las calumnias y la exasperación. Si hubiese perdido antes al niño la boda no se habría celebrado y habría vuelto a ese mundo rutilante como una viuda apetecible, libre de enamorarse y casarse con un hombre de su misma condición. Pero estaba atada a él. Gavin se preguntó cuánto tardaría Alex en arrepentirse de la decisión que había tomado.

Al otro lado de la mesa su esposa rió, apoyó la mano en el brazo de otro de sus tíos honorarios y un mechón de pelo oscuro se deslizó hacia delante y se enroscó junto a su cuello. Gavin tragó saliva y giró la cabeza.

Él también estaba atrapado en un matrimonio inadecuado que no tendría que haberse celebrado. Pero a esta alturas le resultaba imposible lamentarlo.

Achispada por el champán Alex se despidió de los últimos invitados. Había sido una inolvidable velada de charla, cena, charla, té y más charla. El regreso a Inglaterra antes de que acabase la temporada había sido un golpe de suerte. Como pertenecían a la Cámara de los Lores, varios amigos del coronel permanecerían en Londres hasta que el Parlamento levantara las sesiones, lo que le permitió ver simultáneamente a muchos seres queridos. Alex se sintió en casa, en su hogar.

A pesar de sus temores, Gavin había sobrevivido a la velada con facilidad y al parecer había disfrutado. No se sorprendió: quien fuera capaz de moverse por la corte del sultán Kasan podía superar lo que hiciese falta. Había caído muy bien. Varias invitadas le hicieron comentarios halagüeños.

Alex pensó que por fin estaba en casa... y que había llegado el momento de dar un paso más en su matrimonio. Tras las últimas despedidas a los invitados, cogió a Gavin del brazo y subieron por la amplia escalinata.

—Espero que lo hayas pasado bien —comentó Alex.

—Lo he pasado bien. Tus parientes y amigos son muy agradables, aunque estoy por pensar que en Londres todos son pares del reino. —La sujetó del brazo cuando tropezó al final de la escalera—. No deberías haber permitido que te sirvieran tanto champán —comentó con una sonrisa—. Por lo visto ha afectado tu capacidad de navegación.

Alex rió entre dientes cuando por fin llegaron frente a la puerta del dormitorio.

—Solamente un poco. Nadie me obligó a beber, lo hice deliberadamente.

Alex lo hizo entrar tras ella, cerró la puerta y con dedos temblorosos echó el cerrojo. Bajo la tenue luz de la noche aparecía tan apuesto como el sueño que toda joven tiene sobre su futuro esposo. Recordó que durante la velada había planificado lo que haría y murmuró con una voz que no sonó del todo firme:

—Gavin, quiero... quiero que nos convirtamos realmente en un matrimonio.

La sonrisa del capitán se esfumó.

—¿Me estás pidiendo que pase la noche contigo?

Alex asintió y abrió y cerró los puños.

—Me gustaría dejar atrás el miedo. Por eso bebí más que de costumbre. Me siento feliz y estoy flotando. Es posible que de esta forma nuestra primera vez resulte más llevadera.

—Según mi experiencia el alcohol dificulta las cosas en lugar de facilitarlas. —Gavin dudó, notoriamente indeciso—. ¿Estás segura de que quieres que lo hagamos precisamente esta noche, después de un día tan agotador?

—Gavin, no me gusta tener miedo. —Se quitó las horquillas y la melena cayó sobre sus hombros con intimidad conyugal—. Como hija de militar necesito encarar el miedo de frente. En cuanto lo supere podremos mirar hacia el futuro en lugar de permanecer atrapados en el pasado.

Dando una gran zancada, el capitán salvó la distancia que los separaba.

—Mi amada esposa, espero que sepas lo que haces porque te deseo demasiado para mantener la cabeza fría.

Gavin introdujo los dedos en la melena y le sostuvo delicadamente la cabeza mientras la besaba.

Se aferró a él algo achispada por el champán. La primera vez que la había besado, después de la boda, estaba nerviosa y preocupada por lo que esperaba de ella. Ahora lo conocía mejor. Confiaba en él y reconoció sus labios ardientes y firmes. Se dijo que podía hacerlo. Pensó que relajarse y permitir que su marido le hiciese el amor era algo sencillo. Podía hacerlo.

Ni siquiera se le pasó por la cabeza la posibilidad de que le resultase imposible.

19

Aunque sabía que Gavin era un hombre paciente, hasta esa noche Alex no había apreciado plenamente las ventajas que conllevaba. En lugar de llevarla deprisa a la cama, durante prolongados y voluptuosos minutos la besó junto a la puerta y deslizó las manos por su cuerpo hasta crear un placer sin complicaciones. De haber sido una gata habría ronroneado.

Esas manos eran listas, muy listas... Como en un sueño Alex se percató de que Gavin había soltado los enrevesados corchetes y lazos de su vestido. Con ayuda de Gavin el vestido de seda de color rosa se deslizó por sus brazos y sus caderas hasta caer al suelo haciendo frufrú.

Era tan hábil que Alex apenas reparó en lo que ocurría y de pronto el corsé dejó milagrosamente de ceñirle el torso. Respiró hondo y sus pechos libres se estremecieron al quedar en libertad.

Pese a que las caricias eran primorosas la inquietud hizo mella en el agradable achispamiento en el que estaba sumida mientras Gavin le masajeaba la espalda. Sólo la delgada tela de la camisa separaba las palmas de las manos del capitán y su piel. Cuando apoyó las manos por debajo de su cintura Alex se apartó involuntariamente.

Quiso ocultar su reacción e intentó quitarle la chaqueta. Gavin se quitó con dificultad la prenda perfectamente cortada mientras Alex le desabrochaba el chaleco. Empezó a reír, porque su esposa le hizo cosquillas.

—Mujer, llegas a ser peligrosa...

El tono cada vez más grave de su voz le agradó tanto como la idea de ser peligrosa, por lo que volvió a hacerle cosquillas.

Gavin volvió a reírse, le quitó el corsé y la cogió en brazos para cubrir la corta distancia que los separaba del lecho con dosel. A Alex le daba vueltas la cabeza, tragó saliva y lamentó haber bebido tanto champán.

La cama resultó suntuosamente mullida tras años durmiendo en los jergones y colchones de a bordo. Mientras Alex respiraba hondo para ver si su cabeza dejaba de dar vueltas Gavin le quitó los zapatos.

—¡Qué pies tan bonitos tienes!

—Son grandes, como mis manos. No son delicados ni femeninos en absoluto.

—Son bonitos, fuertes y bien proporcionados, como el resto de tu persona.

Gavin acarició un pie cubierto por la media de seda y luego el otro. Alex dobló los dedos con inesperado placer cuando le masajeó suavemente los arcos de los pies.

A continuación deshizo los lazos de las ligas. Volvió a experimentar una punzada de ansiedad cuando las manos de Gavin llegaron a sus rodillas. En lugar de continuar con su ascenso, el capitán se limitó a quitarle las medias y se inclinó para besarle el cuello. No apoyó el peso de su cuerpo sobre el de Alex que, de todos modos, percibió el calor que su esposo irradiaba.

Gavin se llevó un pezón a la boca y lo besó a través de la delgada muselina india de la camisa. Alex jadeó, sobresaltada por su propia reacción de excitación y alarma. Tuvo la sensación de que el corazón le latía en la cabeza. ¿Se debía a la circulación de la sangre o al champán?

Correspondía al miedo.

A medida que las caricias fueron más íntimas, Alex reprimió la angustia y se dijo que eso era precisamente lo que quería. La primera vez sería la peor. Después todo se volvería más fácil y los horrores de la esclavitud quedarían tan enterrados en el pasado que jamás volvería a pensar en ellos.

Gavin respiraba afanosamente y apenas podía contener su deseo. Una intensa presión rozó el muslo de Alex, que tuvo la sensación de que el hombre racional en quien confiaba quedaba eclipsado por el impetuoso apremio masculino. Su propia respiración se aceleró y el pánico fue en aumento. Sabía que Gavin no le causaría dolor. Ni siquiera le había hecho daño durante la humillación del juego del león. Lo había soportado y podría resistir otro tanto en la intimidad del lecho conyugal.

La mano de Gavin se deslizó por debajo de la camisa y se acercó inexorable a la tela sedosa de la braga. La respiración de Alex era tan acelerada que estuvo a punto de desvanecerse porque en sus pulmones no entró suficiente aire.

Se repitió hasta el infinito que debía relajarse. En cuestión de minutos todo sería agua pasada y en adelante ya no volvería a resultar tan difícil.

Gimió de miedo cuando los dedos de Gavin se deslizaron hasta la unión de sus muslos y la acariciaron profundamente. Por Dios, estaba dentro de ella e invadía su cuerpo. Se mordió el labio con tanta fuerza que percibió el sabor metálico de la sangre.

Gavin se situó sobre ella y la atrapó con su cuerpo rígido y musculoso, clavándole su agresiva masculinidad. Él era su amo y la violaba cuando le daba la gana. Entonces el pánico la dominó y lo apartó histérica.

—¡No! ¡No!

La mente de la mujer se convirtió en un manchón rojo, en un grito. Golpeó la cara y los hombros del capitán mientras se esforzaba por aspirar el aire necesario para pedir ayuda a gritos. De repente quedó libre del peso aplastante, aunque una mano firme le tapaba la boca.

—Alex... ¡Alex! —Gavin la sacudió bruscamente del hombro—. Ya está. Se ha acabado.

La razón consiguió abrirse paso en medio del pánico de Alex, que se concentró en el rostro de su marido. Gavin respiraba con dificultad y estaba bañado en sudor.

—¿Me prometes que no gritarás si aparto la mano? Sospecho que ninguno de los dos quiere que tu familia entre en tropel porque piense que te estoy asesinando.

Alex tuvo que respirar hondo varias veces para recobrar la sensatez necesaria y asentir. Gavin le quitó la mano de la boca, abandonó la cama y se aferró a uno de los pilares tallados. Le temblaban violentamente los hombros. Respiró hondo y atravesó el dormitorio. La puerta que conectaba las habitaciones se cerró a sus espaldas sin hacer ruido.

Alex quedó a solas, a salvo... y destrozada. Se abrazó a la almohada e intentó impedir que los sollozos incontrolables escapasen de su boca. Había deseado tanto que las cosas funcionaran... Gavin tenía razón, no debió embotar su mente con champán. Aunque al principio la ayudó a relajarse, cuando más necesitó tener el control de su persona el alcohol la convirtió en una bestia frenética e irreflexiva.

A medida que su corazón iba serenando y el atontamiento se despejaba fue consciente de que las cosas no podían seguir como estaban. Gavin debía de estar furioso y tan afectado como ella. Tal vez peor, ya que lo había inducido a suponer que todo iba bien. Sus reacciones podían interpretarse como de entusiasmo hasta el momento en que perdió los estribos. Se estremeció y se preguntó si finalmente lo había arrastrado más allá de su capacidad de comprender y perdonar.

Aunque así fuese, debía disculparse por su comportamiento. Se sonó la nariz y se puso una abrigada bata de lana y zapatillas que su tía le había dejado. Se recogió el pelo con una cinta y se dirigió a la puerta que conectaba las habitaciones.

No se habría sorprendido de haberla encontrado cerrada, pero el picaporte se movió sin hacer ruido. Entró despacio porque no sabía con qué se encontraría. Al igual que en su dormitorio, sobre la mesilla de noche había una lámpara de pantalla gruesa que sólo emitía la luz imprescindible para no tropezar con los muebles. La cama estaba intacta.

Un rápido recorrido con la mirada le permitió saber que Gavin estaba sentado junto a la ventana, con la camisa blanca apenas visible y el perfil oscuro con la noche de fondo mientras contemplaba Londres. Se había desplomado cansinamente en un sillón de madera maciza y había extendido las largas piernas. Aunque sin duda la oyó entrar no se volvió ni dijo una palabra.

Alex respiró hondo.

—Debes de estar furioso y tienes todo el derecho del mundo a sentirte así.

—No estoy enfadado. —Su voz sonó dolorosamente fría y distante—. Hiciste lo que pudiste. No se puede pedir más.

—De todas maneras, lamento profundamente lo ocurrido. Pensé... creí que podría hacerlo.

—No hace falta que te disculpes por ser valiente.

Una fugaz ráfaga iluminó sus facciones cuando dio una calada al cigarro y el hilillo de humo se enroscó y escapó por la ventana. Era la primera vez que Alex lo veía fumar.

—No fui valiente... me comporté como una insensata. Tenías razón. Beber champán fue un grave error porque sólo sirvió para empeorar la situación. —Se humedeció los labios resecos—. Tal vez la he fastidiado y ya no hay nada que hacer, no hay solución.

Gavin suspiró.

—Casi todo puede resolverse, aunque en este caso no será fácil.

Alentada al ver que estaba dispuesto a hablar, Alex preguntó:

—¿Te he hecho daño?

—Físicamente, no. Por fortuna no sabes *pentjak silat* porque, de lo contrario, estaría muerto.

Evidentemente le había causado daños emocionales. Pensó que Gavin no sería tan sensible con los demás si no tuviese sentimientos profundos hacia sí mismo.

—No era contra ti con quien luchaba.

—Lo sé. —Dio otra calada al cigarrillo—. Me parece que, si queremos tener una posibilidad de superar esta situación, tendré que entender unas cuantas cosas de tu forma de pensar y de tu pasado.

Al menos seguía pensando en que formaban un «nosotros». Comprendió desesperada que debía contarle todo y revelar hasta el último detalle de su degradación. Cerró los puños y se sentó en la silla de madera del escritorio.

—Pregunta lo que quieras. Intentaré responder lo más claramente posible.

—¿Me consideras atractivo?

Desconcertada por la pregunta, Alex respondió con franqueza:

—Creo que eres el hombre más apuesto que he conocido en toda mi vida.

—Agradezco el cumplido, pero no estoy hablando de belleza, sino de atracción. Podemos admirar una estatua de Miguel Ángel y sin embargo no querer acostarnos con ella. También podemos sentirnos intensamente atraídos por alguien cuyo aspecto es de lo más corriente.

Alex se mordisqueó el labio al tiempo que evaluaba la profundidad de la pregunta. Pensó en las sensaciones emocionantes y contradictorias que le había provocado incluso en Maduri y repuso:

—Me atraes, pero se mezcla con todo lo que ha sucedido.

—De modo que tus reacciones espontáneas quedan afectadas por el miedo y la repulsión.

Había dado dolorosamente en el blanco.

—Temo... supongo que sí.

—Comprender es un buen comienzo. —Golpeó el cigarrillo en el borde del cenicero—. Perdona que te lo pregunte pero ¿cómo fue la faceta íntima de tu vida conyugal? ¿Disfrutaste o simplemente la sobrellevaste?

Alex se alegró de que la oscuridad ocultase su rostro ruborizado y contestó:

—No fui una novia recatada. Edmund me resultaba muy atractivo y estaba... y estaba impaciente por casarme con él.

—¿La relación marital fue buena?

Tendría que haber sabido que Gavin no se conformaría con una respuesta sencilla.

—Si quieres que te diga la verdad, me llevé una desilusión. Mi madre y el coronel siempre se contienen en público pero, después de veinte años juntos, se nota que entre ellos hay algo que funciona perfectamente. Es evidente que disfrutan con todos los aspectos del matrimonio. Entre Edmund y yo nunca ocurrió lo mismo. De todos modos, disfruté con mis obligaciones conyugales y me encantaba satisfacerlo. En una ocasión me dijo que estaba muy orgulloso de que fuese su esposa. Siempre se mostraba cariñoso e indulgente después de... después de tener relaciones.

—El hombre está dispuesto a hacer prácticamente lo que sea por la mujer que lo satisface. Ahí radica la fuente del poder femenino —explicó Gavin. Sólo hubo un movimiento: el de la tenue espiral de humo de su cigarrillo—. Alexandra, ¿qué te hicieron durante los meses que fuiste esclava? Sé que es difícil hablar del tema pero necesito entenderlo.

Se clavó con fuerza las uñas en las palmas de las manos hasta que le dolieron.

—Al principio no fue demasiado doloroso. La travesía hasta Maduri duró poco. Si hubiera durado más, probablemente me habrían dejado en manos de la tripulación. Una viuda tiene mucho menos valor que una joven virgen y bonita. Una vez en Maduri me compró un comerciante llamado Payaman. Era un hombre gordo y maduro y tenía debilidad por coleccionar mujeres. Poseía chinas, indias, africanas, una circasiana rubia... mujeres de todas las formas y colores imaginables. En el fondo no era mala persona. Le gustaban las mujeres y la vida cómoda y no entendía que yo gritase y lo rechazara cuando intentó acostarse conmigo. Su mujer principal intentó hacerme entender que debía considerarme afortunada. Habría bastado con portarme bien para llevar una existencia rodeada de lujos. El *tuan* Payaman solamente se habría acostado conmigo unas pocas veces, hasta que se cansara de la novedad. Estaba desesperada por buscar a Katie, así que lo rechacé cada vez que me mandó llamar. Al final llegó a la conclusión de que carecía de sentido tener una europea que no le permitía tocarla y me vendió a Bhudy.

—¿Al que tal vez fue el padre del hijo que esperabas?

Alex se puso a temblar.

—A Bhudy, que no es como Payaman, le gusta la resistencia. Cuando lo rechacé llamó a los guardias y... y me encadenaron. Sé que no fui la primera porque había aros de metal empotrados en el suelo de su dormitorio.

Gavin hizo un brusco movimiento involuntario.

—¿Sucedió con mucha frecuencia?

—Cada vez que se hartaba de las mujeres sumisas. Al cabo de unos meses también llegó a la conclusión de que no valía la pena tomarse tantas molestias por mí. —Se puso en pie y, presa de una gran agitación, caminó por el dormitorio—. Quiso darme una lección y decidió venderme en subasta pública. Volvió a encadenarme y me violó por última vez. A continuación permitió... permitió que los guardias hiciesen conmigo lo que les viniese en gana.

—¡Santo cielo! —Un profundo silencio se apoderó de la estancia—. ¿Cómo conseguiste sobrevivir sin volverte loca?

—Porque pensé en Katie. Incluso imaginé diversas maneras de matar a Bhudy en el caso que se presentase la oportunidad. Deseé que las ratas devorasen su hígado y que sus apreciados órganos sexuales se pudrieran y se le cayesen. —Llegó a la pared y se dio la vuelta con los puños apretados—. La mujer principal de Payaman tenía razón, habría sido mucho más sensato someterse mudamente a su amo. De haberle hecho caso, Bhudy y sus horrorosos guardias jamás me habrían forzado.

—Si no te hubieras resistido habrías pasado el resto de tu vida en el harén de Payaman y Katie seguiría sin conocer a su abuela. —El tono de Gavin se volvió muy delicado—. Alexandra, tendrías que haber nacido hombre. Tienes alma de guerrero.

—No eres el primero que da a entender que, de haber sido hombre, habría corrido mejor suerte —comentó y su amargura se desbordó—. A decir verdad, no fui lo bastante mujer como para impedir que Edmund se echase una amante después del nacimiento de Katie.

Gavin maldijo en voz baja.

—Un hombre infiel lo es por sus propias debilidades, no tiene nada que ver con las tuyas.

—Tal vez... La verdad es que no sé por qué tuvo una amante. Es posible que al convertirme en madre dejara de ser una mujer deseable —acotó cansinamente—. Al menos fue discreto. Su amante fue una bonita irlandesa condenada por robo y deportada a Australia. Era nuestra criada. Cuando me enteré y puse las cartas sobre la mesa Edmund se negó a hablar de la cuestión, pero la trasladó a una casita de la otra punta del asentamiento y no volví a verla. Agradecí que lo hiciera.

—Me sorprende que soportes estar en la misma habitación que un hombre.

—Afortunadamente conozco a unos cuantos que son mejores personas. —Le resultaba imposible imaginar que el coronel le fuese infiel a su madre. Por otro lado, su padre había estado dispuesto a irse a la cama con todo lo que llevase faldas. Al menos Edmund no había sido así. Esa conclusión no le sirvió de gran consuelo—. Gavin, yo también necesito entenderte. ¿Cómo fue la relación con tu esposa? ¿Cómo sabes tanto de mujeres si sólo has tenido experiencias con una?

El capitán se frotó las sienes, como si el recuerdo le resultase muy doloroso.

—Helena y yo fuimos como unos cachorritos torpes... totalmente inocentes y llenos de entusiasmo. Ambos teníamos tantas ganas de satisfacer al otro que al final lo conseguimos. En lo que se refiere a las experiencias limitadas, conocer a fondo a una mujer suele ser más educativo que tratar a muchas en el aspecto exclusivamente físico.

Era cierto. Alex había sabido mucho de Edmund, pero de sus violadores no conocía más que sus cuerpos bestiales. Contenta de que Gavin no se hubiese marchado asqueado tras conocer el alcance de la violación preguntó:

—Ahora que ya estás enterado de todo lo ocurrido. ¿Qué podemos hacer?

—No existe forma humana de castigar a los que abusaron de ti..., por lo que lo dejaremos en manos de Dios. La mejor venganza consiste en que superes esa experiencia atroz y lleves una existencia plena y dichosa. —Sopló una caprichosa espiral de humo en dirección a la ventana—. Dejaremos que el tiempo ponga en práctica su magia. Hace poco que tu esclavitud ha terminado y acabas de regresar a tu país. Hace un rato, cuando me invitaste a tu dormitorio, la intuición me decía que era prematuro, pero quise creer lo contrario, por lo que en parte soy responsable del desastre de esta noche —explicó con tono pesaroso—. Es fácil engañarse cuando el deseo está en juego y la verdad es que te deseo intensamente.

La oscuridad permitió que Alex respondiese:

—Me alegra saber que no te repugno y que me deseas a pesar de que la situación que estamos viviendo es infernal.

—Los mejores premios son los más difíciles de ganar.

—Si la dificultad produce valía, nuestro matrimonio será muy valioso. —Alex intentó emplear un tono ligero, pero no lo consiguió—. Más que tiempo lo que necesitamos es que yo aprenda a separar el deseo de la angustia, pero... pero no sé cómo conseguirlo. Creo que ahora tengo una idea de por dónde empezar.

Como no quería acabar la velada tan distanciada de él se obligó a acercarse al sillón que ocupaba el capitán.

—Gracias, Gavin. —Le cogió la mano y se la acercó a la mejilla con la intención de absorber parte de su fuerza y su compasión—. Me has dado esperanzas.

Aunque se tensó perceptiblemente, Gavin le apretó la mano antes de soltarla con gran delicadeza.

—De momento nos concentraremos en la vida. Conoceremos a nuestros respectivos amigos, buscaremos una casa y desarrollaremos nuestra propia existencia. El resto llegará por sí solo.

Alex asintió en la oscuridad y se dijo que, de momento, eso tendría que bastarles.

20

Al final el cansancio condujo a Gavin a la cama, pero no logró conciliar el sueño. Empezaron a desfilar por su mente atormentada las visiones de Alex brutalmente violada. Le resultaba imposible entender que un hombre fuese capaz de tratar de esa manera a una mujer. Había conocido una buena cantidad de individuos insensibles y violentos, pero ese comportamiento no dejaba de resultarle incomprensible.

Se avergonzó de continuar tan intensamente excitado. Si aquella noche Alex hubiese sido capaz de llegar hasta el final de lo que habían iniciado, tal vez lo peor habría quedado atrás. Y ahora no sabía si podría volver a intentarlo de nuevo, ya que el rechazo de ella le había resultado desgarrador, tanto emocional como físicamente.

Ahora le tocaba a ella dar el siguiente paso, en cuanto estuviese en condiciones de hacerlo... siempre y cuando volviera a estarlo. Aunque había hablado con seguridad, puesto que conocía el pleno alcance de lo que Alex había soportado, reconoció tristemente que tal vez nunca se recuperase lo suficiente para convertirse en la gozosa esposa que tanto deseaba.

El capitán se dijo que, pese a los problemas, tenían las bases para formar un buen matrimonio: compromiso, deseo mutuo y la capacidad de hablar con franqueza. Era suficiente para contrarrestar aquello de lo que carecían.

En principio podía aplacar el dolor de la excitación, aunque al hacerlo no obtuvo satisfacción, si bien su mente agitada se calmó lo suficiente para poder descansar.

Tras unas pocas horas de inquieto reposo Gavin se levantó temprano, se vistió y escribió una nota a su amigo Maxwell —no, maldita sea, debía llamarlo Wrexham— al tiempo que estaba atento al ruido que Alex haría al levantarse y prepararse para la jornada. Cuando calculó que ya estaría a punto llamó a la puerta de la habitación.

—Adelante —dijo Alex.

El capitán entró y vio que llevaba otro vestido elegante, en este caso una cara prenda de color azul pálido que realzaba su piel clara. Parecía una elegante belleza londinense, salvo por las ojeras que aludían a prácticas que las damas de la buena sociedad no debían conocer. Durante un segundo quedó paralizado por infinidad de imágenes de Alex en su período de esclavitud, imágenes que le impidieron ver a la mujer que era ahora.

Al notar que Alex lo observaba preocupada, Gavin dejó de pensar en el pasado y le dio un ligero y cauto beso en la mejilla.

—Buenos días, querida. ¿Bajamos a desayunar?

Alex sonrió aliviada ante esa actitud despreocupada y lo cogió del brazo.

—Sueño con un opíparo desayuno inglés. Las comidas en la *Helena* estaban muy bien, pero...

—Lo cierto es que el desayuno dejaba mucho que desear —coincidió el capitán.

Bajaron la escalera charlando alegremente, unidos en el acuerdo tácito de no compartir ninguno de sus problemas matrimoniales con la familia.

Después de entregar la nota al mayordomo para que la hiciese llegar a su destinatario, Gavin y Alex entraron en el soleado comedor en que solían desayunar. Los adultos y Katie se servían diversos alimentos colocados en bandejas calientes situadas sobre el aparador. De nuevo intercambiaron abrazos. Gavin no conocía a una familia más cariñosa. Tal vez las muestras de cariño se reducirían cuando los Kenyon se acostumbrasen a que Alex había regresado. De todas maneras, esperaba que no fuese así, ya que le agradaba que, con su cálida serenidad, lady Kenyon lo abrazase o hiciera lo propio la duquesa, que transmitía un encanto alegre y afable.

En cuando Gavin y Alex se sentaron a desayunar lord Kenyon preguntó:

—Capitán, ¿sabe montar? Después del desayuno Catherine y yo daremos un paseo a caballo por el parque y nos gustaría que nos acompañaran.

—Sé distinguir entre la cabeza y la cola de un caballo y suelo aguantarme en la silla siempre y cuando el animal no tenga opiniones muy decididas sobre el lugar al que quiere ir —respondió Gavin y pensó que, si se trataba de una prueba, seguro que suspendía. En los veleros no había muchas oportunidades de montar a caballo—. Pero estoy dispuesto a intentarlo si a Alex le apetece.

—Los caballos que traemos a Londres son mansos —aseguró su suegro—. Alex, ¿te acuerdas de cómo se monta a caballo?

La mujer sonrió.

—Ya lo verás.

Katie masticó y tragó un gran bocado de huevos revueltos antes de declarar:

—Todos decían que mamá era la mejor amazona de Sidney.

—No he montado a caballo desde... ¡cielos, desde hace más de un año! Creo que todavía sé montar, pero tendrán que dejarme un traje. —Alex acarició el pelo de su hija—. Katybird, tendremos que buscar una modista. No podemos pedir constantemente que nos presten ropa.

—Yo había pensado que mañana por la mañana podríamos ocuparnos de ese asunto. —Lady Kenyon sonrió a Gavin—. Estoy segura de que le alegrará saber que su presencia en realidad no es necesaria.

—No se imagina lo tranquilo que me deja —se apresuró a responder el capitán.

El resto del desayuno discurrió de esa guisa: bromas, organización de los planes del día y bienvenida a las otras dos niñas de la casa, que bajaron sin dejar de bostezar. A Gavin le encantó que las jovencitas no estuvieran obligadas a comer en la habitación de los niños. El ambiente era tan relajado que se preguntó si Ashburton era realmente duque. Hasta le resultó demasiado humano. Parecía un habitante de Nueva Inglaterra cuya máxima alegría era estar rodeado de su familia.

Las espaciosas cuadras en las que se reunieron tras ponerse la vestimenta apropiada eran indudablemente ducales y los caballos, de primera categoría, incluso para el ojo inexperto de Gavin.

Arrolladora con un traje escarlata de estilo militar, Alex no tardó en hacer buenas migas con el bonito bayo castrado. El capitán envidió al caballo porque su esposa le hablaba cariñosamente. La ayudó a montar en la silla de amazona y disfrutó de su perfume, sus faldas abullonadas y la flexibilidad de su cintura. Por fortuna su alazán era muy apacible.

Durante la corta distancia que los separaba del parque Gavin cabalgó junto a lady Kenyon mientras Alex iba con el coronel. Al capitán le divirtió mezclarse con los aristócratas cuya existencia siempre había despreciado. De todas maneras, era un yanqui demasiado obstinado para cambiar de opinión sobre las clases simplemente porque al casarse había pasado a formar parte de una familia que podía llegar a gustarle.

Al entrar en el parque, que a esa hora estaba tranquilo, lord Kenyon preguntó a Alex:

—¿Te atreves a llegar antes que yo hasta la otra punta de Rotten Row?

—¡Ya veremos!

Alex y el bayo partieron al galope mientras su padrastro le pisaba los talones y las carcajadas resonaban a sus espaldas.

—¿Alex nació a lomos de un caballo? —preguntó Gavin.

La madre rió.

—No exactamente, aunque tenía alrededor de tres años cuando tomó la primera clase de equitación. Por su parte, Michael ha pasado la mitad de su vida a caballo. Me encanta verlos así; en algunos aspectos, a pesar de que no tienen lazos de sangre, Alex se parece a Michael más que el resto de mis hijos. —Catherine miró de soslayo a Gavin cuando entraron en el parque a paso más tranquilo—. Da la impresión de que se lleva bien con Katie.

El capitán reparó en la pregunta implícita y respondió:

—Cuando Alex y yo decidimos contraer matrimonio, Katie y yo ya éramos amigos, por lo que no resultó nada difícil convertirnos en una familia. —Sonrió—. Por si eso fuera poco, tiene madera de navegante.

—Me alegro —confirmó su suegra, que evidentemente no hablaba de las habilidades para navegar de su nieta. Dirigió la mirada a su esposo y a su hija, que estaban a bastante distancia camino arriba—. Creo que, en el caso de un hombre que ha llevado una clase de vida muy exigente y masculina, la presencia de una niña pequeña resulta mágica.

—Lady Kenyon, usted debió de agradecerlo enormemente.

—Ya lo creo. A propósito, si quiere llámeme Catherine. Estoy acostumbrada a vivir en Gales, donde el trato es menos formal que en Londres.

—De acuerdo, Catherine. —Estudió su rostro afilado y la elegancia de su postura mientras montaba perfectamente a la amazona—. Espero que Alex siga pareciéndose a su madre. En ese caso, durante décadas seré un hombre muy envidiado.

—¡Adulador! —exclamó Catherine divertida—. Además, ha pecado de modesto cuando habló de sus habilidades para montar, ya que es un jinete competente.

—De niño corría por las colinas de Escocia a lomos de mi poni como si fuera inmortal —reconoció—. De todos modos, desde que me hice a la mar no he vuelto a montar regularmente.

—Recuperará enseguida las aptitudes. —Catherine se acomodó el velo del elegante sombrero de copa—. ¿Maltrataron mucho a Alexandra? ¿La violaron? ¿La torturaron? ¿La golpearon?

Apabullado por tantas preguntas directas, Gavin tensó involuntariamente las riendas y el alazán se espantó confundido.

—¿Qué la lleva a preguntar esas cosas?

—Gavin, no se vaya por las ramas. —La mirada de Catherine era fría como el hielo—. Soy su madre. ¿Cree que no me he dado cuenta de lo dolida que está?

El capitán deseó estar en otra parte y repuso:

—Alex no quiere hablar de lo sucedido. Anoche me contó por primera vez lo que padeció durante el cautiverio.

—Es posible que la verdad me espante, pero puede estar seguro de que no me escandalizaré. —Catherine apretó los labios—. He pasado doce años cuidando heridos en países en guerra. Sé lo ruines que pueden ser los hombres y la forma en que utilizan a las mujeres cuando se transgreden las normas sociales. Si no me cuenta la verdad mi imaginación evocará horrores peores que los que realmente han ocurrido.

Gavin reparó en la expresión de su suegra y preguntó:

—¿Alguna vez la han...? —Calló porque supo que no tenía derecho a plantearlo.

—¿Quiere saber si me han violado? Pues no, aunque en más de una ocasión estuvieron a punto de hacerlo. Capitán Elliott, repito la pregunta, ¿qué le ha pasado a mi hija?

—La violaron más de una vez —respondió sin ambages—. No la torturaron deliberadamente, aunque sufrió palizas porque jamás se entregó. No ha sufrido lesiones físicas permanentes, pero las heridas emocionales aún están en carne viva.

—Lo comprendo y le agradezco en el alma que me lo haya contado. —Catherine tragó saliva con dificultad—. Ni se le ocurra tenerle lástima. Es lo que más detesta.

Se trataba realmente de un buen consejo. El orgullo que había impedido que Alex se hundiera rechazaría la condescendencia de la lástima.

—Hace un rato he dicho que esperaba que Alex siguiera pareciéndose a su madre. Lo cierto es que ahora esa posibilidad me resulta un poco aterradora. Catherine, usted es una mujer profundamente perceptiva.

—He cometido errores... y he aprendido de ellos. —Volvió a mirarlo—. Gavin, ¿está enamorado de mi hija?

El capitán vaciló mientras buscaba las palabras más adecuadas para expresar sus sentimientos.

—Estuve casado con anterioridad. Cuando perdí a mi esposa y a mi hija recién nacida quedé tan destrozado que pensé que jamás volvería a contraer matrimonio. Con Alex todo es distinto. Despierta respeto, deseo, amistad y ansia de protección. Alex me importa muchísimo. Yo diría que eso es amor.

—No se trata de la respuesta inequívoca que esperaba de usted, pero le agradezco su franqueza. —La mirada de Catherine fue muy penetrante—. Gavin, lo conseguirá. Alex fue muy afortunada al cruzarse con usted.

—Yo me beneficio tanto como ella —precisó con ironía—. Siempre he querido saber qué se siente teniendo una familia numerosa que se entromete en tus negocios. Evidentemente estoy a punto de averiguarlo.

Alex se alegró al ver que mientras ella y el coronel se desfogaban con los caballos Gavin y su madre se hacían amigos. Su posición habría sido muy incómoda si sus padres y su marido se hubieran llevado mal.

Cuando emprendieron el regreso a Ashburton House, Alex se situó junto a Gavin.

—Ha sido realmente maravilloso. Echaba mucho de menos montar a caballo.

—¿Intentas decirme que tenemos que buscar una casa con una cuadra adecuada?

—Sí, siempre y cuando podamos permitírnoslo —repuso—. Me parece que a ti también te gusta montar. Lo haces muy bien pese a ser marino.

—Me gusta montar, pero estoy seguro de que mañana tendré agujetas por todo el cuerpo.

Cuando Gavin sonrió el sol se asomó por detrás de las nubes y lo bañó con su luz. La belleza física de su cabello rubio, su piel bronceada y sus hombros fuertes le produjeron un acelerado ramalazo de deseo que la consumió interiormente.

Desapareció tan rápido como llegó, asfixiado por su rechazo del sexo. De todos modos, durante unos segundos la atracción no quedó contaminada por el miedo y la cólera.

Después de todo, era un comienzo.

En cuanto llevaron los caballos al establo y entraron en Ashburton House, el mayordomo se acercó con una nota para Gavin, que rompió el lacre y la leyó.

—Alex, Wrexham y su esposa nos han invitado a comer con ellos. ¿Quieres que aceptemos la invitación o tienes otros planes? Estoy seguro de que te caerán bien.

—Me encantará conocer a tus amigos. —Puso cara de contrariedad—. Tendré que pedir a mi madre que me preste otro vestido. Había olvidado que es agotador cambiarse constantemente de ropa. Creo que prefiero la sencillez del sarong y la *kebaya*.

—Empiezo a sospechar que la necesidad de tener prendas distintas para cada actividad es una de las maneras en que las clases altas ocupan el tiempo. Al igual que Katie y tú tendré que ampliar mi armario. Mi vestuario no se adapta a la meteorología ni a la sociedad londinenses.

Sus miradas se cruzaron, divertidas y cómplices, y Alex se volvió para empezar a subir la escalera. ¿Quién podía imaginar que añoraría la vestimenta de Insulindia? Aquellos meses no sólo le habían hecho daño.

De momento lo que necesitaba era que le dejasen otro vestido.

Mientras se desplazaban en el carruaje ducal que los trasladaba a Wrexham House, Alex preguntó:

—¿De qué conoces a lord Wrexham? ¿Qué has hecho para superar tu aversión a los títulos nobiliarios?

—Hacía lo imposible por emborracharme en un local de mala fama de Calcuta. Debía de tener un aspecto penoso, ya que Maxwell se sentó a mi mesa sin consultarme. —Gavin rió al evocar la situación—. Supuse que Maxwell era su apellido porque, de lo contrario, le habría dicho que se largase. Su compañía me resultó agradable y cuando me preguntó qué me pasaba le conté que Elliott House estaba al borde de la bancarrota.

—¿A qué se debió? Ahora la empresa va bien, ¿no?

—A la muerte de Helena quedé paralizado durante meses y Elliott House tuvo una racha de mala suerte. Perdimos un barco, nos persiguieron legalmente en un puerto sudamericano y hubo estimaciones erróneas de varios cargamentos considerables. Aunque debilitados, habríamos sobrevivido, pero un comerciante británico intentó apartarme del negocio. Y entonces apareció Maxwell. Le gustó la idea de convertirse en socio de una empresa comercial, así que le vendí el veinticinco por ciento de Elliott House por el dinero necesario para resolver mis apuros financieros.

—¿Le ha ido bien con la inversión?

—A ambos nos ha compensado. Maxwell pasó temporadas en Macao y en Cantón y conoce el negocio, de modo que ha sido muy útil en Londres. —Gavin sonrió—. Creo que le atrae la idea de continuar activamente con el comercio. Lo cierto es que es muy poco aristocrático.

—No me extraña que os llevéis bien. —Alex arrugó el entrecejo—. El comerciante que intentó fastidiarte... ¿es el mismo que aconsejaste al sultán Kasan que evitase? Creo que se llama Pierce.

Alex era tan perceptiva como su madre.

—Exactamente. Dadas las circunstancias en que lo hablamos, me sorprende que lo recuerdes.

—Me pareció muy raro que te tomases la molestia de criticar a alguien. Supongo que es un individuo muy desagradable.

—Lo es —confirmó Gavin y se preguntó hasta qué punto estaba dispuesto a hablar de lo ocurrido. Llegó a la conclusión de que Alex formaba parte de su vida y debía saberlo, sobre todo porque en Londres podían cruzarse—. Barton Pierce es de la peor calaña que te puedas imaginar, se trata de la clase de individuo que parece afable y honrado. Suele resultar encantador, pero es implacable si piensa que sus intereses corren peligro... y se trata de alguien que se siente fácilmente amenazado.

—¿Qué hizo que desencadenó tantos problemas?

—Se ofreció a comprar una gran cantidad de té a un precio que me habría permitido mantener la empresa a flote. Cerramos el trato con un apretón de manos, por lo que luego no le costó desdecirse. Me quedé con un montón de té a finales de temporada y sin posibilidades de venderlo al precio que necesitaba.

—Una táctica sucia pero eficaz. Se trataba de tu palabra contra la suya y si te hubieras quejado públicamente habrías parecido débil y necio.

—Exactamente. Posteriormente llevé a cabo algunas investigaciones y me enteré de que había hecho malas pasadas parecidas a varios comerciantes y de que había destruido al menos una empresa con la misma táctica. —El capitán pensó en lo desesperado que estaba la noche que conoció a Maxwell. Había perdido a su familia y estaba a punto de quedarse con las manos vacías. No le habría resultado difícil echar su vida al garete—. Pierce no tenía motivos para arrastrarme a la ruina... ambos podíamos obtener beneficios. Tengo la sospecha de que le gusta la destrucción.

—Es un individuo realmente espantoso. ¿Dónde tiene su sede, en Macao?

—Según las últimas noticias pensaba volver a Londres para establecerse en la ciudad y disfrutar de su fortuna.

Alex entrecerró los ojos.

—¿Hay alguna relación entre su regreso a Inglaterra y tu decisión a trasladarte a aquí?

—La hay —reconoció el capitán—, pero no tengo grandes proyectos de venganza. Sólo espero que se haga un poco de... un poco de justicia.

Alex se mordió el labio.

—Gavin, de nada sirve pelearse con las serpientes. Son mucho más hábiles con el veneno. ¿Qué te propones?

—Francamente no lo sé. Si se me presenta la oportunidad de actuar legalmente contra Pierce la aprovecharé, pero no pienso retarlo a duelo. —Gavin sonrió—. Se trata de otra costumbre aristocrática que no me interesa.

—¿Por qué será que tus palabras me resultan poco reconfortantes? —murmuró ella.

Aunque no lo dijo, Gavin pensó que porque su esposa era sumamente perceptiva.

21

Llegaron a su destino antes de que Alex pudiera ahondar en el tema de Barton Pierce. La situación la perturbaba. Aunque confiaba en la competencia de su esposo sabía que los hombres poco escrupulosos juegan con ventaja cuando negocian con los honestos. El comerciante dispuesto a aplastar a los competidores por pura diversión se convierte en un adversario muy peligroso.

Se trataba de un tema que abordaría en otro momento. Entraron en Wrexham House y al mismo tiempo un hombre sonriente y de pelo oscuro salió del salón y estrechó la mano de Gavin.

—¡Por fin estás aquí! Llegué a pensar que jamás te decidirías a venir a Londres.

—Se me acabaron las excusas para no venir. —Gavin le estrechó la mano con el mismo fervor que había puesto su amigo—. Quiero que sepas que lamento la muerte de tu padre.

—Jamás imaginé lo mucho que echaría de menos al viejo demonio. De todos modos, sus últimos años fueron buenos y murió serenamente mientras dormía. Todos nos alegramos de que fuera así. Haz el favor de presentarme de una vez a tu esposa. —Wrexham se volvió hacia Alex y enarcó las cejas—. En realidad, me parece que ya nos conocemos. ¿No eres la señorita Melbourne, la sobrina de Ashburton?

Alex rió al tiempo que extendió la mano.

—Así me llamaban hace doce años. Si no recuerdo mal bailamos juntos varias veces. Eras muy serio.

Alex recordó que, en realidad, era muy envarado e imponente, la clase de joven rico con el que no le interesaba casarse, pero apenas reconoció a aquel muchacho en el hombre relajado y de sonrisa cálida.

—Me aburría muchísimo y buscaba la forma de escapar para ver mundo. Cuando lo conseguí, mi disposición cambió de un modo radical.

Alex buscó en los rincones de su memoria.

—¿No tienes un hermano gemelo? En cierta ocasión os confundí. Por lo que recuerdo se ofendió muchísimo.

Wrexham soltó una carcajada.

—Entonces odiábamos que nos confundieran, pero ya lo hemos resuelto. Ven, te presentaré a mi esposa.

Cuando entraron en el salón una mujer esbelta se puso en pie. Alex se sorprendió al ver que era china. No, más que china era euroasiática. Alta como ella, lady Wrexham resultaba asombrosamente guapa, elegante y exótica como una flor tropical. Rió y abrazó a Gavin.

—¡Pero si eres el honorable Elliott! Ha pasado demasiado tiempo desde la última vez que nos vimos.

—¡Jin Kang, qué alegría volver a encontrarte! —Gavin la abrazó con el calor de una amistad de años—. ¿O prefieres que te llame Mei-Lian?

—Bastará con que me llames Troth.

Alex sintió curiosidad al notar que la mujer poseía un ligero y encantador acento escocés parecido al de Gavin. Pensó que Londres era mucho más interesante que años atrás.

—Troth —dijo Gavin—, quiero presentarte a mi esposa, Alexandra Elliott.

—Encantada de conocerla, señora Elliott.

La expresión serena de Troth revelaba que sabía que no todos aprobaban la existencia de una condesa euroasiática.

Alex pensó que se trataba de una mujer de la que le gustaría hacerse amiga y preguntó:

—¿Conoce a Gavin de Macao? Espero que pueda contarme anécdotas curiosas de su pasado.

Los ojos pardos de Troth bailotearon.

—Lo haré encantada.

Los hombres se miraron y Gavin declaró seriamente:

—Me parece que ha sido un grave error presentarlas.

—Mejor dicho, un desastre —confirmó Wrexham con la misma seriedad—. Espero que el almuerzo les impida tramar demasiadas travesuras.

La comida postergó las conspiraciones y permitió que Alex averiguara más cosas sobre el pasado chino de los tres compañeros de mesa. Le encantó descubrir fragmentos de la historia de Gavin. El excelente almuerzo incluyó arroz, varios platos chinos y la habitual comida inglesa. La elegante mano de la condesa también se notaba en otras cosas, como los muebles y adornos que añadían un toque del fino Oriente al lujoso Occidente.

Al concluir la comida Gavin comentó:

—Nunca he sido muy partidario de que los hombres se queden a beber una copita de oporto, pero Maxwell... lo siento, Wrexham... Wrexham y yo tenemos que hablar de negocios. ¿Nos disculparéis si os prometemos que no tardaremos demasiado?

—Por supuesto. —Troth se puso en pie y miró a Alex—. Señora Elliott, ¿por casualidad le gustaría conocer a mi hijo?

—¿Cómo supo que es lo que más me apetece en este preciso momento? —comentó Alex mientras salían del comedor.

—No lo sabía. Lo he dicho por puro egoísmo, ya que tengo ganas de verlo.

—¿Acaso hay algo más natural? Tengo una hija de nueve años. —Alex sonrió—. Jamás imaginé hasta qué punto una se enamora de sus hijos.

—¿Alguna mujer lo sabe antes de ser madre?

Cruzaron una mirada de perfecto y total entendimiento y subieron la escalera. Cuando llegaron arriba ya se tuteaban.

En cuanto entraron un crío apartó la vista de los juguetes y corrió hacia su madre con los brazos abiertos.

—¡Mamá!

—¡Dominic, cielo mío!

Troth cogió al niño en brazos y lo meció al tiempo que decía tonterías. No, no eran tonterías, le hablaba en chino. Alex no entendió una sola palabra, pero la entonación era inconfundible.

En cuanto Troth y su hijo acabaron de saludarse la condesa le preguntó a Alex:

—¿Quieres coger a Dominic en brazos? Mi pequeño vizconde es un encanto.

—Me gustaría mucho.

Alex estrechó en sus brazos el cuerpecillo cálido. El niño parpadeó varias veces y le dio un beso húmedo en la barbilla.

—Guapa.

Alex rió cuando el niño le aferró el collar.

—Creo que le caigo bien.

—Reconoce a las personas acogedoras nada más verlas.

Había algo oriental en los ojos de Dominic. Alex pensó en el niño de ojos rasgados que podría haber nacido y tuvo que hacer esfuerzos para no ponerse a llorar.

—Es precioso.

—Muchas gracias. —Troth se quedó de piedra—. Perdona... ¿te pasa algo?

—Durante la travesía de regreso sufrí un aborto. Al ver a tu hijo he recordado esa pérdida.

Alex apartó la mano del niño del collar y lo depositó en brazos de su madre.

—Lo siento muchísimo —añadió Troth con tono compasivo—. Yo también sufrí un aborto hace unos meses. El médico asegura que no hay motivos para pensar que la próxima vez que quede embarazada ocurra lo mismo, pero saberlo no cura la tristeza de lo que podría haber sido.

Fue otra muestra de comprensión en lo que Alex esperaba que fuese el comienzo de una amistad sincera. Troth besó a su hijo y lo dejó en brazos de la niñera. Cuando salieron Alex inquirió:

—¿Le enseñas chino a Dominic?

—Sí. Con un poco de suerte lo aprenderá sin esfuerzos. Si viaja a Oriente le resultará útil. —Troth se quedó pensando y enseguida apostilló—: También quiero que mis hijos tengan una idea de la cultura china.

—Desde luego. Sería terrible que desconocieran una parte tan importante de sus orígenes.

—No sabes cuánto me alegro de que lo comprendas. No todos se hacen cargo de mi realidad. —Troth puso cara de circunstancias—. Los primos y las tías Renbourne de más edad no lo entienden, aunque han tenido que asimilar mis costumbres. El anciano conde ordenó que me aceptaran porque, de lo contrario... Nadie se atrevió a averiguar qué significaba «de lo contrario».

Alex se echó a reír.

—Ya era hora de que alguien introdujera sangre nueva y fuerte en la estirpe de los Renbourne. Uno de los problemas de la mayoría de las familias de abolengo consiste en que sus miembros se han casado entre sí durante demasiadas generaciones. Mi tío se alegró al saber que había contraído matrimonio con un yanqui y se llevó un chasco cuando se enteró de que Gavin es británico de nacimiento.

—Ya, pero no puedes pedir mejor marido que Gavin. —La sonrisa de Troth se tornó cómplice—. ¿Tomamos el té en el invernadero mientras te cuento más cosas de él? También corres el riesgo de desilusionarte. Durante años trabajé intermitentemente para Gavin como traductora y jamás fui testigo de una muestra de maldad o de deshonestidad.

—Me sorprendería que hubieses visto algo raro. —Entraron en el invernadero y Alex soltó una exclamación de sorpresa—. ¡Qué hermoso! Parece un jardín tropical.

—Es el regalo de Kyle por el nacimiento de Dominic. —Troth inclinó la cabeza y aspiró el perfume de un glorioso lirio blanco y rosa—. Tenemos un invernadero más grande en Dornleigh, el solar de la familia Renbourne, pero este es especial porque en Londres la belleza se añora mucho más. Mi cuñada es una excelente jardinera y lo diseñamos juntas. Meriel es capaz de hacer crecer lo que le pidas.

Alex deambuló por el sendero serpenteante y, maravillada, acarició flores y hojas. En medio del verdor divisó pequeñas estatuas, tanto chinas como europeas, y una fuente que canturreaba suavemente.

—¡Es un maravilloso trozo de Oriente en Londres!

También se trataba de la muestra de amor de un marido que comprendía realmente a su esposa. El invernadero era la muestra palpable de que es posible tender un puente entre mundos distintos.

El sendero desembocaba en una superficie considerable cuyo suelo era de baldosas españolas. Había una mesa pequeña y varias sillas, lo que permitía disfrutar del invernadero y del jardín convencional situado al otro lado del cristal.

—¿Coméis aquí a menudo?

—Siempre que Kyle y yo estamos solos. —Troth se agachó para rascar la cabeza de un gato atigrado que salió de debajo de una palmera de poca altura y se enroscó a sus pies—. Como has vivido en Oriente sabes que los edificios se abren hacia dentro y hacia fuera. A Kyle y a mí nos gusta, por lo que creamos esta versión para clima frío.

Apareció entonces un lacayo con la bandeja del té y la depositó sobre la mesa.

Troth sirvió sendas tazas mientras el gato se desperezaba y las contemplaba con perezoso interés.

—¿Suryo Indarto sigue con tu esposo?

—Sí. De hecho, está en Londres.

—Magnífico. Espero ver muy pronto al *tuan* Suryo. A menudo colaboramos en Elliott House. En los ratos en que el trabajo aflojaba yo le enseñaba chino y, a cambio, me dio clases de malayo y de *pentjak silat.*

Azorada, Alex apoyó la taza en el platillo.

—¿Conoces las artes marciales de Insulindia?

—Un poco. Me sorprende que sepas de qué hablo.

—He visto a Gavin practicar el *pentjak silat.* Lo domina.

—El *tuan* Suryo debió de enseñarle. —Troth bebió un sorbo de té—. Me enseñó algunos movimientos y llaves, pero no soy experta. Mi preparación corresponde al *wing chun,* una de las variantes de la lucha china. Se dice que lo crearon las monjas budistas y que se adapta específicamente a las mujeres.

—¿De modo que es un arte marcial específico para mujeres? —Alex se inclinó, muy interesada en el asunto—. Por favor, ¿puedes darme clases?

—¿Te gustaría aprender? —Troth pareció sorprenderse—. Hacen falta años de entrenamiento. Empecé a estudiar *wing chun* cuando todavía era una niña y lo he practicado toda la vida. Te aseguro que dominarlo requiere mucho tiempo.

—Sé perfectamente que jamás me convertiré en una experta, pero me encantaría que me enseñases los rudimentos de la autodefensa. Una mujer tiene que estar en condiciones de protegerse a sí misma. —Alex reparó en la vehemencia de su tono y añadió más serena—: No quiero volver a sentirme desvalida.

—Te comprendo.

La sagaz mirada de Troth vio mucho más allá de las palabras de Alex, pero la situación no se volvió angustiosa. Habían experimentado una sensación instantánea de conexión que creaba más franqueza de la habitual entre personas a las que acaban de presentar. ¿Se debió quizás a que Alex conocía la parte del mundo en la que Troth se había criado? Fuera cual fuese el motivo, la condesa se alegró por ello.

—Las artes de combate orientales no sólo tienen que ver con el cuerpo, sino con la mente —comentó Troth reflexiva—. Exigen pensamiento, disciplina y reflejos. Puedo enseñarte los movimientos básicos, pero el problema consiste en que pocas mujeres tienen una mentalidad guerrera. Además de saber cómo se hace es imprescindible tener voluntad de lucha.

Alex pensó en los forcejeos inútiles y desesperados que había hecho mientras estuvo sometida a la esclavitud.

—Puedo luchar y lucharé, pero tengo que aprender a combatir adecuadamente.

Troth esbozó una sonrisa.

—Te advierto que hasta la lección más elemental llega a producir muchos morados.

—Me da exactamente lo mismo. ¿Harás una demostración?

—¿Ahora? No vamos vestidas para practicar. —Señaló su vestido elegante y de manga larga—. Lo mejor es llevar túnica y pantalón sueltos.

—¿Por qué no me das una lección, por muy sencilla que sea? —Aunque no supo a qué se debía que la cuestión le pareciese tan importante, lo cierto es que Alex deseaba desesperadamente aprender—. Si alguna vez tengo que defenderme, lo más probable es que esté vestida como voy ahora.

—Tienes razón. De acuerdo; si tanto insistes y el suelo duro no te molesta haremos una clase.

Troth se puso en pie y arrastró la mesa y las sillas hasta un lado del suelo de baldosas. En cuanto cambió de sitio su asiento el gato subió de un salto y se hizo un ovillo para asimilar el calor producido por su ama.

La condesa caminó hasta el centro del espacio embaldosado y adoptó una posición relajada y equilibrada, apoyándose sobre las puntas de los pies.

—Atácame.

A pesar de que súbitamente se sintió ridícula, Alex avanzó y lanzó un puñetazo al hombro de la euroasiática. Troth le cogió la muñeca sin hacer el menor esfuerzo y la retorció lo suficiente para que el menor movimiento resultase doloroso.

—¿Recuerdas que te dije que las mujeres no saben luchar? Vuelve a intentarlo como si fueses a por todas.

—No quiero hacerte daño.

—No me lo harás. Pero debes recordar que para ser guerrera tienes que querer hacer daño. Piensa que soy el peor enemigo que has tenido en tu vida, alguien a quien odias.

Alex retrocedió y miró a Troth mientras recreaba la violenta crueldad de Bhudy. Aquel hombre era un verdadero cabrón. Avanzó y lanzó un derechazo contra la barbilla de su adversaria.

Se disponía a añadir un zurdazo cuando de pronto acabó en el suelo. Troth la atrapó con una llave firme e inexorable, le hizo perder el equilibrio y la obligó a besar las baldosas. Aunque esbelta, se trataba de una mujer extraordinariamente fuerte.

—Así está mejor. —La condesa le tendió la mano para ayudarla a levantarse—. ¿Estás segura de que quieres seguir?

—¡Sí! —Alex se incorporó de un salto y el entusiasmo la recorrió de la cabeza a los pies—. Te agradezco que seas tan cuidadosa conmigo, pero no es necesario que te preocupes tanto, no me romperé. ¿Puedes explicarme cómo lo has hecho?

Troth sonrió lenta y largamente.

—Alexandra, creo que llegaremos a tener una amistad de lo más peculiar.

—Eso espero. Dime... ¿cómo colocaste las manos?

A Alex le daba igual acabar llena de cardenales. Lo único que importaba era ser fuerte.

No volvería a sentirse víctima de nada ni de nadie.

22

Wrexham entregó a Gavin una hoja con un resumen del último semestre de ingresos y gastos y comentó:

—El té Earl's Blend se vende como rosquillas. Nos hará muy ricos. Mejor dicho, nos enriquecerá más de lo que ya lo somos.

Gavin dejó escapar un silbido al ver las cifras.

—Maxwell, inventar esa mezcla fue lo mejor que has hecho para Elliott House. —El capitán se frenó y meneó la cabeza contrariado—. Lo siento, supongo que al final me acostumbraré. No dejo de pensar que Wrexham es tu padre.

—¿Y si me llamas Kyle? Mi nombre de pila no ha cambiado.

—Me parece una idea excelente. Tal vez sea más fácil de recordar. —Gavin se sintió honrado porque conocía la formalidad británica a la hora de utilizar el nombre de pila. Dejó de lado el balance y preguntó—: ¿Barton Pierce está en Londres?

—Ya lo creo. Ha causado sensación en los círculos financieros. En sus viajes ha dado con una viuda rubia y guapa, se las ha apañado para comprar el título de caballero y de momento sir y lady Pierce se dedican a hacerse famosos por su lujosa hospitalidad. Se presentará como candidato al Parlamento. Corre la voz de que ha sobornado a un lord para que le asigne un escaño seguro, de modo que en las próximas elecciones se convertirá en parlamentario.

—¿Dices que Pierce pasará a formar parte del Parlamento? ¡Es como pedir al lobo que vigile las ovejas!

Kyle sirvió otra copita de oporto.

—Según mis fuentes de información, la fortuna de Pierce sufrió un grave revés cuando la compañía de las Indias Orientales perdió el monopolio comercial en China. No está en bancarrota, pero pisa terreno peligroso.

—Muy interesante. —Gavin bebió un sorbo de oporto—. En ese caso será fácil administrar justicia.

—No seré yo quien te pida que te abstengas de tomarte la justicia por tu mano... Pierce se ha comportado como un miserable y merece pagar por sus pecados, pero ten cuidado. —Kyle frunció el ceño—. Siempre juega sucio.

—No tomaré ni una sola medida drástica. Como máximo daré un ligero empujón a su reino inestable para que se desplome por su propio peso. —Como no quería seguir hablando de ese tema, el capitán se puso en pie e inquirió—: ¿Qué te parece si averiguamos lo que nuestras esposas están tramando?

—Te aseguro que saberlo me da un poco de miedo. —Kyle terminó el oporto y se incorporó—. Es curioso y, por otro lado justo, que encontrases a Alexandra Melbourne en la otra punta del mundo. No se parecía en nada al resto de las jóvenes casaderas. Estaba más viva y más interesada por el mundo que las demás. Por no hablar de que su belleza nos dejaba boquiabiertos.

Gavin sonrió de oreja a oreja.

—Ya me he dado cuenta.

El mayordomo les dijo que encontrarían a las señoras en el invernadero. Mientras se abrían paso en medio de la frondosa vegetación oyeron exclamar a Troth:

—¡No, no es así... sino así! Aprovéchate de la fuerza de tu adversario y úsala en su contra.

—Vale, ahora entiendo a qué te refieres —replicó Alex sin resuello—. Tiene que ser así.

Gavin y Kyle llegaron en el preciso momento en el que Alex arrojaba a su anfitriona al suelo. Troth rodó sin esfuerzo y se incorporó de un salto en medio del revoloteo de las faldas.

—¡Bien hecho, Alex! ¡La intuición no falla!

Gavin las miró fijamente.

—Dios bendito, me parece que he bebido mucho más oporto del que suponía.

—El oporto no tiene la culpa. —Kyle ni se inmutó al descubrir que su esposa y la invitada libraban un combate sin armas—. Troth, amor mío, ¿piensas herir a nuestra invitada?

Las mujeres rieron y se volvieron hacia sus maridos. Estaban despeinadas y parecían escolares traviesas.

—La culpa es mía —reconoció Alex—. En cuanto me enteré de que Troth conoce las artes marciales orientales le pedí que me diese clases. Espero que no deje de instruirme.

—Lo haré encantada. —La condesa se acomodó las faldas—. Me agrada la idea de tener una discípula. Aprendí el *wing chun* de mi vieja niñera y me parece justo transmitir este saber a otra mujer.

—Espero que en el futuro practiquéis en el estudio y con las esteras. —Kyle recogió un capullo aplastado—. Será más seguro para ambas y menos doloroso para las plantas del invernadero.

—Nos dejamos llevar por el entusiasmo. —Troth sonrió imperturbable—. Organizaré las clases y practicaremos con los cuidados que corresponden, pero la verdad es que ha sido muy divertido.

Pese a que sabía que el *wing chun* era un arte de fintas más que una práctica letal como el *pentjak silat*, Gavin se puso nervioso sólo de pensar que su esposa aprendería aptitudes guerreras. Comprobó que Alex estaba vital y feliz mientras se arreglaba apresuradamente la ropa y el peinado. Su esposa quería que las cosas fuesen así. Y así serían, aunque recuperar la felicidad entrañara correr el riesgo de romperse los huesos y otros peligros más graves.

A la mañana siguiente las mujeres de Ashburton House salieron en tropel para visitar a la modista y hacer compras. Aunque el motivo principal de la salida era encargar ropa para Alex y Katie, Gavin supuso que Catherine, la duquesa y sus hijas no regresarían con las manos vacías.

El capitán estaba a punto de irse para dedicar el día a organizar el nuevo despacho cuando Ashburton lo convocó en su estudio.

—Como supongo que buscará casa, tal vez quiera tener en consideración estas señas. —Apuntó una dirección en un papel y se la entregó junto a una llave—. Es una de mis propiedades y no está lejos. El barrio es agradable y la vivienda encantadora. Los inquilinos se vieron obligados a abandonar Londres antes de que terminase la temporada, por lo que está vacía. Si le interesa vaya a visitarla.

—Gracias, señor. —Gavin se guardó en el bolsillo el papel con las señas y la llave—. Pasaré esta misma tarde.

Incluso sin verla dedujo que la casa era de una calidad prácticamente imposible de encontrar sin contar con aquella clase de relaciones familiares. No supo si sentirse agradecido o abrumado. Llegó a la conclusión de que experimentaba ambos sentimientos, pero mayoritariamente gratitud. Le encantaría tener su propio hogar, aunque la propiedad perteneciese al tío de Alex.

Salió de Ashburton House y se trasladó del elegante West End al laborioso East End. Las oficinas que Kyle había alquilado en un almacén de la zona portuaria se encontraban sobre un inmenso sector de almacenamiento y permitían la bonita visión del bosque de palos del puerto.

Tras dar el visto bueno a la oficina abordó la *Helena*. Benjamin Long se ocupaba competentemente de supervisar la reparación de los daños que la goleta había sufrido durante el ataque pirata y el desembarco del cargamento. Suryo ya había hecho el equipaje con las pertenencias de Gavin para trasladarlas a tierra. El malayo tenía previsto permanecer en el barco hasta que zarpase y a continuación trasladarse a Ashburton House o a la casa que Gavin ocupara.

Dado que su presencia era innecesaria, Gavin buscó un cabriolé para visitar la morada que Ashburton le había ofrecido. Se le pusieron los pelos de punta cuando vio que la casa se alzaba en Berkeley Square, en el mismo emplazamiento que el hogar de su abuelo. ¿Era una coincidencia o un augurio? ¿Era un buen día para realizar la visita familiar que planificaba desde hacía veinte años?

Consideró la respuesta a esa pregunta durante el largo recorrido por Londres en medio del ajetreo del tráfico. Sin llegar a una conclusión, cuando llegó a Berkeley Square despidió al cochero. Pensó que volvería andando a Ashburton House.

La casa del duque tenía mucho espacio y estaba bien conservada. Le pareció adecuada siempre y cuando a Alex le gustase. Se asomó por la ventana y su mirada se dirigió a la mansión de su abuelo, situada enfrente. Probablemente el viejo demonio miraba cada día por encima del jardín central de la plaza. Gavin se preguntó si al ver la estatua de un héroe a caballo el viejo pensaba en el hijo marino al que había repudiado y en la nuera a la que había despreciado. Tal vez hacía mucho tiempo que los había olvidado por considerarlos indignos.

Una vez tomada la decisión, Gavin echó el cerrojo a la puerta de la casa del duque y cruzó la plaza. Seabourne House era enorme y su discreta fachada denotaba riqueza y poder. Subió la escalinata convencido de que presentarse sin avisar era una insensatez. Tal vez su abuelo no estaba en Londres y, si se encontraba ahí, probablemente se dedicaba a aterrorizar a los criados. Hasta cabía la probabilidad de que hubiese muerto, aunque hacía un año, fecha en que Gavin había recibido la última información, el anciano estaba como un roble. En el caso improbable de que estuviese en casa sería realmente extraño que recibiese a un perfecto desconocido cuya visita no había sido anunciada con anterioridad.

Gavin llamó dando unos golpes de la aldaba con forma de delfín. Menos de un minuto después abrió la puerta un mayordomo envarado que parecía una figura obligada en las casas londinenses. El criado lo escrutó y llegó a la conclusión de que Gavin presentaba suficiente aspecto de caballero como para hacerlo pasar.

—Buenos días, señor. ¿Quiere dejar su tarjeta?

Gavin paseó la mirada por el vestíbulo. Era más pequeño que el de Ashburton House, pero igualmente impresionante. Le entregó su tarjeta y dijo:

—Me gustaría ver a lord Seabourne.

El mayordomo miró el nombre que figuraba en la tarjeta, observó la cara de Gavin y lo condujo a uno de los salones.

—Veré si su señoría recibe visitas.

La espera resultó interminable. Incapaz de estarse quieto, Gavin caminó por el salón. Aunque lo había planificado durante años, no sabía qué esperar de ese encuentro ni lo que pretendía, salvo el deseo de ondear un estandarte simbólico en honor de su padre. Ciertamente no sería aceptado en el seno de la familia Elliott, pero tampoco era lo que pretendía.

—¿Es usted Gavin Elliott?

El capitán se giró al oír esa voz fría y se llevó un chasco al toparse con un hombre más joven que él y que parecía haberse tragado un hierro candente.

—El mismo —respondió con su acento más norteamericano—. Supongo que Seabourne se niega a recibirme.

—Todo lo contrario. —La actitud del joven denotaba la arrogancia de su clase, si bien su fría mirada era atenta—. Soy Phillip Elliott, séptimo conde de Seabourne. Mi abuelo murió el invierno pasado.

Fue como si le arrojaran un cubo de agua fría. Gavin comprendió que había llegado tarde.

—Lo siento. —Estudió al joven, ya que lo intrigaba el indiscutible parecido familiar. La estatura, el tono de piel y las facciones eran tan semejantes que parecían hermanos—. Supongo que somos primos.

Seabourne frunció el ceño.

—¿Qué trampa intenta tenderme? Si es un pariente bastardo de los Elliott no tengo el menor interés en tratarlo.

—Soy tan bastardo como usted. —A Gavin le costó reprimir la cólera—. Mi otro abuelo casó legalmente a mis padres en la iglesia de Escocia, aunque el anciano demonio que murió el invierno pasado se negó a reconocer a mi madre y esos esponsales. Decidí visitar la casa porque estoy a punto de instalarme en Londres, pero por lo visto he perdido el tiempo.

Seabourne se puso blanco como el papel.

—¿Quién es su padre?

—James Elliott, que contrajo matrimonio con Anna Fraser en Aberdeen. —El tono de Gavin se volvió seco y tajante—. El honorable capitán James Elliott, integrante de la Armada Real, héroe de Trafalgar, chivo expiatorio del desastre después de que su familia lo repudiara y próspero comerciante en América. Quédese tranquilo, me gusta tanto estar emparentado con usted como a la inversa. Deseaba reunirme con el sexto conde para decirle que lo considero un condenado mentecato, pero he llegado tarde.

Gavin se calaba el sombrero cuando Seabourne preguntó:

—¿Tiene pruebas de su identidad?

—Por supuesto. Tengo mi certificado de nacimiento, la partida de matrimonio de mis padres y el resto de los documentos al uso. —Gavin se sorprendió por la reacción del joven—. Pensé que mis facciones eran prueba suficiente. De todas maneras, ¿qué importancia tiene? No quiero saber nada de usted.

Como si las palabras fueran tan amargas como la hiel, su primo replicó:

—Porque si es realmente quien afirma... es el legítimo conde de Seabourne.

23

Gavin quedó boquiabierto.

—¿Que yo soy conde? ¡Ya está bien de disparates! Mi padre no era el primogénito.

—James era el segundo hijo. —Phillip parecía muy contrariado—. Mi padre, Albert, era el tercero. El primogénito, John, así como su hijo y mi padre, murieron antes que mi abuelo.

De ser cierto la cólera de su primo resultaba lógica: sentía que estaba a punto de desplazarlo. En ese caso, ¿por qué se había tomado la molestia de mencionarle la cuestión, sobre todo si tenemos en cuenta que Gavin desconocía el árbol genealógico?

Probablemente porque la verdad siempre se sabe y porque el joven reconoció que ocultar al primo mayor sería arriesgado, en especial si Gavin permanecía en Londres. Aunque a regañadientes, el capitán experimentó cierta admiración por la disposición de su primo a coger el toro por los cuernos.

—No hace falta que me mire como si quisiera verme muerto. No me interesa su precioso título ni la fortuna que, según supongo, lo acompaña. Me cuesta entender que desconociese mi existencia. Mi padre se comunicó ocasionalmente con el abogado de la familia Elliott. Y yo nací años antes de que emigrásemos a América. Tendrían que haber sabido inmediatamente si yo era o no el legítimo heredero.

—Nos dijeron que se había ahogado con sus padres. El informe estaba equivocado o usted es un impostor.

Era evidente: como en Inglaterra había un heredero, nadie se molestó en confirmar la presunta muerte de Gavin.

—No soy un impostor y, como ya le he dicho, no tiene de qué preocuparse. Haga cuenta de que hoy no he venido.

Phillip lo miró furibundo.

—¿Espera que su presencia penda de mi cabeza como la espada de Damocles? ¿Cree que dormiré tranquilo sabiendo que en cualquier momento puede tomar la decisión de reclamar Seabourne? Debemos resolver esta cuestión. ¿Dónde se hospeda?

—En Ashburton House, en Grosvenor Square.

—Mi abogado lo visitará —espetó Phillip Elliott—. Haga el favor de irse. No es bienvenido en esta casa hasta que demuestre que es su legítimo dueño.

Sin tenerlas todas consigo, Gavin salió inmediatamente y se encontró en Berkeley Square. Esperara lo que esperase de la visita a la familia de su padre... sin duda lo que menos imaginaba era lo que le había ocurrido.

Ir de compras con toda la parentela femenina fue delicioso pero agotador. Cuando regresó a Ashburton House, Alex sólo deseaba dormir la siesta. No ocurrió lo mismo con Katie; aparentemente incansable, corrió al aula en busca de las dos niñas a las que Alex había decidido llamar «las primas», a pesar de que Anne era medio tía de Katie y Maria... suponía que primastra segunda. Alex se quedó dormida sobre la cama hecha mientras intentaba calcular el grado de parentesco.

Despertó cuando se abrió la puerta que comunicaba su habitación con la de su marido. Se dio la vuelta adormilada y preguntó:

—¿Gavin?

—Lo siento, no pretendía despertarte.

Alex percibió algo extraño en el tono del capitán, se sentó en la cama e intentó verle la cara en medio de las sombras cada vez más largas. Su expresión la preocupó. La postura de Gavin revelaba una tensión a punto de estallar que no se parecía a la que había mostrado durante el juego del león ni durante el ataque pirata contra la *Helena*.

—Gavin, ¿qué pasa?

El capitán permaneció junto a la puerta, en una zona sumida en sombras.

—Fui de visita a casa de mi abuelo. Murió el invierno pasado.

—Lamento que no hayas tenido ocasión de conocerlo pero, si pienso en cómo se ha comportado contigo, no creo que represente una pérdida demasiado grande —declaró francamente—. ¿Su muerte te ha afectado más de lo que suponías?

—Un poco, aunque lo que más me perturba es que... —Gavin respiró hondo—. He encontrado un primo que dice que soy el conde de Seabourne.

Alex contuvo el aliento.

—¿Eres uno de ellos, Elliott? ¡Dios bendito, no tenía ni la menor idea! Felicitaciones, milord. Vaya honor inesperado.

El capitán la miró con atención y preguntó:

—¿Te parece bien?

La expresión de Gavin la sorprendió tanto que Alex despertó del todo al darse cuenta de hasta qué punto había metido la pata. Un inglés habría estado encantado con esa noticia que tanto abrumaba a Gavin.

—Lo siento. Me han educado para pensar que, aunque no definen a un ser humano, las fortunas y los títulos heredados suelen resultar muy agradables.

El capitán torció la boca.

—Pues a mí me han educado para considerarlos obra del demonio. No quiero saber nada de ese maldito título. Renunciaré, lo rechazaré o haré lo que tenga que hacer.

Alex se mostró reflexiva antes de añadir:

—Tal vez no sea posible.

—¿Por qué? ¿La posibilidad de convertirte en condesa te resulta irresistible?

Alex se preguntó si la consideraba tan superficial y reprimió las ganas de pagarle con la misma moneda. La paciencia que Gavin había mostrado ante sus temores y sus cambios de humor merecían paciencia a cambio.

—He vivido feliz sin necesidad de un título y no lo deseo, pero por lo que tengo entendido los vericuetos jurídicos son muy complejos. Tenemos que hablar con tío Stephen, ya que está al tanto de estas cuestiones.

—De acuerdo. —Gavin se dio media vuelta para regresar a su habitación—. Preguntaré si está disponible.

Como no deseaba quedar al margen Alex inquirió:

—¿Quieres que te acompañe?

El capitán titubeó.

—Me parece una buena idea. Así me traducirás el pensamiento británico al estadounidense.

—Lo intentaré, pero no prometo nada.

Alex se calzó e hizo un desganado intento de peinarse antes de acompañar a Gavin al estudio del duque. Si las noticias eran malas quería estar presente y enterarse.

Cuando la puerta se abrió Ashburton levantó la cabeza.

—Dime, amor mío. —Su expresión se demudó al ver quién entraba—. Lo siento, a esta hora Rosalind es la única que suele venir.

—No quería molestarlo. —Gavin tuvo tiempo de pensar en la opinión que el duque tendría de su repulsión hacia la aristocracia e intentó emprender la retirada—. Me gustaría hablar con usted, pero podemos hacerlo en otro momento.

—No, por favor, pase. Estoy estudiando una propuesta de proyecto de ley del comercio y es realmente aburrida. ¿Le gusta la casa?

Gavin tardó unos segundos en darse cuenta de qué estaba hablando el duque.

—¿Se refiere a la casa de Berkeley Square? Es una maravilla. Si Alex está de acuerdo, me encantaría alquilarla.

—La conozco —intervino Alex—. Si está disponible, provisionalmente puede convertirse en una maravillosa residencia urbana.

—En ese caso, adjudicada. —Ashburton observó atentamente a Gavin—. Pero la casa no es el motivo por el que está aquí, ¿verdad? Siéntese y explíqueme lo que le preocupa.

Gavin tomó asiento y Alex ocupó la silla contigua.

—Me han dicho que soy el conde de Seabourne. —Describió sucintamente su situación familiar y la visita a Seabourne House. Concluyó con el siguiente comentario—: No quiero tener nada que ver con esa herencia. ¿Cómo puedo rechazarla?

Ashburton frunció el ceño.

—De ninguna manera. Hay muchos precedentes legales sobre el tema y siempre se ha sostenido que la dignidad de par es hereditaria. Creo que podría haber rechazado el título si hubiese nacido en América, pero no le queda más opción que aceptarlo porque vio la luz en Gran Bretaña.

Gavin maldijo con voz baja.

—¿Qué pasa con los bienes? ¿Puedo rechazarlos?

—Depende de lo que esté estipulado. Toda propiedad vinculada al heredero acompaña al el título y probablemente la mayoría de los bienes están vinculados. También es posible que existan fondos no vinculados, pero solamente se trataría de una parte de menor importancia.

—Me parece injusto que de repente mi primo vea cómo le arrebatan todo lo que creía suyo.

—La primogenitura no tiene absolutamente nada que ver con la justicia —puntualizó el duque—. Sirve para mantener las propiedades y el poder y, en un sentido amplio, en Gran Bretaña ha funcionado muy bien. De todos modos, ese sistema resulta duro para los individuos. Si su primo se encuentra en situación precaria puede llegar a un acuerdo con él y concederle una pensión, pero tiene que salir de su fortuna personal, no puede proceder de los bienes vinculados. Antes de tomar una decisión tendrá que evaluar la situación con ayuda de un experto en aspectos legales.

Desesperado, Gavin inquirió:

—¿Y si no presento los documentos que demuestran mi identidad? ¿De esa forma puedo evitar que la herencia pase a mí?

El duque dejó escapar un suspiro.

—Capitán, ya ha saltado la liebre. Físicamente parece un Elliott... yo mismo lo noté y supuse que estaba emparentado con Seabourne, aunque no imaginé que los lazos fuesen tan estrechos. Si jamás se hubiese presentado en Seabourne House, si se hubiera cambiado el apellido y no hubiese mencionado a sus padres, tal vez se habría librado de todo esto, pero ha puesto en movimiento mecanismos imposibles de detener. Su padre es un hombre perfectamente recordado y se ha presentado como hijo de su padre, por lo que legítimamente es el séptimo conde de Seabourne.

—¿El nombre de mi padre sigue denigrado incluso después de tantos años?

Para gran sorpresa de Gavin el duque replicó:

—Los que conocemos la situación coincidimos en que tanto el anciano conde como la Armada se aprovecharon de su padre.

Lo traté un poco y siento un gran respeto por él. El escándalo desatado por su matrimonio no tuvo que ver con la esposa elegida, sino con la reacción de su padre. Repudiar a un hijo que era un héroe naval por llevar a cabo un matrimonio totalmente respetable se considera deshonroso. Su abuelo nunca fue muy querido y esa actitud lo volvió menos apreciado si cabe.

Gavin tuvo la sensación de que el mundo se había vuelto del revés y preguntó:

—¿Entonces no fue la sociedad, sino el anciano conde quien lo despreció?

—Estoy convencido de que, desde la perspectiva de su padre, fue muy negativo... ya que este tipo de desavenencias suele dividir a las familias.

En el caso de los Elliott indudablemente había ocurrido.

—¿Cuál fue la reacción cuando mi padre se vio obligado a abandonar la Armada?

—A medida que otros militares que habían participado en los combates regresaron y mencionaron el tema se reconoció que su padre se había comportado en realidad como el extraordinario oficial que era. —Ashburton hizo una mueca—. No existe ni la más remota posibilidad de que el Almirantazgo admita que se equivocó, pero si le sirve de algo le diré que su padre sigue siendo un hombre respetado.

—¿Cree que mi padre lo sabía?

—Tuvo que estar al tanto si se mantuvo en contacto con el abogado de los Elliott. En mi opinión vivió en América porque la prefirió a Inglaterra.

Gavin guardó silencio mientras volvía a sopesar el pasado. Aunque había experimentado cierta amargura por la forma en que lo trataron en Inglaterra, James Elliott había adorado sinceramente la libertad vital de la que dispuso en América. Tal vez su silencio no se debió tanto a la pena sino, lisa y llanamente, a que no le apetecía seguir pensando en el pasado.

Tal vez fue Gavin más que sus padres quien experimentó el dolor más intenso al abandonar Gran Bretaña.

Alex lo cogió de la mano.

—Gavin, no hace falta que ahora mismo lo entiendas todo. Subamos y descansa un rato antes de cenar.

—Señor, le agradezco que se tomara la molestia de explicármelo. —El capitán se puso en pie algo embotado—. Supongo que mi reacción le ha parecido absurda.

—Hay algo paradójico en este asunto —reconoció el duque—, pero no tiene nada de absurdo. Comprendo que se sienta oprimido por el peso de una herencia que ni esperaba ni quiere.

Contento de que Ashburton lo comprendiera, Gavin abandonó el estudio de la mano de Alex. ¿Alex? No, de la mano de la condesa de Seabourne. Que Dios los amparase.

Angustiada por la expresión del rostro de Gavin, Alex se volvió hacia él y le rodeó el cuello con los brazos en cuanto entraron en el dormitorio.

—Lo siento muchísimo. Por tu cara parece que el cielo se te ha caído encima.

—Así es.

Gavin hundió la cara en la cabellera de Alex y la abrazó. La tensión lo recorrió como metal fundido.

Alex se pegó a él, deseosa de absorber su angustia. Desde que se conocían era la primera vez que Gavin la necesitaba. No le gustaba verlo triste, pero le agradó saber que era capaz de consolar a su esposo rubio y competente.

—Tienes sobrados motivos para detestar a tu abuelo y supongo que la idea de llevar su título te resulta dolorosa —reconoció con gran delicadeza—. De todos modos, si lo que deseas es honrar a tus padres, ¿no crees que convertirte en un buen conde es la mejor manera de vengarte de tu temible abuelo?

—Supongo que tienes razón. Al viejo demonio no le gustaría nada saber que su heredero es el vástago del hijo que desterró de su presencia. El problema es que a mí tampoco me gusta. —Tras un largo silencio acotó—: Tal vez lo más sencillo consista en abandonar Gran Bretaña para no volver jamás. Alex, ¿estás dispuesta a acompañarme?

La mujer disimuló la aflicción ante esa perspectiva.

—Claro que te acompañaré... para algo soy tu esposa. Pero tu partida no daría pie a que el condado pasase automáticamente a tu primo, a menos que simulases tu muerte, con lo cual crearías toda clase de problemas. Marcharte y desatender tus obligaciones como Seabourne provocaría un enredo descomunal y quienes más sufrirían serían los arrendatarios y los que dependen de las propiedades vinculadas al título.

El capitán suspiró.

—Creo que tienes razón. De todos modos, la idea de cogeros a Katie y a ti, llevaros a la *Helena* y hacernos a la mar resulta pero que muy tentadora.

—Gavin, eres como eres y convertirte en par del reino no te vuelve distinto.

Gavin meneó la cabeza.

—Aquello que somos y el modo en que nos vemos a nosotros mismos tiene mucho que ver con la forma en la que los demás nos tratan. Si te comportas como capitán acabas siéndolo. Si te tratan con respeto no tardas en sentir que te lo mereces. Piensa en el sultán Kasan... sería mucho mejor persona si no lo hubiesen tratado siempre como a un miembro de la realeza.

—Es un argumento bastante difícil de rebatir, pero el caso del sultán es extremo. —Alex calló y se preguntó qué podía hacer para que abordase la perspectiva de aceptar esa herencia inesperada—. Me parece que tienes que separar tus opiniones sobre la nobleza y los sentimientos que experimentas hacia tu abuelo. Wrexham es tu amigo y tengo la sensación de que tío Stephen te cae bastante bien. La condición de pares no los ha echado a perder como personas y no tiene por qué fastidiarte. En cuanto a tu abuelo... bueno, ya está muerto. Es posible que el poder y el dinero agudizasen esos rasgos, pero habría sido igualmente insoportable sin título nobiliario. Lo cierto es que ya no está y tú no puedes hacer nada para modificar el pasado.

—A decir verdad, en las últimas horas el pasado ha cambiado radicalmente. Mejor dicho, lo que ha cambiado es mi modo de ver el pasado. —La abrazó cada vez con más fuerza—. Al parecer, mi perspectiva del mundo estaba equivocada.

Era lógico que estuviese agitado pues se trataba de un hombre que, en general, tenía un férreo control de su vida y de sus pensamientos. Como se quedó sin palabras para ayudarlo, Alex giró la cabeza y lo besó para transmitirle que estaba preocupada y a la vez segura de que lo superaría.

Gavin respondió con anhelante intensidad. Habían compartido muy pocos besos, aunque suficientes para que existiese un mínimo de familiaridad y la sensación de legitimidad. Esa noche los unió una poderosa corriente subterránea de emociones y el beso se convirtió en clara sensualidad. Alex percibió el deseo que Gavin solía reprimir y, en lugar de alarmarse, sus propios anhelos afloraron intensamente.

Estaban tan pegados que Alex reparó en la firme virilidad de Gavin. Un segundo después el capitán se apartó pues recordó la barrera que los temores de su esposa habían creado.

Ese abrazo tenía que ver con él más que con ella. Alex se apoyó en su marido, que retrocedió hasta quedar contra la puerta. Los labios de Alex recorrieron de la oreja al cuello de Gavin, deslizó la mano por su cuerpo, aferró su palpitante masculinidad y notó su ardor a través de la tela del pantalón. El capitán dejó escapar un jadeo y la tensión de su mente se trocó en la de su cuerpo.

Lo acarició siguiendo el ritmo de su boca impaciente y su propio deseo se disparó cuando quedaron envueltos en una sensualidad abrasadora. Deseosa de mayor intimidad, Alex desabrochó los botones del pantalón y lo aflojó para introducir la mano y acariciar el sedoso ardor de su carne desnuda. Gavin gimió roncamente y se adaptó a la presión de la mano de su esposa.

Alex lo provocó con voluptuosa lentitud, aceleró el ritmo, lo redujo y volvió a acrecentarlo hasta que se derramó. Gavin le apoyó los brazos en las costillas mientras pronunciaba su nombre. Situado entre su esposa y la puerta se relajó gradualmente tras la intensa descarga y se aferró a Alex como si fuese su cuerda de salvamento.

La pasión del capitán resonó en ella como la rompiente y la dejó sin aliento. Se sintió poderosa e inmensamente feliz de haberle proporcionado semejante satisfacción.

Gavin hundió la mejilla en la melena de Alex y reconoció con tono ronco:

—Tienes una gran capacidad para distraerme.

Alex rió y se regodeó por la intimidad compartida y por lo absurdo de los cuerpos enredados y apoyados en la puerta.

—Intentaré mejorar.

—Encantado. —Aflojó el abrazo, cogió un pañuelo y se lo entregó. Mientras Alex lo utilizaba, Gavin recorrió lentamente con sus grandes manos la espalda, la cintura y las caderas de su esposa—. En este momento ni siquiera recuerdo por qué me desagradan los lores.

El capitán le cogió los pechos y acarició los pezones con los pulgares. Al principio la presión ligera alivió su cosquilleante suavidad. Gradualmente provocó el efecto contrario. La sensibilidad de sus pechos fue en aumento y en sus senos se desencadenó un escozor ardiente y fluido, como si se estuviese derritiendo. Se alegró cuando Gavin deslizó la mano por la pechera del vestido y descendió hasta el fervoroso punto de unión de sus muslos. Sí, así, esa presión era exactamente lo que necesitaba...

Gavin le levantó las faldas. Sin pretenderlo Alex se tensó. Pensó que era francamente penoso que ocurriese justo ahora que todo iba tan bien. Se habría echado a llorar cuando los gélidos zarcillos del pánico sofocaron el deseo.

Extraordinariamente atento a su reacción, Gavin le soltó la falda y volvió a apoyar la mano donde la había tenido antes, separada de las carnes vulnerables por varias capas de enaguas. El miedo de Alex menguó, volvió a relajarse y disfrutó del ritmo sensual de esas caricias. Separó las piernas para que Gavin la tocase con más empeño y profundamente. Ah, sí, claro que sí...

Se llevó una sorpresa cuando sus caderas se estremecieron involuntariamente. Se apretó contra la mano de su marido al tiempo que oleadas de fervorosa satisfacción la recorrían de la cabeza a los pies. Sorprendida y algo avergonzada, Alex mordió la hombrera de su marido y clavó los dientes en la lana mientras se tragaba el grito que amenazaba con escapar de su boca.

El extraño ataque pasó y la dejó tan floja que, de no haberse apoyado en él, se habría desplomado.

—Lo lamento —murmuró sin llegar a entender del todo su reacción desbocada.

—¿Qué es lo que lamentas? ¿Te avergüenzas de sentir placer? —Gavin la cubrió de cariñosas caricias—. Somos marido y mujer. ¿Acaso no tenemos derecho a deleitarnos con nuestros cuerpos?

Alex respiró hondo e intentó calmar su nerviosismo.

—¿Mi reacción ha sido... ha sido normal?

—Totalmente normal, es el equivalente femenino de lo que experimentamos los hombres.

—No sabía... no sabía que fuera posible. —Su mundo dio varias vueltas y se reorganizó. A pesar de que se había sobresaltado al perder el control del cuerpo el resultado había sido diabólicamente gratificante. Deseaba volver a sentir lo mismo, pero ahora sabiendo lo que ocurriría—. Siempre disfruté con las relaciones conyugales, pero esta vez ha sido... ha sido distinto, más intenso.

—Las mujeres son más complejas que los hombres y suelen disfrutar de la intimidad a diversos niveles. Tanta intensidad es normal cuando un matrimonio se lleva bien.

Aunque el tono de Gavin fue pragmático, Alex percibió el fondo de profundo regodeo masculino por haber sido él quien le había dado a conocer aquel impetuoso crescendo y la embriagadora descarga final.

Alex siempre se había considerado una mujer sana y normal que disfrutaba en el lecho matrimonial. Los besos y la impaciencia de Edmund por ejercer sus derechos maritales la habían llevado a sentirse atractiva y deseable; también había disfrutado con las sensaciones físicas de los momentos íntimos, pero hasta entonces desconocía que le faltaba una dimensión física. Por primera vez comprendió las misteriosas sonrisas que en ocasiones algunas mujeres esbozaban cuando se referían a sus maridos y las razones por las que algunas de ellas preferían abandonar la respetabilidad a cambio de un amante.

De haber sido más apasionada, ¿habría evitado que Edmund se descarriase? ¿Se había liado con la criada porque físicamente se llevaba con ella mejor que con su esposa? Tal vez acababa de encontrar la explicación que había estado buscando. Edmund se había equivocado al romper sus votos matrimoniales, pero a Alex le resultó más fácil entenderlo.

Se le hizo un nudo en la garganta y ocultó su rostro en el hombro de Gavin mientras lamentaba las oportunidades desaprovechadas durante su primer matrimonio. El capitán interpretó erróneamente su reacción y musitó:

—Querida, no todo está perdido entre nosotros. No sabes cuánto me alegro.

Alex también se alegraba. Lo que acababan de hacer le permitió acercarse más que nunca a Gavin. Pensaba que estaba definitivamente anulada su capacidad de ser una compañera erótica bien dispuesta. La comprensión y la delicada manera de hacer el amor de Gavin abrieron un nuevo camino hacia la intimidad, un sendero muy distinto al de sus experiencias anteriores.

Se trataba de una nueva senda abierta al futuro y a nuevas posibilidades, tal vez incluso a la probabilidad de volver a ser una esposa complaciente.

24

Por la mañana, al despertar, Gavin tuvo que pensárselo dos veces para saber si había soñado los curiosos acontecimientos de la víspera. Pues no, le habían comunicado realmente que era heredero de un condado y el apasionado encuentro con Alex había sido demasiado intenso para tratarse de un sueño. Le bastó evocarlo para excitarse inmediatamente.

Lanzó una suave maldición, se levantó y lamentó que su esposa y él no compartiesen el lecho y poder darse la vuelta para despertarla con besos y toda clase de mimos. Todo se andaría, siempre y cuando tuviese paciencia. Claro que, a medida que la intimidad iba en aumento, le resultaba cada vez más difícil ser paciente. Era más llevadero anular por completo el deseo que vivir con la certeza de que podía satisfacerlo.

Como era demasiado temprano para desayunar Gavin se afeitó, se vistió y se preguntó si la condición de conde lo obligaría a solicitar los servicios de un condenado ayuda de cámara. Esperaba que no fuese necesario.

Tomó asiento y preparó la lista de lo que necesitaba en el nuevo despacho. Trabajó hasta que alguien llamó a la puerta y entró una silenciosa criada con una bandeja con la tetera y *scones* recién hechos. Se dispuso a hacer una pausa y dijo a la criada:

—Me ocuparé de llevarle el desayuno a mi esposa.

La joven lo miró con complicidad y le entregó la bandeja.

Gavin la sujetó con una mano y abrió la puerta que conectaba los dormitorios. Cuando entró vio que Alex se daba la vuelta. Estaba medio dormida y la larga trenza oscura le caía provocativa sobre el hombro cubierto por el camisón de muselina. Hizo una pausa y, antes de cerrar la puerta, pensó en la sangre fría que tendría que mantener para defenderse de los apacibles placeres de la charla íntima.

—¿Estás preparada para beber la primera taza de té?

—Desde luego.

Alex bajó la mirada al tiempo que se sentaba con la espalda apoyada en las almohadas. La noche anterior, durante la cena, apenas lo había mirado. Probablemente los Ashburton y los Kenyon pensaban que se habían peleado.

Gavin le dio un beso ligero y nada amenazador en la mejilla, dejó la bandeja sobre la cama y sirvió sendas tazas de té. Cogió la suya, se sentó a los pies de la cama y apoyó la espalda en uno de los postes de madera maciza. Tras beber un sorbo comentó:

—Daré orden de que envíen el té estrella de Elliott House a esta casa. El que tomamos no está mal, pero los he catado mejores.

Alex probó el suyo.

—Te tomo la palabra, aunque para mí está delicioso.

La ventaja de que permaneciese cabizbaja consistía en que Gavin podía admirarla cuanto quería. Se preguntó si alguna vez se cansaría de contemplar su marcado perfil o las curvas femeninas que poco a poco se redondeaban. Probablemente podría observarla hasta el final de los tiempos.

—Dado que ya tenemos casa, ¿cuánto tiempo necesitas para acondicionarla y mudarnos?

—¿Tan impaciente estás?

—Me temo que sí. Tu familia me cae muy bien, pero no quiero quedarme indefinidamente en Ashburton House.

—Te comprendo. Adoro a mi madre y a mi tía, pero vivir aquí me devuelve a la infancia. —Partió un *scone* por la mitad—. La casa de Berkeley Square es muy amplia. ¿Podemos dedicar una de las habitaciones a la práctica de las artes marciales orientales?

—Es una idea estupenda. Suryo y yo necesitamos un sitio en el que practicar, de modo que resultará muy conveniente.

Alex bebió otro sorbo de té.

—Troth y yo hemos hablado de enseñar técnicas femeninas de autodefensa. No me refiero al *wing chun*, que exige una vida entera de estudio, sino a parte de los movimientos y las formas de pensar que Troth me ha enseñado. Saber que es posible plantar cara a un ataque supone una gran diferencia.

Estaba claro que Alex canalizaba la furia de los malos tratos sufridos intentando ayudar a otras mujeres. Se preguntó qué pensarían los hombres de Londres cuando Alex enseñase técnicas de lucha a sus esposas e hijas.

—Es una idea excelente. Saber luchar nos vuelve más fuertes y seguros de nosotros mismos; en ocasiones es lo único que necesitas para ganar la batalla. —Gavin sirvió más té—. ¿Piensas volver a mirarme o mantendrás indefinidamente esta extraña mirada recatadamente baja?

—Lo siento, todavía no me he recuperado de lo que ocurrió ayer. —Alex levantó la cabeza con las mejillas arreboladas—. Al igual que te sucedió a ti un rato antes, a mí también me cambió la visión del mundo.

Gavin confirmó la suposición de que, aunque había disfrutado con la intimidad física, el primer matrimonio de Alex había sido muy poco apasionado. O quizás su marido había sido mojigato o tonto.

—La pasión cambia el mundo y con la persona adecuada se convierte en un don precioso y de un valor incalculable.

Alex se dedicó a deshacer el *scone*.

—Comienzo a intuirlo.

Gavin se preguntó cuánto tiempo tardaría su esposa en verlo como un posible objeto de pasión. A pesar de que había respondido a las caricias sus miedos seguían creando una barrera.

—Tengo una hipótesis y me gustaría que me dijeses si estoy en lo cierto. Me parece que lo que más te atemoriza del coito es quedar atrapada, sentirte aplastada y desvalida por culpa del peso del cuerpo del hombre.

Alex alzó bruscamente la cabeza y palideció. Tras un largo silencio murmuró:

—Creo que tienes razón. La mera idea me aterroriza. Tengo otros miedos, pero ese es el peor.

—Existen muchas posturas para hacer el amor.

Alex abrió la boca y la cerró, con expresión incómoda pero llena de curiosidad.

—Capitán, no me des ideas...

—Es exactamente lo que me proponía. —Le dirigió una sonrisa provocadora—. Estoy dispuesto a someterme a todos los experimentos que se te ocurran.

Alex clavó la mirada en el *scone* deshecho, pero en esta ocasión sus labios esbozaron una sonrisa reflexiva.

Contento de haber organizado rápidamente el despacho, caía la tarde cuando Gavin regresó a Ashburton House. El mayordomo lo hizo pasar y se topó con una mujer mayor y atractiva que acababa de dejar su tarjeta de visita.

La mujer se volvió y contuvo el aliento sorprendida.

—¿Es usted el nuevo conde de Seabourne?

—Disculpe, ¿cómo dice? —preguntó alterado.

—Perdone, he ido demasiado rápido. —La mujer extendió la mano—. Soy lady Jane Elliott Holland, tu tía. ¿Puedes concederme unos minutos?

¿Su tía? Gavin se dio cuenta de que la mujer tenía el tono de piel y la estructura ósea que caracterizaba a los Elliott, por lo que respondió:

—Desde luego. Riggs, ¿dónde podemos hablar?

El mayordomo los acompañó a una de las pequeñas salas de recepción, se retiró y aseguró que enviaría algo de beber. En cuanto tomaron asiento Gavin explicó:

—Disculpe si parezco descortés, pero todavía no me he acostumbrado a los títulos y a los parientes. —Estudió el rostro definido de la mujer y la cabellera salpicada de canas plateadas—. ¿Por qué supone que soy quien digo ser?

La mujer lo observó con el mismo interés y replicó:

—James era mi hermano preferido. Nos vimos una vez, pero eras demasiado pequeño para recordarlo. Sin que mi padre se enterase visité a tu madre en Aberdeen. ¿En alguna ocasión te habló James de mí?

De pronto en la mente de Gavin se formó una frase: «Jane es la única persona de la familia que merece la pena». Parpadeó a medida que afloraron otros comentarios largamente olvidados.

—Creo que es la única integrante de la familia Elliott a la que mi padre quería.

—Lo eché muchísimo de menos cuando se marchó a América —reconoció con nostalgia—. Nos escribimos hasta que tus padres murieron. James estaba muy orgulloso de ti. Me contó por carta que navegabas con tanta destreza como un delfín, lo cual es la marca de un Elliott de los pies a la cabeza. Por si no lo sabes, el mar corre por nuestras venas. El título de Seabourne fue concedido por Isabel I a un antepasado corsario.

—No lo sabía —admitió Gavin, sorprendido de que la tradición marinera de la familia tuviese tanto arraigo.

—Te echaba de menos cuando te convertiste en marinero, pero le pareció mejor que adquirieses experiencia a las órdenes de otros capitanes. Como lo sabía supuse que no te habías ahogado con tus padres, pero no tenía pruebas y nadie quiso hacer caso de mis dudas, menos aún Phillip.

—Pero yo podría ser un impostor.

Lady Jane sonrió y se inclinó para seguir con el dedo una cicatriz tenue y casi invisible en la frente de Gavin, situada más o menos a tres centímetros de la línea del nacimiento del pelo.

—Estaba presente cuando te hiciste esa herida. Corrías tras el gato de la vicaría y te caíste de cabeza sobre las piedras rotas. El corte sangraba abundantemente, pero tu madre se lo tomó con mucha calma. Por cierto, tú tampoco te inmutaste. Siempre fuiste muy impetuoso.

Otro recuerdo encajó en su sitio; en este caso se vio a sí mismo llevándose la mano a la cabeza y la sangre que escapaba a través de sus dedos. Su madre había dicho: «Hijo mío, te quedará una cicatriz». Después otra mujer le dio caramelos para que sonriese tras vendarle la cabeza. Gavin se sintió embargado por el cariño, se puso en pie y abrazó a su tía.

—¡Eres la persona que me daba caramelos escarchados de violeta! Es lo más delicioso que he probado en mi vida.

—¡Lo recuerdas! —Lady Jane lo abrazó encantada—. Quiero que conozcas a mis hijos. Es una lástima que ahora no estén en Londres. El segundo, James, lleva el nombre de tu padre y es alférez de navío.

—Mi familia aumenta a pasos agigantados —comentó Gavin secamente mientras volvía a tomar asiento—. Y eso que todavía no he empezado a buscar a los Fraser de la rama materna.

—Como te casaste con un miembro de los Kenyon y los Penrose estás emparentado con la mitad de la nobleza británica.

Gavin parpadeó.

—¿Los Penrose?

—Es la familia de lady Catherine. Su linaje se pierde en la oscuridad de los tiempos... se trata de los terratenientes de Skoal, una isla feudal próxima a Cornualles. —Lady Jane sonrió—. A juzgar por tu expresión, apuesto a que tú tampoco lo sabías.

El capitán jamás conseguiría tenerlo claro.

—Empiezo a comprender los motivos por los que algunas personas tienen secretarios especializados en cuestiones sociales.

—Si quieres que te ayude a navegar por las aguas procelosas de la sociedad londinense bastará con que me lo pidas. —Su tía dudó—. ¿Puedo darte algunos consejos?

—Por favor —respondió más seco si cabe que poco antes—. Todos lo hacen.

Lady Jane no hizo caso de esa respuesta y aconsejó:

—Presenta un emplazamiento para ocupar inmediatamente tu escaño en la Cámara de los Lores. Cuanto antes resuelvas este asunto, mejor será para todos los involucrados.

—Me han dicho que se trata de un honor que no puedo rechazar —acotó Gavin con la esperanza de que su tía le dijera que estaba equivocado.

—Te han informado bien. Ahora eres Seabourne.

—¿Y si Phillip pone en duda mis derechos? Al fin y al cabo, es quien más tiene que perder.

—Tienes razón, pero no es tonto. En cuanto tenga las pruebas las aceptará.

El capitán dedujo que lady Jane probablemente tenía razón porque había sido su primo el que planteó la cuestión.

—Es posible que Phillip acepte las pruebas, pero le encantaría que le sirviesen mi cabeza en bandeja.

—Lo superará. Afortunadamente sólo han transcurrido seis meses desde que heredó, por lo que no tendrá demasiadas dificultades para volver a acostumbrarse a ser plebeyo. Supongo que a la larga se alegrará. Al igual que tu padre, Phillip se pone muy nervioso con el protocolo y con el ajetreo cotidiano de administrar tantas propiedades.

A Gavin le ocurría lo mismo, pero sospechó que no tenía muchas opciones. Se había convertido en Elliott, séptimo conde de Seabourne. La idea seguía sin gustarle ni un ápice, aunque empezaba a acostumbrarse.

Se abrió la puerta y la duquesa entró como una exhalación.

—Hola, Jane. Lamento interrumpir, pero Riggs me ha dicho que estabas aquí con Gavin.

Las mujeres se saludaron con sendos besos.

—Rosalind, soy su tía —explicó lady Jane y volvió a tomar asiento—. Como te puedes imaginar necesitaba ver hasta qué punto se parece a mi hermano y lo he animado a que reclame el título lo antes posible.

La duquesa se mostró reflexiva y al final comentó:

—Las cosas hay que hacerlas bien y sin pérdida de tiempo. Si su primo acepta la situación, el baile que quiero dar en su honor y en el de Alexandra servirá para anunciar su nueva condición.

—¡Excelente! Si el acto de presentación tiene lugar en Ashburton House nadie pondrá en duda su posición.

Gavin tuvo la sensación de que estaba en medio de un tifón sin velas ni timón cuando las mujeres iniciaron una animada conversación sobre las personas que debían asistir y el modo en que tenían que redactar las invitaciones.

—Ya no me necesitáis, ¿verdad?

—En absoluto —respondió la duquesa alegremente—. Por descontado que puede invitar a quien quiera. Como ya le he dicho, prepare la lista.

A Gavin se le ocurrió una idea perversa.

—Por favor, invite a sir y lady Pierce. —Al ver que la duquesa enarcaba ligeramente las cejas para darle a entender que no estaba de acuerdo, el capitán apostilló—: Conocí a Barton Pierce en China. No fuimos grandes amigos, pero excluirlo sería una descortesía.

A Pierce le sentaría fatal saber que Gavin era conde. Fue la única idea gratificante que se le ocurrió en relación con la condenada herencia.

En el bufete de Albert Finn —el abogado de toda la vida de la familia Elliott—, Phillip Elliott estudió la partida de nacimiento de Gavin, el certificado de matrimonio de sus padres y los restantes documentos que el capitán presentó como prueba de su identidad. También incluyó una declaración jurada de lady Jane Holland en la que sostenía que había reconocido la cicatriz de su sobrino y decía estar convencida de que Gavin era quien aseguraba. También estuvieron presentes Ashburton, lord Kenyon y el abogado de los Ashburton. Todo se hizo como correspondía.

Con expresión muy seria Phillip depositó los documentos sobre el escritorio.

—Milord, acepto su reivindicación. Abandonaré inmediatamente la casa condal.

Milord... Era la primera vez que lo llamaban así y la palabra lo atenazó como si lo hubiesen esposado.

—No es necesario que corras. Mi esposa y yo ya hemos alquilado una casa. —El capitán se dirigió a Albert Finn—: Lady Jane me ha comentado que Hurley Manor no está vinculado. —En cuanto Finn confirmó que así era, Gavin prosiguió—: Phillip, me propongo asignarte esa propiedad.

El duque y lord Kenyon asintieron para mostrar su aprobación y Phillip preguntó sorprendido:

—¿Piensas darme Hurley Manor? Es realmente muy generoso de tu parte.

Puesto que la finca incluía unos ingresos de tres mil libras anuales la propuesta era realmente desprendida. Gavin se puso en pie y le tendió la mano.

—No espero que me tengas un gran cariño, pero formamos parte de la misma familia y me gustaría que no fuésemos enemigos.

—No puedo culparte de estar vivo. —Aunque a regañadientes, Phillip estrechó la mano de su primo—. Pero ojalá te hubieras quedado lejos, muy lejos.

En las invitaciones al baile ofrecido por los Ashburton se proponía asistir para conocer a los nuevos lord y lady Seabourne.

25

Alex se deslizó hacia atrás e intentó recordar cómo se realizaba el movimiento denominado «brazos de nube». Oyó un ligero sonido, se volvió y vio que su madre había entrado en el salón de baile de Ashburton House y esperaba discretamente junto a la puerta.

—Lamento molestarte, pero tendremos que empezar a decorar el salón —dijo Catherine—. ¿Estabas ejecutando una especie de danza oriental?

—No es exactamente una danza. —Alex indicó a su madre que se sentara en una silla y se despatarró en un pequeño sofá duro y colocado en ángulo recto. Uno de los placeres de vestir túnica y pantalón orientales consistía en que podías repantigarte—. Verás, el tai chi es una técnica china de relajación. Estoy tomando clases con Troth... mejor dicho, con lady Wrexham. Pensé que, puesto que mañana por la noche se celebra el baile de tía Rosalind, era conveniente fomentar la serenidad.

—Durante tu estancia en aquellas tierras lejanas, ¿Oriente atrapó tu imaginación?

No se trataba de una pregunta fortuita. Alex reflexionó antes de responder.

—Los meses pasados en las islas incluyen muchas cosas que me gustaría olvidar, pero también vi fuerza y belleza. Troth me ayuda a comprender todo lo que Oriente tiene de singular y especial.

—Esa joven es extraordinaria. Me alegro de que seáis amigas. —Catherine vaciló—. Alexandra, ¿tienes problemas con Gavin?

Las palabras provocaron una sacudida que estremeció a Alex de la cabeza a los pies.

—¿Gavin no te cae bien?

—Me gusta muchísimo, pero no has respondido a mi pregunta. ¿Tienes problemas matrimoniales?

Alex jugó con el brazo del sofá, cuya tela estaba desgastada.

—¿Por qué crees que hay problemas?

—Ante todo, por tu incapacidad de responder directamente. —El tono de Catherine se suavizó—. Sé que lo has pasado... que en Oriente lo has pasado mal. Esas situaciones suelen tener repercusiones más adelante.

Su madre estaba enterada. Alex se sintió traicionada e inquirió:

—¿Gavin te ha contado lo ocurrido?

—No, pero cuando lo puse entre la espada y la pared reconoció que habías sufrido más de lo que cualquier mujer quiere ver sufrir a otra, sobre todo si se trata de su hija. —A Catherine le tembló la voz, pero se controló enseguida—. Hace años que eres adulta y que vives en el otro extremo del mundo, pero es posible que en este momento los consejos maternales te resulten útiles. Me preocupa que, por lo que he visto, haya tanta distancia entre Gavin y tú.

Alex se ruborizó al evocar la única ocasión en la que no había existido la menor distancia. Una parte de su ser anhelaba otro encuentro de esas características, si bien la intensidad y la falta de control le habían resultado aterradoras. Lo peor era saber hasta qué punto Gavin ansiaba volver a compartir esa intimidad. Aunque no había dicho nada, Alex era consciente de la presión de su deseo y temía lo que ocurriría si la pasión volvía a desatarse.

—Ha habido... algunas dificultades, pero ha tenido mucha paciencia conmigo.

—No me parece la mejor manera de describir a tu marido. ¿Por qué te casaste con él?

Sorprendida por la franqueza de la pregunta, Alex respondió con la misma sinceridad:

—Porque me sentía débil y desesperada y fue generoso hasta el punto de ofrecerme el amparo de su apellido. Reconozco que no son las razones más sólidas para contraer matrimonio, pero todos no tenemos la misma suerte que el coronel y tú.

Catherine tensó los labios.

—¿Crees que es una cuestión de suerte? Alexandra, un buen matrimonio se consigue a base de esfuerzo, lo cual es más cierto si cabe en lo que se refiere a la intimidad física. Aunque no sufrí como tú, tengo sobrados motivos para agradecer a Michael su paciencia y amabilidad. Mi querida hija, confía en tu marido aunque te parezca que te estás lanzando al vacío. La confianza es la base de un buen matrimonio... más que la pasión e incluso más que el amor.

—¿Confiaste en mi padre? —preguntó Alex a la defensiva.

Catherine titubeó mientras buscó las palabras para responder sin calumniar a su primer marido.

—Aunque era un hombre muy valeroso y consciente de sus obligaciones Colin no estaba hecho para el matrimonio. Gavin no tiene nada que ver con Colin. Es como Michael, la clase de hombre capaz de ir al infierno y volver por la mujer que ama, pero tú también tienes que poner de tu parte y eso significa correr riesgos. Arriesga tu orgullo, tu corazón y tus sueños. Es la mejor manera de que la suerte se cruce en tu camino.

Alex encogió las piernas, las rodeó con los brazos y se sintió como la niña que había sido cuando su madre conoció al coronel en medio del tumulto de Bruselas, antes de la batalla de Waterloo. Por aquellas fechas Michael era comandante, el padre de Alex estaba vivo y ella se llamaba Amy. ¿Cuántas cosas habían sucedido de que la pequeña Amy ni siquiera se había enterado? Más de las que ahora le apetecía saber, aunque suficientes para que su madre pudiese hablar con autoridad sobre los desafíos del matrimonio.

—Intentaré hacerlo mejor. Gavin merece más de lo que hasta ahora le he dado.

—Tesoro mío, tú también mereces más. —Catherine se puso en pie y abrazó a su hija—. Lo que te ocurrió mientras estuviste sometida a la esclavitud fue muy mala suerte o quizá una gran prueba para tu espíritu. No es un castigo por tus pecados. Fuiste la niña más intrépida que conocí y estoy segura de que, por muy aterrador que parezca, tendrás el valor necesario para hacer lo que debes.

Fue muy agradable que su madre confiase tanto en ella. El único problema consistía en que Alex no tenía la misma confianza en sí misma.

Ashburton House ardía de expectación ante el baile que estaba a punto de comenzar. Los espectadores se reunieron temprano en la plaza para ver a los rutilantes y solemnes invitados que no tardarían en llegar en sus lujosos carruajes, mientrasdel salón de baile llegaba el sonido discordante de los instrumentos a medida que los afinaban.

Una vez aceptado su sino, Gavin miró pesimista la imagen bien vestida que el espejo le devolvió.

—Parezco un pingüino acicalado. Hubble, ¿sabe qué son los pingüinos? Se trata de unas aves que viven en los lejanos mares del Sur y parecen vestir un ridículo traje de etiqueta.

—Milord, conozco esas aves. —El ayuda de cámara del duque, al que habían pedido que colaborase con el invitado de honor, se mostró imperturbable—. Son muy apuestos a su manera animal, del mismo modo que usted está muy elegante con su vestimenta de caballero.

—Agradezco el cumplido. Intentaré estar a la altura de las circunstancias.

Hubble inclinó la cabeza, se retiró y fue a ver si Ashburton necesitaba ayuda. Deseoso de ver a Alex, Gavin cogió un joyero y para anunciar su presencia llamó a la puerta que comunicaba con el dormitorio de su esposa.

Alex se miraba al espejo.

—¿Es demasiado tarde para huir a América en la *Helena* y evitar asistir al baile?

—Me temo que sí.

La mujer le dio la espalda al espejo y el capitán se quedó sin aliento, como si se hubiese golpeado con un palo que se balancea. El elegante vestido de seda azul tenía unas aberturas a través de las cuales se veían las enaguas de brocado blanco; el corpiño ceñido resaltaba la belleza de su figura y el escote habría mareado a cualquiera. Alex se había recogido ingeniosamente el pelo y lo había adornado con delicadas flores del invernadero de los Ashburton. Al verla le costó recordar a la mujer delgada y desesperada que había conocido en Maduri.

El repaso de Alex fue igualmente aprobador.

—Gavin, estás guapísimo. Por mucho que te desagrade pareces un conde de la cabeza a los pies.

—Y tú estás impresionante.

Alex desvió la mirada.

—¿Impresionante? Qué extraño. No sé por qué pensé que hoy acabaría relacionada con la esclavitud, la prostitución, el escándalo, el oprobio o cualquier otra característica de mi terrible y vergonzoso pasado.

Gavin tendría que haber previsto que esa noche el pasado pesaría mucho en los dos. Durante el baile reaparecería en la sociedad en la que se había criado y la gente la miraría con compasión, desagrado e incluso desprecio si llegaba a enterarse de lo que había padecido.

—Lo único que cuenta es que eres lady Seabourne. Nadie tiene por qué saber nada más. —El capitán cedió a la tentación y le dio un beso ligero porque no había tiempo para nada más. Alex tenía los labios fríos y las manos heladas—. Si alguien se entera de lo que te ocurrió... que lo cuelguen. No has hecho nada de lo que tengas que avergonzarte.

Alex sonrió insegura.

—Y maldito sea el que despierte tu instinto protector por ser desconsiderado conmigo. Gavin, no sabes cuánto te lo agradezco. Para mí es muy importante que lo sepas todo de mí y que me sigas mirando a los ojos.

El capitán habría dedicado el resto de la velada a contemplar esos ojos de color de aguamarina, magníficamente honestos y también vulnerables.

—La gratitud es mutua. Cada uno sabe tanto del otro que el matrimonio era la única solución.

Alex rió al oír ese comentario.

—En ese caso el destino se ha portado bien con nosotros. Subiré a mostrarle el vestido a las niñas. ¿Quieres acompañarme?

—Sí, pero antes quiero darte algo. —Le entregó el joyero—. Compré las piedras en Ceilán la víspera de nuestro casamiento y las hice engastar en Londres. Considéralo un tardío regalo de bodas.

Cuando abrió el joyero y vio el collar, los pendientes y la pulsera de destelleantes zafiros Alex dejó escapar una exclamación de auténtica sorpresa.

—¡Son maravillosos! No sé... no sé qué decir.

—Si te atreves a mencionar que no te los mereces me resultará imposible resistir la tentación de pegarte en el trasero. —Sacó el collar del joyero—. ¿Quieres ponértelos esta noche?

—¡Qué bien me conoces! —Esbozó una sonrisa mientras se quitaba el collar de perlas que su madre le había prestado—. Me encantaría llevarlos. Combinan a la perfección con mi vestido.

—Los escogí para que hiciesen juego con el color de tus ojos, pero no hay ningún zafiro que tenga ese matiz verdoso. —Gavin se situó detrás de Alex para abrocharle el collar y apoyó las manos en sus hombros desnudos—. Los pimpollos que luces en la cabellera son exquisitos, lo mismo que tú. —Le besó la nuca, por encima de las chispeantes piedras.

Alex se estremeció, no precisamente de repulsión.

—Gavin, tienes la extraña capacidad de lograr que una mujer se sienta hermosa.

—No digo más que la verdad. —La cogió suavemente del brazo—. Deslumbremos a las niñas antes de que empiece la parte más difícil de la velada.

Se dirigieron a la planta superior, donde las primas celebraban una fiesta con una selección de las mismas exquisiteces que servirían durante la cena. Cuando entraron, las niñas dejaron de lado los pastelitos de langosta y las tartitas de queso para admirar a los visitantes.

—¡Mamá, pareces una princesa de cuento de hadas! —exclamó Katie con los ojos muy abiertos.

Alex se echó a reír.

—Me alegro, pero dentro de diez años brillarás más que yo.

—¡Eso es imposible!

Anne Kenyon, la pequeña hermanastra de Alex, opinó:

—Katie, como eres rubia te parecerás a un hada de cuento. Como la tía Rosalind.

—Mamá fue actriz, lo que es mucho más interesante que ser princesa de un cuento de hadas —declaró con firmeza lady Maria.

Las niñas iniciaron una acalorada discusión sobre los méritos de las hadas, las princesas y las actrices, por lo que Alex besó a su hija y bajó con Gavin al salón. Justo antes de presentarse en público Alex se detuvo rígida, como si de nuevo considerase la posibilidad de huir.

—Querida mía, a la brecha —musitó Gavin.

—Los primeros soldados que atraviesan un muro en el que se ha abierto una brecha son los que invariablemente mueren.

El capitán lamentó que se hubiese tomado tan literalmente sus palabras.

—Me parece que, más que a los invitados, a lo que le temes es a lo que has cambiado. La velada no será tan terrible como crees.

Alex se humedeció los labios con la lengua.

—En cierta ocasión el coronel me dijo que los acontecimientos que más nos asustan nunca son tan malos como imaginamos.

—¿Es posible que tanto el coronel como yo estemos equivocados? —dijo Gavin.

—Espero que no.

Alex entró en el salón con la cabeza muy alta.

Por fortuna durante la recepción de los invitados no hubo posibilidades de intercambiar más que amables saludos. Los asistentes miraron a Gavin con curiosidad y algunos le dieron el pésame por la muerte de su abuelo. Varios se interesaron por sus tendencias políticas y un anciano vizconde le preguntó directamente si era conservador o *whig*. Gavin eludió la pregunta, pues de haber respondido francamente el pobre individuo habría sufrido un ataque de apoplejía.

Phillip Elliott se presentó temprano.

—Me alegro de que hayas venido —dijo Gavin.

El joven enarcó las cejas.

—No hay que permitir que los chacales vean las heridas.

Esa sutil ironía apuntaba a que Phillip ya había superado la sorpresa y estaba en vías de recuperación. Sobreviviría. Era una pena que cuando era más joven no lo hubiesen incorporado a la marina o a otra profesión útil. De haber realizado un trabajo honrado ahora sería mejor persona... Gavin se dio cuenta de que era una idea muy estadounidense. En Gran Bretaña consideraban que ser caballero era un oficio a tiempo completo.

A su lado Alex recibió los saludos de personas que conocían mucho a su familia y que la habían tratado desde niña. Había conseguido ocultar la angustia de hacía un rato y se convirtió en la personificación del encanto y la amabilidad. Era hija de su madre y mucho más condesa que Gavin conde.

Gavin recibió una sorpresa muy agradable cuando conoció a un ágil individuo de edad madura y brillo irónico en la mirada.

—Soy Markland —declaró con ligero acento estadounidense—. Bienvenido a la Cámara de los Lores, donde hacen falta más radicales habitantes de las colonias.

Gavin le estrechó la mano.

—¿Cómo sabe que soy un radical habitante de las colonias?

Markland rió entre dientes.

—Mi esposa es la hermana melliza de la mujer de uno de los amigos de su suegro. Al más alto nivel Londres es una ciudad tan pequeña como Boston. Tal vez oyó hablar de mí por mi verdadero nombre, que es Jason Travers.

—¡Desde luego! —exclamó Gavin—. Usted y yo nos dedicamos a lo mismo. En los círculos navieros bostonianos lo tienen por un personaje legendario y lo llaman el conde yanqui.

—Cuenta con mi beneplácito si quiere repetir el mote. Dirijo mi empresa desde Liverpool y envío a mis hijos a Harvard para que les corrompan las ideas radicales estadounidenses. —Markland se puso serio—. Aquí avanza el movimiento reformista: la emancipación de los católicos, el fin de los peores abusos electorales, las leyes que impiden que los niños mueran trabajando en las fábricas. Supongo que votará con nosotros a favor de todos esos proyectos.

—Por descontado. ¿Hay alguien que no lo haga?

—Se sorprendería si viera la cantidad de hombres que no ven más allá de sus egoístas narices. Poco a poco la democracia y la compasión avanzan incluso en Inglaterra.

Gavin sonrió.

—Ha logrado que tenga ganas de pertenecer a la Cámara de los Lores. Tal vez pueda colaborar con algo realmente útil.

—Puede colaborar y colaborará. No dude en llamarme si alguna vez siente la necesidad de hablar con otro americano que también ha tenido conflictos con la clase dirigente británica. Podrá despotricar contra sus tratos con la compañía de las Indias Orientales mientras le hablo de la temporada que pasé en la cárcel flotante del Támesis. —Markland se acercó a Alex y espetó—: Niña traviesa, ¿por qué todavía no has venido a vernos?

—¡Tío Jason! —Alex se dejó rodear por los brazos del hombre, que le dio un entusiasta abrazo—. ¡No sabes cuánto me alegro de verte! ¿Dónde está tía Kira?

—Se ha quedado en casa porque no se encontraba demasiado bien. De todos modos me ha dado órdenes precisas de que te invite al té que ofrece la semana que viene.

Gavin sonrió con ironía al recibir más pruebas si cabe de que Alex estaba vinculada con casi toda la nobleza británica, ya fuera por lazos de sangre o por amistades familiares de larga data. Como mínimo aparecieron dos antiguos pretendientes, que la saludaron calurosamente antes de presentar a sus esposas. Todo fue muy agradable y la realidad hizo añicos las expectativas pesimistas.

Las presentaciones estaban a punto de tocar a su fin cuando Gavin se volvió hacia el siguiente invitado y se encontró cara a cara con sir Barton Pierce. Alto y ancho, en Londres Pierce había prosperado y aumentado de peso al tiempo que se cargaba de presunción. Le ofreció la mano y dijo zalamero:

—Lord Seabourne, encantado de conocerlo. Deseaba hablar con usted... —Se quedó petrificado al reconocer al hombre al que estaba saludando.

Gavin le estrechó la mano con exagerada amabilidad.

—Pierce, me alegro de que haya acudido. ¿Prefiere que lo llame sir Barton?

—¿Cómo demonios ha llegado a convertirse en conde de Seabourne? —farfulló Pierce con mirada de sorpresa y contrariedad.

—De la manera más corriente que existe. Por el fallecimiento del conde anterior, mi abuelo. —Gavin se lo estaba pasando en grande—. Había algunas dudas sobre mi existencia, pero ahora ya están resueltas.

Pierce se recuperó y espetó:

—Dado que es lord no debería mancharse las manos con el comercio. Si lo desea, le compraré gustosamente Elliott House por un precio razonable.

El capitán lanzó una carcajada.

—No está en venta. Conozco otro conde yanqui que ha conservado su empresa naviera y no hay motivos que me impidan hacer lo mismo. —Se dirigió a la mujer situada junto a Barton—. ¿Me equivoco si pienso que es lady Pierce? Por lo que me han contado en uno de sus viajes encontró una bella esposa, pero los rumores no le han hecho justicia.

Habló sin faltar ni un ápice a la verdad. Lady Pierce era una rubia menuda, exquisita, preciosa y con un rostro y una figura que alcanzaban la perfección clásica. La mujer extendió la mano con sonrisa impostada.

—Es usted demasiado amable. Supongo que también es la razón por la que nos invitaron a Ashburton House. Siempre he deseado conocer a los duques.

Sin duda quería conocerlos para adularlos. Gavin percibió que, bajo ese exterior angelical, la dama ocultaba la avidez de otros apetitos. Sir Barton Pierce y su esposa compartían ambición y codicia, y habían llegado a uno de los acuerdos matrimoniales más antiguos que existen: belleza a cambio de riqueza.

Cuando Gavin se inclinó sobre la mano de la mujer, Alex exclamó fríamente:

—¡Frederica, qué sorpresa!

Lady Pierce se quedó tiesa, tan sorprendida como lo había estado su marido cuando identificó a Gavin.

—¡Alexandra! ¡Desde luego que es una sorpresa!

Ambas mujeres sonrieron con toda la falsedad del mundo. Gavin recordó que Alex se había referido a una belleza de lengua viperina llamada Frederica y entonces dedujo que se trataba de esa misma mujer.

—Somos viejas conocidas de Sidney, pero no nos hemos visto desde que Barton me sacó de Australia y me trajo a Inglaterra. —Frederica Pierce miró a Gavin de soslayo—. Querida, qué bien te ha tratado la vida —declaró con un tono que daba a entender que era un milagro que alguien quisiera casarse con Alex.

—Frederica fue la belleza más aclamada de Nueva Gales del Sur —explicó Alex a Gavin—. Todo el mundo lloró cuando se casó y abandonó Sidney. Había olvidado el nombre de tu marido. Desde tu boda ha corrido mucha agua bajo los puentes.

La expresión de Frederica se demudó.

—Eso me han dicho. Uno de los capitanes de Barton acaba de atracar en Londres y ha contado una historia extraordinaria. Querida, ¿es verdad que en Insulindia te esclavizaron y te vendieron al harén de un sultán de Borneo por tu peso en oro?

Alex se puso blanca como el papel. Gavin intentó salvar el sobresaltado silencio de su esposa mediante una risilla.

—Los cuentos de los viajeros siempre son más espectaculares que la verdad. Tal vez debería olvidar esa historia exageradamente romántica. —Con actitud posesiva apoyó la mano en la cintura de Alex—. Hemos disfrutado del reencuentro con amigos de hace muchos años pero, como ya hemos cumplido con nuestro deber, me gustaría bailar un vals con mi esposa. Lady Pierce, ha sido un placer conocerla. —Hizo una inclinación respetuosa antes de llevarse a Alex.

La música ya había empezado a sonar, por lo que Gavin se puso a bailar con Alex en cuanto llegaron a la pista.

—Me pareció mejor alejarte de ella antes de que cometieras un asesinato.

Alex respiró temblorosa.

—¡De todos los habitantes de Londres tiene que ser justamente Frederica la que se entere de lo que me ocurrió! Es una mujer terrible. Aunque es verdad que cuando se casó y abandonó la colonia los hombres la lloraron, lo cierto es que las mujeres soltamos un gran suspiro de alivio. Es la persona más fría y egoísta que conozco y no le costaría nada destrozarme por puro rencor.

—Su marido tiene conexiones en Oriente, pero no destacan por su exactitud. Esa mujer no sabe lo que realmente ocurrió ni tiene por qué enterarse.

—¿Y si algún tripulante de la *Helena* se emborracha en una taberna del puerto y cuenta el episodio? —El rostro de Alex destacaba por su palidez, que contrastaba con la melena oscura.

—Aunque así fuera, sólo Suryo y yo lo sabemos todo y no hablaremos. —El capitán suavizó el tono—. Además, ¿qué importa si sabe la verdad? Frederica Pierce no tiene poder para hacerte daño. Eres tú la que cuenta con amistades y parientes leales y poderosos; en comparación, esa mujer no tiene nada que hacer.

—Y, dado que yo tampoco puedo hacer nada para impedir que hable, lo mejor será que no me preocupe. —Alex se obligó a relajarse—. Como siempre acaban por detestarla, supongo que las mujeres no se tomarán en serio sus chismorreos. Por otro lado, los hombres se tragan todo lo que dice.

—No todos... Te aseguro que cualquier hombre con dos dedos de frente guarda las distancias. Posee el encanto letal de una viuda negra. —Gavin sonrió—. Deberíamos alegrarnos de que cónyuges tan perfectos se hayan encontrado.

La expresión de Alex se trocó en sonrisa.

—Ya no es necesario que administres justicia con relación a Pierce. Frederica es su castigo.

Aunque no era cierto, Gavin ya no tendría que preocuparse de la posibilidad de hacer daño a miembros inocentes de la familia Pierce. Por su parte, la hermosa Frederica no tenía nada de inocente.

26

Cuando terminaron de bailar el vals Alex había recuperado totalmente el dominio de sí misma y cada uno se fue por su lado para dialogar con otros invitados. Gavin compartía un baile campestre con su suegra cuando reparó en que Pierce hablaba con Phillip. La charla denotaba una tensión que hizo sonar campanas de alarma.

Una vez terminado el baile el capitán acompañó a Catherine hasta donde se encontraba lord Kenyon. Tras casi veinte años de matrimonio seguían reservando una pieza sí y otra no, lo que a Gavin le resultó encantadoramente romántico. ¿Alex y él serían así dentro de veinte años o les resultaría imposible crear un vínculo más profundo y se sumirían en el aislamiento solitario?

Como no estaba dispuesto a proseguir con esas reflexiones se concentró en abrirse paso por el salón de baile lleno a rebosar. Cuando llegó junto a su primo vio que Pierce se había alejado y que Phillip contemplaba a los bailarines con el ceño fruncido.

—Veo que conoces a Barton Pierce —comentó Gavin sin darle demasiada importancia a la cuestión—. Se sorprendió de verme aquí. Nos conocimos en Oriente.

—Es un individuo insufrible —declaró Phillip con acritud—. Parece un hongo que todo lo invade. Desde que he dejado de ser conde se ha vuelto muy descortés. Probablemente se deshizo en halagos hacia ti.

—No lo creas. Nunca fuimos amigos. —Ese comentario era todo un eufemismo—. ¿Tienes negocios con él? En ese caso, agarra firmemente la bolsa.

—Lamentablemente no lo he hecho. —Phillip pareció dudar, pero decidió seguir hablando—: Puesto que hasta cierto punto te afecta te lo explicaré. Me comprometí a recomendarlo para el escaño de los Seabourne en el Parlamento y nuestro distrito es lo bastante chapado a la antigua como para que el apoyo del conde garantice la elección. Está muy contrariado porque ya no puedo proporcionarle lo que le prometí.

Por añadidura, Pierce sabía perfectamente que el nuevo conde no respetaría semejante acuerdo. Gavin leyó entre líneas e inquirió rápidamente:

—¿Manifestó su gratitud por adelantado, con regalos o préstamos, y ahora reclama su devolución?

—¿Y qué pasa si es así? —Phillip se enfadó y se puso a la defensiva—. Está capacitado para ser parlamentario y no me pareció mal apoyarlo.

Gavin se contuvo.

—Al principio parece honesto, pero es un hombre sin escrúpulos. Yo no lo elegiría para que colabore en el gobierno del país. Si le debes dinero te lo prestaré en mejores condiciones que las que Pierce te ha ofrecido a fin de que se lo devuelvas.

Phillip estalló colérico:

—¿Con qué derecho te atreves a decirme cómo debo resolver mis asuntos? Eres el cabeza de la familia Elliott, pero no tienes autoridad sobre mí.

Gavin se dio cuenta de que iba por mal camino y acotó:

—Discúlpame. Está claro que no tengo autoridad sobre ti. Sólo pretendía transmitirte que Pierce puede resultar una persona complicada. Si necesitas ayuda...

—Primo, eres realmente muy amable, pero no necesito tu ayuda ni ahora ni nunca. Si me permites... —Phillip se alejó como un gato enfadado.

Gavin lo observó inquieto y con la esperanza de no haber creado una alianza entre dos individuos que lo odiaban.

Troth se refrescó con un abanico chino de marfil y comentó:

—Te veo mucho más contenta que al comienzo del baile.

Alex sonrió.

—Temía haber cambiado irremediablemente y que de un vistazo todos se dieran cuenta. Aunque soy una persona muy distinta a la chiquilla que partió de Londres, lo cierto es que todos han sido tan amables que me cuesta recordar por qué estaba tan ansiosa.

—Tal vez porque te preocupas demasiado por lo que piensan los demás. Descubrí la libertad cuando seguí los consejos de mi marido y dejaron de importarme las opiniones ajenas. Dado que nunca seré una inglesa de una pieza puedo acobardarme con la esperanza de no molestar o reírme de los que me desean lo peor y considerarlos patanes de miras estrechas. —Troth soltó una risilla—. Me decanté por la segunda opción y descubrí que Kyle tenía razón. Ahora me consideran una gran belleza y una excelente anfitriona, simplemente porque esas cuestiones ya no me preocupan. Es una verdadera ironía.

—Siempre me he tenido por independiente y algo rebelde, pero tal vez tienes razón —reconoció Alex lentamente—. La opinión de los demás me afecta.

Se había sentido más libre cuando sólo era una niña intrépida en España, pero al crecer en circunstancias más convencionales su cautela fue en aumento. Se había esforzado por no deshonrar a su madre ni al coronel.

Cuando acabó los estudios vivió momentos incómodos por haberse mostrado demasiado impetuosa o por no tener pelos en la lengua. Aunque sus padres fueron tolerantes con sus equivocaciones, a medida que el tiempo pasaba se cortó las alas a sí misma. Aprendió hasta dónde podía llegar para que la considerasen fogosa en vez de salvaje. Solía mantener el equilibrio, pero no siempre.

Uno de los motivos por los que había escogido a Edmund y Australia consistió en librarse de la preocupación constante de meter la pata. Pero acabó en una sociedad mojigata en la que permanentemente le recordaron que no debía deshonrar a su marido. Incluso después de enterarse de que su esposo tenía una amante había hecho lo imposible por ser una mujer intachable.

Pese a todos sus esfuerzos por resultar irreprochable, durante la travesía de retorno había quedado socialmente mancillada, aunque no era culpa suya. Decidió que había llegado el momento de dejar de preocuparse por cuestiones que estaban fuera de su control.

—Me has dicho cosas muy interesantes en las que pensar. Intentaré que la opinión del mundo no me afecte tanto.

—Como estudiante de tai chi y de *wing chun* ya te has internado por el camino de la excentricidad independiente —declaró Troth sonriente—. Cuanto más fuerte te sientas, más sencillo te resultará no hacer caso de las habladurías.

Negarse a estar preocupada por la opinión del mundo eliminaría parte de sus miedos, lo que a su vez reduciría las barreras que la separaban de su marido. Paseó la mirada por el salón de baile y lo encontró enseguida gracias a su altura. Hablaba con dos mujeres mayores que lo contemplaban embelesadas. Gavin era tan apuesto que se quedó sin aliento... y le pertenecía, era suyo. Experimentó una oleada de pura lujuria, acompañada de sobresalto por haber tenido una reacción tan intensa. Estaba claro que el deseo se separaba del miedo...

—¿Alexandra?

Se volvió y se encontró con otro antiguo pretendiente de su época londinense. El hombre estaba muy guapo con el uniforme escarlata del regimiento.

—¡Mark! ¡Qué bien, ya eres comandante! ¡Enhorabuena! ¿Conoces a mi amiga, lady Wrexham? Troth, el comandante Colwell es un amigo de hace muchos años.

Troth y Mark se saludaron, pero el comandante concentró toda su atención en Alex.

—Alexandra, ¿quieres bailar conmigo? Hace doce años que espero para compartir otro vals contigo.

—Encantada.

La mujer sonrió, le dio la mano y comenzaron a bailar. Mark había madurado bien. Sólo tenía un año más que ella y en aquella lejana temporada en sociedad había sido un abanderado desgarbado y adorable. Ahora estaba más grueso y poseía la imponente presencia de los oficiales aguerridos. Alex había estado a punto de ceder a la tentación cuando Mark le propuso matrimonio —que te adorasen era muy gratificante—, pero no era más que un niño comparado con Edmund y, por añadidura, su regimiento se asentaba en Inglaterra.

—No sabes cuánto me alegro de volver a verte —aseguró Alex—. ¿Qué has hecho todos estos años, además de subir en el escalafón? ¿Te has casado? ¿Te has convertido en héroe?

—Ni lo uno ni lo otro. Tú has corrido muchas más aventuras. Me apenó saber de la muerte de tu esposo... y más todavía que te volvieras a casar. Ojalá hubieses esperado a regresar a Inglaterra. Así al menos habría tenido una oportunidad. —Su voz se volvió ronca—. ¡He tenido la desgracia de perderte dos veces!

Incómoda por la intensidad emocional del discurso de Mark, Alex comentó:

—Es imposible perder lo que nunca se ha tenido. Han transcurrido muchos años y ambos hemos cambiado.

—Los años te han vuelto más hermosa. Siempre has sido mi ideal de la gracia y el encanto femeninos. Y lo sigues siendo. —Su voz resultó casi inaudible—: Todavía estoy enamorado de ti.

Estaba claro que Mark se había dedicado a colocar en un pedestal a la mujer que sólo existía en su mente romántica.

—Agradezco que me tengas tanto aprecio, pero sospecho que no tardarías en descubrir que tu ideal y yo no nos parecemos en nada. Mark, nunca tuve nada que ver con ese ideal.

El comandante sonrió con cariño.

—Modesta además de hermosa.

¿Siempre había sido tan soñador? Alex llegó a la conclusión de que sí, pero en un joven de diecinueve años parecía una cualidad más natural.

—¿Conoces a mi marido? Si no es así te lo presentaré.

La expresión del comandante se demudó.

—Si me hubieras mandado llamar habría ido a Sidney para escoltarte hasta Londres. Te habría protegido del horror de lo que sucedió en Oriente.

Alex experimentó un escalofrío. Si Mark ya se había enterado de las calamidades que había experimentado era porque Frederica Pierce no había tardado en dedicarse al cotilleo. Recordó que no debía preocuparse y declaró sin darle la menor importancia:

—No creas todas las historias disparatadas que cuentan. La mayoría son falsas.

—¿No te viste obligada a casarte con un comerciante para salvar tu honor? ¡Alexandra, si me hubieras esperado! Por mucho que te hubiesen deshonrado habría sido feliz dándote mi apellido.

A medio camino entre la contrariedad y la irritación, Alex precisó con frialdad:

—Nadie me obligó a casarme con un comerciante. En cambio, tuve la suerte increíble de encontrar al marido más valiente y solícito que una mujer puede desear. —Se obligó a reír y apostilló—: En lo que a la deshonra se refiere, francamente no deberías hacer caso de los rumores.

—Lo siento —se apresuró a decir el comandante—. Está claro que eres demasiado honrada para faltar a la lealtad hacia tu marido. ¡Ojalá todo hubiese sido distinto!

—Comandante Colwell, ese comentario es totalmente inútil. —La música terminó y Alex se obligó a sonreír—. Me alegro de que hayas venido. Espero que te diviertas pero, si me disculpas...

Mark la cogió de la mano.

—¡Alexandra, perdóname! Te he ofendido y por nada del mundo pretendía hacerlo.

Alex se preguntó si para escapar tendría que pasar por un tira y afloja y experimentó un gran alivio cuando Gavin se materializó a su lado.

—Querida, creo que debemos dirigirnos al comedor. —Miró al individuo que estaba con su esposa—. Comandante, me parece que no nos han presentado. Soy Seabourne. ¿Es otro de los amigos de toda la vida de mi esposa?

Durante unos segundos Alex se preguntó si Mark haría algo melodramático, pero era demasiado educado para extralimitarse. El comandante estrechó la mano de Gavin y declaró:

—Me llamo Mark Colwell. Como ha deducido, Alexandra y yo éramos... nos conocíamos mucho antes de que se fuese a Oriente. —Daba la sensación de que pretendía mostrarse desdeñoso, pero la serena presencia de Gavin resultaba arrolladora—. Londres se ha enriquecido con su regreso.

—No me cabe la menor duda. —Gavin cogió del brazo a Alex con ademán delicado pero posesivo—. Cariño, por el salón de baile circulan unos rumores que te sorprenderían. El que más me gusta sostiene que te nombraron diosa de una tribu primitiva de Nueva Guinea.

Alex rió.

—Mark, ¿es eso lo que te han contado? ¡Ojalá fuese cierto! Siempre he soñado con ser reina, pero convertirse en diosa es todavía mejor.

Pensó que era mucho mejor que ser esclava.

Mark se ruborizó ligeramente.

—Estoy seguro de que serías una reina de fábula. Seabourne, encantado de conocerlo. —Cogió la mano de Alex y la besó—. Alexandra, confío en que pronto volveremos a vernos.

En cuanto el comandante se alejó lo suficiente para que no pudiera oírla, Alex murmuró:

—Gavin, gracias por salvarme. Mark ha dedicado doce años a convertirme en su ideal romántico. Y ahora resulta francamente aburrido.

—Si quieres que te sea sincero, vine al rescate del comandante Colwell. —La condujo hacia el comedor—. Parecías a punto de poner en práctica el *wing chun*.

—No había llegado a ese extremo, pero sólo faltaron cinco minutos —reconoció.

Alex seguía tensa cuando se sentaron a cenar. Una cosa era decir que no le importaba lo que opinasen de ella y otra muy distinta hacerlo realidad.

La duquesa de Ashburton aseguró que todo había marchado sobre ruedas y suspiró satisfecha cuando se retiraron los últimos invitados. Se fueron más temprano que en la mayoría de los bailes, ya que Rosalind era muy hábil para despedir a los invitados cuando le apetecía retirarse a sus aposentos.

—Todo ha sido perfecto. Muchísimas gracias, tía Rosalind.

Alex abrazó a sus tíos, cogió a Gavin del brazo y subieron la escalera rumbo a sus respectivos dormitorios. Como invitados de honor tuvieron que quedarse hasta el final. Sus padres se habían retirado discretamente hacía una hora.

Alex fue muy consciente de la fuerza del brazo de Gavin, de la serena protección que le había proporcionado toda la noche a pesar de que desconfiaba tanto como ella de esa celebración. El capitán se detuvo al llegar a la puerta del cuarto de su esposa, que lo hizo pasar. Una vez cerrada la puerta Alex se lanzó a sus brazos pues necesitaba el cálido consuelo de un abrazo.

—Me alegro de que haya terminado. Hemos sobrevivido. Milord, has tenido un éxito arrollador.

—Han sido muy indulgentes conmigo en virtud de que por matrimonio estoy emparentado con todas las familias de solera. —Le acarició la espalda y ese contacto la relajó y la revivió—. Supongo que estás agotada de tanto bailar.

—Podría dormir un día entero. —Alex suspiró y su alegría pareció esfumarse—. Me parece que Frederica Pierce se dedicó a divulgar rumores, pero hago lo que puedo para no preocuparme.

—Pronto circularán tantas historias contradictorias que ninguna parecerá verídica. Dentro de una semana la gente dirá que te nombraron almirante de la flota pirata china.

—Pues es mejor que la horrible verdad.

Alex hundió la cara en el hombro de su marido y se preguntó si sería capaz de expresar lo que pensaba.

El capitán le masajeó suavemente la nuca y le relajó los músculos en tensión.

—¿Qué te pasa?

Alex recordó las palabras de su madre: «Arriesga tu orgullo, tu corazón y tus sueños».

—Intento decidir si te invito a pasar la noche aquí sin que parezca que... sin que parezca que te propongo algo más.

—Me parece que lo has logrado. —El tono de Gavin era risueño—. Entre los pioneros de América hay una costumbre llamada «liar el hato». Como los desplazamientos eran complicados, las parejas que se cortejaban pasaban la noche en el mismo lecho, aunque separadas por una tabla o por mantas.

—¿Y esas parejas jóvenes se refrenaban? —inquirió, con expresión sorprendida.

—En la mayoría de los casos sí, aunque no siempre. La diferencia está en que nosotros somos adultos y podemos ser tan buenos como queramos.

—Lo has explicado perfectamente. De acuerdo, liemos el hato. Cerca pero sin excederse. —Se volvió de espaldas y añadió—: ¿Puedes deshacer los lazos del vestido? Estoy demasiado cansada para arreglarme sola.

Gavin buscó con dedos hábiles las cintas y los corchetes. A Alex le pareció muy íntimo y sensual que un hombre la ayudase a desvestirte al cabo de una larga jornada. También resultaba algo inquietante.

—Me prepararé para meterme en la cama. Cuando te reúnas conmigo probablemente estaré dormida.

Gavin le besó la nuca.

—Y yo me dormiré cinco minutos más tarde.

En cuanto el capitán fue a su dormitorio, Alex se desvistió a la carrera, se puso una camisa de noche de suave muselina bordada y se cepilló el pelo antes de trenzarlo. Ansiaba meterse en la cama y aparentar que dormía antes del regreso de Gavin, ya que su deseo de compartir la cama con él era apenas mayor que su nerviosismo.

Acababa de introducirse bajo las mantas y cerrar los ojos cuando el capitán entró sin hacer ruido. Tras apagar la lámpara Gavin se acostó y el colchón se hundió bajo su peso. Alex se puso tensa, pero se relajó al recordar que estaban separados por la sábana y la manta.

Gavin se tumbó de lado, le rodeó la cintura y preguntó:

—¿Te estás haciendo la muerta como las zarigüeyas?

¡Vaya con la simulación de que estaba dormida!

—¿Qué quieres decir?

—Las zarigüeyas viven en Sudamérica y son como una rata del tamaño de un gato.

Alex se estremeció.

—¿No puedo pensar en otra cosa? Las ratas me repugnan.

—De acuerdo. Piensa en un lento animal gris y de cola larga que se cuelga de las ramas de los árboles. Si se siente amenazada, la zarigüeya se enrosca y simula que está muerta con la esperanza de que el agresor se aleje y busque otro alimento más movido.

Alex dejó escapar una carcajada.

—¿Tengo que fingir que soy una rata y tú una amenaza?

—Ni más ni menos.

La mujer reparó en el tono pesaroso del capitán y preguntó:

—¿Verdad que sabes que no tiene nada que ver contigo?

—Claro que lo sé.

De todos modos, su tono contenía algo de nostalgia.

Alex se acurrucó junto a su marido y disfrutó de su calor y su compañía. En su presencia los músculos agotados de tanto bailar le dolían menos y el peso del brazo en su cintura no era tan intenso como para angustiarla. Como le resultaba más fácil hablar a oscuras explicó:

—La mitad del miedo que siento tiene que ver con sentirme atrapada. El otro cincuenta por ciento se refiere a... se refiere a la invasión de mi cuerpo.

—Entonces queda mucho espacio para maniobrar.

Gavin deslizó la mano hasta uno de sus pechos y lo contuvo. Trazó lentamente círculos con la palma y con inmensa suavidad le frotó el pezón a través de la tela delgada.

—Es agradable —musitó Alex—. Y te advierto que estoy demasiado cansada para reaccionar.

—Yo también.

El capitán le acarició relajadamente los pechos, como si mimara a un gato.

Alex se dio cuenta de que no estaba tan agotada como suponía. Las caricias de Gavin la llevaron a notar que otras zonas de su cuerpo estaban sorprendentemente despiertas. Se pegó a él.

La mano de Gavin descendió y llegó infaliblemente al sitio donde el ardor borró hasta la última huella de fatiga. El ritmo de la respiración de Alex cambió cuando su marido apartó el camisón y sus dedos firmes y conocedores rozaron ese punto húmedo y ardiente. Un poco más abajo... sí, exactamente allí...

En esta ocasión Alex reconoció la tensión creciente y la sensaciones que recorrieron su cuerpo. No rechazó el impetuoso apremio que anuló el pensamiento y la llevó a apretarse contra su mano mientras jadeaba.

—Oh, ah... —murmuró débilmente cuando consiguió hablar—. Y pensar que creía que estaba cansada. Ahora ya no puedo ni moverme.

Gavin rió entre dientes y dejó de mover la mano tras apoyarla en las partes más íntimas de Alex.

—Mi querida esposa, que descanses.

Aunque le habría encantado darse la vuelta y dormirse, Alex se percató de que probablemente Gavin no conciliaría el sueño con tanta facilidad. Deslizó la mano entre la ropa de cama y comprobó que su marido no estaba para nada relajado. Una vez confirmadas sus suposiciones le apartó la camisa de noche.

—No estás obligada a hacerlo —precisó tenso.

—Ya lo sé. —En cuanto retiró la molesta camisa rodeó con la mano la cálida y sedosa longitud de su masculinidad—. Me apetece.

Alex presionó experimentalmente.

Gavin jadeó.

—A este ritmo no tardarás mucho en conseguirlo.

Alex se encaramó sobre un codo y se dedicó a satisfacerlo tanto como lo había hecho él. Le resultó interesante comprobar que el órgano masculino no semejaba un arma cuando Gavin se tumbaba boca arriba y parecía vulnerable a cuanto le viniese en gana hacerle. Esa actitud requería confianza por su parte, del mismo modo que ella se había fiado mientras la acariciaba.

Su madre tenía razón: la confianza es la base de los buenos matrimonios. En su caso la capacidad de confiar en un hombre se esfumó cuando se convirtió en víctima, en objeto más que en compañera. Ahora esa confianza se reconstruía paso a paso. Gracias a Dios, al menos se había casado con un hombre que se la merecía.

Gavin llegó al clímax con un largo y ronco gemido y le aferró el brazo mientras se estremecía en su mano. Quedó encantada de proporcionarle una satisfacción tan intensa. Le resultó más gratificante de lo que jamás lo había sido tumbarse boca arriba.

Profundamente alegre, Alex volvió a apoyar la cabeza en la almohada y pasó un brazo por encima de su marido.

—¿Hemos sido tan buenos como queríamos?

—Sí —repuso roncamente el capitán—. A decir verdad, eres buenísima.

27

Alex miró distraída por la ventana de la sala en la que desayunaban. Esa mañana el jardín de la casa de Berkeley Square estaba envuelto en la bruma y los capullos estivales mostraban la belleza difusa de un cuadro chino. No reparó en la entrada de Gavin hasta que la besó en la mejilla.

—¿Estás pensando en cosas muy serias?

—En realidad, no. —Alex se volvió sonriente hacia el capitán—. Las últimas semanas han sido como un sueño. Hace un año me parecía imposible volver a ver Inglaterra y ahora tengo a Katie, una hermosa casa, un marido noble y... —Rió al ver que Gavin hacía una mueca de contrariedad—. Y por si fuera poco estoy junto a mi familia. Me cuesta reconocer la suerte que he tenido.

—En gran medida nosotros mismos creamos nuestra suerte. Si hubieses aceptado que tu situación era irreversible nuestros caminos no se habrían cruzado.

Gavin estaba en lo cierto al afirmar que, al final, su lucha por la libertad la colocó en una situación que le permitió liberarse. Había sido tan discreto que se abstuvo de mencionar el precio que Alex todavía pagaba por su intransigencia. De haber sido dócil seguiría viviendo tranquilamente con su primer amo y se habría resignado a una existencia extraña pero cómoda en un paraíso tropical. El intento de ser dueña de su destino la condujo a Bhudy y a la violación y esas heridas todavía tardarían mucho en cerrar.

Tras la primera noche siguieron compartiendo la cama. La presencia cálida y firme de Gavin había desterrado la mayor parte de sus pesadillas y habían disfrutado explorando sus cuerpos...

hasta la desastrosa velada en la que, mareada de deseo, Alex pensó que todo era posible.

Había acortado las distancias convencida de que todo saldría bien. Pero fue presa del pánico; cada músculo de su cuerpo se puso rígido a pesar de que Gavin no la aplastó con su peso ni la hundió en el colchón. Se mordió el labio hasta que sangró y decidió resistir como había soportado el juego del león, pero el capitán estaba muy atento a todo y reparó en su reacción. Gavin se apartó y declaró tenso que esperaría hasta que estuviese preparada. A continuación se retiró a su dormitorio y pasó la noche en su cama.

Se había sentido muy agradecida por su comprensión, pero el episodio dejó huellas y desde entonces no habían compartido la cama. El miedo a volver a fracasar en ese aspecto íntimo y con tanta carga emocional era tan profundo que resultaba más sencillo no intentarlo. Gavin incluso estaba más afectado que ella. En el caso de un hombre que prefería cortarse la mano antes que hacer daño a una mujer debía de resultar desgarrador sentir que aterrorizaba a su esposa... por mucho que intelectualmente supiese que su reacción no tenía nada que ver con él.

Por otro lado, en la vida cotidiana se llevaban muy bien. Eran amigos, confiaban el uno en el otro y sus vidas estaban cada vez más entrelazadas. Alex tenía el convencimiento de que, a medida que pasase el tiempo, las últimas barreras caerían y entonces...

—¿Qué harás hoy?

La voz de Gavin interrumpió su ensoñación.

—Después de llevar a Katie a Ashburton House para dar clases me reuniré con Troth y tomaré otra lección de *wing chun*. Asegura que lo hago muy bien. Comeré en Ashburton House e iré con mi madre y mi tía a la librería Hatchard. ¿Quieres que te compre algún libro?

—Fíjate si hay alguna obra estadounidense que me guste.

Alex movió afirmativamente la cabeza, cruzó la sala para servir el té y se preguntó cómo abordar el tema que le rondaba la cabeza. Desde muy joven sabía que no debía plantear nada provocador a un hombre hasta después de comer, por lo que aguardó a que terminaran el desayuno para preguntar:

—¿Puedo hacer algo útil en tu despacho? La casa ya está organizada, Katie está ocupada casi todo el día con los estudios y con sus primas y dispongo de tiempo libre. No quiero dedicarlo a comprar ni a visitar a personas que no me interesan.

La inmensa mayoría de los maridos británicos se hubiese horrorizado. Gavin se limitó a reflexionar.

—Otro empleado me vendría muy bien, pero el trabajo es bastante tedioso. ¿Qué sabes de la administración de fincas?

—Mucho. El coronel se aburría con la administración de fincas y lo que le interesaba eran las minas y las fábricas. Como mamá se dedicaba a tener hijos y cuidar de los arrendatarios, durante varios años me ocupé de la administración de Bryn Manor. —Sonrió al evocarlo—. Cuando me casé el coronel afirmó que no sólo perdía a una hija, sino a su administradora de fincas.

—Esto va mejor de lo que me figuraba. —Gavin se repantigó en la silla con expresión satisfecha—. Desde que el condado recayó en mi desventurada cabeza el abogado de Seabourne ha enviado montañas de documentos. No he tenido tiempo de estudiarlos a fondo mientras montaba el nuevo despacho de Elliott House. Sería fantástico que una persona informada y de confianza supervisase las cuentas de las fincas.

Alex frunció el ceño.

—¿Crees que Finn te tima?

—No, lo considero honesto y capacitado, pero no está bien aceptar todas sus recomendaciones simplemente porque no tengo tiempo de estudiar los temas. He seguido sus propuestas a la vez que me prometía a mí mismo que las analizaría cuando tuviese más tiempo, pero la situación me preocupa. ¿Puedo delegar en ti los asuntos de Seabourne?

—Encantada. ¿Me permites montar un despacho en Elliott House? De esa forma, si hay algo que tienes que firmar o que requiere tu decisión estarás allí. Y, de paso, aprenderé más cosas sobre las empresas navieras.

—¡Perfecto! Es imprescindible que entiendas cómo funciona Elliott House porque, si me sucediera algo, podrías hacerte cargo.

Alex se llevó una sorpresa mayúscula e inquirió:

—¿Realmente estarías dispuesto a dejar tu empresa en manos de una mujer?

—¿En quién si no? Eres inteligente, digna de confianza y la principal interesada en hacerlo bien. —Gavin sonrió—. Por si eso fuera poco, a los viejos retrógrados les rechinarán los dientes. Es una posibilidad irresistible.

Alex rió.

—Querido, eres un yanqui rebelde hasta la médula.

—Muchas gracias por el cumplido.

Intercambiaron una cálida mirada.

—¿Cuándo visitaremos a la familia Seabourne? —Quiso saber Alex—. Tendré que conocer a los tuyos, saber en qué estado se encuentran las fincas y las explotaciones de los arrendatarios y llevar a cabo las tareas que es imposible realizar a distancia.

—Phillip dijo que la desocuparía para san Miguel. Cae a finales de septiembre, ¿no?

—Exactamente el veintinueve. Tengo muchas ganas de ver la casa solariega. Me encanta que esté junto al mar, que es lo que deseabas. Tal vez podamos ir de visita después de san Miguel, quizá un par de semanas.

—Me parece una idea excelente. Para entonces Elliott House marchará a la perfección. Invitaremos a las primas de Katie para que le hagan compañía. —Gavin terminó el té y se puso en pie—. ¿Comenzamos mañana mismo con el nuevo horario?

—Cuanto antes mejor. —Lo besó.

Alex se dijo que, aunque de momento no era una verdadera esposa para su marido... al menos sí podía convertirse en una excelente administradora.

La librería Hatchard estaba llena de personas elegantes, algunas de las cuales mostraban verdadero interés por los libros. Al entrar en compañía de su madre y su tía, Alex comentó:

—Veré si tienen algún libro sobre administración de fincas. Supervisar Bryn Manor no fue difícil, pero Seabourne es más grande.

—Está muy claro que tienes muchas ganas de realizar esa tarea —opinó Catherine.

—Puesto que no tardaréis en iros al campo necesito ocuparme de algo para no meterme en líos.

Alex sonrió con cariño a Catherine y a Rosalind y se consideró inmensamente afortunada de pertenecer a una familia que daba por hecho que las mujeres son personas capacitadas.

Mientras se dirigían al fondo de la librería Alex miró un pasillo formado por altas estanterías y vio a Frederica Pierce. Estaba en compañía de su doncella, una negra esbelta con un bonito vestido de color gris paloma, que intentaba mantener en equilibrio la pila de libros que acarreaba. Alex estaba a punto de seguir su camino cuando Frederica depositó otro volumen en los brazos de la muchacha. La precaria pila se desplomó y los libros cayeron estrepitosamente al suelo.

—Lo siento, milady.

La doncella se arrodilló para recogerlos. Alex pensó que su voz suave tenía un adorable tono musical.

—¡Daisy, eres una chica estúpida y tonta! —Frederica golpeó a la doncella con su pequeño bolso de mano. Alex se preguntó cuánto tardaría la muchacha en dejar su trabajo. El rostro angelical de Frederica encubría un carácter de mil demonios y en Sidney había tenido graves problemas con el servicio. Las doncellas convictas habían huido de su casa pese a las graves consecuencias que podían sufrir si las atrapaban.

—Lo siento —repitió Daisy con la mirada baja.

La doncella se estiró para coger un libro de grandes dimensiones, pero se le cayó porque calculó mal el peso.

—No entiendo por qué sigo teniéndote a mi servicio —espetó Frederica—. Si no superas la torpeza te devolveré a Carolina y pasarás el resto de tu vida recogiendo algodón.

Alex se quedó de piedra y se preguntó cómo era posible que se hubiese dado esa situación. Se encaminó por el pasillo y dijo:

—Buenos días, Frederica. ¿Necesitas ayuda?

La mujer frunció el ceño al reconocerla.

—Ya lo hará mi chica. —Pateó la pierna de Daisy con su delicado pie—. Es prácticamente inútil, pero se las apañará para recoger los libros.

—Le has hablado como si fuera una esclava, lo cual es imposible. Hace años que en Gran Bretaña la esclavitud es ilegal.

—Alexandra, haz el favor de ocuparte de tus asuntos. Daisy es estadounidense.

Alex recordó que la esclavitud aún era legal en el sur de Norteamérica y se le revolvió el estómago. Se arrodilló y ayudó a la doncella a recoger los libros.

—Daisy, por mucho que hayas nacido esclava estás en Inglaterra y eres una mujer libre.

La muchacha levantó la cabeza y la mirada de sus ojos oscuros fue de terror. Rondaba los veinte años, era bonita, iba correctamente vestida y se recogía el pelo negro con un moño bajo. Agachó la cabeza, recogió los pocos libros que faltaban y se puso de pie.

—¡Cómo te atreves a interferir en mis asuntos! —exclamó Frederica llena de furia—. Por muy condesa que seas no tienes derecho a decirme lo que debo hacer.

Alex no le hizo caso y prosiguió:

—Daisy, si decides cambiar tu situación ven a verme al número cuarenta y dos de Berkeley Square. Diga lo que diga tu señora eres tan libre como ella. Te buscaré un nuevo trabajo por el que cobrarás y podrás dejarlo si no te gusta cómo te tratan.

—Alexandra, ¿puedes decirme por qué te interesas tanto por una esclava? —inquirió Frederica—. ¿Tal vez porque fuiste esclava en Oriente? ¿Ves en ella a un ser como tú?

Alex estuvo a punto de abofetearla. Sólo se contuvo porque su madre la sujetó del brazo. Dudó unos instantes. Hasta entonces tanto ella como su familia habían guardado silencio sobre lo ocurrido y se habían abstenido de confirmar o negar. Como aseguraba Gavin, ella no tenía la culpa de nada, por lo que le pareció cobarde negar la realidad en presencia de la doncella.

—Claro que sí, Frederica, fui esclava —respondió con un tono que llegó a oídos de los clientes que se habían detenido y estaban pendientes del altercado—. Es una lástima que no hayas pasado por eso, tal vez habría ampliado tu comprensión y tu compasión. —Se volvió nuevamente hacia Daisy—. ¿Quieres venir conmigo? Te garantizo que tu situación mejorará.

Daisy miró a su señora y permaneció inmóvil, como si la hubiera alcanzado un rayo. Volvió la mirada hacia Alex, negó con la cabeza y clavó la vista en el suelo.

En cuanto sometió a Daisy, Frederica se dirigió a Alex con abrumadora malicia:

—¡Me las pagarás!

Alex retrocedió. Frederica siempre había sido egoísta y complicada. En ese momento parecía trastornada. Alex recordó que Frederica no tenía poder para hacerle daño y repitió:

—Recuerda, Daisy, acude al número cuarenta y dos de Berkeley Square a cualquier hora del día o de la noche. —Bajó la voz—. Te ruego que me permitas ayudarte.

Daisy miró entonces hacia otro lado y Frederica sonrió con actitud triunfal.

—Como has reconocido que fuiste esclava la gente sabrá qué clase de existencia llevaste. Aunque hace mucho que has pasado la flor de la vida, seguro que hubo varios hombres lo bastante desesperados como para comprarte.

—Lady Pierce, qué desagradable puede llegar a ser usted. —La duquesa de Ashburton era la aristócrata más tolerante que quepa imaginar, pero en el pasado había sido actriz y había aprendido a poner un tono de voz tan agudo que podía llegar a romper el cristal—. Supongo que en el futuro no será bien recibida por la buena sociedad.

Frederica palideció; la duquesa giró sobre sus talones, dio por terminado el diálogo y se alejó. Catherine cogió a Alex de la muñeca y siguieron a Rosalind a la calle por el pasillo formado por los clientes enmudecidos.

Alex temblaba. Cuando llegaron a la relativa calma de Piccadilly musitó:

—Lamento haberos incomodado.

—Cariño, nunca me había sentido tan orgullosa de ti —afirmó su madre con toda la serenidad del mundo.

Rosalind se apresuró a añadir:

—Esa joven nunca me ha agradado. Reconozco que no está bien decirlo, pero me ha gustado manifestar lo que opino de su personalidad. —Sonrió pícara mientras hacía señas para que el carruaje de Ashburton las recogiese—. En el futuro comprobará que su vida social no es la que le gustaría.

—Es evidente que el rechazo de la duquesa de Ashburton afectará a sus pretensiones sociales —coincidió Alex—. No he logrado convencer a la pobre chica de que la dejara y estoy segura de que Frederica la castigará por lo ocurrido.

—Tal vez más adelante acuda a ti —comentó Catherine mientras subía al carruaje—. No creo que supiera que aquí es legalmente libre. Estoy segura de que lady Pierce no se lo dijo. En cuanto tenga tiempo de pensar, es posible que huya de su señora.

Alex esperaba que fuese así, aunque tenía sus dudas. Las mujeres mayores no podían ni imaginar hasta qué punto te hundía la esclavitud. Seis meses de cautiverio habían estado en un tris de acabar con ella. Probablemente Daisy había nacido esclava y toda la vida la habían tratado como tal.

Mientras el carruaje recorría las calles de Londres, Alex cerró los ojos y pidió a Dios que la joven tuviese fuerzas para librarse de sus ataduras. Se puso a pensar en la esclavitud. El hecho de que varios países de Europa la hubiesen abolido era un comienzo, pero se trataba de uno de los azotes más antiguos de la humanidad y aún quedaba mucho camino por recorrer. ¿Qué podía hacer una mujer y, por añadidura, a distancia?

Decidió que había llegado la hora de averiguarlo.

28

Esa tarde Alex fue en busca de Suryo. Casi nunca se veían a pesar de que, desde la llegada de la *Helena*, vivían bajo el mismo techo. Alex suponía que el malayo era capaz de caminar por la arena sin dejar huellas.

La mujer llamó a su puerta y entró cuando la invitaron a pasar.

—*Tuan* Suryo, ¿puedo hablar con usted?

El malayo se puso en pie y señaló la única silla de la habitación sencilla y meticulosamente ordenada.

—Desde luego, milady. ¿En qué puedo ayudarla?

Alex tomó asiento y preguntó sin ambages:

—¿Qué opina de la esclavitud?

La expresión de Suryo se volvió tensa.

—La considero una abominación.

Alex contuvo el aliento al reconocer el tono de voz.

—¿La ha padecido personalmente?

—Así es, aunque prefiero no hablar de aquellos años. —Tras una pausa añadió—: Pero quiero que sepa que fue el capitán quien me liberó. Fue entonces cuando me comprometí a permanecer a su lado durante el resto de mi vida.

Fascinada, Alex preguntó:

—¿Semejante compromiso no es una especie de esclavitud?

—Sólo estoy a su servicio por voluntad propia. El capitán jamás me ha pedido algo que fuera contrario al honor o a la condición humana.

Alex llegó a la conclusión de que esas palabras eran una advertencia velada en el sentido de que Suryo no haría nada que se opusiese a los intereses de Gavin. No había ningún problema, pues jamás se le ocurriría pedir algo semejante.

—Hoy conocí a una joven esclava que han traído de América y que sigue en cautiverio porque no sabe que es libre. Fracasé en mi intento de que dejase a su señora y no sé qué hacer. Jamás imaginé que en Inglaterra me toparía con una esclava. ¿La trata de esclavos sigue vigente en Gran Bretaña?

—Las naves más veloces todavía navegan de África a América con ese cargamento ilegal. La Armada Real intenta bloquear dicho tráfico. —Suryo se encogió de hombros—. La verdad es que no tiene mucho éxito. Gran Bretaña fue la mayor potencia europea de trata de esclavos y todavía hay quienes se exponen a violar las leyes a cambio de grandes beneficios.

Alex pensó y acabó frunciendo el ceño.

—Usted conoce la zona portuaria y las tabernas de los marineros. ¿Es posible que en esos sitios a veces se tengan noticias de la trata de esclavos?

—Ocasionalmente mencionan un barco, un capitán o una fecha de navegación. De todos modos, ¿de qué sirve la información? La Armada no hace caso de las fanfarronadas de taberna.

—Tal vez les preste más atención si las reciben por los canales adecuados. —Alex se echó hacia delante—. La familia de mi padrastro tiene relación con la mayoría de los hombres más influyentes de este país. Como mujer me resulta imposible recabar información en las tabernas, pero usted podría hacerlo y hasta es posible que encontrase a más individuos dispuestos a colaborar. ¿Qué le parece?

—Que podríamos hacer algo bien hecho —repuso lentamente.

—¿Me ayudará?

Los ojos de Suryo se iluminaron con un brillo que Alex nunca había visto.

—Es una tarea que merece la pena. ¿Por qué habla de este asunto conmigo en lugar de planteárselo al capitán? ¿Piensa mantenerlo en secreto?

—Sólo durante poco tiempo. En este momento mi marido está ocupado con demasiadas cosas. Prefiero esperar a estar en condiciones de mostrarle resultados.

—Como prefiera, milady.

Alex le ofreció la mano.

—En ese caso trabajemos juntos en pro de la libertad.

Suryo le estrechó la mano.

—Por la libertad, milady... y por la justicia, que siempre es la mejor venganza.

A Alex le encantó la sede principal de Elliott House. Situada en la planta alta del almacén de la empresa, estaba perfumada por el té y las especias y disponía de elevadas ventanas de arco que daban a los muelles y al río. Las estancias recién pintadas rebosaban de una febril actividad que se transmitía hasta los confines del mundo. Evidentemente informados por Gavin, los cuatro empleados la saludaron sin inmutarse. Alex supo que le encantaría trabajar allí.

En el despacho que le asignaron encontró los documentos que Gavin había recibido sobre las propiedades de la familia Seabourne. No exageraba al decir que eran muchos. Alex se sentó y emprendió alegremente la tarea de organizar y desentrañar las complejidades de la administración de fincas. A mediodía Gavin se presentó con una cesta que la cocinera había preparado por la mañana y hablaron de los temas pendientes mientras compartían bocadillos y cerveza.

Al terminar el último bocadillo de jamón de York, Alex declaró satisfecha:

—Esto es muy divertido. Creo que he nacido para ser administradora de fincas.

—Eres mejor que yo. —Gavin le hincó el diente a una manzana—. ¿Consideras que todo está en orden?

—Sí. Finn ha hecho un buen trabajo. A Phillip se le subieron los humos cuando heredó y gastó más de la cuenta del dinero procedente del rendimiento de las fincas, pero no hay graves problemas. El año que viene habrá fondos para introducir mejoras.

—¿Son necesarias?

—Las fincas siempre requieren mejoras. Exigen avenamientos, mejores animales de cría, semillas y equipos nuevos, alojamientos para los arrendatarios y los peones. Así es la esencia de la vida agrícola.

—Lo dejo en tus excelentes manos. —Gavin hojeó varios documentos que Alex había puesto aparte para que los firmase—. Eres un don del cielo.

Alex sonrió de oreja a oreja y volvió a poner manos a la obra. Sentirse útil era maravilloso.

Esa noche, cuando su madre terminó la lectura de antes de dormirse, Katie preguntó:

—Anne y Maria no tardarán en irse al campo. ¿Eso quiere decir que se acabarán las clases?

Alex rió.

—No te hagas ilusiones. La señorita Thompson, la institutriz de Ashburton, me ha recomendado a una amiga. He hablado con la señorita Hailey y me ha parecido encantadora. A partir de la semana que viene será tu institutriz.

Katie puso mala cara.

—Prefiero ir al despacho contigo y aprender cosas sobre los tés, las especias y la porcelana. Me gustaría ser comerciante, como el capitán.

Alex disimuló una sonrisa.

—Para ser comerciante tienes que saber aritmética, caligrafía, geografía y lenguas extranjeras.

Su hija pareció asustarse.

—¿Entonces las clases tienen un motivo?

—Por supuesto. Katybird, saber es poder. —Dio un beso de buenas noches a su hija—. La mujeres necesitan todo el poder que sean capaces de acumular.

Antes de apagar la lámpara vio que la expresión de Katie era reflexiva. Cabía la posibilidad de que, cuando su hija alcanzase la madurez, las mujeres fueran a la universidad y administrasen negocios, como hacían los hombres. Concluyó que no sucedería pronto, aunque algún día...

Al llegar al pie de la escalera la aguardaba el mayordomo, un lacayo de Ashburton House que había ascendido de categoría, que le anunció:

—Milady, hay una persona que quiere verla.

—Bard, ¿a estas horas?

—Es una persona muy insólita y rara, una joven que la espera en el saloncito.

Llena de curiosidad, Alex se dirigió al saloncito... y quedó boquiabierta al ver junto a la ventana a la joven esclava negra de Frederica Pierce.

—¡Daisy, cuánto me alegro de que hayas venido! —Salvó las distancias y cogió las manos de la muchacha. Estaban heladas. Debía de estar aterrorizada de haber roto con todo lo que conocía—. ¿Quieres una taza de té o prefieres comer algo?

—No, no, milady.

Daisy pareció escandalizarse ante la posibilidad de comer en la misma mesa que Alex. Llevaba el mismo vestido gris del día anterior y un pequeño hato con sus pertenencias.

—En ese caso pediré que nos sirvan el té. Por favor, siéntate. —Alex ocupó una silla—. ¿Lady Pierce es una persona difícil?

Daisy se sentó en la silla de enfrente y se llevó la mano a la mejilla magullada.

—Sir Barton Pierce me compró en Charleston. Nadie me dijo que aquí soy libre. Ayer, cuando regresamos de la librería, la señora me dio una paliza. Dijo que usted había mentido, pero no pude dejar de pensar en sus palabras. ¿Es cierto que no puede enviar a nadie para que me atrape?

Alex tragó saliva al recordar las palizas y lo mucho que temía que la persiguiesen si intentaba escapar.

—Nadie te perseguirá. Ni lady Pierce ni su marido te pueden obligar a hacer lo que no quieres.

Daisy se tapó la cara con manos temblorosas y sus hombros se estremecieron. Aunque su hermoso acento musical pertenecía al sur de Norteamérica, su actitud y su lenguaje eran refinados, como los de las doncellas de las damas de la alta sociedad. Barton Pierce debió de escogerla por sus aptitudes y con el convencimiento de que una joven criada en la esclavitud sería dócil y no se le ocurriría poner en tela de juicio su condición. En ese aspecto no se había equivocado.

Afortunadamente Alex había estado en el lugar adecuado y en el momento oportuno.

—Daisy, ahora estás a salvo. ¿Ya sabes qué quieres hacer con tu libertad o es demasiado pronto para tomar una decisión? Te ayudaré a conseguir lo que escojas.

—Milady, es usted demasiado buena. —Daisy se secó los ojos con el pañuelo y levantó la cabeza—. Por favor, ¿puedo trabajar para usted? Soy una buena doncella pero, si no hay faena como tal, puedo fregar o ayudar en la cocina. Haré lo que haga falta, pero sólo como mujer libre.

—Lo cierto es que necesito una doncella. —Alex pensaba buscar una doncella, por lo que la llegada de Daisy no podía ser más oportuna. Intentó recordar qué cifra había dicho su madre que era un buen salario—. Tendrás tu propia habitación, cama y comida, treinta libras al año y la ropa que yo ya no me ponga, ropa que puedes quedarte o vender, como prefieras. ¿Te parece correcto?

Daisy abrió desmesuradamente los ojos.

—Muchísimas gracias, milady. Le prometo que seré una buena doncella.

—No me cabe la menor duda. Antes de que se me olvide, ¿cual es tu nombre completo?

—Daisy Adams, milady.

—¿Prefieres que te llamemos Daisy o Adams? Con frecuencia se utiliza el apellido para referirse a las doncellas.

—Milady, prefiero que me llamen Daisy.

Alex tuvo la sensación de que a su nueva doncella jamás le habían preguntado si prefería esto o aquello.

—De acuerdo, nos quedamos con Daisy. —Alex escrutó el rostro de la joven—. ¿Te apetece algo fuera de lo corriente? ¿Hay algo que siempre has deseado y que no has podido tener?

Daisy contuvo el aliento.

—¿Sería posible...? ¿Podría aprender a leer y a escribir?

Alex se sorprendió y respondió:

—Por supuesto. ¿Nunca te han enseñado?

Daisy meneó negativamente la cabeza.

—Es ilegal enseñar a los esclavos a leer.

Alex dirigió su enfado contra el sistema que negaba la posibilidad de aprender a mentes despiertas como la de Daisy.

—He contratado una institutriz para mi hija. Le pediré que te enseñe. Según sus referencias le apasiona dar clases, por lo que estoy segura que le encantará contar con otra alumna.

—Gracias. —Las lágrimas afloraron a los ojos de Daisy—. Es usted muy amable. No me... no me lo merezco.

—Claro que te lo mereces. —El mayordomo se presentó con la bandeja del té. Alex añadió—: Bard, le presento a la señorita Daisy Adams, mi nueva doncella. Haga el favor de decirle al ama de llaves que le prepare una habitación.

Aunque arrugó el entrecejo, Bard no dijo nada porque en Ashburton House lo habían preparado muy bien.

—Milady, se lo comunicaré personalmente.

En cuanto el mayordomo se retiró Alex sirvió dos tazas de té.

—Tu habitación no tardará en estar lista. Si quieres comer algo antes de acostarte el ama de llaves te mostrará la cocina. Supongo que has tenido un día agotador.

Daisy asintió con expresión atormentada.

—Milady, ¿puedo preguntar algo más?

—Claro que sí. No hace falta que digas «milady» constantemente, basta con «señora».

—Señora, ¿de verdad fue esclava?

—Lo fui.

—¿Y no le avergüenza reconocerlo?

Alex se había avergonzado, pero ya no se sentía injuriada por esa cuestión.

—La vergüenza de la esclavitud no corresponde a las víctimas, sino a los dueños de los esclavos. A los ojos de Dios somos todos iguales. Llegará el día en que esa misma verdad se aplique a los ojos de los hombres.

Daisy adoptó una expresión de querer creer en esas palabras, pero no hubo manera. Había que darle tiempo.

Alex bebió un sorbo de té y pensó que sus intentos de recabar información sobre la trata de esclavos en alta mar tal vez nunca daría resultados pero, al menos, había ayudado a una joven a alcanzar la libertad.

29

Alex disimuló un bostezo, entró en el despacho de Gavin y dejó varios documentos en un rincón del escritorio.

—Por lo visto esta noche seremos los últimos en salir. Pensaba que mi ayuda con la administración de las fincas aliviaría el trabajo, pero lo cierto es que ahora ambos estamos ocupados.

El capitán sonrió y retiró el sillón para estirar las piernas.

—Te prometo que la situación no durará eternamente. Estoy instruyendo a Peter Spears para que se ocupe de Elliott House. Tiene sobrada experiencia y a finales de año se encargará de los movimientos cotidianos del negocio. Tú llevarás las fincas de Seabourne y yo me convertiré en un hombre ocioso.

Alex rió.

—Tendré que verlo para creerlo.

Caminó por el despacho y se detuvo junto a la ventana que daba al puerto de Londres. A lo largo de los últimos quince días Alex había dejado huellas en la empresa, tanto en lo importante como en pequeñas cosas. Había decorado el despacho privado de su marido con una hermosa alfombra oriental, un sillón macizo, tallado y con patas de león, elegantes pinturas chinas y un jarrón con flores frescas en el escritorio. Gavin acababa de descubrir que la oficina podía ser un sitio muy agradable.

—¿Te molesta que, dada mi condición de comerciante, pasemos más tiempo en Londres que la mayor parte de tus amigos y tus parientes?

—No. Londres me gusta, aunque después de san Miguel estaré deseando las vacaciones en el campo. —Realizó un veloz movimiento de *wing chun* y preparó el cuerpo y las manos para actuar—. De todos modos, añoro las clases de Troth. Realizar los ejercicios en solitario es una buena práctica y exige disciplina mental, pero no es lo mismo que entrenarse con otra persona.

Era una pena que Gavin no pudiese practicar con ella. Troth y su marido se entrenaban juntos, pero Gavin y ella no podían practicar una actividad que los obligara a tocarse tanto. Había demasiada conciencia del otro, demasiadas barreras.

Un aluvión de ideas perturbadoras llevó al capitán a apartar la mirada de la tentadora visión de Alex perfilada sobre el cielo crepuscular. Aún no se había recuperado del estrepitoso fracaso que los había llevado a dormir nuevamente separados. Comprendía que, cuando a su esposa le entraba el pánico, la reacción no tenía nada que ver con él. A pesar de que se trataba de un hombre que se enorgullecía de su ecuánime objetividad, ese rechazo le resultaba extremadamente doloroso, sobre todo porque se había hecho ilusiones sobre el aspecto íntimo del matrimonio. Pero esas ilusiones ya no existían.

Mantener el celibato era, hasta cierto punto, más sencillo. No necesitaba preguntarse cómo se sentiría Alex si la besaba ni preocuparse de si disimulaba la repulsión en su valeroso intento de convertirse en una buena esposa.

En otros aspectos el celibato resultaba infernal. Los primeros y obsesivos recuerdos de la intimidad impuesta habían quedado tapados por otros más dichosos de descubrimiento y placer mutuos. Resultaba doloroso contemplarla y abstenerse de pensar en lo que podía ser... o en lo que nunca sería.

De todas maneras, cuando la tenía cerca se sentía más contento, lo que significaba aceptación y expectativas. Respiró hondo y comenzó a leer los documentos que su esposa había dejado sobre el escritorio.

—Los repasaré y luego nos iremos a casa.

El primer documento era la síntesis de los motivos por los que Alex consideraba que era el momento de invertir en las fincas en lugar de esperar. Gavin lo firmó pues la evaluación y los argumentos le parecieron correctos. Hizo lo mismo con los dos siguientes. De momento su magnífica herencia costaba más dinero que el que ingresaba.

La última hoja hizo que se tomara las cosas con calma y la releyese.

—Alex, no lo entiendo. ¿Por qué has anotado fechas de embarques y has puesto tantos signos de interrogación?

—Ay, lo siento, no pensaba mostrártelo tan pronto. Suryo y yo recabamos datos sobre la trata ilegal de esclavos. Es vergonzoso que muchos de los barcos dedicados a esta actividad sean británicos. He hablado con tío Stephen y ha accedido a entregar a la Armada Real toda la información que contribuya a interceptar los barcos negreros.

Gavin frunció el ceño y se puso en pie.

—Es una cuestión muy grave y más vale no meterse. Los negreros son implacables... y apelan a la violencia sin inmutarse con tal de defender sus beneficios.

—Suryo se limita a escuchar los comentarios de los borrachos. No hace nada que pueda causarnos problemas.

Gavin la buscó con la mirada pues estaba decidido a transmitirle la gravedad de la situación.

—Alex, subestimas el terrible poder de esa información. Lamento que no me hayas consultado antes de meterte en esto.

La mujer le dio la espalda a la ventana y se volvió para mirarlo con expresión severa.

—Ni se me cruzó por la cabeza la posibilidad de que te opusieras a que combata la esclavitud por todos los medios a mi alcance. No te negaste a que ayudase a Daisy.

—No es lo mismo. Daisy es una persona, no se trata de una abstracción. —Señaló la hoja con las notas—. Navegas por aguas turbulentas. No sabes qué bestias acechan debajo de la superficie.

Alex replicó con las mejillas encendidas:

—Estoy dispuesta a correr ese riesgo.

—Me parece muy valeroso de tu parte, aunque me gustaría saber si has pensado en Suryo. Al fin y al cabo, es el que arriesga la vida en las tabernas. ¿Cómo te sentirías si lo mataran por hacer demasiadas preguntas?

La expresión de consternación de Alex demostró que no se lo había planteado.

—Estoy segura de que Suryo conoce los peligros mejor que yo. Como cuenta con otros informantes, no está sólo.

—Cuanta más gente esté involucrada, mayores son las probabilidades de que tu red secreta quede al descubierto —puntualizó Gavin exasperado—. Por regla general a los informantes les gusta recibir dinero de más de una fuente.

—De acuerdo, existen riesgos, pero la lucha contra la esclavitud hace que merezca la pena correrlos. Se trata de algo malo y desviar la mirada es una actitud cobarde y despreciable.

—El éxito puede resultar amargo. ¿Sabías que los negreros a punto de ser descubiertos arrojan a los cautivos por la borda para que no acusen al capitán de tráfico ilegal? Cuando ocurre mueren cientos de personas.

Alex dejó escapar una exclamación horrorizada.

—¡Razón de más para destruir a los negreros! ¡Así los traficantes de esclavos no se atreverán a atrapar a inocentes y venderlos al otro lado del océano!

Gavin contuvo el deseo de maldecir la terca negativa de su esposa a aceptar sus razonamientos.

—Comprendo que para ti se trata de una cuestión muy personal, pero de todos modos...

Sin darle tiempo a terminar la frase Alex espetó:

—¿Cómo te atreves a pensar que entiendes lo que significa sentirse desvalida? Precisamente tú, que eres el rey del control... En la vida has estado desvalido. Dime, ¿entiendes lo que significa ser mujer y saber que no puedes caminar tranquilamente por la calle sin miedo a que te ataquen y te violen? ¿Sabes lo que significa la certeza de que tu única posibilidad de escapar es la muerte?

La ira de Alex lo sacudió en lo más íntimo.

—Tienes toda la razón —reconoció con voz baja—. Por mucho que lo intente no llego a comprenderlo del todo. Jamás podré ponerme en tu lugar.

Alex entrecerró los ojos.

—Tal vez pueda demostrártelo.

El capitán dudó antes de llegar a la conclusión de que, dado que su esposa estaba tan encolerizada, tal vez debía hacer un esfuerzo mayor por comprenderla.

—Adelante.

Alex señaló el sillón de roble con patas de león y ordenó:

—¡Siéntate!

Gavin tomó asiento y se preguntó inquieto qué es lo que planeaba su mujer.

Alex retiró un puñado de pañuelos perfectamente doblados del cajón en el que los guardaban y los usó para atarle las muñecas y los tobillos al sillón. Retrocedió para observar lo que acababa de hacer y preguntó:

—¿Te haces a la idea de lo que significa estar desvalido?

—Desde luego. —Gavin tensó las ataduras. Con un poco de tiempo probablemente conseguiría soltarse pero, de momento, estaba inmovilizado, no podía utilizar los brazos ni las piernas y el peso de la silla le impedía desplazarse. Las sensaciones que experimentó no fueron nada agradables—. Me he enfrentado a un dragón, pero nunca me he encontrado impotente ante una leona depredadora... y hay que reconocer que la imitas a la perfección. Haces buenos nudos.

—Suryo nos enseñó durante la travesía.

Como se trataba de los nudos de Suryo, Gavin supo que estaba total y plenamente atrapado. Reprimió el deseo instintivo de librarse de las ataduras.

—Puesto que ya has demostrado lo que querías, ¿te molestaría desatarme?

—Todavía no. —La mirada de Alex se encendió con nerviosa diversión—. Esto también forma parte del desvalimiento, no puedes decir que ya está bien y quedar libre.

Gavin la observó con cautela y se preguntó hasta dónde podría llevarla aquel juego. No la consideraba capaz de causarle daños físicos, pero estaba de un humor imprevisible y si su cólera se desmandaba...

Alex se apoyó en el escritorio y observó a su marido con mirada crítica.

—Estar atado a un sillón apenas roza la superficie del verdadero desvalimiento. Imagina que estás a miles de kilómetros de distancia, en una tierra extraña cuya lengua no hablas, que todos tus seres queridos te dan por muerta y que los que afirman ser tus amos te tratan como a una cosa. —Cogió el kris adornado con piedras preciosas que el sultán Kasan había regalado a Gavin y que este utilizaba como abrecartas—. Y ahora imagina que la situación es real, que no se trata de un simple ejercicio de comprensión.

Gavin mantuvo la mirada fija en el arma mientras Alex tocaba distraídamente la hoja.

—¿Te propones castigarme por los pecados cometidos por todos los hombres?

La expresión de Alex se suavizó.

—Gavin, sería incapaz de hacerte daño, pero debo reconocer que experimento una extraña satisfacción al ver que no sabes a ciencia cierta de lo que soy capaz. —Con movimiento seguro lanzó el kris hacia el otro extremo del despacho. La hoja se clavó en el marco de la puerta y la empuñadura tembló—. No cometas el menor error porque, de momento, estás a mi merced.

El capitán no dejaba de mirar el kris.

—¿Dónde diablos aprendiste a lanzar así?

—Pasé la mitad de la infancia en campamentos militares. Te sorprenderías si supieras lo que los soldados aburridos son capaces de enseñar a una niña. ¿Te comenté alguna vez que soy una tiradora excelente? De haber tenido un buen fusil de repetición habría repelido personalmente a los piratas malayos.

A Gavin se le puso la carne de gallina. No representó un consuelo saber qué era lo que Alex pretendía.

—¿Qué harás ahora? ¿Me violarás para demostrar lo que se siente? Creo que es imposible que resulte tan abrumador y aplastante como lo que has soportado.

Sus palabras cayeron como una chispa en la leña seca. La ira y la amargura de Alex y la tensión sexual reprimida que palpitaba en ellos cobraron vida con gran intensidad. Por primera vez Gavin se encontraba en una posición en la que Alex no estaba obligada a confiar en su buena voluntad. El hecho de que fuese digno de confianza no venía a cuento, ya que siempre había tenido conciencia de su fuerza y de que podía hacer lo que quisiera.

Ahora ese hombre apuesto estaba totalmente en sus manos. La sensación de poder absoluto resultó embriagadora y profundamente erótica.

—¿Así que no te parece posible? En ese caso acepto el desafío de tratar que sientas algo tan abrumador y aplastante.

—Poséeme —la provocó Gavin sin quitarle ojo de encima.

Lo propuso porque, para poseerlo, Alex debía sumirse en las profundidades del miedo y la pasión. Desabrochó los corchetes que unían el recatado corpiño de cuello alto a la falda, se lo quitó y se quedó con el corsé acolchado y la combinación.

—Como eres un caballero, generalmente intentas no mirarme mucho los pechos, pero no siempre lo consigues. Ahora puedes mirar todo lo que quieras, pero no podrás tocarlos a menos que te deje. —Se quitó los zapatos, apoyó el pie derecho en una silla, se levantó las enaguas y dejó las ligas y las medias al descubierto—. La noche es demasiado cálida para llevar las piernas cubiertas.

La liga era de cinta blanca adornada con una minúscula rosa de tono rosado cosida a un lado. Desató la cinta y dejó que el sedoso lazo cayese al suelo mientras se masajeaba la pierna por encima de la rodilla para restablecer la circulación. Se sintió deliciosamente voluptuosa al saber que Gavin no podía apartar la mirada de su muslo. Se bajó la media con sensual lentitud y repitió la operación con la otra pierna.

—Tienes unas piernas preciosas —declaró Gavin con voz demasiado ronca.

—Gracias. Mi melena también es bonita. —Se quitó las horquillas y acomodó lánguidamente los mechones oscuros sobre sus hombros. Cogió un puñado de pétalos del jarrón con flores que había sobre el escritorio y los dejó caer sobre su marido cual una lluvia fragante. Los pétalos se posaron en sus hombros y en su regazo—. Me gusta verte desvalido. La certeza de que puedo hacer contigo lo que quiero resulta excitante.

—A mí me parece... me parece muy educativo.

El corsé de Alex se cerraba por delante. Desabrochó los corchetes superiores para liberar sus pechos y se pavoneó por el despacho en dirección a Gavin. El capitán irradiaba un deseo desenfrenado y un profundo desasosiego. Alex se sentía tremendamente voluptuosa y dueña de un gran poder.

—Ha llegado el momento de dejarte tocar, pero sólo lo que yo quiera y cuando te lo permita.

Apoyó las manos en las muñecas atadas de Gavin y se inclinó. Sus pechos se bambolearon delante de su marido, justo fuera de su alcance. Notó el calor del aliento sobre su piel mientras Gavin abría y cerraba las manos en los brazos del sillón.

Se agachó para recorrerle la curva de la oreja con la lengua. Cuando el capitán volvió la cabeza para besarla Alex esquivó sus labios y prefirió acariciar con su propia boca la piel ardiente y salobre de su marido. A esa hora del día su rostro mostraba una ligera sombra de barba rubia que, más que verse, se percibía como provocadora textura masculina.

Con impaciencia Gavin apartó con la mejilla el borde de encaje de la combinación y desnudó el pezón izquierdo. Cuando lo atrapó con la boca el ardor estremeció a Alex de la cabeza a los pies. Contuvo el aliento y tuvo la sensación de que era como el fuego de san Telmo, que ardía en plena noche. El otro pecho estaba anheloso... pero para satisfacerlo debía tomar la iniciativa. La decisión le correspondía, todas las opciones le pertenecían.

Cuando se movió para ofrecer el otro pecho, Gavin musitó:

—Eres magnífica.

Como necesitaba responder al placer con placer, Alex le quitó la corbata y le desabrochó la camisa para acariciarle el pecho. Los músculos de él se tensaron con sus caricias. Movió las manos en círculo y pellizcó las tetillas con el pulgar y el índice. Se endurecieron en el acto.

—Dios bendito, Alex... —Gavin jadeó para tomar aire y se estremeció—. La imposibilidad de tocarte me está volviendo loco.

—Pues yo puedo tocarte donde me dé la gana.

Contenta de ver que Gavin perdía el control, Alex apartó la mano de su pecho y se dedicó a acariciarle los muslos, aunque evitó el mástil de carne masculina que se tensó por debajo del pantalón. El capitán se sacudió de aquí para allá y estiró involuntariamente las ataduras, como si estuviera a punto de salirse de su propia piel.

Alex le atrapó la boca y la sujetó con un beso que parecía que iba a durar toda la eternidad. Gavin reaccionó vorazmente y su pasión y deseo la llevaron a sentirse como si tuviera fiebre. Cegada de ardor le desabrochó el pantalón y lo cogió con la mano. Se obligó a no conducirlo a una rápida culminación porque aún no estaba preparada para que la situación tocase a su fin.

Montó en su regazo, pasó las piernas por debajo de los altos reposabrazos y con sensual entrega se sentó a horcajadas. Acomodó las faldas, que cayeron en cascada alrededor de ambos, y se tensó al darse cuenta de que sólo estaban separados por su braga de costuras abiertas, de modo que la intimidad rozaba la cópula.

El palpitar de la sangre de Gavin retumbó por el cuerpo de Alex y alimentó un apremio que ahogó su alarma de hacía unos segundos. Alex se echó hacia delante y la ardiente humedad de sus partes más íntimas se deslizó por la tiesa longitud de su marido.

El capitán interrumpió el beso y murmuró roncamente y con voz apenas audible:

—Iskandra, desata los pañuelos. Te prometo que usaré hábilmente las manos.

—No.

Alex se apretó vertiginosamente contra Gavin. Iskandra es el femenino de Iskander, nombre del conquistador Alejandro Magno. Acababa de convertirse en conquistadora, en guerrera y esa certeza liberó la sensualidad durante tanto tiempo contenida.

El capitán adelantó las caderas y se frotó contra ella tanto como pudo a pesar de las ataduras.

—Me matarás de deseo —murmuró.

Alex se incorporó lo suficiente para estirar las manos y aferrarlo. Descendió sobre la gloriosa firmeza masculina y gimió al comprobar que el encaje era perfecto. Ese coito estaba muy bien y además acababa con los fantasmas del infame encuentro obligado de Maduri.

Alex lo abrazó y hundió el rostro en su cuello mientras meneaba impetuosamente las caderas. El ángulo, la presión y la fricción fueron abrasadoramente intensos y distintos a cuanto conocía. Estaba a punto de derretirse... y se derritió, gimiendo mientras se sumergía en frenéticas marejadas de sensaciones.

De forma instintiva lo estrechó cuando su cuerpo se puso rígido. Gavin dejó escapar un prolongado y extendido quejido, como si le separaran el cuerpo del alma.

Sin aliento, Alex se aferró a él algo mareada y pendiente de cada latido de su corazón hasta que gradualmente se serenó.

—Me siento como si hubiera estado en una de las violentas tormentas del Pacífico y a duras penas hubiese sobrevivido.

—Has alcanzado tu propósito de posesión —reconoció Gavin sin tenerlas todas consigo—. No sabes lo que me gustaría abrazarte para ampararte de la tormenta.

Con el rostro encendido Alex tiró de la punta de uno de los pañuelos, le soltó la muñeca izquierda y a continuación le liberó la derecha. Los brazos de Gavin la colmaron de ternura y seguridad. Apoyó la cabeza en su hombro y apartó la cara al tiempo que mudamente agradecía que no la odiase por su actitud disparatada y desaforada.

—Me siento muy avergonzada, como si acabase de sufrir un ataque de locura.

—La pasión es una de las formas de la locura. En tu caso, se ha alimentado de la furia por todo lo que has sufrido. —Su abrazo se hizo más estrecho—. Me alegro de que escogieras esta salida airada en lugar de emplear el kris.

Alex se estremeció de sólo pensarlo y comprendió que Gavin tenía razón en lo referente a su ira. Se percató de que había dirigido parte de su cólera contra él. Era absurdo, ya que había insistido en que el capitán rindiera «culto a la diosa» a través de ella durante el juego del león. Un fragmento primitivo y profundo de su persona lo había odiado por violarla y su ira resultaba todavía más amarga porque sabía que no tenía derecho a sentirla.

—Lo que has dicho acerca de la cólera es cierto, pero me equivoqué al descargarla sobre ti. Esta experiencia ha sido muy... muy perturbadora.

—Para mí también, aunque ahora tengo una idea aproximada de lo que significa sentirse desvalido —admitió Gavin pensativo—. Me has acusado de ser el rey del control. Me parece que es una suerte que hayas hecho añicos ese control.

—Puede ser, Gavin, pero de todos modos lo lamento. En este momento no me quiero demasiado a mí misma —se quejó Alex.

—Calla, mi amada Iskandra. —La cogió de la nuca y aplacó sus nervios alterados—. Hay que reconocer que la experiencia ha sido bastante inquietante, pero lograste lo que hasta ahora había sido imposible.

Sólo en ese momento Alex se percató de que por fin habían consumado el matrimonio, si bien era una manera suave de describir esa cópula tan delirante y perversa. Al fin eran, irrevocablemente, marido y mujer. La satisfacción de lo conseguido prácticamente acabó con su avergonzado arrepentimiento.

—No me apetece volver a atarte, pero este sillón me gusta. La forma en que estuvimos sentados es... es distinta. Y excitante. Me gustaría probarlo de nuevo.

El capitán empezó a reír, con el pelo alborotado y su apostura casi insoportable.

—Compraré un juego de sillones como este y los repartiremos por la casa y la oficina.

—Ahora que lo pienso, en uno de los cuartos de invitados de casa hay un sillón igual. —Alex sonrió como una niña traviesa—. Pediré que lo trasladen a mi dormitorio.

Repentinamente Gavin se puso serio.

—¿Podemos convertirlo en nuestro dormitorio?

Alex titubeó mientras seguía ahondando en los rincones oscuros de su mente.

—Creo que sí. Tengo la sensación de que se ha desplomado una pared mental. Puede que aún queden algunas piedras sueltas, pero lo peor ha pasado.

—No sabes cuánto me alegro. Me gusta compartir la cama contigo y tenerte cerca. —El capitán sonrió—. También me alegro enormemente de que decidieras trabajar aquí.

Ese comentario la devolvió al entorno. La noche había caído y llegarían muy tarde a cenar. Le costó abandonar el regazo de Gavin. Montarlo había sido más fácil que apartarse sin tropezar, pero el capitán la sujetó.

Se arrodilló para desatarle los tobillos y exclamó:

—¡Qué absurdo es todo esto! ¡Precisamente aquí, en tu propio despacho!

Alex miró hacia fuera y se alegró de que en las proximidades no hubiese edificios desde los cuales pudiesen observarlos.

Finalmente, Gavin se puso en pie poco a poco y estiró cautelosamente las piernas.

—La pasión es absurda y también puede resultar delirante. Por si eso fuera poco, es una de las mayores alegrías que existen.

La cogió de la mano, la ayudó a incorporarse y la besó con profunda ternura.

Alex se acercó sin el menor temor.

—Jamás debí acusarte de no entender —susurró—. Comprendes más que el resto de los hombres que conozco.

30

Cuando lograron recobrar una mínima apariencia de respetabilidad ya era noche cerrada. Gavin se alegró de llevar el farol porque nunca había visto la calle tan tranquila como cuando salieron del almacén rumbo a la cuadra de caballos de alquiler de la cercana Ratcliff Highway, donde aguardaba un carruaje para trasladarlos a casa.

La soledad significó que pudo abrazar a Alex mientras caminaban, aunque tal como se sentía esa noche lo habría hecho de todas maneras. Pese a los aspectos angustiosos del encuentro sexual, ambos se mostraban juguetones, alocados y apenas podían quitarse las manos de encima. Gavin soñaba con la hora de irse a la cama. En el peor de los casos al menos podría abrazarla toda la noche. Tal vez comprobarían si aquella muralla mental realmente se había desplomado...

Alex le rodeó la cintura con el brazo.

—¿De qué te ríes?

Gavin la besó en la sien.

—De los malos pensamientos que tengo.

A pesar de que había poca luz el capitán notó que su esposa se ruborizaba. Estaba adorablemente desarreglada. Volvió a besarla y se alegró de haber atinado al suponer que era una mujer intrínsecamente apasionada. Se dispuso a llevar una existencia de exploración mutua.

Varios marineros salieron de un callejón con el paso inseguro de los tripulantes que vuelven al barco tras beber. Gavin los vigiló y, por pura rutina, acercó a Alex a los edificios. Aunque los peligrosos tugurios del East End no se hallaban muy lejos, la zona de los almacenes era tranquila y los agentes de la recién creada Policía Metropolitana la patrullaban regularmente.

Los marineros se encontraban a la altura del matrimonio cuando el que iba en primer término se dio bruscamente la vuelta con la navaja en la mano y expresión sobria al tiempo que lanzaba cuchilladas a Gavin y gritaba:

—¡Es él!

Instintivamente Gavin situó a Alex a sus espaldas al tiempo que esquivaba los navajazos y la embestida de otro individuo. Soltó el farol para tener ambas manos libres, agarró el brazo de su agresor y lo descoyuntó. El hombre chilló de dolor cuando el capitán lo lanzó contra sus compañeros.

La prueba definitiva del *pentjak silat* consistía en la lucha de uno contra muchos. Los reflejos adiestrados se hicieron cargo de la situación, Gavin acortó distancias y cayó con fuerza sobre el siguiente agresor, al que retorció el cuello antes de volverse y asestar una patada brutal en la pierna del tercer atacante. Por debajo de sus movimientos fríos y letales fluía la cólera de que lo atacasen de esa manera en presencia de su esposa.

—¡Gavin, detrás de ti! —gritó Alex.

Giró al tiempo que lamentaba no disponer de un kris o de un bastón. Paró con la mano izquierda la navaja que descendía, llevó a cabo una toma de asimiento y arrojó a su adversario contra la pared de ladrillos. El hombre chocó y se oyó el crujido de los huesos. Algo más lejos Alex se pegó a la pared cuando un individuo enjuto, fuerte y con cara impasible se aproximó armado con una navaja. Gavin estaba a punto de acudir en su auxilio cuando Alex le asestó una patada en la entrepierna y, cuando cayó al suelo aullando de dolor, le pisó la mano con la que esgrimía la hoja.

—¡Eh, ustedes!

Al grito de autoridad le siguió el estridente estrépito de un silbato policial. En la esquina apareció el perfil inconfundible de un agente con chistera, cuyo farol bamboleante creaba sombras grotescas en medio de la calle.

—¡Peeler se acerca!

Tras lanzar ese grito de advertencia uno de los atacantes echó a correr hacia el callejón. Otros dos lo siguieron y trastabillaron a causa de las heridas. El agente los persiguió y ordenó a gritos que se detuvieran.

—Alex, ¿estás bien? —Tembloroso, Gavin se acercó a ella y apenas reparó en lo mucho que le escocía el antebrazo izquierdo.

La mujer asintió insegura.

—¿Y tú?

—Estoy bien.

El capitán la abrazó y sintió el miedo que durante el ataque no había tenido tiempo de experimentar.

—¡Me he defendido! —susurró Alex impetuosamente—. ¡Esta vez me he defendido!

—Y te defendiste muy bien.

Gavin la estrechó en sus brazos, aterrorizado de sólo pensar en lo que podría haber ocurrido.

El agente llegó con la porra en la mano y sin aliento tras la inútil persecución. Era un hombre voluminoso, poderoso y de porte auténticamente militar.

—¿Están bien?

—Me parece que sí —repuso Gavin.

—Señor, ¿qué ha pasado?

—Mi despacho se encuentra en la parte de arriba de aquel almacén —explicó el capitán y lo señaló—. Habitualmente mi esposa y yo nos marchamos más temprano, pero estábamos... nos quedamos trabajando y no nos dimos cuenta de lo tarde que era. Nos dirigíamos a la cuadra de alquiler cuando de repente esos marineros borrachos nos atacaron.

El agente se arrodilló junto a los dos atacantes que no habían escapado. Tras una rápida comprobación declaró:

—Están muertos. —Miró a Gavin con los ojos entornados—. ¿Lo ha hecho con las manos?

¿Ambos estaban muertos? Gavin asintió, asqueado por la idea de haber matado sin saber conscientemente qué hacía. Aunque en el pasado había apelado al *pentjak silat* como modo de defensa los resultados nunca habían sido letales.

—Iban armados con navajas.

—Lo sé, pero no huelen a alcohol. Es extraño tratándose de marineros borrachos. —El agente se incorporó—. Señor, tendrá que venir a comisaría a declarar.

En el suelo había un par de objetos de color claro. Gavin recordó que el cabecilla los había dejado caer al comienzo de la pelea, por lo que se agachó y los recogió.

Mientras el capitán los observaba helado, el agente preguntó:

—¿Qué es lo que ha encontrado?

—Sólo un par de dados. Supongo que los marineros hicieron apuestas. —Se los guardó en el bolsillo—. ¿La visita a la comisaría puede esperar hasta mañana a primera hora? Mi esposa ha reaccionado valientemente y me gustaría acompañarla a casa.

El capitán miró a Alex, que hundió los hombros como si estuviese a punto de desplomarse. Intentó rodearla con el brazo como forma de apoyo, pero la mujer frunció el ceño y en el acto su expresión pasó de agotamiento a preocupación.

—¡Estás sangrando!

Gavin bajó la mirada y comprobó que tenía la manga izquierda empapada en sangre. Alex la arremangó eficazmente y convirtió un pañuelo en un improvisado vendaje. El capitán se preguntó si era uno de los que había utilizado hacía un rato con fines salaces. Sacó su cartera y entregó una tarjeta al agente.

—Soy Seabourne.

El agente arrugó el entrecejo mientras leía la tarjeta.

—Vaya, el conde yanqui. Milord, he oído hablar de usted. Soy el agente Mayne y esta es mi zona.

—Encantado de conocerlo. Es una suerte que hiciera acto de presencia porque, de lo contrario, no sé qué habría ocurrido.

Mayne miró los cadáveres.

—No creo que haya corrido demasiados peligros —declaró con inequívoca brusquedad—. De todos modos, en el futuro tendrá que ser más cuidadoso y mirar por dónde camina.

—Es lo que pretendo. —Gavin rodeó los hombros de Alex—. ¿Le molestaría acompañarnos hasta la cuadra de alquiler? En su compañía me siento más seguro.

—Puede coger el carruaje para desplazarse a comisaría. Dado que hay dos muertos tengo que pedirle que se presente esta misma noche. —Mayne se mostró amable pero implacable—. Milord, no llevará mucho tiempo.

Gavin estuvo a punto de caer en la tentación de apelar a su condición de lord, pero se contuvo porque era algo que detestaba.

Además, lo más aconsejable era cumplir lo antes posible con la parte oficial del incidente.

Abrigó la esperanza de resolver con la máxima presteza las repercusiones del ataque.

En comisaría se mostraron amables y muy minuciosos. Cuando terminaron de responder a la andanada de preguntas y regresaron a casa Gavin y Alex estaban tan cansados que se fueron directamente a la cama. Durmieron juntos. El capitán despertó a primera hora de la mañana siguiente y se dio cuenta de que estaba abrazado y pegado a su esposa. Experimentó una sensación intensamente conyugal y se dio cuenta de que hacía varias semanas que no dormía tan bien.

Hundió la cara en la melena de su esposa, la besó en la nuca y le acarició lentamente un pecho. Llegó a la conclusión de que, al menos en verano, haría calor suficiente para dormir sin camisa de noche. Se preguntó si su esposa estaría dispuesta a considerar esa posibilidad. La víspera se había mostrado tan abierta de miras...

Alex despertó, se dio la vuelta y quedaron cara a cara. Le pasó suavemente la mano por el hombro y el brazo.

—Es evidente que lo de anoche fue real.

—Me temo que sí.

—No exagerabas cuando hablabas del carácter letal del *pentjak silat*. Ahora entiendo por qué estabas tan preocupado cuando luchaste con Kasan.

—Tendría que haber sido más cuidadoso, pero como estabas allí... —Se le contrajo un músculo del mentón—. Perdí el control.

Alex lo observó con gran seriedad.

—No podemos tomarnos la muerte a la ligera, pero tampoco siento demasiada simpatía por esos delincuentes asesinos. —Arremangó la manga izquierda de la camisa de noche de Gavin y repasó el vendaje que le había hecho la víspera, antes de que se fueran a la cama—. No sabía que tenías un tatuaje.

—Que ahora quedará atravesado por una cicatriz —acotó Gavin, deseoso de cambiar de tema—. Me lo hizo un compañero de tripulación cuando era joven e insensato. Afortunadamente a los dieciséis años tuve los dos dedos de frente imprescindibles para no hacerme el tatuaje en un lugar visible.

Alex estudió el dibujo pese a que estaba prácticamente tapado por la venda.

—¿Qué es?

—Un águila americana. —El capitán sonrió—. Hasta la muerte permaneceré marcado como yanqui.

—No es una mala elección. —Alex se acercó, le besó el cuello y le acarició el pecho en sentido descendente—. En modo alguno es una mala elección.

Gavin se encendió de pasión. Desde que se habían convertido en amantes su cuerpo anhelaba compensar el prolongado celibato. A Alex debía de pasarle lo mismo, ya que respondió impaciente a sus mimos. Su respiración se aceleró, separó las piernas y aceptó de buen grado sus caricias.

Le habría gustado incorporarse y hundirse en ella hasta olvidar la violencia de la víspera, pero la sensatez lo retuvo y preguntó:

—¿Sigues pensando que el muro mental se ha desplomado?

Alex titubeó.

—Me parece que sí.

—La respuesta no es tan clara como me gustaría. Por lo tanto...

Gavin cogió a su esposa de la cintura, se tumbó boca arriba y la sentó sobre su cuerpo.

—¡Vaya! —Alex contuvo el aliento sorprendida—. ¡Vaya! —repitió con una entonación distinta mientras se acomodaba en la nueva posición y rodeaba con sus piernas a Gavin—. Diría que se parece mucho a sentarme en tu regazo.

—Averígualo.

El capitán lamentó que no se le hubiera ocurrido antes. Le encantaba sustentar el peso de su delicado cuerpo femenino y acariciar las deliciosas curvas de su trasero, al tiempo que era igualmente evidente que a Alex no le agradaba sentirse atrapada bajo su peso.

Alex apartó hábilmente las camisas de dormir y se acomodó sobre él al tiempo que dejaba escapar un gemido de placer. Meneó lentamente las caderas y comentó:

—Ahora resulta todo muy civilizado. No se parece en nada a lo vivido ayer.

La experiencia de la víspera había sido educativa pero angustiosa, mientras que la de la mañana resultó apacible y profundamente satisfactoria. Hicieron el amor fluidamente, como animales marinos rodeados por el calor del océano tropical. Cuando descubrió que podía controlar el ritmo de la cópula Alex se dedicó a experimentar con gozoso deleite. La delicadeza se convirtió en deseo abrasador y concluyó con arrolladora satisfacción. Incluso después de quedar agotados y jadeantes Gavin la sostuvo sobre él.

—Durante el resto de mi vida me gustaría despertar cada mañana de esta manera.

—Yo estoy dispuesta a que así sea.

Alex le besó el cuello, sus labios suaves percibieron el pulso de Gavin y su cabellera sedosa le cubrió la cara y los hombros. El capitán reconoció azorado que se sentía más feliz de lo que nunca había imaginado.

Pero los momentos perfectos no duran para siempre. Al cabo de unos minutos Alex se apartó y se tapó la boca con la mano antes de decir:

—Levantémonos antes de volver a dormirnos. El sargento fue muy amable al proporcionarnos empanadillas de carne durante el interrogatorio, pero no fue una cena como corresponde. Sueño con un baño seguido de un copioso desayuno.

—Yo también.

Gavin sospechaba que aquellos alimentos había sido el modo en que la policía había reconocido su categoría social... y en que el sargento agradecía que no lo hubiesen utilizado para dificultar el cumplimiento de sus obligaciones.

Alex abandonó el lecho y se puso seria.

—Sé que dicen que el East End es peligroso, pero en el almacén siempre me he sentido segura. Ahora comprendo que se trata de una insensatez por mi parte. Supongo que tan cerca del puerto cabe esperar la presencia de ladrones y marineros borrachos.

—El ataque contra nosotros no ha sido casual. Mejor dicho, se trata de un ataque contra mí.

Alex frunció el ceño mientras se ponía la bata.

—Tienes razón, ya que el primer atacante sabía que iba por ti. ¿A qué crees que se debe?

—Enseguida vuelvo. —Gavin se dirigió a su dormitorio, se puso el batín y cogió los dados que había encontrado en la calle. Regresó a la habitación de Alex y dejó caer los dados en su mano—. Me dejaron este recordatorio.

La mujer lanzó una exclamación de sorpresa.

—¡Son dados maduríes de doce caras! ¿Por qué los dejaron?

—Supongo que se trata de una incomprensible tarjeta de visita que habría aparecido junto a mi cadáver y que sólo quien quería verme muerto habría comprendido su significado.

—¿El sultán Kasan sería capaz de enviar a alguien a la otra punta del mundo sólo para que te mate? De haberte querido muerto habría ordenado tu ejecución en Maduri.

—Pienso exactamente igual. Con toda probabilidad se trata de otra persona, pero no sé de quién. —Cogió los dados y estudió los símbolos que lo habían conducido hasta donde se encontraba en ese momento—. Tal vez el primo Phillip quiere recobrar el título, el resentimiento de Barton Pierce se ha vuelto letal o tu posesivo ex pretendiente quiere que vuelvas a enviudar para tener otra oportunidad de conquistar tus favores.

Alex se estremeció.

—Hay demasiadas posibilidades.

—Y lo más seguro es que todas sean erróneas y la verdad corresponda a algo totalmente distinto.

El capitán se guardó los dados en el bolsillo y, aunque le habría gustado transmitir esa información a la policía, se dio cuenta de que no tenía nada sólido que ofrecer a aquellos caballeros tan sensatos y prosaicos.

—¿Crees que yo también estoy en peligro?

Le habría gustado mentir, pero Alex estaría más segura si sabía la verdad.

—Es posible. Tal vez no te habrían dejado viva por considerarte testigo del asesinato. —Cuando su esposa se estremeció, Gavin apostilló con voz baja—: Alex, lo siento mucho. Jamás imaginé que podrías correr peligro por estar a mi lado.

La mujer lo miró a los ojos.

—Todo lo contrario, soy yo la que te pone en peligro. Si no me hubieras rescatado indudablemente habrías abandonado Maduri sin granjearte enemigos.

—Tal vez. Sea cual fuere la razón del ataque, está claro que debemos tomar precauciones. En el futuro saldré armado y no quiero que vayas sola a ningún sitio. —En cuanto Alex accedió, el capitán se preparó para plantear una cuestión que sentaría muy mal a su esposa—. Hasta que este asunto se resuelva será mejor que no trabajes en el despacho del almacén.

La actitud cooperadora de Alex se esfumó.

—¿Dejarás tú de ir al despacho?

—No, aunque te garantizo que no me quedaré hasta tarde.

—¿Por qué puedes arriesgar tu vida y yo no? —Frunció las cejas con expresión irónica—. Si la zona de los almacenes es insegura para mí también lo es para ti. Mejor dicho, para ti es todavía más peligrosa porque fuiste el blanco del ataque.

Gavin reprimió su exasperación.

—No quiero que ninguno de los dos corra riesgos innecesarios. Tengo que trabajar casi todos los días en el despacho hasta que Peter Spears aprenda a manejarse sólo, pero la administración de fincas puede llevarse perfectamente desde casa y este es un barrio totalmente seguro. En Mayfair los matones contratados como los que nos atacaron anoche llamarían la atención como si se tratase de camellos.

Alex entornó los ojos.

—Gavin, no permaneceré presa en mi propia casa ni permitiré que el miedo domine mi vida. Si te arriesgas a ir al East End yo haré lo mismo.

—¡Maldita sea, Alex, no lo permitiré...!

El capitán no se percató de que gritaba hasta que la puerta se abrió y Daisy entró con la bandeja del desayuno para Alex. Atemorizada, la muchacha murmuró una respuesta tartamudeante y se dispuso a retirarse.

Gavin respiró hondo.

—Tranquila, Daisy, no hay ningún problema. Simplemente discutíamos, aunque estoy seguro de que mi esposa prefiere desayunar. —Se dirigió a Alex—: Lamento haber perdido los estribos. Hablaremos de esta cuestión después del desayuno.

En cuanto Alex movió afirmativamente la cabeza el capitán se retiró a sus aposentos. Estaba muy afectado por su estallido. Su ecuanimidad era legendaria entre sus subordinados, pero acababa de descubrir que perdía el control en todo lo que tenía que ver con la seguridad de Alex. La víspera había matado a dos hombres con sus propias manos porque la amenazaron y esa mañana la idea de que corriese algún peligro obnubiló su sensatez. Probablemente con sus palabras sólo había reforzado la decisión de ponerse en situación de peligro.

Cuando la madre de Alex le preguntó si amaba a su hija, Gavin no había sabido qué responder, pero las semanas transcurridas desde su llegada a Londres le habían permitido aclarar sus sentimientos. Como pensó que su corazón había muerto con Helena no se dio cuenta de que poco a poco se había enamorado de Alex. No podía ni quería compararla con Helena, ya que eran radicalmente distintas. Día a día Alex lo había conquistado con su valentía, su franqueza, su amabilidad y su pasión.

Amaba profundamente a su esposa... y no soportaba la idea de perderla.

Alex se miró sin verse en el espejo y tembló ligeramente. ¡Y pensar que había supuesto que en Inglaterra su vida sería benditamente tranquila! En menos de veinticuatro horas había descubierto un alboroto interior cuya existencia ni siquiera imaginaba, habían intentado asesinarla y había tenido la primera discusión con su marido. Hasta entonces no se había percatado de que confiaba plenamente en el temperamento equilibrado y en el apoyo de Gavin. Por todo esto le resultaba muy perturbador que estuviese enfadado con ella.

—Milady, ¿se encuentra bien? —inquirió Daisy preocupada.

Alex se preguntó si las experiencias vividas llevaban a su doncella a temer que Gavin se mostrara violento. Hizo acopio de fuerzas y cogió de la bandeja una humeante taza de té.

—Estoy bien. Mi marido y yo solamente hemos tenido un ligero desacuerdo.

Sin más comentarios la doncella recogió la ropa de la víspera, que Alex había dejado sobre el sofá porque cuando regresó de la comisaría estaba demasiado cansada. Daisy llevaba un vestido sencillo pero elegante que había hecho con el retal de lino color rosa que Alex le había regalado. Poseía un estilo natural que cualquier modista profesional envidiaría. De todas maneras, no había perdido la angustia con la que había llegado a la casa y casi siempre parecía a punto de echarse a llorar.

—Daisy, ¿estás contenta en esta casa? —quiso saber Alex.

La pregunta sobresaltó a la joven.

—Milady, todos han sido muy amables. Nunca me habían tratado tan bien.

Estaba claro que Daisy no sabía cómo reaccionar ante las muestras de amabilidad.

—¿Qué tal van las clases de lectura?

El rostro de la criada se encendió con sincera alegría.

—La señorita Hailey es una profesora excelente. Dice que nunca ha tenido una alumna que aprenda tan rápido. Ayer leí yo sola un capítulo entero de uno de los libros de la señorita Katie. —Calló y enseguida añadió concienzudamente—: La señorita Hailey me ayudó con las palabras que no conozco.

—¡Cuánto me alegro! —declaró Alex encantada—. A mí me enseñó a leer mi madre. Recuerdo que decía que la lectura es el modo de allanar el camino para llegar adonde queremos ir.

—Allanar el camino... —repitió Daisy reflexiva—. Por eso no quieren que los esclavos aprendan a leer. Los amos no están dispuestos a que aprendan a soñar.

Esa parca declaración resultó demoledora. A Alex se le hizo un nudo en la garganta y preguntó:

—Daisy, ¿qué trato te dieron como esclava? Eres tan lista y atractiva... En un mundo justo habrías tenido muchísimas más oportunidades.

—Señora, para una esclava ser bonita e inteligente es una desgracia —reconoció Daisy con amargura—. Por esa razón la señorita Amanda me sacó de los algodonales y me llevó a la casa grande para prepararme como doncella. No le gustaba cómo hablábamos los esclavos, por lo que me enseñó a hablar como los blancos y me azotaba cada vez que cometía un error. En cuanto a lo de bonita... —Tragó saliva con dificultad—. El marido de la señorita Amanda pensaba lo mismo y por eso la mujer me vendió. De esa forma me alejó de la plantación y de mi familia.

—¡Daisy, es terrible! —Alex la miró horrorizada. Su propia experiencia de cautiverio le proporcionó la comprensión visceral de lo que la doncella decía y, sobre todo, de lo que callaba—. La esclavitud es mala. Es un insulto a Dios y a lo mejor de la humanidad. Haré lo que pueda por combatirla durante el resto de mi vida.

—Señora, es muy bueno de su parte.

Daisy intentó ser amable y estaba claro que pensaba que Alex se refería a que de vez en cuando colaboraba económicamente con la Sociedad en favor de la abolición de la esclavitud.

A Alex se le ocurrió una idea.

—Te ruego que no hables con nadie de lo que estoy a punto de decir, ya que puede ser peligroso. Busco información que contribuya a que la Armada Real bloquee el contrabando de esclavos entre África y el continente americano. ¿Conoces a alguien que sepa algo de estas actividades o que esté dispuesto a aguzar el oído y recoger datos en las tabernas de los marineros?

—¡Milady, no se mezcle con los negreros! ¡Son muy peligrosos! —exclamó Daisy.

Alex se preguntó qué experiencia espantosa había generado tanta vehemencia.

—Tienes razón, pero precisamente por eso hay que detenerlos. ¿Conoces a alguien que pueda ayudarme?

Daisy palideció, como si librase una batalla interior. Tras un largo silencio respondió a regañadientes:

—Puede que conozca a un hombre que sepa algo. Pero para encontrarlo tendría que pasar varias horas fuera de casa.

—Cuentas con mi permiso. No sabes cuánto te agradezco que intentes ayudarme.

Alex terminó ufana su taza de té. Cabía la posibilidad de que el amigo de Daisy abriese un nuevo canal de información y que incluso contribuyera a encarcelar a un negrero. Valía la pena correr algunos riesgos a cambio de algo tan importante.

31

A Gavin le encantaba el comercio del té, razón por la cual lo reconfortaba caminar por el almacén poco iluminado. El ataque de la víspera le había provocado la misma intranquilidad que experimentaba cuando, en alta mar, percibía el acercamiento de una tormenta y sabía que se desataría, aunque ignoraba cuándo o con qué intensidad.

En comparación el almacén era un santuario de paz y orden. Caminó por los pasillos silenciosos, entre altas pilas de cajones de té, y tocó algunas de las alegres ilustraciones pintadas por los artistas chinos. Había una pila de delicado Young Hyson y al lado otra de Oolong parcialmente fermentado, que en China se conoce como el té del «dragón negro». Por no hablar del ahumado Lapsang Souchong, del intenso Congou, del popular Pekoe y de muchos más, cada uno con su personalidad. Conocía cada fase del proceso, desde la plantación, pasando por la recolección y el procesamiento para llegar al embalaje que permitía que esas benditas hojas recorriesen medio mundo y satisficieran a los nerviosos occidentales.

Hizo un alto en la inmensa sección dedicada al Earl's Blend, que se mezclaba en Cantón y se preparaba con proporciones exactas pero secretas de té y cáscara de bergamota para darle ese sabor fresco y afrutado. Si pensaba en el té se acordaba automáticamente de Kyle, que era quien había creado dicha combinación. Gavin había sido afortunado el día que un encuentro casual se convirtió en una relación personal y comercial muy gratificante. Era una lástima que Kyle se encontrase en su casa de campo. Le habría gustado analizar la situación con su amigo.

Kyle había elegido bien el edificio que les servía de almacén. Como todos los depósitos del puerto de Londres se alzaba sobre las célebres bóvedas con bodegas de vino que ocupaban una inmensa superficie; la estructura era amplia, segura y al encontrarse justo en el puerto simplificaba el transporte de las mercancías desde los barcos hasta los depósitos. El almacén estaba prácticamente lleno y los cajones de té llegaban casi al techo. Las existencias disminuirían gradualmente hasta que, a principios del verano siguiente, llegasen nuevos envíos.

Aunque los despachos de la empresa, situados en la planta superior, apenas olían a té, en el almacén el aroma era penetrante. A algunas personas les resultaba demasiado fuerte, pero a Gavin no le molestaba. El té se había portado muy bien con él, lo mismo que la seda, las especias y la porcelana. Cada mercancía tenía su sección en el almacén, pero el té conformaba los cimientos de Elliott House.

En cuanto el despacho londinense marchase sobre ruedas bajo la dirección de Peter Spears, Gavin emprendería una nueva actividad, tal vez montaría un elegante salón de té donde los empresarios podrían descansar un rato, probar diversas mezclas y tomar comidas ligeras en un ambiente agradable. Y si tenía éxito abriría más salones. Y un local donde las señoras se sintieran cómodas. Había visto un par de sitios adecuados en el elegante West End. Obviamente, los salones de té se llamarían Elliott House.

—¿Espera que el té le diga algo?

La voz apacible de Suryo arrancó a Gavin de sus reflexiones y lo devolvió al presente. El despacho del malayo se encontraba en esa planta y era el destino final del recorrido de Gavin por el almacén. Se volvió hacia su amigo.

—Supongo que sí, pero hoy no está muy locuaz. ¿Te has enterado de que anoche nos atacaron en la calle?

Suryo movió afirmativamente la cabeza.

—Y de que el *pentjak silat* le resultó muy útil.

—Si no hubiera tenido tan buen maestro probablemente estaría muerto y Alex también. —El capitán dejó escapar un suspiro—. De todos modos, no pretendía matar a esos hombres.

—Sólo intentó proteger a su esposa. Cualquiera hubiera hecho lo mismo. —La mirada de Suryo se tornó distante—. Matar a alguien con las manos suele resultar... es perturbador. Las víctimas acaban igual de muertas que cuando pierden la vida de un cañonazo, como sucedió en el océano Índico con los piratas que intentaron abordar la *Helena*.

Como de costumbre, la serena sensatez de Suryo contribuyó a ver la situación con perspectiva. Gavin sacó del bolsillo los dados maduríes y los lanzó a su amigo.

—Me los tiró uno de los atacantes. ¿Se te ocurre alguien que esté relacionado con Maduri y que desee verme muerto?

Suryo cogió los dados con expresión muy seria.

—Diría que no se trata del sultán Kasan. La vinculación con Maduri no es necesariamente importante. Aunque sólo usted, su señora y yo conocemos la verdad de lo ocurrido en la isla, se sabe que visitó Maduri y la encontró allí. Es posible que un tripulante de la *Helena* llevase los dados desde la isla, se los entregara a otra persona y anoche lo utilizase para desviar la atención. —Suryo devolvió los dados al capitán—. Hay varias explicaciones.

Lamentablemente era cierto. Gavin analizó las posibilidades que le había comentado a Alex. Aunque había incluido al antiguo pretendiente despechado, la contratación de matones era demasiado complicada en el caso de un militar como el comandante. Colwell era la clase de persona que intentaría retarlo a duelo. Phillip Elliott resultaba más convincente como sospechoso. Era bastante despierto y daba la sensación de que todavía no había asimilado la pérdida de los honores como Seabourne, pero su desilusión no parecía mortal.

—Me encantaría achacar el intento de asesinato a Barton Pierce, pero no sé cuáles pueden ser sus motivos —comentó Gavin—. Nunca le he caído bien, pero es bastante sensato y nada justifica que quiera matarme. No represento una amenaza para él ni creo que se juegue todo lo que ha creado a cambio de matar inútilmente a un hombre.

Suryo asintió.

—Aguzaré el oído en las tabernas para enterarme si dicen algo de los atacantes que escaparon.

—Te lo agradezco. —Ese comentario le recordó lo que Alex le había contado—. Antes de que se me olvide, me han dicho que te has convertido en el principal investigador sobre el contrabando de esclavos. Te ruego que tengas mucho cuidado.

—Lo tengo. Y ustedes también deben tenerlo.

—Ya he tomado precauciones. —A partir de ahora siempre llevaría el kris escondido y cuando saliera llevaría la espada. Era lamentable que la víspera hubiese ido desarmado—. ¿Crees que tus investigaciones pueden tener que ver con el ataque de anoche?

Suryo lo pensó y negó con la cabeza.

—Estoy seguro de que nadie conoce mis actividades porque, en ese caso, sería mi vida la que correría peligro.

Gavin asintió pues había llegado a la misma conclusión.

—He pedido a mi esposa que no venga al almacén hasta que pase el peligro. Hoy ha accedido a quedarse en casa, pero temo que tendremos más de una discusión por este asunto.

Suryo le dedicó una de sus contadas sonrisas.

—Es una mujer extraordinariamente independiente.

Se trataba de una contradicción irresoluble.

Katie miró la costura y preguntó:

—¿Por qué tengo que aprender a coser si lo detesto y tú reconoces que también te desagrada?

—Porque hacer cosas que nos desagradan es bueno para la disciplina —replicó Alex, que no hablaba en broma—. Además, es imprescindible que las mujeres aprendan a salir de un apuro con la aguja. Podría ser mucho peor. No hace mucho la señora de la casa estaba obligada a hilar y a tejer su propia tela. Algunas mujeres todavía lo hacen.

—¿Puedo esquilar ovejas? —preguntó Katie esperanzada—. Las ovejas me chiflan.

Alex lo tomó en consideración.

—Para esquilar hace falta mucha fuerza porque las ovejas protestan enérgicamente. La primavera que viene buscaremos ovejas en la época de la esquila y veremos cómo se hace.

—¿Me lo prometes?

—Te lo prometo.

El coronel tenía ovejas en su finca de campo y acudir a la esquila de primavera sería la excusa para realizar una visita. Además, a Alex le gustaba ver la esquila.

Daisy entró en el saloncito, vio a Katie y se dispuso a retirarse. Alex reparó en la expresión tensa de su doncella y preguntó:

—Daisy, ¿tienes algo que decirme?

—Sí, señora, en cuanto esté libre.

Alex se dirigió a su hija:

—Katie, ¿no crees que ha llegado el momento de ir a la cocina y averiguar qué están preparando?

—¡Claro que sí!

Salvada de la costura, Katie abandonó el saloncito a saltos después de sonreír agradecida a Daisy.

En cuanto Katie salió la doncella explicó:

—He encontrado a mi amigo y sabe bastantes cosas que pueden ayudarla.

—¡Magnífico! ¿Qué ha dicho?

Daisy clavó la mirada en el suelo.

—Trabaja en una taberna de un puerto. Es americano, como yo, un esclavo que escapó a Canadá y luego viajó hasta aquí. Dice que conoce el nombre de uno de los principales negreros ingleses... se trata de un hombre aparentemente respetable que tiene varios barcos de transporte de esclavos. Mi amigo quiere denunciarlo para que se sepa de qué madera está hecho, pero nadie hará caso de un negro pobre.

—Yo sí le haré caso y conozco a varios hombres muy importantes que me escucharán.

Alex se preguntó si ese amigo era el novio de Daisy. Cabía esa posibilidad. La muchacha nunca mencionaba su vida privada ni aludía a la temporada que había pasado como esclava de Frederica Pierce. Alex jamás la presionaba. Daisy necesitaba intimidad y se la había ganado a pulso.

—Ha dicho que se reunirá esta tarde con usted. —Daisy le lanzó una fugaz mirada de soslayo—. La verá cerca del puerto.

—¿Tan pronto? —inquirió Alex sorprendida.

La nerviosa doncella se humedeció los labios.

—Está bastante asustado y si pasa demasiado tiempo podría cambiar de idea.

Alex se hizo cargo de las circunstancias, ya que no quería perder a un valioso informador. Por otra parte, tras el ataque de la víspera no estaba dispuesta en absoluto a franquear la puerta de una taberna portuaria.

—¿Se reunirá con Seabourne y conmigo en Elliott House?

Daisy titubeó.

—Supongo que estará dispuesto. No queda lejos de la taberna donde trabaja. De todos modos, debe ir sola pues mi amigo no hablará con un hombre blanco.

—¿Y si me acompaña Suryo? —El isleño no era africano ni blanco y su serena presencia no resultaba amenazadora.

—¿El señor Suryo? —Daisy puso cara de consternación—. No, tiene que ir sola y únicamente la verá porque... porque usted me ha ayudado. —Se le quebró la voz—. Le diré que vaya a última hora de la tarde, después de que cierren la oficina, pero antes de que oscurezca y haya mucho trabajo en la taberna.

Alex tomó rápidamente una decisión:

—De acuerdo. Dile que estaré sola si esta tarde, a las seis y media, se presenta en las oficinas de Elliott House.

Pediría al mozo de cuadra más joven que la llevase en el carruaje pequeño y le daría órdenes de recogerla en la puerta una hora después. A Gavin no le gustaría, pero sólo se enteraría una vez que hubiera ocurrido... probablemente se cruzarían por el camino. Le pareció bastante seguro.

Y si no lo era... bueno, no estaría indefensa.

Gavin despidió un poco más temprano que de costumbre a los trabajadores de la oficina y del almacén a fin de que salieran en grupo y no aisladamente. Sabía que era demasiado cauteloso, pero su intuición estaba muy aguzada después del ataque. Había dedicado la jornada a planificar las medidas de seguridad y a intentar deducir quién quería destruirlo. El primer asunto había sido muy sencillo y el segundo aún lo tenía desconcertado. Lo único que consiguió fue tratar de impedir que algún miembro de su familia o sus empleados se convirtiesen en víctimas inocentes de un acto violento.

Llegó a casa deseoso de hablar con Alex. Llamó al mayordomo y preguntó dónde estaba su esposa.

—La señora ha salido de casa y le ha dejado esta nota —respondió Bard.

Gavin la abrió y se extrañó de que a esa hora su mujer no estuviese en casa.

Querido Gavin:

Llegaré más o menos una hora tarde a cenar porque he quedado para hablar con un hombre en las oficinas de Elliott House. Afirma que dispone de información importante sobre la trata de esclavos. No padezcas, te aseguro que no seré nada imprudente. Cuando vuelva a casa te lo explicaré todo. Te quiero,

ISKANDRA

El capitán lanzó una maldición con la naturalidad digna de un marinero al ver que sus difusos presentimientos se hacían realidad. Bard pareció escandalizarse porque jamás lo había visto perder los estribos.

—Avise a la cocinera que la cena se posterga indefinidamente —espetó Gavin—. Me voy a buscar a la señora.

Se dio la vuelta y se dirigió a los establos. A esa hora era más práctico cabalgar que viajar en coche, por lo que ordenó que ensillasen un caballo. Como montaba habitualmente ya no tenía que preocuparse de controlar a su montura por las atestadas calles de la ciudad.

Cuando concluyó el largo trayecto de Mayfair al East End su estado de ánimo era explosivo. La calle del almacén estaba tranquila pero no vacía, como previsiblemente ocurriría más tarde. Hizo señas a un azotacalles que no tenía pinta de ratero y el chiquillo se acercó.

—¿Tienes miedo a los caballos?

—¡No, señor! —replicó el niño indignado.

—De acuerdo. —Gavin le entregó media corona y las riendas—. Te daré media corona más si sujetas mi caballo unos minutos.

—¡Sí, señor!

—Gracias. Y te daré un consejo sin cobrarte nada a cambio. No te cases nunca.

Gavin accionó el picaporte de la puerta y maldijo al comprobar que no tenía echado el cerrojo. Se preguntó por qué había cometido la insensatez de darle a Alex la llave del edificio.

Porque era su esposa y confiaba en su honestidad. Sólo dudaba de su sensatez.

La escalera que conducía a los despachos se encontraba a la izquierda del edificio. Salvó tres peldaños por vez y entró preparado para sostener una discusión.

Vestida con el mismo recato que una cuáquera, salvo por el mantón de cachemir, Alex trabajaba tranquilamente sentada ante el escritorio del empleado de menor categoría, ya que desde esa posición podía vigilar claramente la puerta. Alzó la cabeza cuando lo oyó entrar.

—Has venido muy rápido. Pensé que podría terminar antes de tu llegada.

La serena aceptación por parte de su esposa estuvo a punto de ponerlo nuevamente de los nervios.

—Alex, por el amor de Dios, anoche estuvieron a punto de matarnos en esta misma calle. ¿Qué mosca te ha picado para que te atrevas a venir sola?

—No he venido sola. Me ha traído el segundo mozo de cuadra y dentro de una hora me recogerá. Si surge algún problema... —Súbitamente esgrimió una elegante pero muy real pistola de bolsillo—. He venido preparada.

El capitán parpadeó al ver la pistola compacta de dos cañones y se alegró de que su esposa supiese lo suficiente de armas como para apuntar hacia otro lado.

—Por lo menos muestras algo de sentido común pero, ¿qué es eso tan importante que tienes que hacer?

—Dentro de unos minutos llegará un antiguo esclavo amigo de Daisy. Dice que conoce el nombre de uno de los principales negreros de Gran Bretaña. ¿Tú no estarías dispuesto a correr el riesgo de averiguarlo?

Gavin vaciló.

—Supongo que sí. Dime, si Katie estuviera en tu lugar, ¿permanecerías al margen sin intentar impedírselo?

Alex se horrorizó.

—Desde luego que no, Gavin, pero recuerda que no soy tu hija, sino tu esposa. Tengo derecho a arriesgarme si la cuestión es lo bastante importante.

—En lo que a mí se refiere no hay nada más importante que tu vida —declaró decididamente.

La expresión de Alex se suavizó.

—No se puede pedir alguien más protector. Gavin, desde que nos conocemos me he beneficiado de tu fuerza, tu amabilidad y tu comprensión, pero en este caso más que protección lo que necesito es poner en práctica mis convicciones. Es posible que el amigo de Daisy no se presente y que esté perdiendo el tiempo, pero debo intentarlo. —Consultó la hora—. Ahora debes marcharte. Llegará en cualquier momento y Daisy ha dicho que no hablará en presencia de un hombre blanco. Si permaneces aquí cabe la posibilidad de que se dé la vuelta y no vuelva a aparecer jamás. Por favor, te ruego que te marches antes de que llegue. —El capitán no supo si hacer caso de sus presentimientos o acatar la súplica de Alex—. Gavin, siempre has sido muy comprensivo. ¿No entiendes lo que intento hacer?

Gavin observó a su esposa alta, fuerte y serena. Se había esforzado mucho para recuperar la valentía y la fe en sí misma. La mayoría de las mujeres se someterían voluntariamente a la decisión del marido y aceptarían su protección... pero Alex no era como la mayoría y esa diferencia era precisamente lo que la hacía tan especial.

Y exasperante...

—De acuerdo. Me voy, pero te espero en la cuadra de alquiler —accedió de mala gana—. Cuando se cumpla la hora volveré en el coche para llevarte a casa.

La sonrisa de Alex fue radiante.

—Gavin, nos sabes cuánto agradezco tu comprensión.

—Recuerda que ya he perdido una esposa y creo que no soportaría perderte. —Se volvió para salir y preguntó—: A propósito, ¿de dónde sacaste la pistola?

—La tomé prestada de Ashburton House. Y ahora haz el favor de marcharte.

Obedeció, aunque a cada paso que dio se planteó volver. Al salir del edificio no vio indicios del negro. Era posible que no se presentase. Pero si acudía y su información estaba fundamentada Alex tendría la posibilidad de influir realmente en el contrabando de esclavos. Rezó para que así fuese, lo que le permitiría justificar su angustia.

Cuando entregó la segunda media corona al chiquillo que le había cuidado el caballo, el zagal preguntó descaradamente:

—¿Su esposa no le ha hecho caso?

—La cuestión está resuelta —respondió.

Subió la montura y echó a andar calle abajo, convencido de que Alex no tendría ningún problema y de que se preocupaba inútilmente.

De todos modos, se alejó sin tenerlas todas consigo.

32

El amigo de Daisy se retrasó cerca de media hora. Alex siguió trabajando y albergando la esperanza de que no hubiese visto a Gavin y hubiese huido despavorido.

Las pisadas fueron tan sigilosas que no se dio cuenta de que alguien llegaba hasta que la puerta del despacho se abrió. Levantó la mirada... y con enfermiza certeza supo que los miedos de Gavin estaban justificados: aparecieron cuatro individuos, ninguno de los cuales era un esclavo fugado. Los dos primeros parecían marineros bestiales y tenaces. El tercero, un individuo enjuto y fuerte que también pertenecía a la marinería, era el atacante al que la víspera había pateado la entrepierna.

El cuarto era sir Barton Pierce.

Aunque sólo lo había visto una vez —durante el baile ofrecido por los Ashburton—, el hecho de que fuera enemigo de Gavin había contribuido a que su cara se le quedase grabada. Levantó la pistola ocultándola entre los papeles y la escondió en los pliegues del mantón al tiempo que se incorporaba para saludar a los recién llegados.

—¡Qué sorpresa inesperada! Sir Barton, si busca a mi marido lamento comunicarle que no está aquí.

Alex se planteó si debía añadir que Gavin y varios criados no tardarían en llegar, pero decidió guardar silencio porque Pierce y sus secuaces podían tenderles una emboscada.

—Ya lo sé. Lo vi salir hace un rato. —Pierce la estudió críticamente—. No es ni la mitad de guapa que mi Frederica, aunque supongo que valió la pena casarse con usted por sus parientes. Son los mismos que se ocuparán de que su marido no vuelva a contraer matrimonio tras la desaparición de su esposa, por lo que no tendrá heredero al que legar su precioso condado.

Alex experimentó un intenso escalofrío.

—No tengo la menor intención de desaparecer.

Pierce rió como si se tratara de una conversación normal.

—Más vale que sepa que no puede elegir. Quédese tranquila, no le haremos daño. Limítese a seguirme.

—En Londres siempre hay ojos vigilantes. —Observó despectivamente a los malvados acompañantes de Pierce—. Lo han visto entrar con sus hombres y me verán salir en contra de mi voluntad.

—No entramos por la puerta —puntualizó Pierce presuntuoso—. Alquilé con nombre falso el almacén de al lado. Los edificios están conectados y sólo una vieja puerta clavada a la pared separa ambos espacios, por lo que entrar ha sido muy fácil. Nadie nos vio llegar y nadie nos verá salir. —Su tono se volvió tajante—. Acérquese para que la amordacemos y le atemos las muñecas. Si no me hace caso dejaré que mis hombres se diviertan con usted mientras acatan mis órdenes.

El individuo enjuto y fuerte declaró gruñón:

—La muy zorra se merece un buen tratamiento.

Aunque no era más alto que ella, la violencia de su mirada le puso la carne de gallina. Era una pena que hubiese estudiado *wing chun* en lugar de *pentjak silat*. En ese caso la víspera le habría partido el cuello.

—Webb, tal vez más tarde, ahora no hay tiempo. —Pierce paseó la mirada por el despacho—. ¿Dónde guarda el dinero? Sería lamentable que se quemase.

¿Quemarse? Alex se percató de que el olor a humo se superponía al penetrante aroma del té. Sin duda Pierce había ordenado que prendieran fuego al almacén. La empresa por la que Gavin tanto había luchado desaparecería convertida en llamas.

Apretó la pistola al tiempo que luchaba contra el pánico. Tenía dos balas, que no bastaban para abatir a cuatro hombres que, por añadidura, eran luchadores experimentados.

Intentaría que uno abandonase el despacho.

—Hay una caja de caudales en el escritorio de lord Seabourne.

Mencionó el título deliberadamente y tuvo la satisfacción de ver que Pierce fruncía el ceño mientras cruzaba al despacho y entraba en la oficina de Gavin. Como había mentido, Pierce estaría ocupado varios minutos buscando la caja de caudales.

Webb cruzó el despacho en dirección a Alex y dijo:

—Sly, Ned, ayudadme a atarla. La muy cerda planta cara.

Eran tres contra una; sus probabilidades no mejorarían. Levantó la pistola y disparó a Sly, que era el que tenía más cerca. Al ver el arma el hombre gritó, se hizo a un lado, se aferró el brazo y maldijo después de que Alex apretase el gatillo. En un espacio de dimensiones tan reducidas la detonación fue ensordecedora.

Sólo quedaba una bala. Apuntó a Webb y disparó cuando se abalanzó sobre ella. Webb jadeó con cara de sorpresa. Tenía la camisa ensangrentada y se tambaleó unos segundos antes de tratar de coger la pistola.

Logró aferrar el cañón doble. Alex soltó la pistola porque sin munición no servía de nada. Rodeó el escritorio, esquivó al herido Webb y echó a correr hacia la puerta. Si lograba llegar a la escalera tendría una posibilidad de...

—¡Zorra! —exclamó Ned, cogiéndola del brazo.

Antes de que la golpease Alex le clavó el filo de la mano en el cuello; luego giró y pateó a Sly, que acortaba distancias desde el otro extremo mientras de su brazo manaba sangre. Sly trastabilló cuando le golpeó la rodilla, pero se las apañó para seguir en pie y le sujetó el otro brazo.

Pierce regresó atraído por el ruido.

—Por Dios, ¿no podéis hacer nada bien? —recriminó a sus hombres—. Vamos, el fuego se propaga deprisa y debemos salir mientras la escalera es practicable. ¡Ocupaos de esta maldita mujer!

Alguien asestó un golpe en la parte posterior de la cabeza de Alex, que dispuso de un instante para alegrarse de saber que moriría luchando.

Katie... Gavin... La oscuridad...

Gavin deambuló de una punta a la otra del patio de la cuadra de alquiler mientras el segundo mozo de cuadra de Seabourne House lo observaba inquieto. El capitán no le había chillado porque el mozo no tenía motivos para desacatar las órdenes de Alex, pero hasta un ciego se habría percatado de su irritación.

Consultó el reloj. Sólo faltaban quince minutos para ir a recoger a su esposa.

—¿El coche ya está listo?

—Lo comprobaré, milord.

El mozo de cuadra se esfumó encantado de tener una excusa para moverse.

Catorce minutos... trece... ¿Ya era la hora de ir a buscarla? Todavía no, el almacén sólo se encontraba a cinco minutos y a Alex no le gustaría que espantase al informante.

Gavin intentó descartar su creciente agitación. Tal vez estaba tenso por las nubes que se avecinaban y amenazaban con descargar sobre la ciudad. Quizá se debía a que, como había señalado Alex, le gustaba tenerlo todo controlado y la situación que estaban viviendo se le escapaba de las manos.

O acaso algo iba realmente mal.

El chiquillo que antes había sujetado su caballo asomó la cabeza por el soportal que conducía del patio de la cuadra a la calle.

—Señor, ¿aquel es el almacén que visitó?

Gavin lo miró y se le heló la sangre.

—Sí. ¿Qué pasa?

—Está ardiendo —respondió el muchacho alegremente.

Los presentimientos del capitán se convirtieron en la certeza del desastre. Montó y gritó a Fitzgerald, el dueño de la cuadra:

—¡Hay que llamar a los bomberos!

Galopó irreflexivamente por Ratcliff Highway y cogió la calle transversal que conducía al río. En el espacio abierto divisó una columna de humo a su derecha. En cuanto giró por la calle de los almacenes comprobó que el humo salía de Elliott House. Pidió a Dios que Alex hubiese salido sana y salva, cabalgó hacia el incendio y sólo frenó cuando estuvo a punto de pisotear a los curiosos atraídos por el desastre. Desmontó y se abrió paso entre el gentío cada vez más numeroso.

—¡Mi esposa estaba dentro! —gritó—. ¿Alguien la ha visto?

Un anciano arrugado menó la cabeza.

—Nadie ha entrado ni salido desde que usted se fue.

No. ¡No podía creerlo! Contempló las llamas, paralizado por el terror que el fuego le causaba desde el desastre sufrido a bordo cuando era un marino novato.

Pero Alex estaba en el almacén. Dominó el miedo, se apartó de la multitud que guardaba una respetuosa distancia de las llamas y corrió hacia la puerta de Elliott House. Alex no había echado el cerrojo, por lo que en cuestión de segundos llegaría a la planta superior. Tal vez estaba desmayada en el suelo. Gavin se convenció de que podía hacerlo, de que tenía que hacerlo.

—Hombre, no hay nada que hacer. —Un estibador corpulento lo sujetó y estuvo a punto de echarlo al suelo—. Si su mujer estaba dentro ya no existe.

—¡Maldita sea, déjeme pasar! —A pesar del miedo que experimentaba, Gavin intentó librarse de las manos del estibador—. Se trata de mi esposa. Tengo que rescatarla.

El estibador le propinó un buen empujón.

—¡Es demasiado tarde!

Gavin estaba a punto de aplicarle una llave de *pentjak silat* cuando un estrépito ensordecedor sacudió los edificios de la calle hasta los cimientos. Se volvió y vio cómo se desplomaba el techo del almacén. Las llamas y las columnas de humo ascendieron en medio de un estampido horroroso, al tiempo que las ventanas estallaban, cubrían la calle de cristal caliente y estaban a punto de arrojar a Gavin y al estibador al suelo.

El capitán se puso a temblar y se negó a aceptar lo que sus ojos contemplaban. Le parecía imposible que Alex hubiese muerto, ya que cuando la había dejado se encontraba bien. Podría haber escapado a tiempo.

—Seguramente salió por una ventana de las que dan al río antes de que el edificio se desplomase.

El estribador lo miró con compasión. A Gavin no le importó, caminó hasta el final de la manzana de almacenes y se dirigió al callejón que bajaba al río. La llegada del coche de bomberos le cortó el paso. Las compañías de seguros financiaban el cuerpo de bomberos de Londres y su prioridad consistía en impedir que las llamas se propagasen a las propiedades contiguas.

El jefe de bomberos dio órdenes a sus efectivos, que desenrollaron la manguera de cuero y la conectaron a una boca de agua.

—Este edificio y el de al lado han ardido, pero existe la posibilidad de salvar el resto de la manzana. —Alzó la voz y exclamó—: ¡Cerveza gratis para todos los que ayuden a bombear!

Se oyó una aclamación y poco después colocaron los guimbaletes y los voluntarios trabajaron al rítmico grito de «¡cer-ve-za!, ¡cer-ve-za!». La presión incrementada generó un chorro de agua que provocó una columna de vapor siseante.

Cuando Gavin llegó al callejón apareció el segundo coche de bomberos. Casi sin aliento el capitán cogió el atajo hasta la orilla y miró las fachadas de los almacenes que daban al río. Una parte de Elliott House se había desplomado y los ladrillos incandescentes habían caído sobre el muelle de carga y al agua. Observó el infierno en que se había convertido su almacén y, por extraño que parezca, recordó que el té que nadie reclama no se quema en el incinerador de la aduana porque arde con tanta intensidad que, una vez que lo intentaron, la chimenea ardió.

Pensó que Alex podía haber escapado por ese lado del edificio antes de que el fuego lo arrasase todo. Tal vez había ido a buscarlo a la cuadra de caballos de alquiler. Regresó al lugar donde estaban los bomberos, escrutó las caras de los curiosos, pasó por la cuadra y preguntó una y otra vez si alguien había visto a su esposa.

No había rastro de Alex.

Al regresar de la cuadra de alquiler la tormenta descargó atronadora. Los cielos se abrieron y la lluvia, más eficaz que los tres coches de bomberos que combatían el incendio, cayó sobre el edificio en llamas. El primer grupo de voluntarios se había cansado y había ido a disfrutar de la cerveza, por lo que Gavin se dedicó a bombear hasta que le dolió la espalda y las manos se le llenaron de ampollas, pero incluso así no permitió que lo relevasen.

La tormenta cesó y dejó una lluvia fría y constante que alejó a la mayoría de los curiosos. Cuando por fin apagaron el incendio alguien cogió a Gavin del brazo.

—Milord, será mejor que regrese a casa.

El capitán se volvió y vio un rostro que le resultó familiar. Le costó identificar al agente que la noche anterior lo había ayudado. Le resultó extraño que hubiese pasado tan poco tiempo.

—Agente Mayne, no puedo irme. Mi esposa está adentro. No puedo... no puedo... no puedo dejarla.

—Señor, su esposa ya no está —replicó serenamente el agente.

Gavin tembló de la cabeza a los pies, contempló las ruinas ennegrecidas y ya no puso negar la evidencia.

—Se ha ido y la culpa es mía —musitó con tono ronco.

Como había una persona desaparecida los miembros de la brigada de bomberos registraron los escombros cuando la lluvia los enfrió lo suficiente para acercarse. Gavin se ofreció voluntario, pero el jefe lo rechazó sin miramientos.

—Milord, no va vestido ni está preparado para llevar a cabo esta tarea. Si le permito colaborar en la búsqueda me arriesgo a perder el puesto.

Gavin se dedicó a esperar durante el resto de esa noche interminable. Clareaba cuando el jefe de bomberos se acercó e informó:

—Señor, hemos hallado un cuerpo.

—Quiero verla.

Gavin echó a andar hacia la estructura quemada del almacén.

—No. —El jefe de bomberos le impidió el paso y el agente Mayne hizo lo mismo—. No hay... no hay mucho que ver. Apenas queda lo suficiente para saber que se trata de restos humanos. ¿Su esposa era alta?

El capitán recordó que la coronilla de Alex llegaba a la altura de sus pómulos. Maldijo en silencio y se preguntó por qué su esposa no se había atenido a razones. Exhaló un tembloroso suspiro.

—Sí, es... era... alta.

Un bombero se acercó con algo ennegrecido en la mano.

—Lo hemos encontrado junto al cadáver. ¿Pertenecía a su esposa? —preguntó y le entregó un objeto metálico.

Gavin reconoció los restos sucios y retorcidos de la elegante pistola de bolsillo. El fuego había consumido la empuñadura de madera, por lo que sólo quedaban los dos cañones deformados. Desapareció su último atisbo de esperanza.

—Sí. —Aferró convulsivamente el retorcido objeto metálico—. Sí, era de ella.

Gavin sólo deseó que Dios se apiadase de su alma indómita.

El capitán prácticamente no se dio cuenta de que el mozo de cuadra de Seabourne House insistió para que subiese al coche y lo condujo a casa. Ataron el caballo al coche para trasladarlo. Al llegar a Berkeley Square, Londres despertaba bajo un cielo soleado y despejado por la lluvia nocturna. Cuando Gavin bajó cansinamente del vehículo la criada que fregaba la escalinata levantó la cabeza y al verlo dejó escapar una exclamación de sorpresa.

Comprendió la reacción de la joven sirvienta cuando entró en casa y vio en el espejo a un desconocido de mirada desolada. Aún tenía la ropa mojada por la lluvia y quemada por las ascuas, estaba manchado de hollín y parecía... parecía un hombre que acaba de perder a su amada.

Bard se acercó en silencio, con su habitual aspecto impecable.

—Lord Seabourne, ¿cuáles son sus órdenes?

Gavin hizo un esfuerzo sobrehumano para pensar en lo que debía hacer.

—Envíe un lacayo a Ashburton House para que comunique la... para que comunique la muerte de lady Seabourne a sus padres y para que lo notifiquen a los Ashburton.

También había que transmitir la triste noticia a otras personas, que en su mayoría no estaban en Londres. Como estaba demasiado cansado para pensar descartó el tema y decidió que lo abordaría más adelante.

El mayordomo asintió seriamente.

—¿Le preparo el baño?

—Tengo que hablar con la señorita Katie.

El mayordomo palideció, pero no tuvo tan mala cara como la de Gavin cuando subió la escalera en dirección al cuarto de los niños. Al entrar vio que Katie desayunaba en compañía de la señorita Hailey. La sonrisa de la pequeña se esfumó al ver el estado en que se encontraba y preguntó preocupada:

—Capitán, ¿qué pasa?

Al contemplar aquel rostro pequeño, como el de Alex en miniatura y con la cabellera dorada, se le rompió de nuevo el corazón en pedazos.

—Katie... —Se le quebró la voz y tuvo que hacer un alto para recobrar el dominio de sí mismo—. Traigo... traigo muy malas noticias. Se produjo un incendio en el almacén de Elliott House, tu madre estaba trabajando en el despacho y... y al parecer no pudo escapar a tiempo.

—¡No! —chilló Katie, se incorporó y abrió desmesuradamente sus ojos de color de aguamarina—. No, no es posible que mamá también haya muerto. ¡No puede ser!

—Katie, lo siento muchísimo.

El capitán habría preferido morir él mismo en el incendio en lugar de Alex, cualquier cosa le habría parecido mejor que tener que explicar a su hija lo ocurrido.

Katie sollozó desgarradoramente. Gavin se arrodilló, la abrazó y luchó contra el llanto mientras le explicaba que estaba a salvo, que la quería, que siempre contaría con él y que su madre había muerto como una heroína.

Permanecieron abrazados hasta que alguien le tocó el hombro. Gavin levantó la cabeza y vio a lady Jane Holland, su tía.

—Suryo me ha dado la espantosa noticia —murmuró quedamente—. Gavin, tienes que descansar. La señorita Hailey y yo nos ocuparemos de Katie.

Se incorporó atontado y dejó que Katie acudiera al abrazo maternal y protector de lady Jane. Bajó, eludió el dormitorio de Alex, con sus atormentadores y gozosos recuerdos, y optó por su habitación, que era más impersonal. Ni pensó en que llevaba la ropa sucia; se dejó caer sobre la cama, se durmió de puro agotamiento y no soñó nada en absoluto.

Cuando despertó era de noche. Permaneció boca arriba y clavó la vista en el techo, pero sin verlo. Tras la muerte de Helena había supuesto que jamás volvería a sentir tanta angustia, pero se equivocaba. Por lo visto la capacidad de sufrir no se agota jamás. Intentó organizar sus ideas y ocuparse de cuestiones prácticas. Tenía que hablar con la compañía de seguros, buscar un nuevo despacho y garantizar que todos sus trabajadores tuviesen las necesidades cubiertas.

¿Y el funeral? No tomaría decisiones hasta que los padres de Alex se trasladaran desde Gales, lo que les demoraría, como mínimo, tres o cuatro días. Lo más probable es que quisieran trasladar el cuerpo de Alex para que descansase en las pacíficas colinas galesas.

Temía el encuentro con los Kenyon. Se había comprometido a cuidar de Alex y había fracasado. Al poner los pies en el suelo se percató de que tal vez insistirían en llevarse a Katie. Por mucho que ansiara que la niña siguiese a su lado no sabía si legalmente tenía derecho; también era posible que Katie fuera más feliz con sus abuelos y la pequeña tía, que era como una hermana.

Gavin se rascó la frente y se manchó los dedos con hollín. La víspera Alex estaba viva. Y seguiría estándolo si él hubiese hecho caso de su intuición y no le hubiera permitido reunirse a solas con un desconocido.

Por primera vez se preguntó qué había ocurrido. El incendio y la muerte de Alex no eran casuales. ¿Acaso el visitante pensaba que sería un robo fácil y había acabado matándola porque se resistió? ¿Había prendido fuego al almacén para ocultar su crimen? ¿Tenía cómplices?

Llegó a la conclusión de que había llegado el momento de hablar con la mujer que había organizado ese encuentro fatal. Ordenó que le preparasen el baño y que dijeran a Daisy que subiese a hablar con él. Mientras se aseaba y se ponía en condiciones registraron la casa de arriba abajo.

Daisy Adams se había esfumado.

A última hora Gavin intentaba cenar cuando Bard entró en la habitación.

—Han venido dos hombres que quieren hablar con usted.

—No quiero hablar con nadie.

El mayordomo añadió con cierta incomodidad:

—Milord, son miembros de la Policía Metropolitana.

Dejó la cena al tiempo que se preguntaba si la policía disponía de información sobre las causas del incendio.

En el salón lo esperaban el agente Mayne, con cara de póquer, y un individuo que parecía de rango superior. Se presentó:

—Soy el inspector Blake, de la Policía Metropolitana. ¿Es usted Gavin Elliott, séptimo conde de Seabourne?

—Exactamente. ¿Han averiguado algo más sobre los inicios del incendio? Estoy seguro de que no fue accidental.

Estaba a punto de hablarle de la cita de Alex cuando Blake lo miró a los ojos y añadió:

—Milord, es mi deber acusarlo del asesinato de su esposa, Alexandra Elliott, condesa de Seabourne.

33

Con un dolor de cabeza implacable, Alex pasó por las pesadillas del fuego, el sufrimiento y las náuseas. Los titilantes mares orientales se trocaron en el fresco cielo septentrional para fundirse en el terror. Oyó voces, pero le resultó imposible concentrarse lo suficiente para entender lo que decían. Eran voces de hombres toscos y soeces. Y de una mujer de tono suave pero escalofriante. La envolvieron con mantas porque tiritaba, hicieron torpes intentos de que bebiera agua o caldo a cucharadas y lanzaron exclamaciones de asco cuando vomitó bilis.

Esta vez el mundo no se movió lo más mínimo cuando abrió los ojos. Estaba tumbada en un catre y no disponía de mantas suficientes para sobreponerse al frío húmedo. Una vela solitaria le permitió saber que se encontraba en una alta bóveda de piedra. En lo alto, junto a la pared de ladrillos que permanecía en penumbras, divisó extrañas masas de una cosa gris y suave que parecía algodón en rama. El silencio era absoluto y el aire resultaba densamente opresivo.

Movió la cabeza y vio que un arco separaba el espacio en el que se encontraba y el pasillo de piedra; la salida quedaba cortada por una verja de barrotes de hierro nuevos y brillantes y un imponente candado. Al otro lado del pasillo había otro arco como el de su celda, pero carecía de barrotes y en el interior se apilaban varios toneles de gran tamaño.

Alex cerró los ojos e intentó recordar dónde estaba y qué había pasado. Cuando los piratas la golpearon hasta dejarla inconsciente había sentido dolor de cabeza y unas náuseas terribles, pero le parecía que eso había ocurrido hacía mucho tiempo. Katie y ella habían regresado sanas y salvas a Inglaterra.

Gavin... Los recuerdos cobraron forma lentamente, incluida la ira de su marido debido a que... debido a que había insistido en entrevistarse con un desconocido para hablar acerca de los traficantes de esclavos. Se masajeó la cabeza en su intento de aliviar el dolor. Se habían presentado cuatro hombres, entre ellos sir Barton Pierce, y aunque había pensado que estaba muerta se había equivocado, a menos que el infierno fuese mucho más frío de lo que su fama pregonaba.

—¿Está despierta nuestra condesa durmiente? —preguntó una mujer de voz dulce.

Alex volvió la cabeza y vio que Frederica Pierce se acercaba con un farol. Vestía una capa de terciopelo azul que resaltaba su belleza rubia y angelical; la acompañaba un individuo impasible que llevaba una bandeja.

Alex suspiró y no se sorprendió. Puesto que Barton Pierce había estado presente cuando perdió el conocimiento no era de extrañar que ahora viese a su esposa.

—Cuidado, Frederica. —Alex calló pues se sobresaltó al oír su voz ronca y débil. Tragó saliva y volvió a intentarlo—. Ten cuidado, te ensuciarás la bonita capa que llevas.

—Valdrá la pena.

En el exterior de la celda había una silla de madera de respaldo recto. Frederica tomó asiento y acomodó minuciosamente los pliegues de la capa mientras su ayudante se agachaba junto a los barrotes de hierro e introducía la bandeja con alimentos en la celda. En la parte inferior de la verja habían dejado una estrecha abertura para pasar la bandeja, de modo que no hacía falta abrir la puerta para alimentarla.

Como tumbada estaba en desventaja, Alex hizo un esfuerzo y se incorporó. Cuando su cabeza dejó de girar apoyó los pies en el suelo. Las piedras estaban frías y algo pegajosas.

—¿Cuánto tiempo llevo aquí?

—Cuatro días. Al principio temí que el golpe que te asestaron en la cabeza te hubiera matado, pero eres tan dura como una campesina irlandesa.

Las palabras de Frederica no pretendían ser un cumplido.

Alex cubrió con las mantas su tembloroso cuerpo.

—¿Por qué no me matasteis directamente? Habría sido más sencillo que traerme aquí.

Siempre y cuando no tuvieran intención de torturarla, pensó Alex, que en ese momento estaba dispuesta a creérselo todo.

—Alexandra, tengo un plan mucho mejor que el simple asesinato. —Frederica la observó con la mirada encendida—. Barton organizó la emboscada para librarnos de tu marido y de ti, pero Seabourne luchó como un jabato. Aquella noche perdimos a dos hombres competentes.

Alex recordó que Gavin estaba convencido de que Pierce no tenía motivos para matarlo y preguntó:

—¿Por qué tu marido desea tanto nuestra muerte? Sé que Seabourne y él no se caen nada bien, pero eso no tiene nada que ver con el asesinato.

—¿Estás segura? Motivos no nos faltan. En primer lugar, Barton «prestó» al primo de tu marido una considerable cantidad de dinero para que Seabourne patrocinara su escaño parlamentario. Y puesto que Phillip Elliott ha perdido el título, lo más probable es que Barton no logre recuperar jamás lo que entregó a ese jugador empedernido.

—Mi marido no tuvo nada que ver con eso —puntualizó Alex—. Su nombramiento de conde supuso para él una verdadera sorpresa.

—Eso dicen. —Los delicados rasgos de Frederica se endurecieron—. Aunque se enfureció por la pérdida de la inversión, Barton ha conseguido el apoyo de otro lord, de modo que en las próximas elecciones conseguirá su escaño. El delito imperdonable que Gavin Elliott cometió consiste en haberle dicho al sultán Kasan que no contratase a Barton como agente exclusivo de Maduri en Occidente. ¿Tienes idea de las pérdidas que eso representa? ¡Nos ha costado decenas de miles de libras anuales! La semana pasada Barton tuvo noticia de la maldad de tu marido a través de su agente en Singapur. Y fue entonces cuando decidió que había que castigar a Seabourne como se merece.

La noticia inquietó a Alex. Para un individuo como Barton Pierce la imposibilidad de firmar un contrato que significaba grandes riquezas era, sin lugar a dudas, motivo de venganza. Lo que le llamó la atención fue que la advertencia de Gavin a un gobernante que se encontraba en la otra punta del mundo pudiese tener tantas repercusiones.

Por muy llamativos que fueran los motivos de Barton Pierce, de momento lo único que contaba era el presente. Se armó de valor y preguntó:

—¿Seabourne ha muerto?

—Todavía no. Barton intentó atacarlo, en esta ocasión con armas. Poco después supe por Daisy que te apasiona luchar contra la esclavitud. Pese a ser esclava se trata de una muchacha bastante espabilada. Enseguida se dio cuenta de que tu ingenuo idealismo era fácilmente manipulable.

¿La joven a la que Alex había rescatado de la esclavitud había traicionado a sus benefactores?

—De modo que Daisy era una espía.

Frederica movió afirmativamente la cabeza.

—Después de la ridícula escena que montaste en Hatchard me di cuenta de que se daban las condiciones idóneas para situarla cerca de ti. Te sentirías tan orgullosa de «salvar» a esa esclava tonta que ella haría lo que quisiese en tu casa.

Alex recordó entonces que Daisy le había suplicado que le permitiera trabajar para ella, incluso como fregona. ¡Vaya con la gente agradecida!

—¿Por qué Daisy accedió a hacerlo? ¿Le ofreciste una recompensa por su traición? Me cuesta creer que te sea tan leal.

Frederica se encogió de hombros.

—La muy zorra empezó a engordar cuando abandonó Norteamérica. Tener una doncella embarazada es un gran engorro, pero Daisy es tan hábil con los peinados y los cosméticos que lo toleré. Incluso permití que conservase el niño siempre y cuando no causase problemas. Como no estaba dispuesta a fingir que se trataba de una esclava fugada envié a su hijo a la casa de campo de Barton. A partir de entonces Daisy se volvió obediente.

Alex quedó boquiabierta al percibir la crueldad a sangre fría de la situación. ¡Para una madre se trataba de un dilema insoluble! No era de extrañar que Daisy hubiese hecho lo que su antigua ama le había exigido... como tampoco lo era que siempre pareciera afligida e incapaz de mirarla a los ojos.

—Dime, después de obedecerte hasta las últimas consecuencias, ¿Daisy se ha reunido con su hijo?

—Sí. También la he enviado al campo. Era mejor que abandonase Londres tras su intervención en la trampa que os tendimos. No queremos que la policía la interrogue, pues el pánico podría dominarla y al final acabaría diciendo la verdad. —Frederica frunció el ceño—. No puedo recuperarla como doncella y lo cierto es que a Barton le ha salido carísima. Creo que lo mejor será volver a venderla en Norteamérica. Tal vez den algo más por el niño. Es una fierecilla robusta.

A Alex se le revolvió el estómago a pesar de que lo tenía vacío. No culpaba a Daisy por acatar las órdenes de Frederica, aunque lamentó que la joven no hubiese revelado la verdad a sus nuevos patrones. Sin duda Gavin y ella habrían encontrado la manera de recuperar a su hijo y de que fuesen libres. Sin embargo, Daisy no tenía motivos para confiar en la buena voluntad de las personas a las que le habían ordenado espiar y ahora todos estaban metidos en un buen lío. Alex recordó que Gavin también había caído en la trampa y preguntó:

—¿Seabourne también está encarcelado aquí?

—Su situación es mucho mejor. —Frederica sonrió con malvada satisfacción—. Está en la Torre de Londres a la espera de ser juzgado por tu asesinato.

Alex soltó una exclamación de sorpresa.

—¿Cómo pueden juzgarlo por mi asesinato sí no estoy realmente muerta?

—Yo diría que por intervención divina. —Frederica hizo una pausa para que sus palabras no cayesen en saco roto—. Mi marido y yo formamos un equipo excelente. Juntos somos más fuertes, listos y afortunados que por separado. Aunque sagaz, masculino y contundente, a Barton le falta sutileza. Fui yo la que se dio cuenta de que tu secuestro sería un castigo muy superior. Como no podrá volver a casarse al menos durante siete años tu esposo no tendrá herederos, tus grandes parientes lo culparán de tu desaparición y lo apartarán del seno de la sociedad londinense. Esa situación es infinitamente más gratificante que su asesinato.

Para seres socialmente ambiciosos como los Pierce era probable que el ostracismo fuese un destino peor que la muerte. Por lo visto no se les había pasado por la cabeza que tal vez Gavin tenía otros valores.

—No logro entender dónde se produce la intervención divina.

—Tuvo lugar cuando mataste a Webb, el hombre de Barton.

Alex la miró azorada.

—¿Yo he matado a alguien?

—¿No lo recuerdas? Le disparaste al pecho. Como el fuego se propagó muy rápido, Barton y sus hombres abandonaron a Webb, que agonizaba, y te sacaron del almacén. El incendio fue tan atroz que una vez apagado resultó imposible identificar los restos. —Frederica volvió a encogerse de hombros—. Webb tenía más o menos tu estatura y lo encontraron junto a tu pistola. Dado que esperaban hallar tu cadáver... bueno, es lo que vieron. Si he de serte sincera, yo no lo habría planificado mejor. Se ha producido una afortunada sucesión de accidentes.

Folie à deux, la locura de dos. Alex contempló la mirada de los ojos dementes de Frederica y finalmente comprendió el significado de esa expresión francesa. Por separado, Barton era vengativo pero cuerdo y Frederica rencorosa y desequilibrada, aunque sin llegar al asesinato. Juntos se azuzaban para realizar acciones que en solitario ni siquiera se habrían planteado.

No le costó imaginarlos mientras hablaban de sus «enemigos» y sacaban de contexto las quejas hasta convencerse que el asesinato estaba justificado. Pierce había organizado eficazmente ese sinuoso «castigo» con Frederica en el papel de lady Macbeth.

—¿Pasaré el resto de mi vida aquí?

Alex paseó la mirada por la piedra gris y fría y oyó que algo correteaba en medio de la penumbra.

—Ganas no me faltan, pero sería un fastidio tener que traerte periódicamente la comida. Puedo dar mejor uso al tiempo de mis sirvientes. Te quedarás mientras dure el juicio de tu marido y de vez en cuando vendré a contarte cómo va. Lo tiene muy mal y lo más probable es que lo ahorquen.

A Alex se le cayó el alma a los pies.

—No existen pruebas reales contra Seabourne.

—Las hay a montones. De todos modos, si consigue librarse del verdugo, Barton lo mandará matar. Todos supondrán que uno de tus afligidos parientes decidió vengar la pérdida de tu inocente vida. Por ejemplo, tu padrastro. A decir verdad, en los clubes ya se cruzan las apuestas sobre la posibilidad de que mate a Seabourne. —Frederica ladeó la cabeza—. Se comenta que hay algo muy poco paternal en el afecto que lord Kenyon muestra por ti. ¿Te casaste con un hombre que te llevó a Australia para librarte de las insinuaciones de tu padrastro?

Sólo la certeza de que su furia gratificaría a Frederica le impidió intentar golpearla a través de los barrotes.

—Déjate de tonterías. Al hombre casado con mi madre jamás se le ocurriría mirar a otra mujer. A mi padrastro le gusta proteger a su familia, pero también es justo y aprecia a Gavin. Nadie asesinará a nadie.

—Probablemente tienes razón, pero la esperanza es lo último que se pierde —comentó Frederica con pesar.

—¿Qué será de mí después del juicio? ¿Me clavarán un puñal en el pecho y acabaré en el río?

Frederica sonrió con una maldad tan intensa y fría que helaba los huesos.

—Puesto que el tema te interesa tanto, te diré que uno de los barcos de Barton te trasladará hasta la costa de la Berbería, donde podrás dedicar el resto de tu vida a estudiar de primera mano los efectos de la esclavitud.

El horror paralizó a Alex. Miró a los ojos de tono verde claro de Frederica y comprendió que había descubierto su mayor temor. Se esforzó por controlar el pánico ante la idea de volver a ser esclava e ironizó:

—Al menos en el norte de África hace más calor que aquí.

Frederica apretó los labios.

—Alexandra, eres realmente sorprendente. Es una pena que no nacieras hombre. En ese caso me habría acostado contigo. Como mujer no eres ni remotamente tan atractiva. —Desvió la mirada hacia la vela que ardía en un rincón de la celda de Alex—. ¿Me la llevo para que disfrutes de la oscuridad?

Alex se negó a pensar en el animal que había vislumbrado en la penumbra.

—Obviamente prefiero la luz, pero me apaño sin ella. —Deseosa de alejar a Frederica del tema de la vela preguntó—: ¿Dónde estoy? Nunca había visto un sitio como este.

—¿Jamás habías visitado las bodegas del puerto de Londres? —preguntó Frederica sorprendida—. Existen cuatro bóvedas oficiales que pertenecen a la aduana, la mayor de las cuales ocupa cerca de cinco hectáreas. Se extienden bajo los muelles y las calles cercanas. —Señaló la sustancia parecida a algodón en rama que colgaba del techo—. Dicen que este hongo sólo crece aquí, donde la temperatura y la humedad son ideales para guardar vino.

¿Bóvedas para guardar vino? De pronto reparó en que la atmósfera opresiva despedía una dulzura empalagosa.

—Si estoy en una bodega de la aduana en algún momento vendrá alguien.

—Querida, no caerá esa breva. Esta bóveda se construyó en la misma época y está exactamente al lado, pero es algo más pequeña y siempre ha estado en manos privadas. Hace unos meses Barton decidió dedicarse al comercio del vino, por lo que compró la bóveda y su contenido. Sólo nosotros entramos aquí. Aunque Barton no se percató de que sería una excelente mazmorra, yo vi enseguida sus posibilidades. —Frederica se puso en pie y limpió remilgadamente el polvo acumulado en el dobladillo de la capa—. Te quedas con la vela y haré que cada día te traigan otra con la comida. Dejarte a oscuras sería una grosería. *Au revoir*, Alexandra, cuidado con las ratas.

Frederica y su acompañante se alejaron y Alex se quedó sola en medio de la tenue luz de la vela, que ni remotamente duraría hasta el día siguiente. Como ya no hacía falta ocultar la desesperación, Alex se tapó la dolorida cabeza con las manos y se puso a temblar. Santo Dios, ¿qué había hecho para que la condenasen una y otra vez al cautiverio?

De niña un horroroso primo de su madre la había secuestrado durante unas horas y de adulta la habían sometido al cautiverio. Tuvo la sensación de que estaba condenada a morir esclava en otra tierra, también extraña, ya que no habría Gavin que acudiese en su rescate. Nadie tenía tanta suerte dos veces.

Se quitaría la vida antes de volver a vivir en cautiverio. No sería tan difícil...

¡No! Existía la posibilidad de que algún día llegase a ese grado de desesperación pero, de momento, estaba viva y en Inglaterra. Si Frederica había dicho la verdad —y sus palabras contenían una horrible convicción—, Gavin sería sometido a juicio y se jugaría la vida. Un caso tan escandaloso no tardaría en verse aunque, de todas maneras, demoraría varias semanas. Y ese tiempo sería suficiente para encontrar una salida de su detestable encierro.

Por lo tanto, no podía dedicar ni un solo segundo a la autocompasión. Hizo un gran esfuerzo por no pensar en el dolor que su familia experimentaba ante su supuesta muerte y se puso en pie. Tras un aterrador ataque de mareos recorrió la celda y recogió la bandeja. Necesitaba recobrar las fuerzas enseguida, lo que significaba que debía comer.

Volvió a sentarse en el catre y vio que en la bandeja había un cuenco con tapa. Lo abrió; estaba lleno de una espesa crema de verduras. Aunque tibia, su sabor era soportable. También había media hogaza de pan y un trozo de queso, por lo que la comida era abundante.

También había una tetera cuyo contenido se enfriaba. Bebió vorazmente pues necesitaba el estímulo del té.

Supuso que los alimentos procedían de una taberna. Si en el futuro las comidas seguían siendo así no moriría de hambre.

Como todavía tenía el estómago revuelto apartó la bandeja decidida a esperar un rato y con la esperanza de que los alimentos no atrajeran a las ratas.

Oyó un maullido.

Alex se sobresaltó y vio que un gato se colaba entre los barrotes. El gato atigrado, de gran tamaño y aspecto peleón, clavó la mirada en la comida que quedaba y volvió a maullar.

—Ven aquí.

Alex sonrió, partió un trozo de queso y lo dejó en el suelo. Tendría que haber pensado que donde hay ratas también hay gatos.

El felino se zampó el bocado y reclamó más. Después del segundo trozo permitió que Alex le rascase la cabeza. Su pelaje era maravillosamente suave y su cuerpo delgado transmitía calor.

—¿Qué tal si te llamo *Capitán Gato*? —El animal accedió con un maullido—. De acuerdo, *Capitán*. Aceptaré encantada que vengas cada día y espantes a las ratas. A cambio compartiré la comida contigo. ¿Trato hecho?

Capitán Gato subió de un salto al catre, dio varias vueltas y se acomodó para dormitar con las patas delanteras bajo el cuerpo.

Alex se sintió mejor y llevó a cabo una investigación pormenorizada de su entorno. El suelo estaba cubierto de serrín que olía a vino, por lo que era evidente que hasta hacía poco la celda había albergado barriles.

El lavabo no era más que un agujero en un rincón. Se arrodilló y lo examinó con cautela. Habían retirado una piedra y debajo quedaba suficiente espacio hueco para cumplir indefinidamente la función de orinal, aunque despediría olores.

Después estudió los barrotes de la celda. Eran nuevos, estaban sólidamente encajados en la piedra y atornillados. Le resultaría imposible abrir una brecha.

Pasó los brazos a través de los barrotes y examinó el candado. También era nuevo y parecía muy resistente. Tal vez un atracador profesional encontraría la manera de hacerlo saltar, pero Alex pensó que a ella le sería imposible, ya que no disponía de piezas metálicas lo bastante pequeñas para introducirlas en el ojo de la cerradura. Probablemente sólo los Pierce tenían las llaves, de modo que no le serviría de nada convencer al carcelero de que la dejase salir.

Era lamentable que el guardián no tuviese que abrir la puerta para darle de comer. Con lo que sabía de *wing chun* habría tenido muchas posibilidades de derribar a un hombre, sobre todo porque no esperaría el ataque de una mujer, pero la celda estaba preparada para que la puerta permaneciese cerrada hasta que la sacaran de allí y la embarcasen con destino al norte de África. Reprimió el estremecimiento que la idea le produjo.

Puesto que los barrotes y la cerradura eran inexpugnables tendría que buscar una salida a través de los muros de piedra. Miró hacia el otro extremo del pasillo y estudió la construcción de la zona de almacenamiento de vino del otro lado. Estaba en la punta del pasillo y las zonas de almacenamiento se extendían a su derecha hasta donde alcanzaba la vista. Cada sector estaba separado del siguiente por un sólido muro de ladrillos. Le pareció que su lado del pasillo era igual.

Se volvió hacia la pared de la derecha y reconoció con el tacto la superficie húmeda y sucia. Habían construido los muelles hacía al menos treinta años y en algunos puntos el mortero comenzaba a desmoronarse.

¿De qué disponía para utilizar como herramienta? Su única opción era la tosca y pesada cuchara. Rascó con el mango un poco de mortero. Cayó un pequeño fragmento. Se entusiasmó. Necesitaría semanas para rascar el mortero de alrededor de suficientes piedras y abrir un agujero lo bastante grande para pasar, pero podía hacerlo. En cuanto entrase en la siguiente zona de almacenamiento sería libre de dirigirse a la entrada principal y escapar en cuanto alguien abriese la puerta.

Se preguntó por dónde podía comenzar. Escogió un sitio cercano a la parte delantera de la celda, a ras de suelo. Alguien que mirase hacia dentro probablemente no se percataría de su labor siempre y cuando volviese a colocar las piedras en su sitio una vez retirado el mortero.

Apretó los labios e inició la larga y lenta tarea de escapar.

34

La habitación de Gavin en la Torre Sangrienta era más cómoda de lo que el nombre daba a entender. Aunque era de fría piedra y estaba recorrida por corrientes de aire que apagaban las velas también contenía una gran chimenea y muebles jacobinos tallados, entre los que se incluía una cama demasiado corta. Miraba el patio de la torre por la ventana cuando oyó el crujido de la puerta al abrirse.

—Tu tarea siempre ha consistido en evitar que me meta en líos, no a la inversa.

Gavin se volvió.

—¡Kyle! ¿Cómo te has enterado?

—Por Suryo. Tuvo la sensatez de enviar un mensaje en cuanto te detuvieron. Troth ha venido a Londres conmigo y mañana te visitará. —Kyle cogió la mano de Gavin entre las suyas y añadió con voz entrecortada—: Está muy afectada por la muerte de Alexandra. ¿Cómo te encuentras?

Gavin cerró los ojos unos segundos.

—No muy bien. Todavía... todavía no he asimilado que Alex ya no está y menos aún que presuntamente la asesiné.

—Es absurdo, desde luego. ¿Qué ocurrió?

—¿No tienes la menor duda de que soy inocente?

—No me cabe ninguna duda. —Kyle sostuvo la mirada de su amigo—. Te considero incapaz de hacer daño a una mujer. ¿Te acuerdas de la pirata que nos abordó en el estrecho de Malaca? Le habría disparado si hubiese sido mi cabeza la que intentaba cortar mientras que tú, en el fragor de la batalla, te limitaste a desarmarla. El que hace eso no puede asesinar a la mujer que ama.

Gavin agradeció profundamente la confianza de su amigo. Su reacción ante el convencimiento de Kyle de que amaba a Alex fue más dolorosa si cabe porque tuvo la penosa certeza de que jamás le había dicho que la quería. Apenas acababa de percatarse y ella ya no estaba. Jamás pronunciaría esas palabras.

—Debería reflexionar sobre las razones por las que el fiscal está tan convencido de que he cometido un asesinato.

—Tendrás que hacer algo más que reflexionar, ya que la vista se celebrará dentro de muy poco tiempo. He traído a sir Geoffrey Howard, el mejor abogado de Londres. Aguarda fuera porque antes quería verte a solas. ¿Le digo que pase?

Gavin se dio cuenta de que no le permitirían sumirse en la desesperación.

—Por supuesto.

¿Qué hospitalidad ofrecía un presunto asesino? Descorchó una botella de jerez. Totalmente contrarios a su detención los criados lo habían abastecido en su encierro.

Sir Geoffrey Howard era un individuo delgado, con la cara cubierta de arrugas y mirada penetrante.

—Milord Seabourne, me alegro de tener la oportunidad de asesorarlo en este asunto —declaró cuando Kyle los presentó.

Gavin dedujo que el sereno exterior del letrado ocultaba una mente activa y curiosa.

—Los honores corresponden a lord Wrexham que, a diferencia de mí, no ha perdido la cabeza. Le agradezco que haya venido.

Sir Geoffrey entornó los ojos y preguntó:

—¿Tiene antecedentes de trastornos mentales?

—En absoluto —respondió Gavin preocupado—. Sólo era una forma de hablar. —Se dio cuenta de que el abogado había comenzado a organizar la defensa basándose en la enajenación mental—. ¿Nos sentamos a analizar qué se propone el fiscal?

—Por favor, comience por explicarme qué sucedió ese día.

Con una copa de jerez en la mano los tres hombres se sentaron en torno a la chimenea, cuyo fuego apenas aliviaba el frío del día húmedo y gris. Gavin describió sucintamente los acontecimientos que desembocaron en el incendio y la muerte de Alex al tiempo que sir Geoffrey se ponía las gafas de media luna y tomaba notas. Apenas habló, salvo para plantear alguna que otra pregunta aclaratoria.

Gavin concluyó su exposición con la siguiente pregunta:

—¿Hay algo que induzca al jurado a declararme culpable?

—¿El jurado? —El letrado frunció el ceño—. Milord, ¿puedo hablar sin ambages? Hay muchos puntos que debemos aclarar.

—Dispare cuando quiera.

—En primer lugar, debo decirle que será juzgado en la Cámara de los Lores por sus pares.

Al capitán no le gustó nada la idea de que un grupo de aristócratas retrógrados lo sometiese a juicio.

—Todavía no he ocupado oficialmente el escaño. ¿Puedo solicitar que el juicio se celebre en un tribunal corriente y con jurado?

Howard negó con la cabeza.

—En ese aspecto no tiene elección. La jurisprudencia sobre el tema es inequívoca.

Gavin maldijo en voz baja.

—Otra desventaja de este condenado sistema tan poco democrático. ¿Qué significa ser juzgado en la Cámara de los Lores?

—Por la parte positiva, que podrá defenderse. —Howard titubeó—. Además, los pares suelen cuidar de sus iguales, sobre todo si las pruebas no son concluyentes. La última vez que se juzgó a un par por asesinato fue a lord Ferrers en 1760 y no cabe duda de que disparó contra su mayordomo. Si lo hubiesen acusado de matar a un hombre en duelo lo habrían absuelto porque muchos pares consideran que una cuestión de honor es el derecho de los caballeros.

—Pues yo no soy uno de sus iguales —precisó Gavin—. Soy forastero... escocés, yanqui, comerciante y sólo llevo un par de meses en Londres. Con excepción de Wrexham no tengo amigos entre los pares. Casi todos los demás lores que he conocido pertenecen a la familia o a las amistades de mi esposa y es posible que quieran verme ahorcado.

—Amigos no te faltan —intervino Kyle—. Ashburton es imparcialmente justo y tiene mucha influencia. Si está convencido de que eres inocente habrá otros lores dispuestos a concederte el beneficio de la duda.

—Necesitará esa influencia —reconoció el abogado con tono severo—. Una grave desventaja del juicio en la Cámara de los Lores consiste en que pueden condenarlo por mayoría simple. En un tribunal corriente el veredicto tendría que ser unánime.

No se trataba de una buena noticia.

—¿De qué pruebas dispone el ministerio fiscal?

—No estoy al tanto de los datos de la fiscalía, pero creo que dará mucha importancia a que los oyeron discutir acaloradamente y a que la víspera de la muerte de su esposa le arrebató la vida a dos hombres en una pelea.

—¡Fue en defensa propia!

—Lo sé, pero hace que parezca propenso a la violencia. También hay pruebas de que el incendio que destruyó el almacén fue intencionado y de que contrató una elevada póliza de seguros.

Gavin dio un respingo al ver cómo se componía la situación.

—Dirán que me enfadé con mi esposa, que la maté en plena discusión y que prendí fuego al almacén para encubrir el crimen y cobrar el seguro.

—Así es. Aunque no hay testigos oculares, lo que acaba de decir resulta muy convincente.

—¡Pero no ocurrió nada de eso!

—Podrían dar a entender que no quiso matarla y que en el fragor de la discusión la golpeó... con trágicas consecuencias. En ese caso lo acusarán de homicidio involuntario en lugar de asesinato.

—¡Jamás se me habría ocurrido pegar a Alex!

Gavin dejó de protestar pues supo que no era a sir Geoffrey a quien tenía que convencer de su inocencia. La hipótesis del homicidio involuntario era aterradoramente plausible. ¿Significaría la vida entre rejas en lugar del verdugo?

Kyle intervino:

—Me gustaría saber por qué se organizó con tanta rapidez el juicio contra Seabourne. A primera vista el fuego y la muerte parecen accidentales. Una detención tan rápida apunta a que alguien lo acusó activamente.

—Muy astuto de su parte, lord Wrexham. Es lo que sucedió. —Sir Geoffrey lo miró por encima de las gafas de medio luna—. ¿Conoce a lord Wylver?

Gavin cruzó una mirada de desconcierto con Kyle.

—Es la primera vez que oigo hablar de él. Kyle, ¿lo conoces?

—Se trata de un vizconde bastante irreflexivo de East Anglia —repuso Kyle—. Jamás imaginé que se atrevería a involucrarse en un proceso criminal.

—Pues así es. Menos de veinticuatro horas después del incendio se presentó en la sede central de la Policía Metropolitana con un informe sobre usted y sobre su presunto delito —explicó el abogado en pocas palabras—. Asegura que está relacionado con el primer marido de lady Seabourne y que por eso está tan interesado en que se imparta justicia. Milord, ¿está seguro de que no se lo ha ganado como enemigo?

—No lo entiendo —comentó Gavin—. Sería mejor preguntarse si lord Wylver actúa en representación de alguien que me considera su enemigo.

Lord Wrexham frunció el ceño.

—Tu primo Phillip pensaba presentarse como valedor de Barton Pierce en el distrito parlamentario de Seabourne. Eso se acabó cuando heredaste el título, pero Pierce no es la clase de hombre que se da por vencido. ¿Es posible que haya recabado el patrocinio de Wylver y haya vuelto a utilizarlo al ver que podía hacerte daño por la muerte de lady Seabourne?

—Desde luego que es posible. —Gavin meneó la cabeza—. Lo que no entiendo es qué motivos tiene para fastidiarme. Presentar una acusación de asesinato me parece demasiado extremado.

—Me contaste que, cuando se enteró de que eras un Seabourne, y por añadidura el heredero, Pierce se ofreció a comprar Elliott House. Podría haber pensado que la acusación de asesinato te obligaría a vender.

—Lo encuentro inverosímil, pero no imposible —reconoció Gavin—. Sir Geoffrey, tengo que redactar testamento y dejar mis empresas en fideicomiso a mi hijastra.

Katie era lo más parecido a una familia que tenía. Puesto que poseía el veinticinco por ciento, Kyle supervisaría Elliott House y se ocuparía de que no cayese en las codiciosas manos de Pierce.

—Lord Seabourne, pediré a uno de mis asociados que redacte un borrador para su aprobación. —El abogado guardó las notas, lo que indicaba que la visita había tocado a su fin—. Las pruebas en su contra son, en su mayor parte, indirectas. Estoy seguro de que, a no ser que aparezcan nuevas pruebas condenatorias, tiene muchas probabilidades de ser absuelto.

Gavin albergaba la misma esperanza. Cuando se pusieron en pie el capitán preguntó al abogado:

—¿Qué fue de lord Ferrers, el par al que acusaron del asesinato de su mayordomo?

—Lo ahorcaron en Tyburn —respondió sir Geoffrey—. Pero su caso no tiene nada que ver con este.

¡Vaya con los lores que se cuidaban entre sí! Pese a su miedo paralizador Gavin no estaba dispuesto a morir sin presentar batalla.

La vela se apagó. Rascar ininterrumpidamente el mortero impidió que Alex gritase y golpeara los barrotes. Hizo denodados esfuerzos por no pensar en Katie. Era una niña alegre y resistente, pero debía de estar destrozada por el horror de perder a su madre y por la detención de su adorado padrastro.

El único consuelo de Alex radicaba en la certeza de que su hija no estaría desatendida. En cuestión de días quedaría al cuidado de sus abuelos y no existía persona más reconfortante que Catherine Kenyon. De todas maneras, pasaría muchas noches llorando. Alex se angustió por el dolor de su hija.

Un tenue brillo iluminó el pasillo. Alex retrocedió velozmente por la celda, se sentó en el catre y escondió la cuchara bajo las mantas. Se preparó para ver a Frederica o a Barton Pierce, pero se trataba del mismo guardián de la víspera, que hacía malabarismos con la bandeja y el farol.

—¡Cuánto me alegro de verlo! —aseguró Alex—. Ha pasado una eternidad desde que la vela se consumió.

—Me lo imagino. —El guardián colgó el farol de un gancho y sacó tres velas del bolsillo—. Sabía que con una no bastaría. Con estas tres aguantará hasta mañana.

El guardián encendió una vela con el fuego del farol, se la entregó a Alex y le pasó las dos restantes a través de los barrotes.

—Es usted muy amable. ¿Cómo se llama? Me gustaría saber su nombre.

El guardián titubeó antes de responder:

—Jones.

Alex sospechó que no era su verdadero apellido, pero al menos se trataba de una manera de llamarlo.

—Muchas gracias, señor Jones —afirmó y le pasó la bandeja del día anterior por la ranura.

El guardián le entregó la bandeja llena y miró la usada con el ceño fruncido antes de preguntar:

—¿Dónde está la cuchara?

Alex se inventó rápidamente la respuesta:

—Algo hacía ruido en la oscuridad y se la lancé.

Jones pasó rápidamente la mirada por el pasillo y la zona contigua de almacenamiento de vino.

—No vuelva a hacerlo porque, de lo contrario, tendrá que arreglarse sin cuchara.

—Seré más cuidadosa. —No le costó estremecerse—. Como tendré luz no sentiré tanto miedo.

Alex presintió que cometería un error si intentaba ganarse descaradamente el favor de Jones, si bien resultaron eficaces las miradas afables y la coquetería femenina que, como en el caso, de su madre eran espontáneas.

De pronto recordó que en un bolsillo interior de debajo de las faldas llevaba dinero. Comprobó que a nadie se le había ocurrido robárselo mientras estaba desmayada. Todavía tenía un billete doblado y un soberano de oro. Conservó el billete por si acaso y sacó la moneda.

—Señor Jones, mire lo que tengo. ¿Puede comprarme un peine? —El soberano centelleó a la llama del farol.

El guardián aceptó sin pensárselo dos veces, ya que pagar por tener comodidades adicionales en la cárcel era una costumbre muy arraigada.

—Señora, ¿necesita algo más?

Alex bajó discretamente la mirada.

—Dentro de unos días necesitaré paños. —Lo miró hasta hacerlo sentir incómodo. A continuación dijo—: Aunque sé que representa más trabajo para usted, le agradecería enormemente que cada día me trajese un cubo de agua, lo que me permitiría asearme.

—La boca de agua no está lejos de la puerta de entrada, pero el cubo no pasa entre los barrotes —precisó el guardián mientras guardaba el soberano en el bolsillo.

Tenía razón.

—Una palangana de hojalata entra por la ranura para pasar la comida y con la taza del té podría trasvasar agua a través de los barrotes. —Sonrió valerosamente—. Lo único que tengo es tiempo.

La certeza del cautiverio conmovió al guardián.

—Le traeré el agua y los paños... y tal vez consiga una toalla y un poco de jabón.

—Sería maravilloso. Señor Jones, agradezco su inmensa amabilidad. —Alex sonrió cariñosamente.

El guardián se conmovió un poco más. Saludó tocándose la gorra y se despidió:

—Hasta mañana.

Jones recogió la bandeja de la víspera, descolgó el farol y se fue cerrando la puerta.

Alex se instaló en el catre con los alimentos. Vio que la bóveda no era demasiado grande y había reparado en el gran llavero que colgaba bajo la chaqueta del guardián. Cuando estuviese en condiciones de marcharse seguiría hasta la puerta las huellas de las pisadas, que quedarían marcadas en el polvo y el serrín y aguardaría a que el señor Jones entrase para escapar. Esperaba no tener que hacerle daño.

Una vez más su alimento consistió en una crema espesa, en este caso de patatas y cebollas. Con el pan y el queso se alimentaría correctamente hasta el día siguiente. Calculó que la tetera achatada y de color marrón era de seis servicios. Bebió poco a poco para que el té durase.

Oyó un maullido.

Capitán Gato apareció con su habilidad felina para calcular el tiempo. Alex le dio un trozo de queso.

—Cumples bien con tu trabajo. Diría que las ratas no se acercaron demasiado, aunque hay algunas lagartijas y arañas.

Apenas había conciliado el sueño en la amenazadora oscuridad, pero como ahora contaba con un poco de luz le entraron ganas de descansar. Comió la tercera parte de los alimentos, dejó la bandeja en el suelo y se acurrucó bajo las mantas. Cuando tuviera la palangana la utilizaría para tapar la comida. De momento sólo podía esperar que los bichos se mantuviesen a distancia.

Capitán Gato subió de un salto al catre y dio varias vueltas hasta demostrar que quería ocupar un espacio junto a la cabeza de Alex. La mujer accedió gustosa. Si cerraba los ojos tal vez llegaría a imaginar que dormía junto a Gavin.

35

El momento que Gavin tanto temía se produjo cinco días después de su detención. Por la mañana la puerta de la celda se abrió y se tensó al ver a lord y lady Kenyon. ¿Cómo se saluda a los padres de la mujer de cuyo asesinato te acusan?

Michael Kenyon había envejecido una década desde la última vez que se vieron. Si hubiera desenfundado una pistola y apuntado contra él Gavin no se habría sorprendido. Probablemente tampoco habría intentado esquivar el balazo.

Catherine rompió la tensión en un segundo cuando cruzó la estancia y lo abrazó.

—Mi querido Gavin, es una situación espantosa.

—Lo lamento, Catherine, lo siento muchísimo. —La abrazó con cariño y agradeció profundamente su compasión—. ¿Cómo está Katie?

—Destrozada, pero intenta mostrarse valiente. Cada vez que la miro se me parte el corazón. —Catherine se enjugó el llanto con los dedos cubiertos por el guante—. Está con nosotros en Ashburton House. Deseaba mucho visitarlo, pero me pareció mejor que se quedase en casa para tener la posibilidad de hablar antes con usted. Se queja de que ni siquiera se despidió de ella.

Gavin tragó saliva.

—La policía tenía prisa. Además... además, no quería que me viera cuando me detuvieron acusado del asesinato de su madre. Desde entonces no hago más que preguntarme si he hecho lo correcto.

—Tener hijos significa que uno siempre se pregunta si hace lo correcto —puntualizó Catherine mientras tomaba asiento.

—Lo mismo puede decirse de una esposa. Si hubiese sido más sensato Alex seguiría viva.

—Siéntese y cuéntenos lo ocurrido. La nota de Bard era muy poco explícita —dijo Michael Kenyon, que parecía despedir chispas por los ojos.

Gavin repitió la historia por enésima vez. Los Kenyon lo escucharon con ecuanimidad, aunque tensaron sus manos entrelazadas cuando el capitán describió el hallazgo del cadáver de Alex.

Cuando Gavin llegó al final de la dramática historia, lord Kenyon declaró:

—Gavin, no podría haberlo impedido. Alex siempre fue testaruda, como su madre. —Dirigió un atisbo de sonrisa a su esposa.

Catherine se lo devolvió a pesar de que sus ojeras indicaban que hacía días que no sonreía.

—Michael tiene razón. Dada la opinión que Alexandra tenía sobre la esclavitud, nada de lo que hubiese dicho la habría convencido de dejar de hacer lo que podía para ponerle fin. Si solamente... —Catherine se mordió el labio inferior y miró para otro lado.

Había demasiadas incógnitas en todo el asunto, pero nadie podía modificar el pasado.

—¿Han investigado quién pudo entrar en el almacén mientras la esperaba en la cuadra de caballos de alquiler? —preguntó lord Kenyon.

—El anciano que vive enfrente declaró que, después de mí, nadie entró ni salió —reconoció Gavin—. El abogado que me representa ha contratado investigadores en su intento de averiguar algo más pero, de momento, no ha localizado más testigos.

—Supongo que el anciano no pudo ver el lado del almacén que da al río.

—Así es. Al parecer, nadie lo vio. Por lo que sabemos pudieron entrar por ese lado. Hay un par de puertas enormes que se abren para el acceso de mercancías y una de tamaño corriente, que es la que se utiliza el resto del tiempo —explicó Gavin—. En las puertas grandes no hay indicios de que forzaran las cerraduras. Es imposible demostrar que alguien entró por ese lado porque la más pequeña cayó al río cuando una parte del edificio de desplomó.

—¿Me equivoco si creo que existen pruebas de que el fuego fue provocado?

—En medio de las ruinas aparecieron recipientes rotos que habían contenido aceite para lámparas —respondió Gavin—. Por desgracia pertenecen a Elliott House, de modo que, aunque demuestran que el fuego fue intencionado, no dan la menor pista sobre quién lo provocó. El testigo opina que no pasé suficiente tiempo en el almacén para poder derramar todo el aceite, pero no está absolutamente seguro.

Gavin se alegró de que sus palabras no llevaran a los Kenyon a sospechar de él.

—¿Cuál es su hipótesis?

—No tengo hipótesis. La explicación más sencilla es que Daisy, la doncella, tenía un amigo delincuente y pensó que esta era la manera más fácil de robar a una mujer rica. Por otro lado, no es probable que Alex acudiera al despacho con dinero o joyas. No vieron entrar a nadie por la puerta que no tenía el cerrojo echado. Si el amigo de Daisy quería robar, podría haber entrado cuando estaba vacío. Además, ¿por qué encendieron el fuego con tanta rapidez que ni siquiera tuvieron tiempo de robar? Nada de lo ocurrido tiene sentido.

—Pero lo tendrá cuando se sepa toda la verdad —apostilló Catherine—. Cuesta saber la verdad cuando sólo hay preguntas sin respuesta. ¿Es cierto que Daisy ha desaparecido?

—Sí. Debió de abandonar Londres inmediatamente porque, de lo contrario, los investigadores habrían dado con alguna pista sobre su paradero.

Daisy no sólo había escapado, sino que estaba bien escondida. Incluso cabía la posibilidad de que estuviese muerta si el desagradable asunto formaba parte de una conspiración de mayor trascendencia y envergadura.

—Ashburton le envía recuerdos —dijo Michael Kenyon—. Le gustaría visitarlo, pero no le parece adecuado porque muy pronto tendrá que juzgarlo.

Gavin asintió comprensivo. Dedujo que tal vez lord Kenyon respondería a la pregunta que tanto sir Geoffrey como Kyle habían eludido y preguntó:

—¿Tienen idea de lo que dice la opinión pública? Si la mayoría supone que soy culpable es probable que una buena cantidad de pares lleguen a la misma conclusión.

—La prensa sensacionalista despotrica contra usted y Ashburton comentó que hay al menos un par que hace lo mismo.

—¿Se refiere a lord Wylver? Me han dicho que es el que convenció personalmente a la policía de que era culpable de lo que nadie más consideraba un asesinato hasta que ese hombre abrió la boca —explicó Gavin secamente—. Afirma que está emparentado con Edmund Warren, pero mi tía, lady Jane Howard, tiene sus dudas y eso que conoce al dedillo el linaje de todas las familias aristocráticas de Gran Bretaña. Tal vez caigo mal a Wylver, que me considera un arribista de las colonias que no debe contaminar los sagrados salones de Westminster.

También cabía la posibilidad de que Wylver actuase en nombre de terceros, pero no había pruebas. Aunque sir Geoffrey y Kyle investigaban todas las posibilidades, de momento... de momento no habían hallado nada y el tiempo se acababa.

Catherine se puso de pie.

—¿Quiere que traiga a Katie antes de llevarla a Gales?

El capitán reflexionó.

—Confío en su sentido común. Tengo muchísimas ganas de verla, pero no quiero que la visita la afecte.

—Está muy trastornada porque no puede verlo. Se parece... —A Catherine se le quebró la voz—. Se parece mucho a su madre, que siempre prefirió la verdad y la acción a los intentos bienintencionados de protegerla.

—En ese caso, por favor, tráigala.

Gavin pensó que podía ser la última vez que vería a la niña.

—Vendremos mañana. —Catherine lo abrazó y se despidieron—. Gavin, confíe en que se hará justicia.

—Espero que esté en lo cierto. —Los acompañó hasta la puerta y apostilló—: Para mí es fundamental que ustedes no me consideren culpable.

Michael Kenyon esperó a que su esposa saliese y murmuró:

—Si pensara que lo es ya estaría muerto.

Lord Kenyon se dio media vuelta y abandonó la celda.

Era día de visita. La noticia del asesinato y de la posterior detención había llegado a los que habían abandonado Londres para pasar el verano en el campo. Algunos regresaron y complicaron un poco más la vida de Gavin. Por lo visto cualquier que se presentase en la Torre de Londres y pareciese de buen linaje podía entrar. No habían transcurrido tantos años desde que por un modesto pago los visitantes no sólo podían ver las joyas de la Corona, sino probárselas.

Phillip Elliott llegó a primera hora de la tarde y no parecía sentirse muy cómodo. Gavin ni siquiera apartó la mirada del almuerzo que estaba a punto de terminar. No se molestó en ponerse en pie y preguntó sin miramientos:

—¿Vienes a castigarme por mancillar el impecable nombre de Seabourne o con la esperanza de no tener que desalojar la propiedad vinculada al título?

El joven se ruborizó.

—Como heredero me pareció que lo más correcto era hacerte una visita.

Afortunadamente Phillip no perdió los modales.

—Por si sientes curiosidad, te diré que no, que no maté a mi esposa, aunque desconozco si la Cámara de los Lores me creerá. En el caso de que me ahorquen, Seabourne recaerá en ti libre de deudas, pero mi fortuna personal no acabará en tus manos, por lo que te aconsejo que vayas con cuidado con el dinero.

Phillip se sintió más incómodo que cuando había entrado.

—No suelo ser derrochador. Tras años de moderación cuando heredé me desmandé un poco. En el caso de que... si vuelvo a ser conde seré más prudente.

—Me alegro. Las personas que dependen de las fincas de los Seabourne también lo agradecerán. —De pronto se le ocurrió algo y añadió—: Si necesitas personal para Seabourne House los criados de Berkeley Square están muy capacitados y son honrados.

El capitán recordó dolorosamente que era precisamente Alexandra quien los había contratado.

—No lo olvidaré.

Como no había nada de que hablar y la relación entre los primos era inexistente se produjo un molesto silencio que Gavin rompió cuando comentó:

—Me alegro de que hayas venido. Sé que en este momento no soy muy hospitalario, pero agradezco tu presencia.

—Francamente, te comprendo. Estás en una posición imposible. Te ruego que me creas si digo que no deseo que muera un inocente sólo porque así mejorará mi situación. —Phillip se detuvo con la mano apoyada en el picaporte—. Lamento profundamente la muerte de lady Seabourne. Era una mujer encantadora.

El comentario de Phillip desencadenó otro de los ataques de angustia que Gavin sufría a menudo a lo largo del día. Agradeció esas palabras con una inclinación de cabeza, le volvió la espalda e hizo un esfuerzo por controlarse. En el fondo no acababa de creer que Alex hubiese muerto. Por la noche, cuando intentaba conciliar el sueño, la notaba tan próxima que tenía la sensación de que podía estirar la mano y tocarla.

Tal vez los espíritus de los asesinados permanecían intranquilos o quizá la muerte repentina había pillado a Alex por sorpresa y necesitaba estar junto a él. Esperaba que se debiese a la segunda posibilidad. La idea de que su espíritu estuviese angustiado y clamase venganza le resultaba insoportable.

Esos pensamientos le resultaron dolorosos y no estaba precisamente de buen humor cuando un rato después el comandante Mark Colwell se presentó vestido de uniforme arrugado por el viaje. Gavin apartó la mirada de los documentos de la empresa que Suryo le había llevado el día anterior. Dado su aspecto claramente extranjero, Suryo no había podido visitarlo hasta que Kyle lo acompañó, mientras que dejaban pasar sin pedir nada a un militar furibundo que sentía una pasión no correspondida por Alex. Esta idea tampoco mejoró su estado de ánimo.

En cuanto franqueó la puerta Colwell lo miró y echó chispas por los ojos.

—¡Cabrón asesino! Aplaudiré cuando lo ahorquen.

—Está claro que ni se le ha cruzado por la cabeza la idea de que puedo ser inocente.

—Tuvieron pruebas suficientes para detenerlo. Espero que la Cámara de los Lores no le conceda el beneficio de la duda simplemente porque es conde. —La mirada de Colwell estaba cargada de odio—. Lo nombraron par y ya no necesita las conexiones familiares de Alexandra, por lo que ahora quiere una chica joven sin hijos y con una fortuna considerable. ¡Por eso asesinó a la mujer más tierna y hermosa del mundo!

Toda comprensión que Gavin podía tener del dolor de Colwell se esfumó. Presa de una fría cólera se levantó y recorrió a grandes zancadas la distancia que lo separaba del visitante.

—¡Insensato arrogante! Durante años ha suspirado por su ideal de Alex, pero no tiene ni la más remota idea de cómo era. ¿Conoció su fortaleza, su valentía, su apasionamiento, su testarudez, su idealismo...? —Se detuvo a un metro del comandante y abrió y cerró los puños en su deseo de introducir un poco de sensatez en la cabeza de Colwell. Acotó con tono más sereno—: Alex era mi esposa, la madre de Katie y la hija de lord y lady Kenyon. Su muerte es nuestra tragedia. No guarda la menor relación con usted ni con sus fantasías. Haga el favor de irse.

Colwell palideció notoriamente.

—Espero que se pudra en el infierno.

El comandante giró sobre sus talones y salió.

Un músculo se tensó y destensó en la mejilla de Gavin, que cruzó la estancia para mirar por la ventana. Probablemente Colwell estaba emparentado con la mitad de los pares y se ocuparía de transmitir a sus nobles parientes que el capitán era un asesino al que debían castigar.

Qué endiabladamente extraño era este país en el que su destino estaba en manos de un grupo de hombres acaudalados y arrogantes cuya única cualificación era un título heredado. No hacía falta que poseyeran inteligencia, honestidad, sentido común o sensatez. Decidió que si se libraba del patíbulo —y llegó a la conclusión de que no había muchas probabilidades— abandonaría Inglaterra para siempre.

Sin Alex y sin Katie nada lo retenía en Gran Bretaña.

El centinela gritó:

—¡Alto! ¿Quién anda ahí?

—¡Las llaves! —respondió el alabardero principal.

—¿Qué llaves?

—Las llaves de la reina Isabel.

—¡Que Dios proteja a la reina Isabel!

—¡Así sea! —replicó a coro la escolta formada por cuatro guardias armados.

Gavin clavó la mirada en la oscuridad mientras oía la ceremonia que se desarrollaba cada noche a las diez. La reina virgen había muerto en 1603 y, a pesar de que habían transcurrido más de dos siglos, las condenadas llaves todavía recorrían la Torre de Londres. Muy británico.

Pasaba mucho rato junto a las ventanas de la prisión. Aunque la celda era espaciosa, los carceleros amables y la vista espectacular, no dejaba de estar cautivo. En algunos momentos se habría lanzado contra los barrotes como un pájaro enjaulado que ansía desesperadamente escapar. La experiencia le proporcionaba una comprensión visceral de lo que Alex había soportado como esclava. La libertad es tan natural e invisible como el aire que respiras... hasta que la pierdes.

Se alegró de que el juicio estuviese a punto de celebrarse. Fuera cual fuese el veredicto no tardaría en abandonar esos muros.

Su cólera de horas antes hacía rato que se había convertido en tristeza. Durante un fugaz instante de su vida había tenido todo a lo que un hombre puede aspirar. Y lo había perdido sin tener tiempo de reconocer su gozo.

«Iskandra, dondequiera que estés, sólo espero que tu espíritu descanse en paz», pensó.

36

El cautiverio de Alex se convirtió en una rutina. Dedicaba casi todo el día a rascar el mortero y cada tanto se detenía para estirar los músculos mediante ejercicios de *wing chun*. Jones le había dado un trozo de lápiz y cada vez que se presentaba con la bandeja Alex hacía una marca en la pared de la celda. Llevaba casi seis semanas encerrada.

La posibilidad de lavarse elevó notoriamente su moral y los alimentos colmaron su estómago y el de *Capitán Gato*. El minino fue un don del cielo para su equilibrio mental. El gato recorría las bóvedas en busca de presas y últimamente depositaba ratas muertas al otro lado de la celda con la intención de que Alex las admirase. Podría haber prescindido de los roedores, pero disfrutaba de la compañía del felino que, cada vez que se tumbaba, no tardaba en hacer acto de presencia para dormir a su lado.

De momento no había necesitado los paños que Jones le proporcionó. Tenía la firme sospecha de que volvía a estar preñada. A diferencia del desastroso embarazo que había padecido durante la travesía de vuelta a Inglaterra, en este caso se encontraba bien, aunque se cansaba enseguida. Le había pasado lo mismo con Katie. Con la ayuda de Dios tendría otro hijo sano y fuerte. Se negó a pensar en la posibilidad de que la enviasen a la costa de la Berbería. La idea de criar a un hijo en cautiverio le resultaba realmente insoportable.

La infinidad de horas dedicadas a rascar mortero le dio tiempo para pensar en Gavin y en su matrimonio. Cuando se conocieron el capitán se convirtió en su salvador y en su héroe. Se sintió muy agradecida y fue plenamente consciente de que a duras penas mantenía la cordura.

Tras salir de Maduri recobró lentamente el equilibrio, aunque no dejó de sentir que para Gavin era la personificación de un acto de caridad y la protegía porque era demasiado caballeroso para darle la espalda asqueado. Le había sido imposible considerar que estaban en igualdad de condiciones y que ambos daban y recibían. Tal vez la mujer necesita que la corteje un hombre que la adora para entrar en el matrimonio sintiendo el poder de su feminidad.

Era lo que había experimentado con Edmund y esa sensación de poder la mantuvo a flote cuando su marido la traicionó. Con Gavin no había habido noviazgo. Sólo una boda nacida del sentido del deber del capitán y de su desesperación.

No era de extrañar que jamás hubiese definido lo que sentía por su esposo. Sabía que le estaba agradecida... ¡Dios bendito, vaya si le estaba agradecida! Reconoció su carácter, su encanto, lo bueno que era con Katie y, a medida que sus temores se disiparon, comenzó a experimentar una poderosa atracción, pero jamás se preguntó si lo amaba. Y en ese momento, en el infinito silencio de la bóveda, esa certeza afloró con claridad meridiana.

Lo amaba tanto como lo admiraba. Amaba charlar, reír y estar en silencio junto a él, amaba que la aceptase como un igual, como jamás había hecho ningún hombre que conocía. También lo deseaba hasta el aturdimiento. Hasta entonces no había apreciado totalmente lo hermoso que llegaba a ser el cuerpo masculino o hasta qué punto la satisfacción sexual plena creaba vínculos emocionables indisolubles. Cuando se dormía soñaba que estaba a salvo en sus brazos, ya que en Gavin había encontrado su alma y su salvación.

Y ahora debía liberarse para liberarlo.

Había calculado que debía retirar doce piedras a fin de abrir un orificio lo bastante grande para escapar. No podía sacarlas antes de estar a punto de salir, porque quedaría un agujero visible, por lo que extrajo la mayor parte del mortero y solamente se detuvo cuando le pareció que la piedra se aflojaba. Los trozos de paños apelotonados e introducidos en los huecos disimulaban bastante bien los espacios vacíos.

Poco a poco vació el perímetro exterior del grupo de piedras elegidas. Con un poco de suerte, una vez llegado el momento podría empujar todas las piedras a la vez. Era lo que esperaba, aunque la labor resultaba dolorosamente lenta porque sólo contaba con el mango romo de una cuchara doblada.

Oyó ruidos en el pasillo y abandonó la posición de trabajo pese a las protestas de sus músculos cansados. Frederica Pierce se disponía a realizar una de sus habituales visitas. La reconoció porque sus pisadas eran más débiles que las del señor Jones. Se sorprendió de lo que llegamos a saber de nuestro entorno cuando hay relativamente pocas cosas en las que fijarse.

Tras incorporarse y quitarse el serrín de la ropa Alex se tumbó en el catre como si dormitara. Cuando Frederica hizo acto de presencia se incorporó lentamente y se tapó la boca para bostezar como si fuese una mujer entregada al ocio.

—Frederica, ten cuidado y mira por dónde vas. Puede que haya ratas muertas.

La rubia dejó escapar una exclamación, retrocedió de un salto y estuvo a punto de chocar con el guardia.

—¿Dónde están?

—El gato suele dejarlas precisamente donde te encuentras.

Alex vio con maliciosa satisfacción que Frederica chillaba y se recogía las faldas.

Había una rata muerta. Sin decir esta boca es mía el señor Jones introdujo la comida de Alex en la celda y metió la rata en la bolsa que llevaba para ese fin. En cuanto el roedor desapareció de la vista Alex comentó:

—Estoy segura de que traes malas noticias. Haz el favor de transmitirlas de una vez. Me hace falta un poco de diversión.

Frederica la fulminó con la mirada.

—El juicio a Seabourne comienza mañana.

Alex no tenía previsto que se iniciase tan pronto.

—Estoy segura de que se alegrará porque, en cuanto acabe, volverá a ser un hombre libre.

—La opinión pública está convencida de que es el asesino. Por lo que me han dicho la mayoría de los lores han llegado a la misma conclusión. Se mueren de ganas de condenarlo por haberse cargado a su delicada y noble esposa. Está claro que muy pocos te han tratado personalmente.

Alex rió.

—A decir verdad, casi todos me conocen, aunque estoy de acuerdo contigo en que son demasiado sentimentales si creen que soy así. ¿Traes otras novedades?

Frederica titubeó. A lo largo de las visitas gradualmente había perdido el control de las charlas. Esa certeza proporcionaba un gran placer a Alex.

—Daisy se ha esfumado con su hijo. Cogió al pequeño y huyó de nuestra finca de campo.

—¡Cuánto me alegro por ella! Por fin es realmente libre.

La expresión de Frederica se volvió desagradable.

—Barton la ha acusado de robo y no tardarán en arrestarla. La encontrarán... una negra con un hijo pequeño llama la atención y no llegará lejos. En cuanto la recuperemos la muy zorra volverá a Norteamérica.

Alex lo dudaba. Daisy era lo bastante despierta y decidida para evitar que la capturasen. Tendría que ocultarse en Londres, la única ciudad lo bastante grande en la que una mujer negra pasaría desapercibida, pero se las apañaría. Pese a la traición, Alex le deseó buena suerte. Daisy había hecho lo imposible por salvarse a sí misma y a su hijo. En circunstancias parecidas Alex se habría comportado de la misma forma.

—Frederica, tienes un grave problema con los criados. Tal vez deberías tratarlos mejor.

—Ahora tengo una doncella francesa. Está mucho más capacitada que esa esclava estúpida.

Frederica puso cara de contrariedad, se dio la vuelta y se alejó a grandes pasos.

En cuanto se quedó a solas Alex perdió la sonrisa. Se divertía hostigando a Frederica, pero eso no modificaba su condición de presa. Esperó hasta oír el sonido lejano de la puerta de la bóveda al cerrarse y volvió a poner manos a la obra.

Cada vez quedaba menos tiempo.

De manera típicamente británica, el juicio de Gavin comenzó con una prolongada procesión.

—Es una lástima que el incendio declarado el año pasado en Westminster destruyese la cámara donde se celebraban los procesos. En esta sala sólo caben doscientas cincuenta personas —murmuró sir Geoffrey mientras acompañaba a su cliente—. Antes de que se me olvide, el delegado principal de los lores que presidirá su causa es lord Saint Aubyn.

Pero aquel nombre no hizo resonar campana alguna en la cabeza de Gavin.

—¿Es positivo o negativo?

Sir Geoffrey apretó los labios.

—No está mal. Es un hombre severo pero justo. Podría haber tenido menos suerte.

El capitán admiró la extravagante majestuosidad del ceremonial inglés cuando los lores entraron en fila en la larga estancia de techos altos. Ataviados con amplias togas de color escarlata y con una enormes y blancas pelucas que anulaban la individualidad, los pares ingresaron de acuerdo con el orden de precedencia y tomaron asiento en los bancos dispuestos en gradas. Los duques ocuparon la primera fila, los marqueses la siguiente y a continuación se sentaron los condes y los vizcondes, mientras que los barones se instalaron en la grada más alta.

En una punta de la sala había un trono vacío. El rey Guillermo IV no asistiría a la sesión. Juzgar a uno de los suyos era tarea exclusiva de los pares.

El delegado principal de los lores ocupó su sitio delante del trono y tomó asiento en la bala de lana, literalmente una paca de metro ochenta de largo, de lana comprimida y tapada con una gran tela escarlata. Sir Geoffrey le había explicado que esa bala era el reconocimiento de que la riqueza medieval de Inglaterra en la Edad Media se basaba en el comercio de la lana. A Gavin le pareció algo disparatado.

Saint Aubyn, elegido el delegado principal de los lores, rondaba los sesenta años, pero estaba en forma y era un hombre de mirada sagaz. Mientras leía la orden real de celebrar el juicio Gavin se dedicó a estudiar las gradas ocupadas por los lores. Dada su condición de duque, la toga de Ashburton incluía encaje dorado y cuatro bandas de armiño a cada lado. Ashburton cruzó su mirada con la de Gavin e hizo una ligera señal de reconocimiento.

Vio otros rostros conocidos, en su mayoría de personas que había visto por primera vez en Ashburton House: el duque de Candover, el marqués de Wolverton, los condes de Strathmore y de Aberdare y lord Kimball que, por extraño que parezca, era militar y pintor.

Kyle estaba tan serio que resultaba prácticamente irreconocible. Su gemelo se encontraba cerca, era sorprendentemente parecido a su amigo y ostentaba un título procedente de la familia de su esposa que, de no ser por decreto real, habría dejado de existir. Gavin había conocido a lord Grahame, que era una versión más relajada de Kyle. El capitán abrigaba la esperanza de que compartiese las convicciones de su socio con respecto a su inocencia.

De todos modos, la mayoría de los lores eran desconocidos. De edad madura e incluso mayores, algunos estaban consumidos por la vida disoluta y otros poseían la melosidad de quienes se sienten cómodos ostentando el poder. Que Dios lo amparase, aquellos individuos serían sus jueces. Gavin se preguntó quién era lord Wylver, el individuo que había puesto en marcha los mecanismos de la injusticia.

El delegado principal de los lores leyó más documentos y concluyó con la acusación. En medio de un largo fragmento destacaron las siguientes palabras:

—El mentado Gavin Elliott, conde de Seabourne y vizconde de Handley, hirió deliberadamente y con premeditación y alevosía a Alexandra, condesa de Seabourne; destruyó el almacén mediante el fuego y de esa forma causó la muerte de la mentada Alexandra, condesa de Seabourne.

Esas palabras fueron como martillos que clavaron en su corazón un horror que no era una pesadilla: no sólo había perdido a su esposa, sino que lo acusaban ante el mundo de haberla asesinado.

—¡Atención, atención, atención! ¡Teniente de la Torre de Londres, de acuerdo con lo ordenado por la Cámara de los Lores haga comparecer inmediatamente ante este tribunal al detenido, Gavin Elliott, conde de Seabourne!

Consciente de que todas las miradas estaban fijas en él, Gavin se acercó al estrado en compañía del subdirector de la torre y del caballero carcelero, que portaba un hacha de grandes dimensiones. Se tragó el orgullo, se inclinó tres veces y se arrodilló. Le molestó rendir homenaje a una institución que le desagradaba, pero Kyle lo había convencido de que no era el momento más oportuno para manifestar sus principios republicanos.

—Su señoría puede ponerse en pie —dijo lord Saint Aubyn.

El delegado principal de los lores lo evaluó con la aguzada mirada de sus ojos grises e hizo una interminable exposición sobre la naturaleza de las acusaciones y del tribunal. Cuando Saint Aubyn concluyó, el representante de la Corona preguntó:

—Gavin Elliott, conde de Seabourne, ¿se declara culpable o inocente del grave delito de asesinato del que se lo acusa?

—Inocente, milores —replicó con tono resonante para que hasta el último condenado par de la cámara lo oyese:

—Acusado, ¿cómo será juzgado? —prosiguió el representante de la Corona.

—Por Dios y por mis pares —Esa respuesta obligó al capitán a apretar nuevamente los dientes.

—Que Dios envíe un veredicto justo a su señoría.

Esa última parte fue lo único con lo que Gavin estuvo de acuerdo en aquel momento.

Se inició la vista encabezada por William Oliver, fiscal del Tribunal Supremo. Era un hombre bien plantado y de voz sonora que evidentemente estaba encantado de ocuparse de un escándalo tan jugoso.

Gavin se mantuvo impávido a medida que los testigos subían al estrado. Después de ser interrogados por los abogados de la acusación y de la defensa, cualquiera de los lores presentes podía hacerle preguntas para satisfacer su curiosidad.

Los primeros testigos fueron dos criados de Gavin y declararon incómodos que, uno o dos días antes de la muerte de la señora, los habían oído levantar la voz. Las preguntas de sir Geoffrey demostraron que los sirvientes no habían oído nada amenazador y que el tono alto llamó la atención precisamente por la falta de costumbre.

El agente Mayne declaró que se había presentado en el almacén inmediatamente después de que lord Seabourne matase a dos hombres con las manos: a uno le partió el cuello y al otro le fracturó el cráneo. Los lores murmuraron tras oír la descripción pormenorizada del agente y algunos miraron a Gavin como si se tratase de un animal peligroso.

Sir Geoffrey se puso en pie y preguntó:

—Agente Mayne, ¿ha dicho que fueron cinco los atacantes? —Una vez confirmada la cifra el defensor acotó—: De modo que su señoría luchó por su vida contra toda probabilidad. ¿Lady Seabourne estaba presente?

—Así es, señor, también se encontraba en el almacén.

—Entonces su señoría no sólo luchaba por su vida, sino por la de su esposa. En esas circunstancias cualquiera se defendería como un tigre. —Sir Geoffrey aguardó a que sus palabras hiciesen mella en los pares—. En su opinión, ¿lady Seabourne parecía tener miedo de su marido?

—No, señor, lo miraba como si fuera el hombre más maravilloso del mundo.

El fiscal protestó e insistió en que el comentario del agente no era más que una opinión, pero ya la había expresado. Quizá ese comentario influiría en los nobles lores.

Llamaron a más testigos al estrado para verificar lo sucedido el día del incendio. Jem Brown era el azotacalles que había sujetado el caballo de Gavin y quien le había avisado que el almacén ardía. El fiscal se las apañó para arrancarle la información de que su señoría parecía enfadado y le había aconsejado que «no te cases nunca».

Gavin se estremeció interiormente; ni siquiera recordaba haber hecho ese comentario. Cuando volvieron a interrogarlo para comprobar la veracidad de lo declarado Jem reconoció que su señoría parecía enfadado pero no furioso y que su padre siempre le aconsejaba que no se casase.

Tras el chiquillo, el anciano que había permanecido el día entero asomado a la ventana declaró que Gavin había estado un rato en el almacén y que nadie más había entrado hasta que el fuego consumió el edificio. Sir Geoffrey le extrajo información según la cual sólo veía la fachada y no el lado del edificio que daba al río y que probablemente su señoría no había pasado suficiente tiempo en el interior para derramar aceite para lámparas por el extenso almacén. Además, no había visto humo ni llamas hasta mucho después de la partida del capitán.

Caía la tarde y la sesión se levantó hasta la mañana siguiente. Mientras los carceleros se llevaban a Gavin, sir Geoffrey comentó:

—Si estas son todas las pruebas de que disponen mañana desestimaré el caso por falta de pruebas.

Esas palabras sonaron bien, pero Gavin no se hizo demasiadas ilusiones al ver nuevamente a la muchedumbre enfervorizada que rodeó su carruaje. Sin duda el fiscal guardaba lo peor para el final... convencido de que lo peor bastaría para que lo ahorcasen.

Los recelos de Gavin se cumplieron. El primer testigo de cargo llamado por la mañana era un hombre de mirada esquiva que respondía al apellido de Throup. Parecía un ladrón que intentaba pasar por una persona respetable.

Tras las preguntas preliminares el fiscal Oliver inquirió:

—¿Alguna vez ha visto al acusado, a lord Seabourne?

—Sí, señor, el día que Elliott House se quemó.

Gavin reparó en la mirada inquisitiva del abogado defensor y se encogió de hombros para hacerle saber que no tenía ni idea de quién era ese individuo. Probablemente formaba parte de los que habían contemplado el incendio.

Con la majestuosidad de los leones Oliver preguntó al testigo:

—¿Puede explicarnos a su manera qué ocurrió aquel día?

Throup miró a Gavin y su mirada se encendió de maldad.

—Ese hombre me pidió que lo ayudara en el almacén. Esperé junto a la puerta que da al río hasta que la abrió y me hizo pasar. Me dio diez libras para que derramase aceite para lámparas y varios fósforos para que, una vez acabada la tarea, le prendiese fuego. Me pidió que saliera por la puerta del río.

Ante esa mentira tan descarada Gavin exclamó:

—¡Está mintiendo!

—El acusado debe guardar silencio —advirtió el delegado principal de los lores—. Continúe, señor Throup.

—¿Esa petición le llamó la atención? —preguntó el fiscal.

Throup se encogió de hombros.

—¿Quién entiende por qué los ricos actúan como actúan? Tal vez quería echar aceite para pulir los suelos. Lo cierto es que se largó. Me pareció oír ruidos en la planta superior, pero no le di mucha importancia. Cuando acabé de extender el aceite por el suelo lo encendí a bastante distancia de la puerta para tener tiempo de salir. Oí un grito de bebé o de mujer en el piso de arriba y subí a echar un vistazo.

El testigo calló y Oliver preguntó:

—Señor Throup, ¿qué fue lo que encontró?

—A una mujer bonita y de pelo oscuro tumbada en el suelo. Sangraba y tenía un balazo en el vientre.

Las exclamaciones de sorpresa resonaron en la sala. Gavin se incorporó y, aunque sabía que hasta ese momento sólo había oído mentiras, se preguntó si esa parte de la declaración era cierta. ¿Habían disparado a Alex?

—¿La mujer estaba viva o muerta?

—Viva, pero por poco. Me agaché a su lado y le pregunté quién le había disparado. —Throup volvió a mirar a Gavin—. Respondió que había sido su marido.

37

Al oír pisadas Alex tapó rápidamente las huellas de lo que estaba haciendo, se sentó en el catre y movió los dedos acalambrados. Aunque había envuelto la cuchara con paños para facilitar su manejo aún sentía dolores punzantes en la mano, la muñeca y el brazo. En el caso de que saliese de allí tendría un motivo de peso para no volver a coser.

La ansiedad había podido con ella desde que Frederica le comunicó el inicio del juicio. Ya habían transcurrido dos días. La ausencia de Frederica le había parecido una buena señal, pero se le cayó el corazón a los pies al verla en compañía de su marido. Ambos resplandecían de satisfacción.

Decidida a no reflejar debilidad alguna, Alex dijo fríamente:

—Buenos días, sir Barton. Espero que se encuentre bien. No hemos vuelto a vernos desde el día en que acabé con su secuaz.

Pierce apenas se inmutó.

—Hoy es un día muy especial. A su despreciable marido lo han condenado a colgar del cuello hasta que muera.

Embotada, Alex tuvo que hacer grandes esfuerzos para respirar. No había imaginado que las cosas llegarían a esos extremos. ¿Quién podía pensar que Gavin era un asesino?

—Sólo tú podrás apreciar la deliciosa ironía de la situación —intervino Frederica alegremente—. Y pensar que morirá por tu asesinato... me cuesta imaginar lo que sientes. Explícame lo que experimentas.

Alex no hizo caso y se concentró en Pierce pues dedujo que, al igual que su esposa, sería incapaz de no alardear de su inteligencia.

—¿A quién contrató para que prestase falso testimonio?

—Es usted muy lista. Tuve que poner mucho cuidado en mi elección porque declarar ante la Cámara de los Lores tiene que ser aterrador aunque se diga la verdad. Encontré al hombre perfecto... me refiero a Sly, a quien conoció en el almacén. Estaba enfadado porque le rozó el brazo con una bala y realmente ofendido porque usted mató a Webb, su compañero. Como es un mentiroso redomado y tiene mucha práctica, Sly se las apañó para presentar una historia convincente ante los nobles lores.

Alex lamentó no haber tenido mejor puntería y preguntó:

—¿Y qué historia se inventó?

—Me inventé que Seabourne pagó a Sly a fin de que derramara aceite para lámparas por el almacén. En cuanto comenzó el fuego Sly la oyó gritar lastimeramente, subió y vio que sangraba por una herida de bala, una herida mortal de necesidad —Pierce sonrió satisfecho de sí mismo—. Antes de exhalar el último suspiró acusó a su marido del crimen.

—No creo que todos le hayan creído —opinó Alex resueltamente—. Está claro que Sly no es una persona de fiar.

—No todos le creyeron —coincidió Frederica—. Pero hubo suficientes que se tragaron la historia. Declararon culpable a Seabourne por una diferencia de cinco votos. Dicen que cuantos lo conocen personalmente votaron a favor de la absolución, pero Sly resultó muy convincente y el fiscal presentó pruebas incontrovertibles de que Seabourne es un hombre violento.

—Que no sea un caballero inglés de pura cepa facilitó que lo considerasen perfectamente capaz de asesinar a su aristocrática y bonita esposa de buena cuna —acotó Pierce—. Muy pocos se tragaron su declaración de que le permitió quedarse sola en el almacén para reunirse con un esclavo fugado que le iba a proporcionar información. Nadie que se precie cometería semejante insensatez. —Pierce sonrió—. Lord Wylver, mi amable valedor, se ocupó de propagar esa idea entre los pares.

—Los hombres de verdad no necesitan tratar a sus esposas como si fueran tontas —puntualizó Alex, dolida por la certeza de que habían utilizado contra Gavin las cualidades que lo volvían tan peculiar—. ¿Acaso los nobles lores no hicieron el menor caso de las alegaciones de la defensa?

—Sir Geoffrey Howard hizo lo imposible por defenderlo —reconoció Pierce—. Resaltó la falta de pruebas concluyentes y presentó testigos como el estibador que impidió que Seabourne entrase en el almacén en llamas en un intento suicida de rescatarla. Preguntó si esa era la actitud de un hombre deseoso de matar a su esposa. Nada superó la realidad de que se cargó a dos de mis hombres y de que, antes de expirar, usted dijo que era su asesino.

Frederica sintió solemnemente.

—Dado que tu marido ha asesinado, simplemente se ha hecho justicia.

—La defensa propia jamás se ha considerado asesinato.

Alex se percató de que la combinación de circunstancias —su vida aventurera en tierras extrañas, sus aptitudes para el combate y la presencia de un perjuro convincente— había convencido de la culpabilidad de Gavin a los miembros de miras estrechas de la Cámara de los Lores, sobre todo a los que nunca habían ido más allá de París.

—El último cartucho de la defensa consistió en hacer subir a su madre al estrado para que declarase que no podía creer que Seabourne la hubiera matado.

Alex contuvo el aliento.

—¿Mi madre estuvo presente?

—Sí. Y su declaración fue realmente conmovedora —dijo Pierce—. Sobre todo cuando defendió a Seabourne y sostuvo que, por mucho que los nobles lores lo considerasen culpable, su ejecución no le devolvería la vida.

Frederica volvió a retomar la historia:

—Cuando tomó la palabra para plantear atenuantes Seabourne se limitó a sostener que ponía a Dios por testigo de que no había matado a nadie. No se mostró para nada conciliador y con su actitud ofendió a gran parte de los pares más tradicionales. Dentro de una semana lo pagará a las puertas de la prisión de Newgate. Las ejecuciones suelen celebrarse a primera hora de la mañana, pero en su caso tendrá lugar a mediodía para demostrar que la justicia británica se aplica a los más encumbrados y a los más humildes.

Alex cruzó las manos, paralizada por la imagen de su madre defendiendo la vida de Gavin. Se alegró de que parientes y amigos no se hubiesen tragado las mentiras de Sly, pero no le sirvió de gran consuelo pues lo habían condenado a muerte.

Una semana, sólo faltaba una semana.

—Alexandra, disfruta de tus últimos días en Inglaterra. —Frederica miró con cariño a su esposo—. Barton me ha prometido que dos días después de la ejecución embarcarás rumbo a la costa de la Berbería, pero antes te contaré el ahorcamiento con todo lujo de detalles. Ya ha reservado habitaciones en la posada que hay frente a Newgate para tener la mejor vista de la agonía de Seabourne. —Pierce también miró con afecto a su esposa y le rodeó la cintura con el brazo. Alex comprendió que, aunque de forma perversa, se amaban—. Alexandra, volveremos a vernos. —Frederica estaba a punto de irse cuando hizo una pausa y preguntó—: Antes de que se me olvide, ¿qué haces durante el día? Supongo que te debes aburrir muchísimo.

Alex se obligó a sonreír a pesar de que sentía que estaba a punto de ahogarse.

—En realidad, la jornada es muy descansada. Administrar las propiedades de un conde resulta agotador. Las últimas semanas me he tomado la vida con calma y he recordado los libros que he leído y los poemas que he memorizado. Como siempre me ha gustado leer tengo la mente llena de ideas. Frederica, ¿sabes leer?

La mujer apretó los labios.

—Dedico mi tiempo a cosas más divertidas. Vamos, Barton, quiero volver a casa.

Frederica acarició lascivamente el rostro de su marido con sensuales promesas.

En cuanto se marcharon Alex permaneció inmóvil largo rato. Sólo faltaba una semana y todavía le quedaba mucho por hacer. La pared era gruesa y el mango de la cuchara doblada y desgastada no tenía demasiada utilidad como herramienta. Con un buen trozo de hierro forjado habría escapado mucho antes.

Más le valía dejarse de excusas. Intentó serenar su agitado corazón y volvió a poner manos a la obra.

—¡Es una situación injusta! —exclamó Kyle y deambuló inquieto por la lúgubre cámara de la prisión de Newgate.

Gavin pasaría su última noche allí y de ese modo las autoridades no tendrían que abrirse paso en medio de la muchedumbre para trasladarlo de la torre al patíbulo, que ya estaba montado a las puertas de la cárcel.

—Constantemente se producen injusticias —afirmó Gavin—. En este caso lo insólito es que tengo dinero y los ricos casi nunca son víctimas de la injusticia.

Kyle preguntó con expresión angustiada:

—¿Cómo es posible que estés tan tranquilo?

—Porque la única opción que me queda es gemir y castañetear los dientes, lo que sería muy angustioso. Bebe una copa de este magnífico coñac.

Kyle aceptó la invitación y se sentó. No había mucho de que hablar salvo de la inminente ejecución de Gavin, que no era un tema muy edificante. El capitán había ultimado sus asuntos económicos y se había despedido prácticamente de todos. Esa noche sólo lo acompañaban Kyle y Suryo y había decidido que en cuanto pudiera despediría al inglés, que estaba sumido en una agonía de frustración. El malayo suponía una compañía más pacífica.

Alguien llamó a la puerta. Suryo abrió y entraron Ashburton y Michael Kenyon. Sus expresiones de contrariedad eran idénticas y resaltaban su parentesco.

Gavin se puso en pie.

—¿Queréis un coñac? Al parecer en la calle hace mucho frío.

—Encantado. —Ashburton se quitó cansinamente la capa—. He celebrado una audiencia con el rey. Guillermo se ha mostrado comprensivo y he de decir que como hombre de la Armada siente un gran aprecio por los marinos, pero insiste en que es prerrogativa de la Cámara de los Lores juzgar a los suyos y en que por tanto no puede intervenir.

—Era de prever —opinó Gavin.

El capitán sirvió dos copas más. Pensó que en la lóbrega y gris profundidad de la prisión de Newgate se bebía el mejor de los coñacs franceses en finísimas copas de cristal. ¿De esa forma mejoraba o empeoraba la perspectiva de que al día siguiente sería colgado en el patíbulo?

Lord Michael Kenyon cogió la copa, la agradeció con voz baja y tomó asiento. Había llevado a Catherine y a Katie a Gales pues deseaba que se encontrasen lo más lejos posible del lugar de la ejecución. Hizo girar el coñac en la copa y musitó:

—He visto muchas ejecuciones. En la mayoría de los casos son inútiles, horribles y representan una gran pérdida. Debo reconocer que esta es la condena a muerte más equivocada con la que me he topado en mi vida.

Como no tenía nada que perder, Gavin preguntó:

—¿Lo dice en serio? Pensé que tenía reservas con respecto a mi inocencia.

—Al principio las tuve —reconoció el coronel—, pero se esfumaron en cuanto el perjuro dijo que habían disparado contra Alex. Dado su dominio de las artes marciales orientales puedo concebir que, accidentalmente, hiriese a Alex durante una refriega, pero que le disparara es impensable. Con esa declaración el testimonio de Throup se vino abajo.

—Es una verdadera lástima que otros pares no posean su perspicacia.

—La ejecución de inocentes es el mejor de los argumentos para poner fin a estas prácticas— intervino Ashburton taciturno—. Presentaré una proposición de ley para proscribirlas.

—Jamás la aprobarán —aseguro Kyle—. A la muchedumbre le encantan las ejecuciones.

—Que sea rechazada no me impide intentarlo —puntualizó Ashburton, el imperturbable, que estaba vivamente contrariado.

—Alex era sobrina suya hasta la médula —afirmó Gavin y esbozó una ligera sonrisa—. La justicia le interesaba más que la aburrida virtud de la viabilidad.

Volvieron a llamar a la puerta. En este caso fue Gavin el que abrió. Se topó con un vicario de expresión solemne que llevaba la Biblia en la mano.

—Vengo a ofrecer consuelo al condenado.

Gavin dejó escapar un suspiro. Que te colgasen ya era bastante malo, pero no estaba dispuesto a soportar que rezaran por él.

—Se lo agradezco, pero tengo la conciencia limpia, así que puede volver a casa con su familia. —Cerró lentamente la puerta en las narices del vicario. Se volvió hacia sus acompañantes y añadió—: Me parece que es una noche adecuada para emborracharse. ¿Alguien quiere acompañarme?

Con excepción de Suryo, que no probaba el alcohol, todos accedieron a su propuesta. A medida que avanzaba la noche Gavin pensó que era muy afortunado de tener como amigos a esos cuatro hombres.

Era una verdadera pena que no le quedase más tiempo para seguir tratándolos.

Alex se acomodó en el catre, apoyó los pies en el trozo de muro cuyas piedras había intentado aflojar y empujó. Le pareció percibir cierto movimiento, por lo que respiró hondo y volvió a empujar. Tenía que funcionar. Durante la semana había rascado frenéticamente el mortero y, tras la última visita de Frederica, sabía que ahorcarían a Gavin en cuestión de pocas horas. Pese a que carecía de reloj para medir el tiempo, se negó a pensar que era demasiado tarde.

La piedra permaneció inamovible. A punto de echarse a llorar de frustración Alex dobló las piernas y pateó el muro con todas sus fuerzas.

Con sorprendente brusquedad un trozo de muro se desplomó y cayó en el espacio de almacenamiento contiguo. Mareada de alivio, Alex se puso en pie e hizo una ligera mueca de contrariedad. Se dirigió al gato que la observaba desde el catre y afirmó:

—*Capitán*, volveré a buscarte. Vendrás a vivir con nosotros y te convertirás en el terror de Mayfair.

Tras rascarle rápidamente el cuello para que le diese suerte, Alex introdujo los brazos y la cabeza en el boquete, inclinó los hombros y logró introducirse de cintura para arriba en la oscura bodega de al lado. Maldijo al oír el desgarrón de la tela de su vestido, meneó las caderas para pasar y cayó sobre las piedras y el suelo cubierto de serrín. De haber estado más avanzado su embarazo no habría podido pasar, pero su cuerpo aún no había empezado a cambiar notoriamente.

Encendió la vela que había guardado con la que quedaba en su celda y siguió rápidamente las pisadas marcadas en el polvo del suelo de la bóveda. Cada tanto aparecieron pasillos transversales bordeados de soportales que daban a estancias que albergaban seis barriles enormes. Había vino suficiente para emborrachar a toda la población de Londres y por todas partes vio el extraño hongo blanco algodonoso.

El pasillo terminaba en una puerta de hierro macizo. Acercó la vela a la cerradura, la estudió y buscó la llave en los alrededores, pero no tuvo suerte.

Temió que faltasen varias horas para la visita diaria de Jones, aunque se trataba de algo difícil de calcular. Pese a la dolorosa conciencia del paso del tiempo su única opción consistía en esperar. Colocó la vela en el soporte de la pared e inició uno de los ejercicios de tai chi que Troth le había enseñado. La calma de ese momento la llenaría de fuerzas más adelante.

Concluyó un ejercicio y estaba a punto de comenzar la serie siguiente cuando oyó una llave que giraba en la cerradura. Apagó rápidamente la vela y se ocultó en la penumbra con la esperanza de franquear la puerta sin necesidad de enfrentarse con el guardia.

No se trataba del señor Jones. Farol en mano, Frederica entró seguida de su marido.

—No tenemos tiempo —protestó Pierce—. Corremos el riesgo de perdernos la ejecución.

—Cariño, sólo será un momento. Quiero que esta odiosa mujer sufra lo indecible. Piensa lo delicioso que será comunicarle que han conmutado la condena y venir más tarde para referirle los detalles sórdidos.

Pierce rió encantado y Alex se mordió el labio inferior al comprobar la horrible crueldad del plan de Frederica. Aquellos dos eran malvados más allá de todo lo concebible.

Pierce cerró la puerta y se volvió para echar el cerrojo. A Alex se le disparó el pulso cuando se dio cuenta de que debía actuar sin dilaciones porque nada más llegar a la celda vacía el matrimonio se daría cuenta de que había escapado.

Lamentó carecer de los conocimientos de Troth sobre *wing chun*, avanzó de un salto al tiempo que daba un grito, arrebató la llave a Pierce y le asestó una patada en la entrepierna. El hombre chilló de dolor, retrocedió trastabillando y chocó con su esposa, que lanzó un chillido y soltó el farol. La lámpara se rompió en mil pedazos y todo quedó sumido en la oscuridad.

Alex aprovechó la confusión para franquear la puerta. Al salir cerró de un portazo. Cuando introdujo la llave en el cerrojo

Pierce intentó abrirla desde el interior y soltó una retahíla de maldiciones. Alex sujetó el picaporte con todas sus fuerzas y giró velozmente la llave. Los cerrojos giraron fácilmente porque estaban bien engrasados. Gritó amenazadora a través de la puerta:

—¡Será mejor que recéis para que consiga detener la ejecución porque, de lo contrario, os juro que moriréis en medio de un sufrimiento indecible!

Con la esperanza de que su amenaza aterrorizase a Frederica, Alex subió por la escalera de piedra poco iluminada y se preguntó adónde la conduciría. Al llegar a lo alto y abrir la puerta jadeó y estuvo a punto de rodar escaleras abajo porque el sol la deslumbró. Durante un minuto permaneció aferrada a la puerta, con los ojos cerrados, y por fin la conmoción menguó.

Abrió lentamente los ojos y los entornó para no recibir tanta luz. Lo primero que hizo fue mirar al sol. Aún no había llegado a su cenit. Calculó que eran entre las once y las once y media. Todavía no era demasiado tarde.

Miró a su alrededor. Se encontraba en el edificio pequeño de una esquina de una ajetreada zona de embarque. Cargaban y descargaban carros al tiempo que los caballos pateaban el suelo nerviosos. En la parte trasera del edificio principal había un letrero en el que se leía PIERCE & CO. Seguramente se trataba de la sede central de la empresa de Pierce en Ratcliff Highway.

Intentó aparentar normalidad, cerró la puerta, cruzó la zona de carga y descarga y se mantuvo pegada a la acera contraria al edificio principal. Un par de hombres la miraron, pero no preguntaron nada. De todas maneras, respiró más tranquila cuando por fin llegó a la calle.

La cuadra de caballos de alquiler que Gavin utilizaba sólo se encontraba a dos manzanas, por lo que giró a la izquierda y echó a correr. A pesar de que en la celda había realizado ejercicios, al llegar a la cuadra estaba sin aliento. Se encaminó directamente al despacho situado a la izquierda de la entrada.

Fitzgerald, el propietario, levantó la cabeza y al momento palideció notoriamente.

—¡Santa madre de Dios! —exclamó mientras se persignaba.

—Señor Fitzgerald, no soy un fantasma. Le aseguro que, si lo fuera, iría más limpia y mejor vestida. Me secuestraron y me retuvieron cerca de aquí. —Alex tragó saliva—. La ejecución... ¿ya se ha celebrado?

La sorpresa del reconocimiento fue evidente en el rostro del dueño de la cuadra.

—Todavía no, pero tampoco falta mucho. Dios del cielo, ¿qué podemos hacer?

—¿Seabourne está en la Torre o de camino a Newgate?

—Dijeron que pasaría la última noche en la cárcel. Temían que los amigos intentasen liberarlo si hoy lo trasladaban en carruaje hasta Newgate.

—Déjeme su mejor montura e iré personalmente. —Alex titubeó porque, aunque sabía que la distancia era corta, no conocía muy bien el camino—. ¿Hay alguien que pueda guiarme?

—La acompañaré. —Fitzgerald se puso de pie—. Milady, hay un problema, la única silla de amazona que tengo está rota.

—Sé montar a horcajadas —precisó Alex con impaciencia—. ¡Debemos partir sin más tardanza!

Pidió a Dios que le concediese llegar a tiempo.

38

Uno de los dos guardias dijo respetuosamente:

—Milord, ha llegado la hora.

—De acuerdo.

Gavin terminó la taza del mejor té de Elliott House. No se había emborrachado aunque a lo largo de la noche había bebido una generosa cantidad de coñac. Le pareció una tontería embotar con alcohol las últimas horas que pasaría en este mundo.

Le llamó la atención darse cuenta de lo difícil que resultaba aceptar que la muerte era inminente e inevitable. En general el fin de la vida se debía a un accidente o llegaba poco a poco, con la edad y las enfermedades, pero la ejecución era un acto monstruosamente despiadado.

Se puso de pie, comprobó en el espejo que estaba presentable y se volvió hacia sus acompañantes. Ashburton había partido de madrugada para realizar un último y desesperado intento de que conmutasen la pena. Los tres que quedaban parecían a punto de derrumbarse. Por diversos motivos, para sus amigos aquello era más duro que para él mismo.

El capitán estrechó la mano de lord Michael Kenyon.

—Cuidad de Katie.

—Lo haremos —aseguró roncamente—. Le contaremos toda la verdad.

Gavin se dirigió a Kyle:

—Gracias por... gracias por todo.

A Kyle le resultó imposible pronunciar más palabras, por lo que le dio un rápido y efímero abrazo y se apartó.

Gavin cogió la mano de Suryo y declaró quedamente:

—Has sido más que un padre para mí.

—Y usted ha sido el hijo que nunca tuve. —Suryo se inclinó sobre sus manos unidas—. Que Alá proteja su alma.

Gavin abandonó la estancia sin volver la vista atrás. Sus amigos disponían de un lugar en el patíbulo propiamente dicho. No supo si alegrarse o lamentar su presencia. Resultaba consolador saber que quienes lo apreciaban serían testigos de la ejecución... pero también agudizaba la pena.

Cuando se acercaron a la conocida como «puerta del deudor», Gavin oyó un coro que canturreaba:

—Siete, ocho, nueve...

La muchedumbre contaba las campanadas.

Al sonar la duodécima Gavin y sus acompañantes salieron del edificio y se encontraron al pie del patíbulo, donde un grupo de guardias mantenía despejada una zona pequeña. Ante Gavin se encontraba la muchedumbre más numerosa que había visto en su vida. El clamor que recibió su llegada hizo temblar los cristales de las ventanas. Mientras subía los escalones del patíbulo lo alcanzaron oleadas de bestial entusiasmo y curiosidad malsana.

En cada ventana de cada edificio visible divisó los rostros ávidos de las personas que habían pagado para disponer de una vista privilegiada de la ejecución. También reparó en la presencia de ladrones, trabajadores, jóvenes borrachos, padres que llevaban a sus hijos a hombros y emprendedores vendedores ambulantes que habían dejado sus carros junto a las paredes y cobraban por el privilegio de subirse a ellos para ver.

Uno de los guardias alzó la voz y comentó:

—Durante una de las ejecuciones celebradas en Tyburn la tarima de los espectadores se vino abajo y doce personas perdieron la vida. El hombre al que ejecutaron murió con una gran sonrisa en los labios.

Gavin comprendió lo que sintió.

En el patíbulo se encontraban los carceleros de la Torre de Londres y de Newgate, el verdugo y su ayudante y lord Saint Aubyn con expresión terriblemente seria. En su condición de delegado principal de los lores había apelado a su autoridad para insistir en que las pruebas no eran en modo alguno convincentes, pero no había servido de nada. Le tocaba presidir el cumplimiento de una condena que lo perturbaba.

El vicario también estaba allí.

—Lord Seabourne, ¿rezará conmigo? En caso contrario le aseguro que oraré por usted.

En esa ocasión Gavin accedió. Lo que la víspera le había parecido fuera de lugar ahora se volvió oportuno. Les pasaron dos cojines negros y el vicario y el capitán se arrodillaron para rezar un padrenuestro. Aunque hacía muchos años que había abandonado la costumbre de ir a la iglesia su abuelo escocés le había enseñado a llevar una vida basada en principios. ¿Era suficiente? Esperaba que sí, pues siempre había creído que los actos eran más importantes que las palabras. Y si no había vivido como correspondía, el arrepentimiento del último momento tampoco bastaría para salvar su alma.

Cuando se puso nuevamente en pie Gavin se dio cuenta de que los síntomas físicos del miedo comenzaban a apoderarse de su cuerpo. Los latidos marcados, la respiración acelerada y la necesidad imperiosa de actuar... reacciones que resultarían muy útiles si se encontrase en el campo de batalla o en la lucha por la vida. Pero en ese momento sólo servían para que resultase insoportablemente difícil mostrarse tranquilo.

Cuando le ataron las manos a la espalda sólo deseó mantener la dignidad. Cuando la muerte es lo único que te queda deseas hacerlo bien.

Saint Aubyn preguntó:

—Lord Seabourne, ¿quiere pronunciar sus últimas palabras?

Gavin había decidido que guardaría silencio, pero casi sin darse cuenta respondió:

—Que Dios proteja de toda injusticia a los inocentes.

Saint Aubyn asintió con los labios apretados.

—Milord, ¿desea la capucha?

Gavin estuvo a punto de rechazar el ofrecimiento del verdugo, ya que no quería perderse la última visión del claro cielo otoñal por el que las nubes se movían a la deriva, pero reparó en las miradas intensas e impacientes que estaban pendientes de su persona y movió afirmativamente la cabeza. Así nadie vería si al final el pánico demudaba su expresión.

Pese a su amplitud, la capucha resultó sofocante porque le anuló la vista. Acababa de perder el primero de los sentidos. Conservaba el oído y los martillazos de su sangre al circular ahogaron la sed de sangre de la multitud. Buscó la disciplina mental y emocional que Suryo le había enseñado al transmitirle las artes marciales de las islas. Con el distanciamiento recuperó un mínimo de paz. Todos morimos y en más de una ocasión había burlado a la muerte, pero le había llegado la hora. No había nada que hacer.

Cuando le colocaron el nudo corredizo alrededor del cuello la soga resultó picajosa. Se preguntó si el vicario estaba en lo cierto y no tardaría en reunirse con Alexandra.

Era un encuentro por el que merecía la pena rezar.

Alex dejó escapar una exclamación de horror cuando vio la hormigueante muchedumbre apiñada a las puertas de Newgate. Cuando refrenaron las monturas Fitzgerald dijo:

—Milady, no lo veo nada claro. A pie irá más rápido.

—Le agradezco la ayuda que me ha prestado. —Se apeó del caballo de un salto y se abrió paso en medio del gentío—. ¡Por favor, necesito pasar! —repitió una y otra vez cuando comenzaron a sonar las doce campanadas.

Alex hizo frenéticos intentos de avanzar en medio de los cuerpos apiñados. Un corpulento estibador se volvió y masculló:

—¿A qué viene tanta prisa?

—Soy la mujer de cuyo asesinato acusaron a Seabourne —respondió—. ¡Por favor, ayúdeme a impedir que maten a un inocente!

El estibador bufó al tiempo que observaba el aspecto desharrapado de Alex.

—¿Dice que es lady Seabourne? ¡Pues entonces yo soy el soberano de Inglaterra!

Alex levantó la mano y le mostró los anillos que los Pierce no le habían arrebatado.

—¡Le juro ante Dios que soy lady Seabourne! ¡Por compasión, ayúdeme!

La expresión del hombretón cambió. Se volvió y se abrió paso por la fuerza hacia el patíbulo, al tiempo que exclamaba con tono estruendoso:

—¡Dejadnos pasar, dejadnos pasar! ¡Hoy es un día milagroso! —gritaba sin cesar.

Alex le pisó los talones. En medio de los cuerpos y las cabezas vislumbró a Gavin en el momento en que le ataban las manos a la espalda. Parecía distante, apuesto y la ruidosa vulgaridad de la multitud no lo alcanzaba. Gritó en su intento de llamar la atención de cuantos estaban sobre la tarima, pero había demasiado ruido para que la oyesen.

El estibador se detuvo.

—Ya no puedo avanzar más pero, si se atreve, puede pasar por encima de la gente.

Alex no sabía muy bien a qué se refería pero, de todas maneras, replicó:

—¡Adelante! Ah, muchísimas gracias.

El estibador la cogió de la cintura y la lanzó por encima del gentío, al tiempo que gritaba:

—¡Ayudad a esta dama antes de que el condenado gobierno la convierta en viuda!

Diversas manos la sujetaron y la arrojaron a un recorrido disparatado durante el cual los hombres rieron y gritaron que había que ayudar a la muy zorra. Los borrachos pensaron que se trataba de un juego y la sobaron, pero a Alex sólo le importó que estaba cada vez más cerca.

¡Dios bendito, el nudo corredizo rodeaba el cuello de Gavin!

El brusco avance la condujo casi hasta los escalones y de pronto se topó con las expresiones azoradas de Kyle, de Suryo y de su padrastro.

—¡Detened la ejecución! —chilló mientras salvaba el último trozo y caía entre un par de sorprendidos guardias.

—¡Dios misericordioso! —exclamó el coronel.

Lord Michael Kenyon corrió hacia ella al tiempo que Kyle y Suryo subían la escalera como una exhalación. Cuando su padrastro la ayudó a incorporarse Alex oyó el seco e inequívoco sonido mecánico de la trampilla al abrirse.

El movimiento perdió velocidad cuando la trampilla tembló y se apartó de los pies de Gavin. El nudo corredizo se tensó con asesina rapidez y ahogó el grito que estuvo a punto de escapar de su garganta.

En ese momento alguien chocó con él y lo empujó a un lado. La soga aún le rodeaba el cuello, pero apoyaba los pies en el patíbulo, lo que le impidió caer.

—¡Aguanta! —chilló la voz de Kyle en su oído.

El capitán intentó protestar, pues no quiso ni pensar en el castigo que sufriría su amigo por haber interrumpido la ejecución, pero le faltó aire porque estaba a punto de perder el conocimiento.

Repentinamente el nudo se aflojó y le quitaron la capucha. Vio atontado que Suryo esgrimía el kris, de cuya hoja serpenteada colgaban fibras de la soga. Kyle habló al tiempo que se situaba a su espalda para liberarle las manos, pero le resultó imposible entender qué decía.

Los funcionarios situados en la tarima estaban totalmente confundidos y el ruido del gentío se convirtió en un clamor que golpeó a los asistentes como el oleaje de un maremoto. Una mujer alta, andrajosa y con una trenza morena despeinada hablaba con Saint Aubyn y movía las manos con gran vehemencia. Al cabo de unos segundos se volvió.

Era Alex. Gavin llegó a la conclusión de que era imposible, de que se trataba de la alucinación de un moribundo.

—Estoy realmente aquí. —La alucinación sonrió—. Te debía este rescate.

—¡Alex! —Gavin la tocó y su mano percibió la piel de su esposa. Se preguntó si a los espíritus los demás espíritus les resultaban reales—. No. No puede ser... no puede ser.

—Amor mío, créelo, estoy aquí.

La mujer se acercó y lo abrazó cálida, temblorosa y con el mismo tacto de Alex. Con la respiración entrecortada, Gavin también la abrazó y apoyó la cara en su cuello.

Si estaba en el infierno... que durase eternamente.

Cuando llegaron a la casa de Berkeley Square, Alex estaba extenuada. En su recorrido por encima de la multitud había adquirido unos cuantos morados, pero no importaba. En cuanto Saint Aubyn los introdujo en la tranquilidad relativa de la cárcel, Alex explicó la conspiración y entregó la llave de la bodega. Inmediatamente el delegado principal de los lores ordenó a los agentes que detuviesen a los Pierce y garantizó a Gavin y a Alex que, en esta ocasión, se haría realmente justicia.

Tras un abrazo de oso que puso en peligro las costillas de Alex, el coronel partió rumbo a Gales con la promesa de que antes de que terminara la semana Katie y Catherine estarían el Londres. Alborozado, Kyle se dirigió a Wrexham House a fin de dar la buena nueva a Troth. Antes de partir prometió que al día siguiente irían a visitarlos. Phillip, el heredero de Gavin, logró entrar en Newgate y estrechó la mano de su primo con lo que pareció auténtica alegría. Por fortuna, a continuación Suryo se ocupó de trasladar a Gavin y a Alex a casa en el carruaje de Saint Aubyn.

A lo largo de ese despliegue de actividad Gavin apenas pronunció palabra. Alex supuso que todavía estaba desorientado. ¿Cómo te sientes si has aceptado la muerte y te devuelven bruscamente a la vida? Se estremeció cada vez que recordó lo cerca que había estado de fracasar.

Bard palideció al abrir la puerta y toparse con dos personas que consideraba muertas.

—Suryo, ¿tendrá la amabilidad de explicar a todos lo que ha ocurrido? —pidió Alex.

—Encantado, milady.

La sonrisa de Suryo destacó la nívea blancura de sus dientes cuando se dirigió con Bard a la sala de los criados para dar a todos la buena noticia.

Como Gavin no sabía qué hacer, Alex lo cogió de la mano, lo condujo a la planta superior y murmuró:

—Sólo quiero tranquilidad, silencio y a ti.

Cuando llegaron a la intimidad del dormitorio Gavin se volvió hacia su esposa y meneó la cabeza.

—Todavía no sé con certeza si eres solamente la fantasía de un moribundo.

—Intentaré convencerte de lo contrario. —Se fundieron en un abrazo. Las manos de Gavin la recorrieron como si, paso a paso, confirmara que Alex era de carne y hueso—. Gavin, tendrás que acostumbrarte a que estaré a tu lado porque, a partir de ahora, pienso quedarme cerca, muy cerca.

El cálido e intensamente amado cuerpo de Alex desentumeció la parálisis emocional del capitán.

—Alexandra... —musitó su nombre al tiempo que, para sus adentros, intentaba definir la diferencia que percibió en su esposa. Se trataba de una diferencia positiva—. Aunque cumpla los cien años, no volveré a sentir nada parecido a la alegría de descubrir que seguías viva.

—Lo mismo digo —susurró Alex y se le quebró la voz—. Estuvimos cerca, aterradoramente cerca de perdernos el uno al otro.

—Iskandra, eres mi heroína, la mujer más valiente e indómita del mundo.

Alex sonrió.

—Y la más desaliñada. Por suerte me proporcionaron agua para lavarme. No quiero ni pensar en qué estado me encontraría si no me hubiera podido asear.

—No habría tenido la menor importancia. Sigues siendo la mujer más hermosa que conozco.

El capitán la besó y paulatinamente el aroma cálido de su esposa ablandó su espíritu congelado.

El beso fue a más y de pronto la alegría, la felicidad y la pasión circularon por las venas de Gavin. La respuesta de Alex fue tan ardiente como la suya. Se empujaron con impaciencia y se acercaron a la cama. Gavin se dejó caer de espaldas y arrastró a Alex sobre su cuerpo.

—No, esta vez no. —Durante unos segundos Gavin imaginó que las últimas y terribles semanas que su esposa había pasado habían generado miedos nuevos, pero en lugar de replegarse Alex lo rodeó con los brazos y las piernas, giraron y el capitán quedó encima, por lo que el peso de su cuerpo la aplastó contra el colchón—. Gavin, hoy no le tengo miedo a nada.

Ardiente de deseo, Gavin la desnudó y se quitó la ropa. Alex levantó las caderas al encuentro de las de Gavin y alcanzaron el orgasmo al mismo tiempo. La vida que el capitán pensó que había tocado a su fin se derramó, ardiente y gozosa, sobre ambos. Alex gimió y durante unos segundos sus espíritus fueron uno. Todo lo que ella era se convirtió en parte de Gavin y enriqueció su existencia.

Permanecieron largo rato jadeantes y reacios a separarse. Al final Gavin se tumbó de lado y acercó al suyo el cuerpo flexible de su esposa. Alex deslizó una pierna entre las de su marido y apoyó la frente en su mejilla. Quedaron entrelazados.

—En mi vida me había sentido más vivo. Hasta el aire parece canturrear. Amor mío, eres fantástica más allá de todo lo descriptible. —El capitán la besó en la frente—. Una de las cosas que más lamenté fue que nunca te dije que te quería. Alexandra, pensé que... estaba convencido de que había perdido la capacidad de amar con tanta intensidad. Por eso me costó mucho reconocerlo.

Alex lo miró con los ojos entrecerrados.

—A mí me ocurrió lo mismo. Creo que se debe a que todo se desarrolló del revés. Primero el desastre, luego el matrimonio y por último el amor. No ha sido fácil superar lo sucedido, pero ahora... —Recorrió cariñosamente la línea de su mentón—. Encontrarte ha hecho que todo lo que padecí en la India mereciera la pena.

El capitán rió.

—No me habría molestado un noviazgo aburrido, aunque supongo que así me habría sido más difícil darme cuenta de lo increíble que eres. Por fin has recuperado la integridad, ¿no? Noto la diferencia.

Alex se percató de que su esposo tenía razón. Los fragmentos heridos de su espíritu habían sanado y no volvería a permitir que el miedo gobernase su vida.

—Amor mío, se trata de algo más que de la integridad. —Le cogió la mano y la apoyó en su vientre—. Tengo la certeza de que aquí dentro está el vizconde Handley. —Gavin contuvo el aliento, con expresión de esperanza y preocupación. Alex acotó quedamente—: Esta vez todo saldrá bien.

—Esta vez y siempre. —El capitán, aquel hombre que era su marido, su pareja y su compañero, sonrió con profunda intimidad—. ¿No crees que nos hemos ganado el derecho a ser felices?

Epílogo

En general, el ingreso de un nuevo par en la Cámara de los Lores era un acto tranquilo, pero el augusto cuerpo jamás había recibido a alguien a quien con anterioridad había condenado a muerte. Esa situación creó una atmósfera que, como mínimo, resultó... resultó interesante.

Gavin experimentó una profunda sensación de irrealidad y entró en el salón en compañía de sus valedores. Se sentía ridículo con la vestimenta de gala que acompañaba al título y se preguntó cuántos armiños habían muerto por la gloria de los Seabourne. Concluyó que demasiados. Por añadidura, jamás en su vida se había vestido de terciopelo.

Como necesitaba un punto de apoyo elevó la mirada hasta la pequeña galería y buscó a Alex. Estaba sentada entre su hija y su madre, en el centro de un amplio grupo de amigas y parientas. Troth estaba presente, lo mismo que lady Jane Holland y la duquesa de Ashburton, cuyo aspecto resultaba imponente. Esa visión lo tranquilizó porque, además de ser mujeres de alcurnia y privilegios, en los últimos meses se habían convertido en sus amigas.

Alex lucía la perla barroca que su marido había arrebatado del cuello del dragón de Maduri. Cuando la miró su esposa tocó la perla. Ese ademán fue el recordatorio de que los dragones de la Cámara de los Lores no tenían nada que hacer si los comparaba con los que en el pasado había derrotado.

El capitán sonrió y durante unos segundos consiguió olvidar los compromisos de la jornada. Sólo había transcurrido un mes desde el nacimiento de su hijo James Michael Elliott y las curvas de

Alex ya habían recobrado su tierna voluptuosidad. Su esposa le lanzó un beso y tal vez pensó en que la noche anterior le había dicho que estaba más que dispuesta a reanudar sus deberes conyugales. Era lo que había hecho con entusiasmo e imaginación...

Gavin apartó la mente de las intimidades de la víspera y estudió las filas de aristócratas británicos. Hoy no eran sus jueces, sino sus pares. La mayoría se mostraba inexpresiva de una forma que denotaba incomodidad; al fin y al cabo, esos hombres habían estado a punto de ejecutar a un inocente y en algunos casos la decisión se debió más al rechazo a los forasteros que a las pruebas. Otros lores mostraron una expresión acogedora, sobre todo aquellos que tenían la conciencia tranquila en lo que a Gavin se refería.

De acuerdo con la tradición dos valedores del mismo rango presentaron al nuevo lord. Gavin estaba flanqueado por Kyle y por su hermano, lord Grahame. Era sorprendente ver juntos y vestidos de la misma manera a los gemelos. Kyle llamó su atención y le guiñó el ojo. Mejor dicho, pensó que era Kyle.

En primer lugar Kyle y a continuación Dominic presentaron fugaz pero halagüeñamente al séptimo lord Seabourne. En ese momento Gavin debía jurar lealtad a la Corona y al país y tomar asiento. Más adelante pronunciaría su discurso inaugural sobre un tema que no creara polémica y todo el que tomase la palabra después lo felicitaría por dicho discurso. Todo muy ordenado.

Cuando se puso en pie la irrealidad volvió a agobiarlo. ¿Cómo era posible que un chiquillo que se había criado descalzo en Aberdeen estuviera a punto de ingresar en la Cámara de los Lores? ¿Cómo era posible que un rudo marino americano echase raíces en Inglaterra? Volvió a mirar a su esposa. Y, lo más importante, ¿cómo era posible que un hombre que había llegado a la conclusión que era incapaz de enamorarse hubiese tenido la suerte de encontrar a una mujer como Alexandra?

Comprendió claramente que, antes de adentrarse por la nueva y sorprendente vida que había escogido, debía convertir esa ceremonia en una declaración de principios. Aunque en el futuro sería un conde obediente y de modales impecables hoy diría lo que realmente pensaba.

—Mis nobles lores, he recibido un honor totalmente inesperado —declaró con el tono que empleaba en alta mar para que su voz resonase—. Como he nacido en Escocia y me he criado en Norteamérica, mi mente y mi corazón están modelados por la rebelión y las ideas republicanas. Defiendo la creencia de que todos los hombres nacen iguales a los ojos de Dios y desprecio el concepto de la aristocracia decadente. —Recorrió la cámara con la mirada—. Me sentí francamente horrorizado al descubrir que había heredado un condado, que formaba parte de mí como la sangre o los huesos y que era imposible rechazarlo. A continuación la augusta cámara me juzgó y me condenó a muerte.

Unos cuantos pares fruncieron el ceño por su mal gusto al referirse directamente a esa desagradable cuestión. A Gavin no le importó. Carecía de los circunloquios de los oradores tradicionales y debía basarse en su franqueza americana.

—Aquel mismo día aprendí a respetar a esta cámara y a los hombres que la componen. No fue por el veredicto equivocado tras el juicio a que me sometieron, sino por la certeza de que ni siquiera un par del Reino está por encima de la justicia británica. Me di cuenta de que lo que más amo de Estados Unidos hunde sus raíces en las costumbres y las leyes británicas, por lo que abrigo la esperanza y el deseo de que esos ideales compartidos permitan que ambas naciones sean por siempre amigas... La justicia británica y el amor a la libertad se han unido con compasión y han creado una sociedad que sirve de faro para el mundo. Gran Bretaña ha encabezado la lucha para acabar con la esclavitud, que a los ojos de Dios es una abominación.

Gavin volvió a mirar a su esposa. Una mujer menos comprensiva se habría escandalizado por la forma en que tomó la palabra a pesar de lo que marcaba la tradición, pero Alex afirmó impetuosamente con la cabeza, lo que lo animó a continuar.

—En la última década el Parlamento ha incorporado reformas para mejorar el destino de los hombres, las mujeres y los niños de esta gran nación. Es una tarea que sólo acaba de empezar. Espero reunirme en esta cámara con otros hombres de buena voluntad y contribuir a modelar la Gran Bretaña del futuro, una tierra donde imperen la justicia, el honor y la compasión.

Aunque los lores tradicionalistas se mostraron molestos, los reformistas mostraron sus coincidencias. En el otro extremo de la cámara lord Markland —el otro par de origen americano— sonrió de oreja a oreja. Gavin acababa de dejar claros sus ideales y en el futuro colaboraría con hombres de opiniones afines para construir un mundo mejor. Como objetivo vital no estaba nada mal.

Prestó solemne juramento de lealtad y se convirtió en miembro de la Cámara de los Lores hasta el final de su vida. El resto de la breve sesión transcurrió deprisa y al terminar varios pares se acercaron para estrecharle la mano y darle la bienvenida a la cámara. El duque de Ashburton comentó con mirada traviesa:

—Algunos de los nobles lores ya se han arrepentido de que te salvases del verdugo.

Gavin rió.

—¡Y más que se arrepentirán!

Se volvió hacia lord Markland mientras Alex recorrió el pasillo que los presentes crearon para que pasase. Su esposa lo cogió de la mano y murmuró:

—Amor mío, no sabes lo orgullosa que estoy de ti.

El capitán se sumergió en los ojos de color de aguamarina de su mujer, olvidó dónde estaba y se maravilló de la suerte de haberla conocido.

—Los mejores premios son los más difíciles de ganar —declaró solemnemente.

Como ese día ya había transgredido muchas reglas y una más no tenía importancia, Gavin besó a Alex.

Notas de la autora

Insulindia forma el archipiélago más grande del planeta; hay más de trece mil islas que abarcan dos millones de kilómetros cuadrados de mares tropicales. A principios del siglo XIX la variedad cultural iba de sociedades antiguas y refinadas a algunas de las tribus más primitivas del mundo. En la moderna Indonesia hablan cerca de setecientas lenguas. Si bien el islam es la religión predominante en las islas, Bali conserva las tradiciones hindúes, hay algunas zonas de dominio del cristianismo y prácticamente en todas partes afloran antiguas costumbres animistas.

En virtud de esa diversidad me he tomado la libertad de crear la isla ficticia de Maduri, que no debe confundirse con la real de Maduri, contigua a Java. El juego del león es invento mío. En Bali existe un baile denominado *sanghyang jaran*, que interpretan los niños y que incluye danzar alrededor y a través del fuego mientras están en trance, pero caminar sobre las brasas como rito de iniciación masculino sólo es producto de mi imaginación.

El dragón de Komodo —el reptil más grande del mundo— es real y puede resultar muy peligroso; como esos animales suelen pasar horas quietos y sin siquiera parpadear inventé una raza criada específicamente para luchar.

Las bóvedas para vino de debajo de los muelles existieron, lo mismo que los peculiares hongos blancos que cuelgan del techo y los gatos que las recorren y mantienen a raya la población de roedores.

Decir que el sistema legal británico del siglo XIX resulta complejo es una simplificación excesiva, por lo que no sorprende que los pares impartiesen su propia justicia, incluidas prácticas distintas a las de los tribunales corrientes. Lord Ferrers, el noble mencionado en el relato, existió, probablemente estaba loco y en 1760 lo ahorcaron en Tyburn, sólo cuatro meses después de que asesinara a su mayordomo, al parecer sin motivos. Otros casos que he leído de juicios a pares apuntan a que, por regla general, los lores fueron muy clementes con los suyos, razón por la cual probablemente en 1935 se abolieron los juicios en la Cámara de los Lores.

A los que no son amantes de los gatos he de decir que realmente dejan roedores muertos como muestra de afecto a los humanos que los alimentan.